CW01521532

Romain Gary

Les têtes
de Stéphanie

Gallimard

Romain Gary, né Roman Kacew à Vilnius en 1914, est élevé par sa mère qui place en lui de grandes espérances, comme il le racontera dans *La promesse de l'aube*. Pauvre, « cosaque un peu tartare mâtiné de juif », il arrive en France à l'âge de quatorze ans et s'installe avec sa mère à Nice. Après des études de droit, il s'engage dans l'aviation et rejoint le général de Gaulle en 1940. Son premier roman, *Éducation européenne*, paraît avec succès en 1945 et révèle un grand conteur au style rude et poétique. La même année, il entre au Quai d'Orsay. Grâce à son métier de diplomate, il séjourne à Sofia, New York, Los Angeles, La Paz. En 1948, il publie *Le grand vestiaire* et reçoit le prix Goncourt en 1956 pour *Les racines du ciel*. Consul à Los Angeles, il quitte la diplomatie en 1960, écrit *Les oiseaux vont mourir au Pérou (Gloire à nos illustres pionniers)* et épouse l'actrice Jean Seberg en 1963. Il fait paraître un roman humoristique, *Lady L.*, se lance dans de vastes sagas : *La comédie américaine* et *Frère Océan*, rédige des scénarios et réalise deux films. Peu à peu les romans de Gary laissent percer son angoisse du déclin et de la vieillesse : *Au-delà de cette limite votre ticket n'est plus valable, Clair de femme*. Jean Seberg se donne la mort en 1979. En 1980, Romain Gary fait paraître son dernier roman, *Les cerfs-volants*, avant de se suicider à Paris en décembre. Il laisse un document posthume où il révèle qu'il se dissimulait sous le nom d'Émile Ajar, auteur d'ouvrages majeurs : *Gros-Câlin, La vie devant soi*, qui a reçu le prix Goncourt en 1975, *Pseudo* et *L'angoisse du roi Salomon*.

1

Les Mille et Une Nuits commencèrent en plein jour et sous un soleil écrasant lorsqu'ils atterrirent à Tewza, à l'est du Yémen, sur cette terre d'Arabie dont on connaît si peu en Occident l'histoire mais si bien les histoires, et que semble éclairer à jamais la lampe d'Aladin. Le front appuyé contre le hublot, un sourire heureux aux lèvres, Stéphanie ne cessait de nourrir ses yeux de ces régions dont les rois règnent encore sur tous les livres d'enfants du monde. Comme Tombouctou, l'oasis de Nahar, au sud de la capitale, était un de ces lieux à peine terrestres qui doivent plus à l'écho magique de leurs noms et au rêve qu'aux réalités géographiques et dont les trésors fabuleux ne sont pas enfouis dans leurs sables et leurs palais mais dans notre imagination. Tombouctou, la Côte des Pirates, la mer Rouge, le golfe Persique, Nahar aux cent mille palmiers… Oasis de l'imaginaire, où les caravanes de nos rêves vont boire et dont nous ne perdons jamais la nostalgie et le souvenir… à condition de ne pas les avoir visitées. Stéphanie connaissait Tombouctou et en avait gardé surtout le souvenir des mouches qui la condamnaient à une gesticulation incessante pendant que, vêtue d'une admirable création de Dior — une robe en cigaline, douze mètres de volant, soixante mètres de chichis, veste blouson en résille or —, elle s'efforçait de garder la pose sous l'œil dévorant et monstrueux de la caméra de Bobo. Depuis cinq ans déjà, Stéphanie Hedrichs était la cover-girl la mieux payée et la plus recherchée du monde.

Elle venait au Haddan avec cinq valises pour ces photos de mode qui mêlent une robe du soir Yves Saint-Laurent aux gardians de la Camargue, les fourrures de luxe aux Indiens nus de l'Amazonie, et les dernières impertinences d'Ungaro et de Courrèges aux favellas brésiliennes. La vallée des Rois, les tombeaux des pharaons et les douces et millénaires *felukas* du Nil étaient devenus les nouveaux « supports » publicitaires de la Haute Couture et du prêt-à-porter...

Lorsque l'avion prit le virage pour se poser, elle vit une caravane d'une centaine de chameaux qui quittait le désert et entrait dans l'oasis. Elle sourit. Ce salaud de Bobo avait raison : les palmiers, les chameaux et les mannequins ont bien des points communs... C'est le même port dédaigneux de la tête, la même silhouette un peu penchée, et ils semblent toujours un peu suspendus dans les airs, biscornus, comme toutes les créatures trop fragiles et trop grêles par rapport à leur taille.

L'oasis fut une déception. Vus de près, les palmiers étaient clairsemés, poussiéreux et tristes ; il y avait des puces dans le sable et des mouches plates et collantes comme des sangsues. Mais la ville entourée de son immense muraille ocre, avec ses douze portes et ses innombrables minarets, donnait « toute satisfaction », ainsi que l'avait écrit un touriste dans le livre d'or de l'hôtel Métropole. Les maisons mêlaient le style indien à celui du Yémen, bois sculpté et pierre, et on voyait à travers les fenêtres ces ventilateurs à pales qui évoquent les premiers souffles de la civilisation occidentale en son époque coloniale, plutôt que la fraîcheur.

La population était étonnante. Le Haddan était un lieu de rencontre entre l'Asie, l'Afrique et l'Arabie et ce mélange de sang était avant tout le règne de la couleur. Les visages allaient du noir d'ébène à l'olivâtre, en passant par toutes les nuances du brun et de la terre de Sienne. Dans ces foisonnements des teintes, Stéphanie éprouvait parfois la sensation d'être sortie mal cuite des mains d'un boulanger. Elle lutta de son mieux contre ce sentiment d'infériorité en enlevant son large chapeau de feutre blanc et en répondant à tous ces défis de la couleur par la richesse et l'éclat de son épaisse chevelure rousse, qui réduisait le soleil lui-même au rang d'humble serviteur chargé de la faire briller.

À première vue, avec ses palais et ses jardins, Tewza paraissait être la capitale de la beauté et de la douceur de vivre.

Mais la vérité commençait au-delà de la grande muraille ocre qui portait encore la marque des combats que le Turc Ustan avait livrés aux légions du Maure Gaïdath, six siècles plus tôt.

Là croupissait dans la puanteur des excréments et des boyaux de mouton une population d'anciens nomades qui avaient échangé leur mode de vie ancestral, celui d'une heureuse errance sous les étoiles de *housa*, l'infini, contre les déchets de l'Occident : taudis de tôle, caisses, cartons et détritus, — un de ces magmas pourris où vient finir un monde sans que rien n'annonce la naissance d'un monde nouveau. Des femmes voilées, aux yeux imperceptibles derrière des triangles de gaze multicolores, ramassaient la bouse des chameaux et des vaches pour faire du feu ; elles avaient encore des démarches de reine mais au lieu de porter sur l'épaule des jarres antiques, revenaient du puits avec des bidons marqués *Shell*. Il y avait des petits enfants nus qui vivaient dans la poussière chaude comme des lézards, des chiens jaunes squelettiques dont la race avait jadis tenu compagnie aux pharaons ; les chars à buffles aux roues pleines, sans rayons, qui allaient et venaient, perpétuellement occupés à ne rien transporter nulle part... Les hommes mâchaient du *kat*, une herbe qui consolait et aidait à oublier.

Il y avait de la couleur locale en veux-tu en voilà, et pour jouir du pittoresque il suffisait de manquer de sensibilité. Mais Bobo n'avait-il pas déjà exigé d'elle de se laisser photographier dans une robe en mousseline brodée, garnie de plumes d'autruche de Cardin, sur les bords du Gange, à Bénarès, dans ces *ghats* où l'on brûlait les cadavres, dont la cendre voletait et venait se poser sur son visage ? Ce fut l'époque de sa fameuse rupture de contrat. Il y avait des limites au prêt-à-porter.

« Les contrastes sont toujours amusants » : Bobo partait de ce principe et cela lui avait valu le surnom de « sultan de la mode ». Il le prit tellement au sérieux qu'il changea légalement son nom en celui d'Abdul Hamid, qu'il emprunta modestement au sanglant satrape renversé en 1909 par les Jeunes-Turcs.

L'idée d'aller au Haddan après la révolution récente et l'établissement d'un régime démocratique était le dernier éclair de génie du « sultan ». Stéphanie avait refusé — refus accompagné d'un choix d'injures dignes de figurer dans une anthologie du langage des cover-girls et des photographes de mode. Aller se poser comme un papillon de luxe dans un lieu où tout un peuple aux mains nues venait de conquérir la liberté au prix de milliers de victimes… Mais elle avait interrompu ce flot homérique lorsqu'elle remarqua l'étincelle de plaisir qui pétillait dans les yeux d'« Abdul Hamid » : l'humiliation était pour ce masochiste invétéré une des bonnes choses de la vie…

C'était un de ces êtres bénis par les dieux qui, aimant souffrir, sont sûrs d'être comblés ici-bas. Gras, court sur pattes et rond, les cheveux bouclés et abondants, joufflu d'une manière qui condamnait ses lèvres à l'obscénité par le jeu de certaines associations d'idées fâcheuses, les bras nus et dodus dans des chemisettes-bébés, il avait sous ses lunettes des yeux angoissés qui ne paraissaient pas s'ouvrir sur le monde, mais sur des tragiques profondeurs intérieures.

— Ma chérie, le Haddan est un pays dont tout le monde parle en ce moment. Et puis, ils viennent de découvrir la démocratie, là-bas. J'ai déjà raté le printemps de Prague, je ne veux pas rater celui du Haddan. Nous allons photographier toute la

13

collection sur le fond d'une population frappée de bonheur... Tu ne peux pas refuser. Tu ne peux pas me faire ça.

— Va te faire foutre. Je n'irai pas au Haddan.

Bobo lui fit un de ses plus beaux sourires de chérubin obèse et ne dit rien. Le lendemain matin le téléphone sonnait dans le *penthouse* de Stéphanie : deux belles pièces avec terrasse d'où l'on voyait les toits babyloniens de Manhattan jusqu'à la statue de la Liberté. C'était M. Sambro, ministre des Affaires étrangères de la République du Haddan, qui se trouvait à New York pour assister à l'Assemblée des Nations Unies : pouvait-elle lui faire le plaisir de déjeuner avec lui au restaurant de l'O.N.U. ?

Stéphanie dit oui. Elle avait toujours été attirée irrésistiblement par les Nations Unies : l'Organisation brillait à ses yeux d'un faible mais émouvant reflet d'amour entre les peuples et de paix universelle. À vingt ans, elle avait eu la chance de se faire embaucher comme guide de l'O.N.U. et, pendant tout un été, parcourut ces lieux augustes à la tête d'un troupeau de touristes. Depuis, elle avait posé pour de nombreuses photos de mode sur le fond du gratte-ciel et de la forêt de drapeaux des cent soixante-dix pays membres, en compagnie de quelques délégués africains, vêtus de leurs merveilleux vêtements traditionnels. Certaines de ces Excellences représentaient des pays en conflit ouvert entre eux, mais avaient accepté de poser fraternellement ensemble à ses côtés. En somme, elle avait fait quelque chose pour la paix. Bobo avait même réussi à l'introduire à la séance du Conseil de Sécurité et à la photographier dans un tailleur

Chanel très classique, au moment le plus dramatique de la discussion qui opposait l'Inde et le Pakistan, lors de la guerre du Bangladesh.

Son Excellence M. Sambro avait la peau très foncée et des grosses lunettes d'écaille ; il était petit, agile et volubile ; c'était le genre d'hommes qui cachent leur timidité et leur nervosité sous un flot de paroles.

— Miss Hedrichs, je vous demande de revenir sur votre décision. Nous vous garantissons une sécurité totale. Il n'y a aucun risque… Je me permets de vous faire remarquer qu'aucun étranger n'a eu à souffrir de la révolution. Nous avons respecté leur personne et leurs biens. D'ailleurs, aucun résident étranger n'a demandé à quitter le pays, nous sommes un pays hospitalier. Nous n'avons même pas nationalisé les firmes étrangères, nous avons simplement renégocié les contrats. Nous étions honteusement exploités… Vous n'avez absolument rien à craindre.

Stéphanie posa son couteau et sa fourchette et regarda l'ambassadeur droit dans les yeux. Lorsqu'elle était en colère, par l'effet bizarre de feux intérieurs, ses yeux d'émeraude devenaient d'un vert de chat et sa chevelure fauve se mettait à ressembler à la fourrure d'un animal prêt à vous donner un coup de griffe.

— Écoutez, ambassadeur, si vous pensez que j'ai peur, vous vous trompez lamentablement. Il y a sur cette terre une seule catégorie de gens qui m'effraient : ce sont les dentistes. Et puis, je vais vous dire autre chose. Je sors de l'histoire d'amour la plus ratée qu'une fille puisse vivre, et je me fous complètement de ce qui peut m'arriver. Vous tombez vraiment mal. Du point de vue moral, sentimental, émotionnel et psychologique en général, je suis dans la merde jusqu'au cou…

Elle se rappela un peu trop tard que la conversation avait lieu au restaurant des Nations Unies, qu'elle parlait à un ambassadeur et qu'elle était entourée d'Excellences. À la table voisine, un diplomate hindou, à moins qu'il ne fût pakistanais, enturbanné de rose et barbé de noir, parlait avec un Américain bleu marine à rayures, blafard et blondasse, dont le visage était en train de subir cette perte vertigineuse de couleur dont sont victimes tous les Anglo-Saxons lorsqu'ils se trouvent opposés à un représentant du tiers monde. Elle avait prononcé les mots « dans la merde » en élevant la voix, sous la pression du trop-plein de sentiments, et les deux hommes interrompirent leur conversation sous l'effet du choc. M. Sambro se figea. Miss Stéphanie Hedrichs était certainement beaucoup trop connue pour qu'on pût imaginer que le nouveau représentant du Haddan à l'Assemblée générale avait invité une call-girl à sa table au restaurant des Nations Unies. Mais il ne s'attendait manifestement pas à un tel vocabulaire chez une jeune femme si belle et si admirablement habillée. Stéphanie se dit que les Nations Unies étaient un de ces endroits, d'ailleurs nombreux, où les massacres et l'oppression ne font honte à personne, mais où le mot « merde » choque profondément. Elle déchiqueta nerveusement son petit pain et fit une petite boule qu'elle se mit à rouler sous son doigt.

— Qu'est-ce qu'il y a, ambassadeur ? Aurais-je dit quelque chose de déplacé ?

M. Sambro se réfugia dans un immense sourire joyeux.

— Pas du tout, s'exclama-t-il. Nous sommes ici entre copains.

— Vous savez, il y a tout un vocabulaire professionnel dans la Haute Couture, qui devient vite une seconde nature, dit Stéphanie… C'est un milieu assez dégueulasse…

— Ah ! Ah ! Ah ! s'esclaffa l'ambassadeur, nerveusement, les lunettes étincelantes.

Le gars était si impressionnable qu'il se mettait à présent à déchiqueter son petit pain, lui aussi, et à en faire des boulettes, comme Stéphanie, dans un accès de mimétisme nerveux.

— J'ai terminé moi-même mes études à l'université de Columbia, dit-il, comme pour lui assurer qu'il était capable d'entendre les pires horreurs. Vous êtes américaine, Miss Hedrichs, je présume ?

Stéphanie éclata de rire.

— Excusez-moi, mais chaque fois qu'un Africain utilise l'expression «je présume», je ne puis m'empêcher de penser au «docteur Livingstone, je présume ? » de Stanley, lorsque ces deux explorateurs se sont rencontrés au fond de la jungle…

M. Sambro rit poliment.

— On ne peut pas dire que je sois africain, observa-t-il. Mes ancêtres étaient iraniens, indiens, soudanais et arabes. Le Haddan est un creuset. Il s'y forme peu à peu une ethnie nouvelle. Nous sommes à la fois l'Afrique, l'Arabie et l'Asie. C'est un très beau pays et je vous invite de tout cœur à vous y rendre. Nous vous faciliterons ce voyage par tous les moyens.

— Écoutez, ambassadeur — je crois qu'on dit « Excellence », mais...

— Appelez-moi Jimmy, dit M. Sambro.

— Écoutez, Jimmy, je refuse absolument de poser pour des photos de mode sur un fond de misère dite « couleur locale » d'où l'on vient à peine d'enlever les cadavres. Ce n'est même pas une question de conscience morale, c'est une question de... de propreté, voilà. On est allé trop loin dans ce domaine. Ce que je ne comprends pas, n'étant pas encore née à cette époque, c'est comment les photographes de mode, après la dernière guerre mondiale, ont pu rater les ruines encore chaudes de Berlin ou les camps d'extermination, comme cadres pour les collections... C'était pourtant l'époque *new-look*... L'année dernière, j'ai été photographiée dans une robe d'organdi noir et violet de Padilla, baptisée « clair de lune indien », dans un village au sud de Bombay où les inondations de la mousson avaient fait des milliers de victimes... Je me demande encore pourquoi ils ne m'ont pas lynchée.

Le regard du petit ministre des Affaires étrangères de la première démocratie du golfe Persique était devenu encore plus doux et encore plus triste. Stéphanie avait remarqué que la tristesse paraît toujours plus profonde sur un visage noir. Mais la gaieté aussi semble plus gaie. Je ne vois d'ailleurs pas quelle conclusion on peut en tirer, pensa-t-elle. Pourtant, tout devrait ressortir davantage sur du blanc... Oh, et puis zut.

La conversation s'annonçait difficile : Stéphanie ne connaissait du Haddan que quelques photos d'une beauté étonnante dans un vieux numéro du *Geographical Magazine* que Bobo l'avait invitée à regarder, connaissant son goût pour les pays qu'il qualifiait avec un air gourmand de « virils ». Ce matin même, elle avait trouvé dans le *New York Times* un article consacré au golfe Persique — l'Assemblée générale des Nations Unies devait discuter du caractère « représentatif » et « légitime » de la nouvelle délégation de l'ancien émirat. L'éditorial exprimait l'espoir que le Haddan « allait enfin sortir du caractère archaïque et presque mythique que lui avait conféré le régime féodal de l'ancien Imam ». En lisant le journal dans son lit, les genoux repliés sous le menton, et léchant le reste de la confiture d'orange de ses doigts, Stéphanie avait vu passer dans son esprit des caravanes chargées d'or, de gemmes et de myrrhe, les fantasias des cavaliers — qu'elle confondait du reste avec celles du Maroc —, des femmes voilées d'une beauté incroyable, dont son imagination écartait d'autorité les voiles, ainsi que des fils de cheikhs d'une allure... enfin, mmm ! faite de courage, de dignité et d'ardeur. Elle aimait rêver, mais prenait en général grand soin de ne jamais confronter ses rêves avec la réalité, car elle était d'une nature économe et mettait ses sous de côté.

— Vous êtes une jeune femme très intelligente, Miss Hedrichs...

— Appelez-moi Stéphanie.

Le visage de l'ambassadeur s'illumina.

— Merci. Je suis certain que vous comprendrez,

Stéphanie. Comme vous savez, nous avons mené à bien une révolution démocratique. Nous empruntons une voie difficile : celle du libéralisme. Notre pays a été gouverné depuis des siècles par des satrapes. Nous y avons mis fin. Il y a eu les conflits de race, de religion, de tribus : nous allons y mettre fin. Il y a chez nous des musulmans, des hindouistes, des chrétiens, plus une bonne douzaine de cultes dérivés de l'Islam, mais nous cherchons à établir un état laïque. Nous avons proclamé la séparation de l'Église et de l'État : les croyances de chacun sont une affaire personnelle. Nous nous dirigeons d'un pas ferme vers la fraternité et nous voulons débarrasser la mémoire de nos citoyens des vestiges, débris et souvenirs d'un passé moyenâgeux et aller de l'avant, avec espoir et confiance dans l'avenir...

La dernière phrase était empruntée textuellement au discours que M. Sambro avait prononcé deux heures auparavant devant l'Assemblée générale où la légitimité de la nouvelle représentation diplomatique du Haddan avait été mise violemment en question par le délégué de l'Arabie Saoudite. Stéphanie, qui avait assisté à la séance, approuva d'un geste pieux de la tête, en se mordant les lèvres pour ne pas sourire. Mais M. Sambro se rappela qu'il lui avait envoyé une carte d'invitation et, conscient du péril, effectua un rapide rétablissement diplomatique.

— Ce sont les mots mêmes que j'ai employés au cours de la séance ce matin et, croyez-moi, ils trouveront leur place dans notre nouvelle constitution...

Stéphanie balaya les miettes de pain, s'appuya sur les coudes et joignit les mains.

— Je ne vois toujours pas ce que Saint-Laurent, Christian Dior, Cardin et Chanel peuvent faire pour votre peuple, dit-elle.

M. Sambro garda un instant de silence emphatique puis prit un ton à la fois confidentiel et expressif.

— Les photos de la plus célèbre cover-girl du monde, prises au Haddan et publiées dans des centaines de journaux et de magazines à grand tirage, apporteront une preuve qui est pour nous très importante en ce moment... La preuve que la paix et l'ordre règnent dans le pays. Vous nous rendrez ainsi un immense service auprès de l'opinion publique mondiale. Nous avons désespérément besoin de touristes et de devises fortes, de crédits et d'investissements, et il est essentiel pour nous de donner à l'étranger une image paisible et rassurante du Haddan... Je n'ai pas besoin d'insister ; je suis sûr que vous comprenez. Il faut que vous veniez chez nous et il faut que l'on vous y photographie partout, d'un bout à l'autre du pays, et que ces photos soient vues partout, en Occident et ailleurs. Ce sera pour nous la meilleure des publicités... Il faut que le Haddan sourie au monde...

Un petit soupçon se glissa dans l'esprit de Stéphanie. Elle plissa les yeux.

— Combien avez-vous payé Bobo pour le décider à faire le voyage ?

M. Sambro eut le souffle coupé. Il prit sa serviette et s'essuya les lèvres comme pour en effacer un goût amer.

— Vingt mille dollars, dit-il sombrement. Il m'a assuré qu'il vous verserait la moitié et...

Ce fut, pendant quelques instants, une véritable panique autour de la table. Le turban rose du délégué de l'Inde ou du Pakistan parut virer au rouge, le visage de son vis-à-vis blafard du Département d'État prit une nuance jaunâtre et, à la table de gauche, les quatre diplomates qui parlaient anglais avec des accents variés et avariés interrompirent leur conversation et ruminèrent dans un grand silence consterné. Lorsque Stéphanie jurait, elle puisait son vocabulaire et ses expressions parmi les plus belles fleurs de la mode...

— Je vous demande pardon, Jimmy, se reprit-elle enfin. Ce salaud de Bobo ne m'en a jamais parlé, et de toute façon, je n'aurais pas pris un sou. C'est une pute... Enfin, une prostituée, je veux dire. Ce type-là est non seulement pourri : il fait tout ce qu'il peut pour contribuer à la pourriture universelle...

— Peu importe ce monsieur, dit M. Sambro. Acceptez de faire ce voyage. Venez chez nous. Faites-vous photographier partout. Vous savez peut-être que l'on reproche à nous autres Hassanites — c'est une ethnie à dominance afro-asiatique, issue des anciens esclaves et des Indiens — d'occuper la plupart des postes au gouvernement... Mais c'est tout simplement parce que nous constituons la majorité dans le pays et la majorité des électeurs a naturellement voté pour nous...

Il hésita un instant avec une trace d'embarras.

— J'ignore naturellement quels sont vos sentiments à l'égard des peuples de couleur ?

— En ce moment, ils sont détestables, dit Stéphanie. Je dirais même que mes sentiments à leur égard sont sanglants et meurtriers… Vous comprendrez pourquoi quand je vous aurai dit que je sors à peine dans un état épouvantable d'une belle histoire d'amour et que cet enfant de pute était un Noir…

Quelque chose d'étrange parut arriver à l'œil gauche de Son Excellence : il se mit à clignoter nerveusement, les paupières battant comme les ailes d'un papillon captif. Il était évident que le cri du cœur de Stéphanie avait ouvert un abîme aux pieds du représentant du Haddan : il venait de découvrir une Amérique entièrement nouvelle pour lui, celle où les femmes blanches, belles et célèbres, reconnaissaient publiquement avoir eu une liaison avec un Noir. Même l'Indien pakistanais au turban rose immobilisa sa cuillère de cassata-cassis au milieu des airs, et contempla Stéphanie fixement, transférant manifestement son appétit de la glace à sa voisine. Stéphanie lui jeta un regard qui rétablit immédiatement la cassata dans ses droits.

— Tout cela était du reste de ma faute, dit Stéphanie. Le type en question était un acteur. Une grande vedette de cinéma. Il battait tous les records de box-office et ça ne pardonne pas. Je n'avais encore jamais rencontré de star qui ne fût pas un maniaque égocentrique et narcissiste, amoureux de lui-même jusqu'au trognon, mais comme il s'agissait d'un Noir, je pensais qu'il pourrait être *différent*. Pur racisme.

Il était manifeste qu'il se passait toutes sortes de choses dans la tête de Son Excellence, M. Sambro.

Des choses compliquées, teintées d'espoir fou et de calculs tendres et sournois. La conclusion de toutes ces spirales et rodages intellectuels en catimini se manifesta avec la plus grande simplicité, bien que ce fût exprimé d'une voix un peu enrouée par l'émotion :

— Miss Hedrichs, me permettrez-vous de vous inviter à dîner ce soir ?

Elle se mit à rire et lui envoya une boulette de pain à la figure.

— Vous concluez trop vite, Excellence… Quel est votre prénom, déjà ?

Son Excellence s'épanouit et pavoisa : trente-deux petits drapeaux étincelants de blancheur…

— Jimmy.

— Vous êtes un chou, Jimmy, mais je n'ai aucune envie en ce moment de coucher avec qui que ce soit. Pour moi, tous les hommes sont désormais des vedettes de cinéma. Mais puisque vous y tenez telle-ment, j'irai au Haddan.

2

Avant de prendre l'avion, elle avait ouvert un atlas et feuilleté quelques livres. Le Haddan était à la fois montagnes et mer, désert et jardin, fraîcheur et vent de sable ardent au point d'avoir une présence physique, corporelle. La légende disait que ce vent de l'est était le souffle des cent mille cavaliers *aghas*, cette armée partie à la conquête de l'or de Khamin, de l'autre côté du désert, et qui n'était jamais réapparue nulle part. Les conteurs sur la place du marché évoquaient encore ces légions venues d'Asie centrale et le poète Haassan ben Hadda dit qu'ainsi « tomba en poussière le bras droit du Grand Moghol ». Au nord il y avait les montagnes, au sud l'Oman et Mascate — l'ancienne Côte des Pirates et celle des Esclaves —, à l'ouest le Yémen, à l'est le golfe Persique. Les montagnes au-delà du désert, où les oasis surgissaient autour des sources, parmi les blocs de lave, étaient habitées par les tribus shahires : c'était la province du Radjad, où la foi était demeurée aussi pure que ses sources. Les Shahirs avaient dominé le pays pendant des siècles et vénéraient encore la mémoire de l'ancien Imam.

La capitale s'étendait sur un plateau à mille mètres d'altitude, directement au-dessus de la mer. Jusqu'en 1962, les douze portes immenses de bronze et de bois d'une muraille qui avait cinq mètres d'épaisseur et vingt-cinq de hauteur étaient fermées et verrouillées chaque soir et les Européens invités à quitter la ville et à camper hors de l'enceinte. Du côté ouest, le mur était éventré, sans autres coups de boutoir que ceux de la négligence et du temps; des monticules de débris et d'ordures où rôdaient des chiens jaunes s'écoulaient par cette plaie ouverte hors de la vieille ville comme des entrailles pourries. La ville moderne commençait en cet endroit, comme il se devait.

Le royaume avait échappé à toutes les conquêtes, et chaque pierre, ici, avait un air de fierté. Les maisons étaient bâties de pierre ocre et de terre blanche et dressaient leurs cinq ou sept étages au-dessus des ruelles étroites en labyrinthe qui vibraient d'une vie bruyante et confuse, où se mêlaient les chameaux et les transistors, les motocyclettes et la prière du muezzin, les chars à bœufs, les camions harnachés de draperies multicolores et les bédouins aux joues déformées par les boules de *kat*. Le sous-sol avait la réputation d'être aussi riche en pétrole que celui de l'Arabie Saoudite, et les premiers sondages confirmaient déjà cette opinion des géologues. L'ancien Imam avait interdit l'entrée aux prospecteurs, qu'il considérait comme porteurs de tous les vices et germes néfastes de l'Occident. Le pittoresque cachait la misère et le soleil aidait à donner le change. Lorsqu'elle allait vêtue de son tailleur de denim blanc, coiffée d'un chapeau de feutre, à travers la médina, parmi les senteurs de fruits, de menthe, d'encens et de viande grillée, Stéphanie voyait souvent des corps nus et squelettiques étendus dans l'ombre, comme à Bombay. Mais lorsqu'elle se levait à cinq heures du matin, ouvrait les volets et regardait la mer lointaine où le vent gonflait les voiles des premiers boutres de l'aube en route pour Bombay, Zanzibar ou Mombassa, la joie qu'elle ressentait avait la fraîcheur de l'enfance. C'était un espace où le bleu d'outremer semblait détenir un secret de pureté et de profondeur qu'il n'avait nulle part ailleurs ; les voiles, le vent et les vagues s'unissaient pour reconstituer la plus ancienne et la plus satisfaisante trinité du monde…

En 1952, le Haddan se rappela à l'attention de la presse. L'Imam avait décapité de ses mains son propre frère, qui exerçait les fonctions de Premier ministre et avait fomenté un complot. La photographie du tyran, un petit gros à épaisse barbe noir de jais, le visage grimaçant dans un sourire de joie presque enfantine, le sabre levé, s'apprêtant à décapiter son frère félon, avait fait la une de tous les journaux de l'Occident. Le chef de la dynastie shahire, vieille de cinq siècles, fit parler de lui encore une fois en 1972, lorsqu'il fut abattu par un de ses gardes du corps à l'intérieur de sa chambre blindée. On y trouva pour trois milliards de dollars de rubis, de diamants et d'émeraudes, ainsi que plus de dix millions de dollars en billets de banque. Le cadavre fut traîné à travers les rues au bout d'une corde par les « éléments irresponsables » de la population, après quoi les chiens avaient pris la relève. Cette fois, il n'y eut pas de photos.

3

Ils devaient séjourner dans le pays une semaine.

Stéphanie eut droit à une réception donnée en son honneur par Sir David Mandahar, ministre de l'Intérieur et du Tourisme, dans d'anciennes tentes royales dressées dans les jardins du Masswat, sur une colline qui dominait la ville. Les tentes dataient du XVIIIe siècle et la vue était splendide. Le Corps diplomatique s'était dérangé et l'on but des jus de fruits dont les couleurs et les parfums luttaient bravement contre l'absence de boissons plus exaltantes. Sir David Mandahar était bâti en force et avait une carrure qui semblait s'être privée de cou pour éviter les prises de l'adversaire sur un ring de lutte turque. Stéphanie ignorait s'il existait un sport de « lutte turque », mais c'était l'effet que l'homme lui faisait. Sous un turban mauve, ses yeux ressemblaient à de gros hannetons noirs et la barbe et la moustache soigneusement teintes avaient une épaisseur d'où l'on s'attendait presque à voir jaillir un sanglier. On le surnommait d'ailleurs le « sanglier des montagnes », en hommage à sa bravoure légendaire — toutes les bravoures sont toujours « légendaires » — et à ses origines afghanes. Son père était un Pathan du défilé de Khyber, la *Khyber Pass* qui avait causé tant de soucis à l'armée de Kipling. Il apporta lui-même une glace aux grenades à Stéphanie.

— Goûtez, goûtez ! gronda-t-il. Vous savez, les glaces ont toujours été chez nous le luxe suprême.

C'était un de ces *machos* qui n'ouvrent jamais la bouche sans faire appel à toutes les ressources viriles de leurs cordes vocales.

— Depuis les temps les plus lointains, des relais étaient organisés pour porter la glace des montagnes vers la Sublime Porte, les palais et les tentes des rois... À bride abattue, les courriers transportaient leurs cargaisons de neige... Je vous avoue franchement que lors de ma première visite à New York, j'ai été conquis par les glaces américaines... Une variété inouïe ! Je me souviens notamment d'une glace verte à la pistache et à la menthe...

Stéphanie prit cet air d'extrême attention qu'elle adoptait toujours poliment lorsqu'elle cessait d'écouter. Le ministre était accompagné d'un personnage de coupe britannique dont le nom sonnait vaguement comme « Lord Sand... » — cela s'était perdu quelque part entre la barbe et la moustache de Sir David Mandahar — et dont le visage avait cette absence d'expression que l'on qualifie volontiers de « mystérieuse ». Stéphanie fit quelques remarques appropriées sur la *banana-split* et les célèbres « cinq parfums » du Waldorf-Astoria, et sortit de la tente.

La ville s'étendait à ses pieds, hérissée de minarets, ceinte de sa muraille ocre, avec ses innombrables mosquées, ses palais blancs et ses petites oasis intérieures : les jardins privés...

— C'est le moment de dire : une miniature persane ! fit derrière elle une voix aimable.

Elle se retourna et sourit à Teddy Henderson,
l'ambassadeur des États-Unis au Haddan. Il l'avait
reçue deux fois à dîner et elle l'avait trouvé tellement gentil et sympathique qu'elle se surprit à penser à son père. Ce n'était pas une question de
ressemblance physique — le père de Stéphanie
avait une tête et un sourire de pirate vaincu par les
forces de l'ordre — mais c'était le même humour
un peu triste et la même gentillesse.

Henderson devait avoir passé la cinquantaine. Il
avait un visage qui avait gardé encore des souvenirs
de jeunesse, des lunettes d'écaille qu'il rajustait
continuellement sur son nez, sans aucune nécessité,
des cheveux courts, grisonnants, et ce genre de sourire dont les rapports avec la gaieté sont tout rela-
tifs.

— Il ne faut jamais rater les clichés, ça les aide à
vivre, dit-il, en lui prenant le bras. Et d'ailleurs, c'est
vrai : toute la beauté du Haddan est persane... Les
premiers occupants du pays furent les Shahirs qui
sont venus d'Iran...

Il regardait rêveusement la ville étincelante.
Stéphanie fut surprise de voir passer sur son visage
une expression de pitié...

— Il y a ici une vieille légende, qui parle d'un
boa immense et invisible qui entoure la terre de ses
anneaux, dit-il. J'ai réduit cette dimension poétique à des mesures plus... politiques. Au centre, il
y a la merveilleuse miniature persane que vous
voyez devant vous... Autour, il y a le premier cercle,
le premier anneau du boa... la richesse, la puis-

sance, la splendeur de quelques-uns... Autour, il y a le deuxième cercle, le deuxième anneau : la misère, l'ignorance, la crédulité, la servitude... Autour, le troisième anneau du boa : la foi, les passions, la haine, les ambitions, la soif du pouvoir... Et autour, encore, il y a le dernier cercle, le dernier anneau du boa, celui qui commande à tout le reste et peut broyer d'un seul mouvement la ravissante miniature persane à l'intérieur : le pétrole, les conflits d'intérêts, les grandes puissances, la Chine, la Russie et... *nous*...

Il se tut, et porta à ses lèvres le verre d'eau glacée qu'il tenait à la main. Stéphanie le regarda un instant, puis l'embrassa sur une joue.

— Vous n'avez pas du tout l'air d'un boa, Ted, lui dit-elle.

Bobo avait pris des milliers de clichés de Stéphanie pour la collection de printemps. En dehors des revues de mode, il avait l'intention de publier l'œuvre photographique de sa vie, sous le titre « Le Défi de la Beauté ». La Haute Couture et Stéphanie, dans son esprit, représentaient la beauté ; quant à la laideur, à laquelle ce défi était adressé, seul son psychanalyste en connaissait les secrets. L'œil énorme et protubérant de sa caméra ne lâchait pas la jeune femme une seconde, cependant qu'il sautillait autour d'elle, comme un gros crapaud en proie à une folie de balletomane. Le « sultan », malgré sa graisse et son souffle court, paraissait avoir des réserves de forces inépuisables, lorsqu'il s'agissait de se livrer à cette étrange danse rituelle autour de son modèle préféré. Le clic-clic-clic de la caméra ponctuait chaque petit bond, évoquant à la fois la pulsation des cigales et le crépitement des castagnettes. Avec ses bras blafards et courts, son collier de barbe teinte jusqu'au bleu, ses boucles fofolles voletant au-dessus d'un visage que les journées entières passées au soleil étaient incapables d'arracher à une pâleur de souterrain humide, ses petites lèvres goulues, pareilles à un bouton de rose, figées dans une moue de plaisir gourmand et avide, il fusillait Stéphanie du matin au soir, ne ratant pas un effet d'éclairage, du rose de l'aube aux violets, pourpres et ors du couchant. Il avait photographié ainsi sur un fond de ruines qui ne devaient rien à l'œuvre du temps, mais étaient l'œuvre architecturale de six avions dont les pilotes étaient demeurés fidèles à l'Imam jusqu'à la fin, et avaient mis ensuite le cap sur l'Arabie Saoudite. Elle avait dû poser pour lui, vêtue d'une adorable jupe signée John Piltzer et d'une blouse volante «à persiennes» de Tino, sur un fond de palais et de taudis, parmi les femmes voilées et les bédouins, les carcasses de chameaux et les vautours et sous les roses sauvages de la vieille forteresse, qui abritait à présent le Q.G. de la police... Ni la chaleur, ni les bataillons de mouches, ni la fatigue, ni les injures de Stéphanie ne venaient à bout de Bobo et de son inspiration.

— Espèce de dingue, ce qui te ferait vraiment plaisir c'est de me placer dans un ensemble de Courrèges sur un tas de cadavres...

— Ferme-la, ma chérie, sinon tu risques d'avoir une expression sur ton adorable visage...

La voix de Bobo était une sorte de contralto qui suggérait une terrible confusion glandulaire, et son faux accent anglais luttait en vain contre celui du Bronx.

— Dès qu'un mannequin se met à avoir une expression sur son visage, c'est le désastre. Ça fout en l'air le mystère. Tu as entendu parler de Garbo ? Personne n'a jamais vu une trace d'expression sur son visage et c'est comme ça qu'elle est devenue un mythe. Pousse ton cul un peu plus en arrière et avance un peu la jambe droite... Plie un peu le genou... Là. Comme ça, on verra le haut de tes cuisses jusqu'à ton machinchouette... Magistral ! Ne bouge plus. Le visage impénétrable, ma petite reine, complètement vide, mais ce qu'on appelle vide ! Le sphinx, le mystère... Pour l'amour du ciel, chasse-moi cette petite lueur meurtrière de tes yeux... Tu exprimes, nom de Dieu, je te dis que tu *exprimes* ! Pas d'expression, bordel de merde ! Tu n'es pas payée pour ça !

Comme beaucoup de gens qui se sentent mal dans leur peau, Bobo avait le goût des déguisements. Depuis leur arrivée au Haddan, il s'affublait de toutes sortes d'accoutrements incroyables, turbans avec faux rubis et plumes de strass, caftans brodés, pantalons rouges de janissaires et burnous royaux, aux coiffes ceintes de trois anneaux en or, qu'il portait avec une paire de jeans... Le pauvre « sultan de la mode » se détestait cordialement et se comportait de façon à justifier à ses propres yeux et à ceux des autres l'antipathie profonde qu'il s'ins-pirait à lui-même. Ses parents avaient été assassinés à Vienne par les nazis et on disait que les S.S. avaient utilisé l'enfant de dix ans pour leurs jeux virils. On disait aussi qu'il essayait de se suicider au moins une fois par an. Un ancien boy-friend de Stéphanie, un des psychanalystes les plus jeunes et les plus normaux des États-Unis, lui avait dit que Bobo souffrait d'un besoin dévorant de pureté et d'innocence, ce qui rendait ses rapports avec lui-même très difficiles. C'était bien possible, mais il y avait des moments où Stéphanie se disait qu'il devait y avoir une limite à la psychologie.

Il était quatre heures de l'après-midi lorsque Bobo prit le dernier cliché de Stéphanie et plaça enfin son œil de cyclope dans son étui. Stéphanie contempla un instant le fond des ruines — pour une fois, les ruines ne dataient pas du coup d'État récent, mais du XVIe siècle — et se réfugia derrière les manguiers pour ôter sa robe et mettre ses jeans.

Les vagues traînaient leurs voiliers solitaires vers les rivages d'Arabie. On disait que dans ces eaux profondes les requins grouillaient par milliers, ce qui prouve combien il est difficile de se fier aux images de paix et de sérénité.

Massimo regardait la mer d'un air morne.

Massimo del Campo était un ancien chauffeur de poids lourds de Carrare et semblait avoir été taillé à coups de hache par un sculpteur d'inspiration classique dans le marbre de sa ville natale. Selon Bobo, il était promis à une fabuleuse carrière sur tous les écrans du monde. Toujours d'après Bobo, ce bellâtre était une Marilyn Monroe mâle, une Rita Hayworth virile, un homme qui avait tout ce qu'avait Raquel Welch et même plus, un Rudolph Valentino revu et corrigé, en plus vache, mis au goût du jour. De très belles photos de Massimo paraissaient encore de temps en temps dans la presse, mais la seule critique qu'elle avait lue à son sujet disait que l'ancien camionneur avait « toute la présence et le don d'expression qu'il faut pour jouer une colonne de marbre dans un film sur la chute de l'Empire romain ». Quelques petits rôles dans des westerns spaghetti lui permettaient d'entretenir ses illusions mais pas le reste ; sa Ferrari, ses vêtements impeccables et ses petites amies étaient payés par Bobo, ce qui servait non seulement à entretenir Massimo mais aussi à augmenter son ressentiment envers son protecteur. Il avait d'ailleurs des rêves de ce qu'on pouvait appeler le retour à la nature : Stéphanie l'avait surpris en train de rôder autour des camions et, une fois, après un coup d'œil prudent à droite et à gauche pour s'assurer qu'il n'y avait pas de témoin à ces épanchements nostalgiques, il avait touché, caressé presque tendrement le châssis d'un superbe cinq tonnes. Stéphanie avait senti un petit pincement au cœur. Le beau paumé rêvait secrètement de retourner à son honnête métier, mais n'avait pas le courage de rompre avec ses habitudes de luxe. Il n'y a rien de plus irrémédiablement foutu qu'un prolétaire mué en poule de luxe, c'est le genre de voyage pour lequel on ne délivre pas le ticket aller et retour...

— Allez, mes enfants, on rentre.

L'hôtel Métropole était construit dans le style des bains turcs 1900. Il y avait des mosaïques, des tourelles, des faïences d'inspiration persane, avec des paons et des colombes pour motif principal, des domestiques à fez, babouches, des robes blanches flottantes qui évoquaient les plus belles heures du

Shepherd's au Caire et du Winter Palace à Louxor. Cuivres, poufs, tapis : on aurait dit que Pierre Loti allait entrer d'un moment à l'autre, donnant le bras à Gabriele d'Annunzio. Mais il y avait aussi un jardin admirable entre le restaurant et les hauts murs extérieurs qui tombaient savamment en ruine — juste ce qu'il convenait pour entretenir l'atmosphère d'abandon. C'était une petite jungle où le vert dominait en luisant, et le rouge, l'orange et le blanc éclataient par floraisons rapides et éphémères, qui duraient un jour ou deux, puis s'éteignaient. Lorsque les serviteurs apportaient à Stéphanie un Coca-Cola ou un café, ils posaient toujours sur la table une rose dans un verre et ce n'était pas un truc publicitaire mais une vieille coutume du pays.

Elle alla prendre une douche puis revint s'asseoir dans le hall d'entrée près du bassin de mosaïque bleu et jaune où des poissons rouges somnolaient autour du jet d'eau qui prodiguait ses babillages. Il n'y avait que deux vols par semaine vers l'étranger. Le prochain, en direction de Koweït et de Beyrouth, était prévu pour le vendredi. Cela signifiait trente-six heures d'agréables flâneries dans les souks, sans Bobo et sans Massimo, de rêveries sur les falaises rouges, à suivre paresseusement du regard les boutres dont les voiles gonflées évoquaient l'image des maternités fécondes.

Le gong, dernier écho de la malle des Indes et des lents transatlantiques, annonça le dîner. Le climatiseur de la salle à manger avait des ennuis mais deux ventilateurs à hélice qui pendaient du plafond avaient pris la relève. Il y avait quelques hommes d'affaires allemands, français et japonais, mais peu de touristes, sauf un de ces vieux couples américains qui semblent toujours chercher quelqu'un à qui offrir leur gentillesse.

Stéphanie venait d'aborder une salade russe, lorsqu'il y eut une légère agitation parmi le personnel. La porte s'ouvrit et le plus bel adolescent qu'elle ait jamais vu, plus beau encore que celui qui jouait dans *La Mort à Venise* de Visconti, entra dans la salle suivi de deux Haddanais vêtus à l'européenne. Ils avaient les visages impassibles et les regards à la fois détachés et vigilants qui sont ceux de toutes les polices secrètes du monde.

L'adolescent ne devait guère avoir plus de quatorze ans. Sous des sourcils qui montaient en ailes déployées, ses traits avaient la beauté à la fois touchante et un peu troublante d'une virilité à peine éclose. Il portait un blazer bleu marine, un pantalon de flanelle et une de ces cravates anglaises des célèbres magasins de vêtements pour hommes, Eton, Harrow, Balliol ou comment déjà ? Stéphanie ne quittait pas des yeux cet adorable visage...

— Regarde-la, Massimo, grommela Bobo. L'eau lui vient à la bouche. C'est indécent. Tiens-toi bien, Stéphanie.

— Ce n'est pas un être humain, c'est un objet d'art. Bobo, sois un ange et prends-moi une photo de ce garçon, discrètement.

— Tu n'as qu'à te servir de ton Polaroïd, puisque tu traînes partout cette cochonnerie.

Bobo éprouvait pour le développement instantané la phobie des grands virtuoses pour les pianos mécaniques.

— Je n'ose pas. Il m'intimide.

Stéphanie en était au plat principal, que le menu décrivait comme un « délicieux mélange de riz et de paradis », lorsque le jeune garçon se leva et s'approcha de la table.

— Excusez ma hardiesse, Miss Hedrichs, mais j'ai vu si souvent vos photographies dans les publications américaines…

Il rougit, fronça les sourcils, visiblement irrité par sa propre timidité.

— J'ai découpé vos photos et j'en ai toute une collection. Je m'appelle Ali Rahman.

Il fit une pause et Stéphanie sentit qu'il guettait l'effet que ce nom allait produire sur son auditoire.

Bobo, qui ne semblait jamais manger rien d'autre que des glaces à la crème Chantilly et des profite-roles au chocolat, était en train d'exhumer une cerise confite du magma brun dans son assiette.

— Comme c'est passionnant, roucoula-t-il. Stéphanie, ma chérie, ne reste pas comme ça, dis quelque chose d'intelligent…

Massimo se leva, serviette à la main, dans une attitude respectueuse qui donnait envie de lui commander un *espresso*.

— Très honoré, Altesse, murmura-t-il.

— Mon père était l'ancien Imam, dit l'enfant. Le « tyran sanguinaire », vous savez. Vous en avez sans doute entendu parler. On l'appelle également le « monstre médiéval »…

Il y avait plus de tristesse que d'ironie dans sa voix.

— Je ne pense pas que nous ayons le droit de regarder le passé avec les yeux du présent, dit Stéphanie, sentencieusement, avec un de ses sourires éblouissants dont elle se servait quand elle disait une connerie.

L'ancien Imam était un affreux jojo, mais le gosse n'y était pour rien, évidemment.

— C'est d'ailleurs parfaitement exact : mon père était un homme très dur, reprit le jeune homme. Mais avant de le juger, il conviendrait de faire une analyse objective de notre situation historique et de nos traditions, qui n'ont pas changé depuis des siècles. Je ne pense pas qu'on aurait dû le tuer, il aurait suffi de l'exiler… Mais il ne faut pas blâmer notre peuple, car cette cruauté, comme celle de mon père, ne sont que la conséquence des mœurs anachroniques… Les excès qui eurent lieu au moment de la révolution ne furent pas la faute du nouveau gouvernement, mais de quelques éléments primaires et survoltés d'une populace qui n'est pas encore devenue un peuple, faute d'éducation et de prise de conscience nécessaire. C'est pourquoi j'approuve le changement survenu. Ne vous imaginez surtout pas que je le dis parce que j'ai peur du nouveau régime. Je n'ai peur de rien ni de personne. C'est le seul héritage que j'accepte de mes ancêtres : la dignité et le courage…

Adorable, pensa Stéphanie. Si jamais elle avait un fils, c'est celui-là qu'elle choisirait. Elle se mordit la lèvre : Stéphanie, ma fille, tu dois cesser de considérer la vie comme une partie de shopping où l'on va de vitrine en vitrine et de magasin en magasin, en choisissant ce qu'il y a de mieux. Voilà ce que c'est que d'être la poule de luxe numéro un du monde occidental. On a tendance à croire que tout vous est dû et qu'il n'y a que l'embarras du choix.

— Asseyez-vous, prince, et prenez une glace au chocolat, fit Bobo, aimablement. Une glace au chocolat arrange parfois bien des choses.

Les deux gardes du corps assis à la table du fond s'étaient arrêtés de manger. Ils ne quittaient pas l'adolescent des yeux. Stéphanie n'aimait pas ces façons de *pistoleros* et cette méfiance, alors qu'elle était pratiquement un hôte officiel du pays. Ali Rahman surprit son regard désapprobateur et sourit.

— Le nouveau gouvernement veille sur ma sécurité. Ils ont une peur bleue, vous comprenez. Si j'étais tué, l'opinion mondiale accuserait évidemment le régime... C'est pourquoi ces deux messieurs ne me quittent pas d'une semelle, chaque fois que je viens en ville. Après moi, il n'y a plus personne...

Il hésita.

— Voulez-vous accepter d'être mes hôtes ce soir, au palais ? demanda-t-il. Les autorités ne s'opposent pas à ce que je reçoive les invités, à condition d'être informées, naturellement.

Il regarda Stéphanie avec un air de muette supplication.

— Pas ce soir, dit Stéphanie, avec douceur. Je suis crevée. Mais demain, avec plaisir. C'est loin ?

— Trois heures de trajet, à peine. La route est bonne. On gagne la montagne et puis le désert. Je vous enverrai ma voiture à midi.

Il souriait. C'était le genre de sourire que l'on a envie d'effleurer du bout des doigts. Elle se contenta de prendre une pêche dans la corbeille et mordit doucement dans le fruit.

— Je suis si heureux que vous acceptiez, Miss Hedrichs. J'ai vu vos photos pour la première fois lorsque j'avais douze ans, j'étais presque un enfant. Je n'ai jamais cessé de vous collectionner. Pour moi, vous venez tout à fait en tête, avant Carole Lombard. Carole Lombard vient aussitôt après vous, dans mes préférences. Ou plutôt, je lui donne la troisième place. D'abord, il y a vous, ensuite il n'y a personne, et ensuite il y a Carole Lombard…

Stéphanie se mit à rire. Elle voulut se lever pour l'embrasser, mais il ne fallait pas oublier qu'on était en Orient et qu'on ne s'y donnait pas des baisers sur les joues comme à Manhattan ou avenue Montaigne. Elle s'essuya une goutte de jus de pêche au coin des lèvres.

— C'est un merveilleux compliment, Ali…

— Ce n'est pas un compliment, dit Ali Rahman et son visage fut touché par la tristesse. C'est la vérité. Je serai si heureux de vous accueillir. Lorsque vous quitterez le palais, je ne serai plus jamais seul. Votre souvenir me tiendra compagnie…

Il demeura un instant silencieux, fixant Stéphanie avec cette ferveur, cet abandon que seuls les êtres très jeunes, les chiots et les enfants peuvent vous offrir dans un regard, puis s'inclina légèrement et regagna sa table.

— Ouaou, fit Stéphanie, en aspirant l'air profondément. J'espère qu'il ne mettra jamais les pieds à New York ou à Paris. Ce serait un crève-cœur s'il devenait encore un de ces play-boys princiers pour Ferrari, boîtes de nuit, Saint-Tropez et Saint-Moritz. Je n'ai jamais rien vu de plus beau et de plus pur…

Bobo était ravi.

— En tout cas, ma chérie, je te ferai demain des photos avec ton petit prince qui feront baver de jalousie tous mes confrères. On amènera toute la collection et on lui demandera de mettre son costume de maharadjah ou d'émir ou d'imam, enfin, tout son bordel, avec les perles, les diamants et les rubis, et toi, dans tes clairs de lune transparents, tes voiles de rosée et de féerie... L'Occident et l'Orient, Saint-Laurent, Chanel et les palais de rêve... Ah, putain ! Je vais te leur en mettre plein la vue, monz'ami...

Ils apprirent qu'il fallait demander un permis aux autorités, car les visites au petit prince posaient, apparemment, ce que le représentant du ministère de l'Intérieur appelait pudiquement des « problèmes de sécurité ». Le permis fut immédiatement accordé avec les plus aimables sourires. « Mais Miss Hedrichs, vous pouvez aller où vous voulez, voir qui vous voulez, c'est un pays libre... Nous veillons simplement à votre confort. »

Le fonctionnaire qui avait signé le permis portait un nom portugais, c'était, pour autant que Stéphanie pût en juger, un Indien qui avait des yeux de Chinois. Le mélange de races au Haddan, et aussi leur diversité, atteignaient à une sorte de perfection dans l'échantillonnage. On aurait dit un bouillon de culture où le monde cherchait son visage futur.

Le fonctionnaire accompagna Stéphanie jusqu'à la porte et il était évident qu'il l'eût accompagnée bien plus encore. Ils étaient tous terriblement *macho,* ici.

4

La longue Rolls-Royce gris acier — une Silver
Cloud — vint les prendre au Métropole à midi et ils
suivirent une route de montagne bordée de rochers
et de précipices où les palmeraies touffues surgissaient brusquement à un tournant, tapies autour
d'une source parmi les basaltes gris et noirs. Ce fut
ensuite la monotonie du désert brûlant de tous les
feux du jour ; Stéphanie tira les rideaux pour protéger ses yeux contre cette agression solaire.

La Rolls était climatisée et le contraste entre la
chaleur extérieure et la fraîcheur de l'abri induisait
à une détente nerveuse, propice à la bienveillance.
Bobo ronflait, Massimo feuilletait avec une attention extrême une revue de mode masculine, revenant sans cesse à sa propre photo, où il faisait la
réclame d'une grande marque de pantalons. Le
trajet prit non point trois heures, comme l'avait dit
Ali Rahman, mais quatre. Stéphanie ne regrettait
cependant pas sa décision. La montagne allait de
l'ocre au vert, et du noir au gris, il y avait des cascades et des précipices qui évoquaient ces peintures
sur soie indienne où l'on voit les ermites partir à la

recherche de Bouddha dans la grotte secrète où il s'offrirait soudain à leur vue. Il y avait des caravanes de chameaux qui paraissaient, comme toutes les caravanes, chargées d'or et d'épices, et des cavaliers blancs aux voiles qui semblaient fraîchement lavés par les servantes de Nausicaa…

Le désert vint d'un seul coup, dur et pur comme l'Islam et les sabres du paradis, dont parle le Prophète. Il y avait des dunes aux couleurs douces et féminines et des dunes fauves où l'on s'attendait à voir des lions; des troupeaux de palmiers qui baissaient leurs longs cous de girafes sous le poids de dattes vertes, et des éperviers qui tournoyaient au-dessus d'invisibles proies. Enfin, alors que la Rolls venait de remonter la dernière vague pétrifiée de ce qui fut deux cent mille ans plus tôt une coulée de lave, ils aperçurent l'oasis de Sidi Barani, et au milieu de cette intense et luisante verdure, un palais qui faisait immédiatement penser au Taj Mahal, avec ses dômes et ses donjons tout blancs. Le palais baignait jusqu'aux coupoles dans les feuillages des grands manguiers royaux. On traversa des jardins où les paons perchés sur les branches des arbres, les tourterelles et les petits singes gris auraient suffi à rassurer les miniaturistes persans et indiens sur la pérennité de leur sujet favori… La dynastie des Rahman était d'origine iranienne, mais l'endroit évoquait à la fois l'Inde et l'Arabie, Jaipur et Ispahan. Cette plongée dans la verdure après la dureté et la sécheresse blessantes des rocs et des sables fut pour Stéphanie un des plus beaux moments de son séjour au Haddan. C'était comme si les poèmes de Hafiz et de Omar Khayyam avaient pris corps sous ses yeux.

Le jeune prince descendit le perron en courant et accueillit Stéphanie avec une ardeur enfantine. Il lui prit la main, comme s'il eût craint de la perdre : sans doute avait-il beaucoup rêvé et connaissait-il la fragilité des rêves. Elle s'attendait presque qu'il lui montrât ses jouets. Et ce fut d'ailleurs ce que fit Ali Rahman : il lui fit visiter une ménagerie où vivaient des lions, cadeau de l'empereur d'Éthiopie à son père, des cages d'oiseaux exotiques, pour la plupart inconnus dans cette partie du monde, et dont chaque envol était une explosion de couleurs. Il y avait aussi des renards des sables, des singes volants aux oreilles plus grandes que leurs museaux noirs et qui avaient des regards étonnants de vie intense, passionnés, de femmes amoureuses. Dans un étang, des carpes dorées importées du Japon flottaient voluptueusement parmi les fleurs aquatiques dont, l'assura le prince, elles ne pouvaient se passer, mourant de chagrin lorsqu'on les séparait de ces compagnes...

— J'espère que les autorités prendront bien soin de mes animaux, dit Ali. Car je dois bientôt quitter le palais. Un décret du gouvernement l'a donné au peuple. C'est très normal. On fera ici un musée. Je suis maintenant un citoyen comme tout le monde. Le peuple viendra se prélasser ici... Il sera le bienvenu. J'ai suggéré d'organiser l'année prochaine un festival de musique...

— C'est une honte, grommela Bobo. Je voudrais que quelqu'un s'occupe du « peuple » une fois pour toutes. Il y en a assez. Le peuple... Rien que le labeur, la sueur, les larmes... C'est absolument écœurant. Karl Marx a dit qu'il y a « incompatibilité naturelle entre le peuple et la beauté ».

— Il n'a jamais rien dit de pareil, grogna Stéphanie.

— Toi, ma très jolie, tu es atteinte de puritanisme et d'intégrisme, ce qui veut dire que, pour toi, le peuple est le corps de Dieu. Tu te mets à genoux devant lui, tu le vénères, et tu lui brûles des cierges. Le peuple est devenu Jésus-Christ, c'est le dernier cri de cette mode-là, la mode Jésus et agneau pascal, corps de Dieu et vénération de la Sainte Croix, sous sa forme de faucille et de marteau. Je m'attends d'un jour à l'autre à voir une cérémonie religieuse au cours de laquelle les chefs syndicaux viendront laver les pieds d'un ouvrier... Ça nous pend au nez, si j'ose dire... Où comptez-vous vivre, prince ? En Suisse ? En général c'est toujours la Suisse, avec les ci-devant.

Ali Rahman sourit.

— Pas du tout. J'irai peut-être en Angleterre, pour étudier les nouvelles méthodes d'irrigation du désert, mais je vais certainement revenir ici pour être utile à mon pays comme simple particulier. Je suis entièrement acquis aux idées nouvelles, vous savez. Je suis pour la démocratie...

Stéphanie le regarda avec pitié. Le pauvre. Il essayait si désespérément de se mettre à la page... À en juger par la gravité, ou plutôt la tristesse de son beau regard, cela n'allait pas tout seul. Il était évident qu'un prince des empires immémoriaux continuait à vivre en lui sous son blazer très anglais...

Il leur fit visiter le palais. Malgré un côté vente aux enchères qui semblait attendre un commissaire-priseur et une « salle du trône », où le trône, un fau-

teuil victorien en peluche rouge, évoquait irrésistiblement des fesses anglaises et Artillery Mansions, l'art
des Omeyyades apparaissait ici et là dans la beauté
des mosaïques, les proportions harmonieuses, les
tapis, et surtout ce sens extraordinaire dans la
recherche architecturale de l'ombre et de la fraîcheur que les enfants du désert avaient apporté avec
eux jusqu'à Grenade. Il y avait trop de coussins et
tous les sièges étaient, comme toujours, une intru-
sion incongrue dans un mode de vie qui avait ignoré
pendant des siècles leur usage. Il y avait de très beaux
coffres qui avaient dû contenir de vrais trésors, des
calligraphies admirables de grâce et de couleur dans
les mosaïques, et un mauvais goût criard de parvenu
dans tout le mobilier importé d'Occident. Mais ce
qui coupa le souffle à Stéphanie et l'emplit à la fois
d'admiration et de frayeur fut la salle d'armes.

C'était un lieu que tous les guerriers de la terre
semblaient avoir traversé pour y laisser à jamais leur
marque. Il y avait là de magnifiques armures, dont
certaines dataient des croisades, et les murs étaient
couverts d'armes blanches de tous les âges, sabres,
poignards, lances — certainement la plus belle collection privée de tout ce qui avait servi à étriper et à
couper les gorges depuis le début de la foi.

Stéphanie n'avait jamais vu d'objets plus menaçants. Ils suaient la haine, la férocité et une absence
totale de pitié. Elle se sentit révoltée, indignée,
outragée. Ces choses pourtant inanimées avaient
une vie immédiatement perceptible, tant elles pro-
clamaient hautement, ardemment, leurs intentions
meurtrières. Aucune arme à feu ne pouvait rivaliser
avec leur puissance d'expression.

Rien n'y manquait de l'histoire de l'humanité, depuis ses premiers champs de bataille. Il y avait des sabres en croissant de lune que les conquérants de l'Islam appelaient « sabres du paradis », des cimeterres turcs, des armes de traîtrise florentines, pareilles à des vipères, de lourdes épées des croisés qui ressemblaient à de pieuses croix attendant le moment où elles seraient enfin plantées dans les poitrines des ennemis du Christ...

Stéphanie n'était pas portée aux élans morbides d'imagination, mais ces armes froides semblaient remplir la grande salle de sanglots, de cris d'agonie et d'ultimes implorations. Il était impossible de trouver un lieu qui parlât plus rêveusement de carnages, de têtes et de membres coupés.

Brrr.

— Mon petit prince, vous ne devriez jamais mettre les pieds ici, grogna-t-elle. Ça nous enlaidit tous...

— Mais ce ne sont que des pièces de musée, dit Ali.

— Oui, eh bien, merde, dit Stéphanie. C'est un endroit qui fait de Cardin, de Dior et de Givenchy des bienfaiteurs de l'humanité...

Bobo était aux anges.

— Quel endroit délicieux ! s'exclama-t-il. Monsieur votre père était un vrai amateur, je vois.

Le jeune prince posa pour les photos en compagnie de Stéphanie qui changea dix fois de robe, sur un fond d'armes particulièrement féroces que Bobo choisit avec amour. Le prince avait accepté de se mettre en grande tenue. Lorsqu'il se fut vêtu de sa longue tunique lamée, brodée de fils d'argent et de perles, et qu'il se fut coiffé d'un turban blanc dont la traîne lui retombait sur l'épaule, un grand poignard recourbé, la *jahbia*, passé sous la ceinture, son visage perdit soudain son adorable fraîcheur juvénile et parut plus dur et même légèrement cruel. Stéphanie se rappela que le plus grand conquérant de tous les temps, Alexandre de Macédoine, n'avait que seize ans lorsque son galop laissa des empires renversés dans son sillage…

— Quel âge avez-vous, Ali ?

— J'aurai bientôt quinze ans…

Il jeta à Stéphanie un regard un peu rêveur et hésita un moment.

— Si nous étions encore sous la monarchie, j'aurais déjà pris femme.

Ils mirent deux heures à faire le tour du palais. C'était pathétique : le prince-enfant vivait seul dans cent vingt-deux pièces immenses. Pas de famille, pas d'amis : rien qu'une armée de domestiques.

Il y avait cependant un homme qui suivait le prince partout et était certainement un des êtres les plus étranges que Stéphanie ait jamais vus. C'était une sorte de version orientale et agrandie, magnifiée, de ces lutteurs de catch qui sont d'autant mieux payés qu'ils sont plus hideux. Sa tête, ses épaules et ses bras étaient un défi aux proportions auxquelles nous sommes habitués, lorsqu'il s'agit d'êtres humains, et lui conféraient un aspect archaïque et comme inachevé. Il évoquait la Babylonie, les combats des gladiateurs et les grandes figures de bronze du Népal. La peau du visage était si tendue et si collée à l'ossature, qu'elle ne laissait plus de trace à l'expression et il

49

était impossible de lui donner un âge. Le crâne, autour d'une calotte jaune des pieux Shahirs, ou *Ghâzis*, était entièrement nu, luisant, et sous des paupières lentes de tortue, les yeux autour des iris avaient une teinte jaunâtre de vieil ivoire. Le regard était immobile, à la fois liquide et figé, semblable à ces étangs d'eau stagnante où s'élaborent des vies obscures et larvées. Il portait une sorte de gilet de soie bleu sans manches et sans boutons, ouvert sur la poitrine, un pantalon turc bouffant de même couleur et le *bahd* rouge traditionnel des Shahirs enroulé autour de la taille.

— Qui est cet incroyable boa étrangleur ?

Ali se tourna vers cette apparition des temps anciens qui se tenait derrière lui, les bras croisés, et sourit.

— C'était le serviteur préféré de mon père. C'est lui qui m'a élevé et il ne me quitte jamais. Il s'appelle Murad.

— Stéphanie, ma chérie…, murmura Bobo, avec un regard implorant.

Stéphanie soupira et alla mettre un deux-pièces orange d'Ungaro. Bobo prit une vingtaine de photos d'elle accompagnée de la tortue géante qui demeura parfaitement impassible.

— Il est adorable, tout simplement adorable ! bégayait Bobo, la caméra contre l'œil. Si jamais vous décidez de vous en séparer, Altesse, je vous l'achète…

Massimo del Campo poussa un ricanement et écrasa sa cigarette dans un bronze de Chiraz.

— Il avait autrefois le titre officiel de « porte-glaive », dit le prince. Ses fonctions consistaient à assurer la garde personnelle immédiate de l'Imam... il dormait à sa porte. Dans certaines circonstances particulièrement solennelles, il exerçait aussi le rôle du bourreau... C'était une fonction très recherchée.

— Comme c'est intéressant, dit Stéphanie avec un sourire légèrement tordu et un manque total de sincérité. Elle se sentait indignée et parfaitement hypocrite. Il était inconcevable qu'on eût confié un enfant à une telle nurse. Un bourreau pour compagnon de jeux... Elle se demanda avec horreur quels étaient les objets avec lesquels il faisait jouer l'enfant...

— Il est très gentil, vous savez, dit Ali, qui avait senti sa désapprobation.

— J'en suis sûre, dit Stéphanie poliment.

Elle évita de regarder le vieux géant, mais cet effort délibéré la rendit encore plus consciente de sa présence. Elle lui jeta donc un ou deux coups d'œil à la dérobée, car il valait encore mieux le voir que le sentir derrière son dos. Ce qu'il y avait de plus repoussant, chez ce Frankenstein oriental, c'était sa bouche : le trait des lèvres remontait en croissant de lune de gauche à droite, le côté droit nettement plus élevé que le côté gauche, et donnait l'impression d'avoir été taillé d'un coup de ces *jahbias* qu'ils portaient tous ici à la ceinture, sur le ventre. On eût dit que la nature avait marqué ainsi sa figure du symbole même de l'Islam.

— Personne n'était plus dévoué à mon père que Murad, dit le prince. Il était en visite chez ses neveux dans la montagne lorsque la foule a envahi le palais et s'est emparée de l'Imam... S'il avait été là... Il se serait fait hacher en morceaux. Il m'a fallu des semaines pour persuader le gouvernement d'autoriser Murad à revenir. C'est un guerrier presque légendaire, vous savez. À treize ans, il combattait déjà aux côtés d'Ibn Séoud...

Il dut se rendre compte qu'il parlait peut-être avec trop de ferveur du passé et sourit avec un peu de gêne.

— C'est un homme d'un autre âge... Il est incapable de comprendre que je me sois rallié au nouveau régime et à la démocratie. Je suis sûr qu'au fond de son cœur, il ne me le pardonne pas... Au début, il me suppliait de me réfugier dans la montagne, parmi les tribus shahires qui me sont très dévouées, et d'entreprendre une guerre sainte contre le nouveau régime impie de ceux qu'il appelle les anciens esclaves... Maintenant, il se tait, et il sait que je ne ferai jamais cette folie... J'ai passé quatre ans en Angleterre. Et je ne regrette pas le passé, croyez-moi.

Stéphanie lui toucha le bras d'un geste rassurant.

— Mais je n'en doute pas, voyons, dit-elle, se sentant à la fois maternelle et un parfait faux jeton.

— Il faut regarder ces choses-là comme si on feuilletait un de ces jolis livres d'images qui ont enchanté notre enfance, dit Bobo sentencieusement.

Stéphanie glissa vers le « porte-glaive » un regard un peu inquiet.

— Tout cela est fini, et bien fini, maintenant, dit Ali, comme pour la rassurer.

— C'est bien dommage, soupira Bobo, en rangeant ses appareils. Je trouve que notre époque manque de force, de dureté...

Massimo del Campo dit en italien quelques mots que Stéphanie préféra ne pas entendre. Le beau marbre de Carrare commençait visiblement à être excédé par cette attention excessive que l'on accordait à un autre que lui.

— Il ne comprend pas l'Anglais, dit Ali, et je vais vous raconter une histoire qui vous amusera peut-être…

— Il est temps de rentrer à l'hôtel, vous savez, dit Stéphanie rapidement.

Elle n'avait aucune envie de l'entendre, cette histoire. Elle était convaincue que c'était encore quelque chose de parfaitement révoltant.

— Nous partons demain à l'aube et j'ai mes bagages à faire…

— Racontez, prince, racontez ! roucoula Bobo. J'adore les jolies histoires ! Pendant que je range mon matériel…

Massimo eut un petit rire plein de sous-entendus obscènes.

— Murad a fait jadis un vœu. Il était alors un tout jeune guerrier… Au cours des innombrables batailles auxquelles il avait pris part, au Hedjaz, il lui était arrivé de décapiter deux ennemis d'un seul coup de sabre… Mais dans un excès de ferveur religieuse, il avait juré de ne pas toucher à une femme tant qu'il n'aurait pas réussi à décapiter *trois* ennemis à la fois, c'est-à-dire d'un seul coup de sabre…

Pour la première fois, Stéphanie éprouva une sorte de pitié pour le vieux boa. Il ne savait peut-être pas l'anglais, mais ce n'était tout de même pas une histoire à raconter en sa présence. Elle désapprouvait la façon dont Ali le regardait, presque comme un objet, avec une fierté de propriétaire.

Même Bobo paraissait un peu gêné et s'abstint de commentaires.

Le géant demeurait impassible.

Il n'y avait pas trace d'expression sur ce visage d'un autre temps et d'un autre monde.

Ses bras croisés étaient gonflés de veines puissantes.

— Comme tout cela est loin, à présent, dit Ali Rahman. Mon pauvre Murad n'accomplira plus jamais son vœu… qu'il n'aurait jamais dû faire, évidemment.

Au premier étage, dans les appartements du prince, Stéphanie vit des photos d'elle découpées dans les revues de mode et placées dans des cadres de maroquin vert et pourpre, incrusté de nacre et d'ivoire. Il y avait aussi des vieilles photos jaunies des grandes vedettes du temps du cinéma muet : Clara Bow, Vilma Banky, Anita Page… Images fanées d'un monde qui paraissait aujourd'hui aussi lointain et légendaire que l'autre, celui des sabres d'Allah et des trois têtes coupées déposées aux portes du paradis…

— Ali, il n'y a aucune femme dans cette maison ?

— Des servantes à la cuisine…

— Où est votre mère ?

— À Riad. Plongée dans des intrigues… Elle croit encore que les vieux jours peuvent revenir et que je remonterai sur le trône. Surtout, n'allez pas imaginer que je suis retenu comme une sorte d'otage dans mon palais. Ce n'est absolument pas le cas. Je pourrais partir demain pour l'Angleterre, si je le souhaitais, le gouvernement ne cesse de me le proposer. Mais c'est mon pays et je ne le quitterai pas…

Ils regagnèrent la Rolls. Ali prit le volant et les emmena visiter le fameux désert de sel qui se trouvait à soixante-dix kilomètres au nord de l'oasis. C'était un espace vaste et lisse, d'une blancheur étincelante, qui paraissait avoir été découpé dans les glaces de l'Arctique et jeté au milieu des sables. Depuis des milliers d'années, les caravanes venaient chercher ici la précieuse denrée dont ne pouvaient se passer ni hommes ni bêtes. Il y avait là un village abandonné, à demi enfoncé dans le sel. Les maisons ressemblaient à des igloos, avec des ruelles enneigées où l'on s'attendait à voir déboucher des luges...

Lorsqu'ils reprirent le chemin du palais, le soleil se livrait déjà à ses jeux de couleurs avec les dunes, et l'oasis s'épaississait avec la complicité des ombres. Ali Rahman céda sa place à son chauffeur et baisa la main de Stéphanie.

— Je vous remercie d'être venue. C'était un grand bonheur.

Stéphanie se pencha par la portière et embrassa l'adolescent sur les lèvres. Et tandis que la voiture s'éloignait, elle se retourna et vit pour la dernière fois Ali Rahman, qui n'avait pas bougé et qui pressait une main contre ses lèvres comme s'il essayait de retenir le baiser qui s'y était posé.

5

Stéphanie passa une mauvaise nuit et prit un somnifère qui la rendit somnolente mais ne l'aida pas à dormir. Elle se leva pour écarter les rideaux trop lumineux mais sa main ne trouva nul voile : ce n'était que la nuit bleue et les étoiles. Les senteurs du jardin et une confuse aspiration de son corps qui semblait regretter que la nuit n'eût pas deux bras et qu'elle fût incapable de tendresse plus humaine, la firent penser à Mike. Elle avait rompu avec lui il y avait un mois à peine. Stéphanie sentit des larmes glisser sur ses joues, mais les larmes sont des idiotes notoires, on n'y peut rien. Ce n'était pas du tout Mike qui lui manquait, c'était l'amour. L'amour est un truc étrange, il a une présence terrible quand il n'est pas là. Oh et puis j'en ai assez de moi-même, se dit-elle. Il y en a trop. Un surplus de moi. Je vais m'acheter un chihuahua. Ce sont les plus petits chiens du monde. Complètement sans défense. Ils ont vraiment besoin de quelqu'un.

Elle fut debout à cinq heures du matin et finit de faire ses valises, en pestant contre toute la camelote qu'elle avait achetée et qui devait paraître originale avant l'invention de la machine à vapeur.

Dans la salle à manger où elle rejoignit Bobo et Massimo, les serviteurs glissaient si furtivement avec leurs robes et leurs turbans blancs qu'ils donnaient l'impression de créer le silence.

Bobo avait éprouvé le besoin de s'habiller de couleur locale et portait un burnous qui lui donnait l'air d'un espion israélien particulièrement nul. Il était d'une humeur de chien. Lorsqu'il ne travaillait pas, il se retrouvait confronté impitoyablement avec lui-même, une collision dont il sortait endolori, ce qui se traduisait immanquablement par des rosseries qui prenaient Massimo pour cible. Il avait la voix nasillarde d'un enfant souffrant de végétations. L'accent du Bronx était toujours particulièrement fort le matin, lorsque Bobo n'était pas encore en pleine possession de ses moyens.

— Rien à faire, mon chéri. Je refuse de te donner cinq cents dollars pour payer cinq livres de haschisch qui seront immédiatement repérées à la douane. Ils ont des chiens, à présent, spécialement dressés à flairer ça. Et le monde entier a fait le coup des petits sacs collés sur le corps avec du sparadrap. Ça ne prend plus. Tu te feras coffrer. Ce sera la première fois de ta vie que tu feras la une des journaux mais aussi la dernière. Rien à faire. Pas un sou.

— Mais je l'ai déjà payé, dit Massimo, avec un sourire mauvais.

— Ah oui, vraiment?

— Oui, vraiment.

— Et avec quel argent, mon joli?

Massimo eut un sourire heureux.

— J'ai vendu une de tes caméras, la Vampa.

Le visage de Bobo se mit à trembler comme un flan instable, ses lèvres firent une moue d'enfant sur le point de pleurer, mais il y avait dans cet étalage d'apitoiement sur lui-même une trace de satisfaction masochiste que Stéphanie connaissait bien. Elle se demanda pourquoi un homme qui savait si bien se punir lui-même sollicitait pourtant sans cesse une aide extérieure.

— Salaud ! gémit-il. Ma meilleure caméra… Tu n'es qu'une pute sans trace de talent… Je te laisse tomber. Tu vas te retrouver au volant d'un camion de merde sur une autoroute…

— C'est ce qui pourrait lui arriver de mieux, remarqua Stéphanie.

— La ferme, chérie, et occupe-toi de ton cul à toi. Ce n'est pas ma faute si ton nègre t'a plaquée !

— Pauvre bouffe-merde, dit Stéphanie, avec son plus beau sourire.

Elle but encore une gorgée de jus d'orange.

Le directeur de l'hôtel, qui ressemblait au shah d'Iran, vêtu d'une jaquette noire et d'un pantalon rayé, glissa vers eux à pas feutrés, leurs passeports et leurs billets à la main.

— Tout est en ordre, *Sar*, dit-il, et plus de cinquante ans de prestige anglais dans le golfe Persique étaient dans l'accent de ce *Sar*. L'avion décolle à sept heures trente. Il est conseillé d'être à l'aéroport quarante minutes à l'avance pour les formalités de douane. Je vous ai fait préparer un pique-nique… Un repas est servi à bord de l'avion, bien sûr, mais vous savez ce que sont ces lignes aériennes locales…

— Est-ce que leurs avions s'écrasent souvent ? s'enquit Bobo avec espoir.

Le directeur prit un air rassurant.

— L'équipage est yougoslave, *Sar*. Le nouveau gouvernement n'a pas encore eu le temps de former des pilotes haddanais, Dieu merci. Je me suis permis de jeter un coup d'œil à vos passeports, *Sar*. Me serait-il permis de vous demander si vous êtes un descendant de la grande dynastie turque qui a tant fait pour cette région, dans les temps passés ?

Bobo prit un air important. Abdul Hamid, une des dernières gloires de l'Empire ottoman, était probablement le plus cruel satrape depuis Ivan le Terrible et son portrait figurait en bonne place dans l'appartement de Bobo sur la Cinquième Avenue, parmi les autres reliques authentiques de la lignée des Berkovici.

— C'était mon arrière-grand-oncle paternel, bien que nous soyons tous anglais du côté de ma mère, dit Bobo.

Massimo émit un ricanement rauque et Bobo lui jeta un regard haineux.

Le directeur du Métropole l'observa un instant avec une expression étrange, Stéphanie devait s'en souvenir plus tard, au moment des soupçons et de la terreur, lorsque ses pensées incohérentes tournaient à une vitesse folle à la recherche d'un indice, d'une explication. Elle devait se souvenir aussi avec une sorte d'incrédulité de l'atmosphère si paisible et rassurante de la salle à manger, avec ses tapis que traversaient soudain dans un glissement furtif les serviteurs enturbannés, pareils aux pièces de quelque jeu d'échec vivant...

— Ce fut un grand honneur de vous avoir parmi nous, *Sar*...

Le directeur s'inclina et Bobo répondit d'un mouvement gracieux de la tête.

— Et vous aussi, madame. Et vous, signor del Campo. Un grand honneur et un très grand plaisir. Nous n'avons pas souvent l'occasion d'accueillir des célébrités. J'ose espérer que vous garderez de votre séjour un souvenir inoubliable...

Il s'éloigna.

— Quel connard, dit Massimo.

— Oui, il t'a pris pour une célébrité, lança Bobo.

Stéphanie se leva et alla finir son jus d'orange dans le hall près du jet d'eau qui arrosait des poissons rouges.

Un petit homme au teint olivâtre lui sourit avec affabilité des profondeurs d'un fauteuil recouvert de peluche écarlate qui vous donnait chaud rien qu'à le regarder.

— Excusez-moi de ne pas me lever, dit-il poliment. J'ai coulé trop profondément.

Stéphanie se mit à rire et son interlocuteur parut ravi. Il sortit son portefeuille, en tira deux photographies et les lui tendit.

— Ma femme et mes fils, dit-il.

Stéphanie admira comme il convenait la dame brune et importante, entourée de trois petits garçons soigneusement astiqués. Les photos furent suivies d'une carte de visite : *Ahmed Alawi, soie, argent, or, joaillerie, fournisseur de Leurs Majestés les Imams depuis 1875. Authenticité garantie.*

— Nous sommes joailliers de père en fils depuis plusieurs générations, dit M. Alawi, avec satisfaction. C'est un noble métier. Les hommes passent, mais les pierres demeurent.

— Comme c'est vrai, dit Stéphanie, pieusement.

Elle avait pour les clichés la même sympathie compatissante que pour les très vieilles dames que l'on aide à traverser la rue.

— Ce qui compte dans toute chose, voyez-vous, continua le petit homme, qui avait manifestement un fort penchant pour la philosophie, c'est l'authenticité... Un beau diamant ne vous trompe jamais... Il tient toujours ses promesses — et même plus, car les prix ne cessent de monter...

Stéphanie ne portait jamais rien d'autre que les bijoux de pacotille que l'on vend dans les drug-stores et les yeux bruns et un peu tristes de M. Alawi évitaient avec tact ces ornements dont la médiocrité devait le choquer profondément. Il continua à lui parler des saphirs et des émeraudes, des rubis et des diamants, cependant que ses doigts égrenaient un chapelet d'ambre qui pendait de sa main et dont les boules claquaient avec un bruit sec qui rappelait à Stéphanie les échos du jeu de mah-jong dans les rues de Macao. Un serviteur apparut avec deux minuscules tasses de café sur un plateau d'argent et l'inévitable rose dans un verre d'eau. À la surprise de la jeune femme, M. Alawi éleva soudain la voix de façon à être entendu du domestique et se lança dans un hymne d'éloges à la gloire du nouveau régime démocratique et des brillantes perspectives que ce changement politique ouvrait au pays.

— Nous avons mis fin au féodalisme. Revenez dans un an : vous ne reconnaîtrez pas notre pays.

L'instruction obligatoire, l'irrigation et, naturellement, la réforme agraire — ils ont donné la terre à ceux qui la cultivent — tout ça... Et l'hygiène, avant tout, l'hygiène...

Le domestique s'éloigna et M. Alawi lança un petit coup d'œil complice à Stéphanie.

— Tous des espions, dit-il. Je dois faire très attention. Je suis un Shahir, comme vous avez sans doute remarqué, et les Hassanites qui se sont emparés du pouvoir nous détestent... Ils ont peur de nous, bien qu'ils soient deux fois plus nombreux. Nos élites ont été décimées, bannies, spoliées... Ils sont capables d'aller jusqu'au génocide, vous savez... Mais que pouvons-nous faire, sinon espérer ? Je ne vois pas comment cela pourrait durer, ils sont incapables de gouverner... La plupart sont des descendants d'anciens esclaves et des Afghans. Je me rends en Suisse pour consulter un spécialiste. Je souffre d'une néphrite chronique. Des pierres...

Évidemment, quoi d'autre ? pensa Stéphanie. Comme disait M. Alawi lui-même, c'était dans la famille depuis plusieurs générations.

Ils découvrirent qu'ils prenaient le même avion.

— On me laisse partir, mais ma famille reste ici... Ils les gardent en otage, pour que je revienne. Je m'attends qu'ils confisquent tous mes biens. Je ne comprends pas l'attitude des États-Unis et leur politique dans le golfe Persique...

Stéphanie se leva et M. Alawi fit une nouvelle tentative pour émerger des profondeurs du fauteuil, puis renonça avec un geste d'impuissance. Il portait un magnifique rubis au doigt, la montre à son poignet était incrustée de brillants et Stéphanie pensa avec un peu d'ironie aux pierres précieuses qu'il devait cacher dans les semelles de ses souliers. Mais l'homme lui était plutôt sympathique et il était d'ailleurs agréable de savoir qu'il restait encore quelque chose des trésors fabuleux de l'Orient, même si ce quelque chose s'apprêtait à prendre le chemin d'un coffre-fort suisse.

La Cadillac officielle s'arrêta devant l'hôtel et le représentant de l'Office du Tourisme offrit à Stéphanie un énorme bouquet de roses qui s'empressa de la griffer.

— De la part de Sir David Mandahar...

Un autre bouquet, tout aussi agressif, l'attendait à l'aéroport, de la part de M. Sambro ; elle déposa toute cette floraison sauvage et magnifique — les roses d'Arabie sont parmi les plus belles du monde — sur les deux sièges vides derrière elle.

Il n'y avait à bord du bimoteur Dakota qu'une vingtaine de passagers, dont quatre ou cinq seulement portaient des vêtements occidentaux. Elle remarqua surtout un magnifique vieillard, qui sortait tout droit du Coran, avec sa barbe blanche et des yeux qui paraissaient mouillés par la prière et la méditation. On avait envie de lui demander des nouvelles du siège de Grenade et du Cid.

Il y avait quelques personnalités du parti shahir qu'elle avait déjà aperçues à la réception de Sir David Mandahar, toutes vêtues de leurs neiges traditionnelles. On se serait cru au Dorchester ou au Plaza Athénée, au cours d'une nouvelle remise en question des accords sur le pétrole. Un géant, coiffé d'un superbe turban orange et dont le visage était hérissé d'une virilité qui paraissait s'être réfugiée tout entière dans le système pileux, s'approcha de Stéphanie et lui rappela qu'ils s'étaient déjà rencontrés à la réception de Sir David Mandahar.

— Il n'y a que des « ci-devant », dans cet avion, lui dit-il avec un clin d'œil. À part les quelques petits serviteurs du régime, là-bas… Avant le coup d'État, la police politique n'existait pas chez nous…

Il se mit à rire, offrant un puissant hommage à l'oignon et à l'ail.

— Nous revenons de la session parlementaire qui vient de prendre fin, expliqua-t-il. L'avion fera exceptionnellement escale à Raïz, la vieille capitale du Radjad… Vous voyagez avec un représentant des « milieux féodaux esclavagistes », Miss Hedrichs…

Il avait un très beau oh-oh-oh ! et Stéphanie regretta d'avoir placé les bouquets de roses si loin d'elle.

— Ces jeunes gens sont sans doute chargés de s'assurer que nous allons bien débarquer à Raïz. L'avion continue sur Beyrouth et il pourrait nous venir l'idée de quitter le pays et d'aller comploter à l'étranger…

Nouveaux oh-oh-oh ! auxquels Stéphanie fit face courageusement.

— Remarquez, ils ont quelques hommes valables… Mon excellent ami David Mandahar, par exemple… Nous sommes tous les deux de descendance afghane… Sans lui, ce serait déjà la faillite totale…

Les passagers furent priés de regagner leurs sièges et d'attacher leurs ceintures. Le Dakota était assez confortable, malgré le vrombissement des hélices et les vibrations.

Ils eurent droit aux bonbons d'usage. L'hôtesse était adorable. Elle portait un sari indien émeraude et souriait de ce sourire rassurant que les hôtesses de l'air arborent en permanence, comme pour vous assurer que vous ne sentirez rien et que tout se passera très vite. Elle regardait Stéphanie avec admiration. Il était évident que la présence à bord d'une cover-girl célèbre était un événement.

— Vous êtes si belle, si belle ! dit-elle à Stéphanie, avec ce mélange typiquement oriental d'élan chaleureux et de timidité.

— Écoutez, mon chou, vous êtes tellement plus belle que moi que ça fait mal, lui déclara Stéphanie. Je n'ai jamais vu une fille ressemblant davantage à une de ces princesses orientales que d'habitude on rencontre seulement dans les contes de fées.

La jeune femme se mit à rire.

— Nous paraissons toujours belles aux Européens, parce qu'ils n'ont pas l'habitude… Mais au fait, je suis une princesse. Ou plutôt, je l'étais, avant le… changement. Maintenant, chez nous, les titres ont été abolis. Mon père…

Son visage se ferma et elle jeta un coup d'œil rapide autour d'elle.

— Excusez-moi. Je dois m'occuper des autres passagers…

— Mais bien sûr, je comprends…

En dehors de ce que Bobo appelait sa « famille », il y avait un seul Européen à bord. Il était assis de l'autre côté du passage, à la gauche de Stéphanie, et avait l'air d'un de ces officiers que feu l'armée des Indes de Sa Majesté britannique continuera à former encore plusieurs siècles après sa disparition.

Il tenta quelques remarques à propos du temps, ce qui fit sourire la jeune femme, car c'était certainement une des régions du monde où le temps prêtait le moins à discussion. Il ne changeait jamais. Son sourire réduisit l'armée des Indes à un état de timidité qui se traduisit par des toussotements vigoureux, cependant que sa moustache roussâtre se hérissait dans un réflexe de légitime défense et il se réfugia derrière ses barbelés dans un silence sévère qui est, chez les Anglais, quelque chose comme le dernier rempart de la dignité. Il eut cependant le temps de se présenter, ce qui apparut plus tard à Stéphanie comme une erreur professionnelle, commise sans doute dans un souci excessif d'authenticité.

— Colonel Watkins, murmura-t-il. Anciennement du Régiment de la Reine.

— Stéphanie Hedrichs, de New York.

Dix minutes après le décollage, le commandant de bord sortit du poste de pilotage. C'était un Yougoslave bâti comme un Texan, aux cheveux gris. La gaieté et le rire avaient laissé des rides amicales autour de ses yeux et même la cicatrice blanche sur sa joue droite semblait sourire. Il fonça tout droit vers Stéphanie et l'invita à dîner avec lui au Hilton de Beyrouth le soir même. Elle accepta, surtout pour éviter un autre repas avec ses petits camarades. Dîner en compagnie de Bobo donnait à Stéphanie l'impression de manger une sole délicieuse au cours d'une séance de vivisection. Quant à Massimo, il lui faisait la tête depuis qu'elle avait refusé de dissimuler quelques kilos d'excellent haschisch haddanais parmi les robes de la collection. Elle l'avait informé que les prisons italiennes — ils devaient passer quelques jours à Rome — avaient la réputation d'être de loin les plus mauvaises d'Europe et qu'une cover-girl de sa classe et de sa réputation ne pouvait descendre que dans les meilleurs hôtels. Massimo avait pris un air de chien battu censé devoir l'attendrir, mais Stéphanie y avait mis bon ordre en quelques mots. Elle avait horreur des putes. À présent, installé tout seul au fond de l'avion, il boudait. Il devait y avoir quelque part aux environs de Carrare une *mamma* bien malheureuse.

— La banquise, dit le commandant de bord, en se penchant vers le hublot, un peu trop près de Stéphanie.

Il avait largement dépassé la cinquantaine mais n'avait apparemment aucune intention de dételer.

L'avion survolait le désert de sel.

— On appelle cette région la « part du néant », mais il y a plus de monde qu'il n'y paraît. Les contrebandiers surtout… et ils ne sont pas tous arabes, croyez-moi. Nous allons nous poser dans une heure aux pieds des montagnes du Radjad pour débarquer quelques passagers de marque et pour faire le plein. L'Imam avait interdit de prolonger l'oléoduc saoudite jusqu'à la capitale. Et il n'y a pas de route. Le Haddan doit être le dernier pays du monde où l'on ne construit pas de route pour des raisons stratégiques. Ils n'ont pour ainsi dire pas d'armée. Ça viendra. À tout à l'heure, Miss Hedrichs.

Il regagna le poste de pilotage.

Il faisait agréablement frais à présent. Stéphanie fut prise d'une irrésistible envie de dormir. Elle dut faire un grand effort de politesse et feindre d'écouter lorsque M. Alawi — « soie, argent, or, joaillerie, fournisseur de Leurs Majestés, authenticité garantie » — vint s'asseoir à côté d'elle et se mit à bavarder.

— C'est un tel soulagement de pouvoir quitter le pays, lui dit-il, et sa joie était si manifeste que chaque goutte de sueur sur son visage étincelait. C'est un régime policier, vous savez. Toutes nos traditions sont foulées aux pieds. On n'enseigne même plus la religion dans les écoles... Il est même question de nationaliser les banques privées...

Il ne cessait de papoter.

Stéphanie faisait des efforts désespérés pour garder les yeux ouverts. Elle ne devait plus jamais oublier le visage olivâtre de M. Alawi, ses yeux bruns, langoureux, les traces de l'acné juvénile ou de la variole sur ses joues et, pendant de longues années, elle dut passer ses nuits en sa compagnie.

— Comme c'est intéressant, murmura-t-elle, et puis le visage du petit bavard se brouilla, le vrombissement des moteurs se mua en berceuse et elle s'endormit paisiblement.

Elle fut réveillée par un mouvement brutal de l'appareil, mais demeura à demi inconsciente, essayant de se souvenir sur quel vol elle se trouvait, Miami, Londres, Paris... Les trois dernières années de sa vie ne furent qu'une longue suite d'avions, d'escales, d'aéroports... Stéphanie n'arrivait pas à ouvrir les yeux, ses paupières, son corps lui-même paraissaient enlisés dans un sommeil qui la tenait comme un élément liquide, épais, ralentissant ses pensées, et le premier contact avec la réalité fut un atroce mal de tête et une envie de vomir.

Tout autour d'elle était brouillé, elle voyait double et triple et la lumière qui passait à travers le hublot l'aveuglait et la blessait comme des coups de couteau. Elle parvint à se lever, une main sur les paupières, pour les protéger contre ces assauts de clarté impitoyables, et se dirigea à tâtons vers l'avant de l'appareil. Mais la porte qui conduisait aux toilettes et au poste d'équipage était verrouillée de l'intérieur. Stéphanie s'accrocha à la poignée, les yeux fermés, luttant contre une nouvelle montée de sommeil et de nausée. Ses genoux se dérobaient. Elle inspira fortement l'air, fit un effort de volonté têtue pour surmonter la faiblesse qui ne cessait de monter comme une marée de vide. Elle avait un goût de plomb dans la bouche et sa gorge était sèche, râpée, brûlante. De l'eau... Elle tenta de nouveau d'ouvrir la porte, mais en vain.

Stéphanie s'appuya contre la porte, refoulant les flots de néant qui montaient par vagues lourdes, régulières, comme une lente pulsation, à l'assaut de sa conscience...

Droguée... J'ai été droguée... Ce furent ses premières pensées cohérentes et elle se passa la main sur le visage, refusant de céder au sommeil, au vide, à la nausée...

Le Dakota plongea soudain, elle fut projetée sur un siège et s'agrippa aux bras du fauteuil, cependant que l'avion se redressait et piquait à nouveau, pour reprendre ensuite sa ligne de vol hésitante avec une obstination où se sentait la volonté acharnée du pilote. Le ronflement des moteurs montait dans un crescendo aigu, les hélices semblaient sur le point de se détacher et tout l'appareil vibrait dans un tintamarre métallique assourdissant...

Elle fut prise de vomissements.

Le Dakota se débattait comme un poisson fou au bout d'un hameçon qui tente désespérément de se libérer. Puis il retrouva son équilibre, mais les moteurs changeaient de régime et pendant quelques instants l'avion se traîna aux abords de la perte de vitesse et de la chute, comme un animal blessé à mort qui ralentit sa course avant de tomber...

Stéphanie ouvrit les yeux, se leva et essaya de nouveau la poignée de la porte, en donnant des coups de pied furieux pour l'enfoncer. Rien à faire.

L'hôtesse de l'air... Où donc était passée l'hôtesse de l'air?

Stéphanie se tourna vers l'intérieur de l'avion et au même moment, un objet rond jaillit de sous un siège et roula vers elle le long de la travée. Elle ne le reconnut que lorsqu'il vint heurter ses pieds et s'y nicha.

C'était la tête de Bobo.

Stéphanie la regarda fixement, sévèrement, un bon moment, moins effrayée par cette apparition que par l'idée qu'elle délirait et avait des hallucinations.

La tête était calée entre ses pieds et le visage de Bobo était tourné vers elle.

Stéphanie appuya sa main contre ses yeux, se demandant quel était l'enfant de pute qui l'avait droguée — du L.S.D., probablement — comment et à quel moment il s'y était pris. Elle se dit ensuite

70

avec cette rudesse qu'elle savait manifester à l'égard d'elle-même, aux moments difficiles : « Allons, Steph, ça suffit comme ça. Tu vas te reprendre en main, ma fille ! » Elle baissa les yeux et regarda froidement à ses pieds.

La tête coupée de Bobo était toujours là. Elle roulait doucement d'un côté à l'autre comme pour dire que non, non, elle ne voulait pas, elle n'était pas d'accord !... Après quoi, elle appuya presque tendrement sa joue contre la chaussure de Stéphanie et demeura immobile, les yeux levés. Le visage semblait contempler la jeune femme avec une expression de doux reproche ; il y avait sur les lèvres retroussées comme une trace de sourire. Le collier de barbe était couvert de sang déjà sec.

Stéphanie contemplait l'objet avec hostilité, les mâchoires serrées. Lorsque vous êtes victime de ce genre de plaisanterie, la meilleure chose à faire est de ne manifester aucune de ces réactions de terreur qui étaient escomptées par ses auteurs.

Elle se tourna ensuite vers les autres passagers, pour voir comment ils réagissaient à ce petit échantillon de farces et attrapes.

La première personne qu'elle vit fut l'hôtesse de l'air. Elle était assise immédiatement sur la gauche de Stéphanie, près du hublot, pliée en deux. Ses bras ballants étaient tendus comme pour ramasser sa tête posée à ses pieds, et la remettre sur son cou, dont on ne voyait qu'un magma noir.

La peur et le désarroi prenaient toujours chez Stéphanie la forme de la colère et de l'agressivité. Son instinct de conservation était hautement développé. Personne n'allait réussir à lui faire perdre la raison, ni à la faire mourir d'horreur. Elle s'obligea donc à regarder, calmement, s'interdisant toute réaction nerveuse, afin de s'assurer que les choses étaient bien ce qu'elles semblaient être.

Elles l'étaient, incontestablement. La tête de Bobo avait roulé sous les fauteuils, mais celle de l'adorable hôtesse était bien posée à ses pieds et la jeune femme, penchée en avant, semblait bien esquisser le geste de la ramasser pour la remettre sur ses épaules.

Tout ce que Stéphanie ne pouvait surmonter ou comprendre la rendait immanquablement furieuse. Elle jura entre ses dents, luttant contre le vertige et l'évanouissement, puis se détourna de l'hôtesse et commença à avancer dans la travée en se tenant aux dossiers des sièges.

Elle crut d'abord que tous les passagers avaient disparu. L'avion paraissait vide. Mais ils étaient simplement devenus plus petits.

Le premier passager qu'elle reconnut était M. Alawi.

Il tenait sa tête sur ses genoux, entre ses doigts, dont l'un était orné d'un beau rubis. Ses sourcils étaient levés au milieu dans une expression de profond chagrin et sa bouche semblait ouverte sur une dernière supplication.

Le Prophète à barbe blanche et le *macho* enturbanné aux oh ! oh ! oh ! retentissants étaient assis l'un à côté de l'autre, en tenant eux aussi leurs têtes coupées, le Prophète sur ses genoux, et l'autre sur son attaché-case.

Tous les passagers de l'avion à l'exception d'elle-même avaient été décapités. Et ils tenaient tous leurs têtes sur leurs genoux, entre leurs mains, sauf deux ou trois qui les avaient posées sur le plateau du petit déjeuner.

Stéphanie se trouvait à présent au milieu de l'avion. Une chose était certaine : ce n'était pas du délire, elle n'était pas victime d'hallucinations. Elle n'était pas devenue dingue. C'était rassurant.

Elle s'aperçut alors que plusieurs passagers n'étaient plus dans l'avion. Son voisin anglais avait disparu, ainsi que tous les voyageurs vêtus de vêtements européens.

Elle remarqua également que tous les morts avaient leurs ceintures attachées par-dessus leurs bras.

La tête de Bobo continuait à rouler sous les fauteuils et dans la travée. Sans doute à la suite d'un heurt, son œil droit était maintenant fermé et il avait un bout d'enveloppe de chewing-gum Wrigley's collé sur une joue. Wrigley's.

L'avion fit une nouvelle embardée, plongea, se redressa et la tête de M. Alawi sauta de ses genoux et se mit à jouer aux boules avec celle de Bobo.

Pour la première fois, Stéphanie prit vraiment conscience de ce qu'elle voyait.

Elle hurla et se jeta vers le poste de pilotage. Elle se mit à cogner de toutes ses forces et à appeler et elle crut entendre une réponse, un cri, de l'autre côté. Stéphanie redoubla d'efforts, mais en vain.

Pendant quelques secondes, elle se laissa aller, sanglotant, hoquetant, hurlant, collée contre la porte de tout son corps, comme pour *leur* échapper, s'éloigner d'*eux* le plus possible… Mais la jeune femme avait alors l'impression que les têtes ricanaient et se moquaient d'elle, échangeant des clins d'œil complices, et que ces choses horribles allaient lui sauter dessus... Elle leur fit face. Elle préférait encore les regarder que de les sentir derrière son dos.

Il n'y avait rien à craindre. Ce n'étaient plus que des *objets*.

Plus tard, bien plus tard, au cours des longues heures qu'elle devait passer à répondre aux questions, à insister, à s'indigner, se reprenant ensuite pour répéter tout avec calme et précision, sans jamais se contredire, pour leur prouver qu'elle n'avait pas perdu la raison et qu'elle avait bien vu ce qu'elle avait vu, elle devait insister particulièrement sur la *mise en scène.* Car il y avait, dans la position des corps — dans cette façon de leur faire tenir leurs têtes sur les plateaux du petit déjeuner, par exemple — non, ce n'étaient pas ces plateaux qui se trouvent derrière les sièges et que l'on abaisse, c'étaient des plateaux portatifs — qu'il y avait dans cet ignoble *arrangement* une volonté délibérée d'horrifier, de moquer, de profaner. De la part de qui ? Mais est-ce que je sais, moi ! Ce sont vos affaires, après tout. Vos affaires *politiques.* Oui, politiques — et ne me regardez pas comme si j'étais en train de placer de la dynamite sous vos fesses... On avait arrangé tout cela avec une cynique préméditation, spécialement calculée pour provoquer la plus grande indignation possible... Quoi ? Si le pilote était vivant ? Mais évidemment qu'il était encore vivant, puisque l'avion volait. Il essayait de... de vivre. Oui, je sais qu'il y avait un deuxième pilote à côté de lui, mais il n'y était plus... Je veux dire...

Mais je vous ai déjà expliqué tout cela cent fois. Si je n'ai rien remarqué d'autre ? Parce que vous trouvez que ce n'est pas assez ? Laissez-moi réfléchir… Eh bien, il y avait ce haut personnage politique, le chef de l'opposition, celui dont vous m'avez montré la photo… Faites voir… Oui, celui-là. Eh bien, sa tête n'était pas posée sur ses genoux. Elle était sur le siège à côté du sien, comme s'il l'avait mise là pour être plus à l'aise. Bien sûr que j'ai été droguée — les bonbons du décollage, probablement — mais à ce moment-là, j'étais parfaitement lucide. Et d'ailleurs, si vous croyez que j'ai un subconscient qui va couper des têtes pour les poser ensuite sur les plateaux de petit déjeuner, tout ce que je puis dire, c'est que je n'ai pas ce genre d'imagination *orientale*…

Mais tout cela ne vint que bien plus tard, lorsque le cauchemar commença. Pour l'instant, il s'agissait de *réalité*. Stéphanie se tenait appuyée à un siège et, pour se reprendre en main, pour dominer ses nerfs et refouler la panique qui montait, elle se forçait à observer, à noter, à confronter. C'était la seule défense possible : la distanciation par un regard froid et objectif. Et ce fut alors qu'elle se rappela son Polaroïd ; elle l'avait posé sur le siège à côté du sien. C'était là exactement ce qu'il lui fallait : un œil froid, indifférent, qui ne faisait qu'enregistrer. Stéphanie courut saisir l'appareil et prit plusieurs photos, d'abord tête par tête, et puis l'ensemble, tout l'intérieur de l'avion, en cadrant aussi soigneusement que les mouvements flottants du Dakota le lui permettaient.

Elle se souvint alors de Massimo.

Il avait pris place au fond. Stéphanie posa la caméra et se dirigea vers la queue de l'avion, mais celui-ci s'effondra soudain, se débattit, battant des ailes, comme si deux hommes luttaient pour s'emparer des commandes. Elle fut projetée vers l'arrière et tomba, en hurlant, cependant que le Dakota désemparé piquait, se redressait, basculait sur une aile puis sur l'autre, pour relever ensuite le nez et grimper en chandelle avec lenteur, dans cette sorte d'épuisement de forces motrices avant la perte de vitesse et la chute finale. À chaque mouvement de l'appareil qui paraissait ballotté sur une mer démontée, de nouvelles têtes sautaient des genoux de leurs ci-devant maîtres, roulaient en tous sens, venaient heurter le visage de Stéphanie et repartaient en sens inverse, s'entrechoquaient, évoquant quelque monstrueuse mêlée de crabes... Elle réussit à se relever, et se tint debout, adossée à la paroi, penchée sur cette abominable partie de billard, luttant de toutes ses forces contre la tentation de chercher refuge dans l'hystérie ou dans un lâche évanouissement. Stéphanie attendait la chute presque avec espoir, mais le pilote réussit une fois encore à redresser la machine, à lui imposer une ligne de vol incertaine mais obstinée, et le Dakota se traîna en se penchant tantôt sur une aile tantôt sur l'autre, comme un homme qui chancelle ; l'avion semblait prolonger en les amplifiant les mouvements d'agonie du pilote à demi inconscient encore accroché aux commandes...

Stéphanie profita de cette accalmie pour partir à la recherche de Massimo. L'Italien était étendu mort sur le dos mais il avait gardé sa tête sur ses épaules. Elle s'agenouilla à côté de lui et se mit à pleurer, en tenant la main de Massimo dans la sienne, comme si elle venait de perdre son meilleur ami.

Ce fut au moment où ses sanglots se calmaient et où la durée même de l'horreur commençait à en atténuer l'impact par un début d'accoutumance, que l'avion se dressa soudain en chandelle dans un vrombissement des moteurs suivi d'un silence absolu, et parut s'immobiliser. Puis il glissa sur le côté dans une plainte aiguë des hélices, cependant que Stéphanie tombait, roulait sur elle-même et se retrouvait plaquée contre la paroi, hurlant de ter-reur et de refus de mourir...

Pendant les secondes qui se succédèrent ensuite dans une dimension du temps qui n'avait aucune mesure avec ce qu'elle connaissait de la durée humaine, l'avion continua à tomber en tournoyant dans une valse lente de feuille morte qu'accompa-gnaient les ululements des moteurs, auxquels la terreur de Stéphanie empruntait tantôt un cri pro-fond, tantôt une plainte aiguë...

La dernière chose dont elle se souvint fut que l'avion avait cessé de tomber, qu'il se redressait et à l'instant même où une sorte d'espoir désespéré s'éveillait en elle, ce fut le choc, l'éclatement et il n'y eut plus ni peur, ni réalité, ni cauchemar.

6

« Rouge… » Ce fut sa première pensée.

Le soleil filtrait à travers les vaisseaux sanguins de ses paupières. Stéphanie ouvrit les yeux.

Elle était étendue sur une dune à vingt mètres de l'avion. Le Dakota s'était cassé en deux ; la queue et le nez de l'appareil étaient plantés dans le sable, comme un compas ouvert debout sur ses pointes.

Le corps décapité de l'hôtesse pendait par l'ouverture béante au flanc de l'avion, les bras inertes.

La carcasse métallique de l'avion et les dunes baignaient dans une pulsation de lumière et de chaleur, comme si l'espace était parcouru d'ondes à la fois transparentes et perceptibles. Le sari émeraude de l'hôtesse de l'air était la seule note fraîche dans la sécheresse pétrifiée des sables. La pauvre princesse orientale avait été décapitée par la ferraille au moment de l'accident…

Ce fut alors que sa mémoire s'éveilla, dans un retour foudroyant de souvenirs, et Stéphanie se figea. Ses pensées tentèrent d'abord de se dérober, de fuir, mais les flots implacables de conscience continuaient à revenir, en charriant dans une succession d'images irréfutables tout ce qu'elle venait de vivre, tout ce qu'elle avait vu…

Il y avait deux objets dans le sable, entre elle et l'avion.

La tête de M. Alawi tournait le visage vers le soleil dans une expression de désapprobation peinée. Celle du farouche Shahir qui lui avait parlé dans l'avion reposait sur une joue, l'autre pointe de sa moustache dressée de façon impeccable.

Stéphanie cacha son visage dans ses bras et se laissa aller aux sanglots, délibérément, longuement, sans chercher à les retenir, pour se vider complètement, se libérer…

Elle demeura ainsi un bon moment et regarda autour d'elle. Rien. Des dunes de sable et un ciel blanc, vibrant, aveugle.

La Part du Néant. C'est ainsi qu'ils l'appelaient… L'idée qu'elle allait peut-être mourir de soif dans le désert lui traversa l'esprit. Elle grimpa sur une dune, pour voir s'il n'y avait pas quelque chose de vivant à l'horizon. Il n'y avait rien. Un rien immense, sans fin…

Stéphanie descendait de la dune, s'enfonçant dans le sable jusqu'à mi-cheville, lorsqu'elle vit que le corps de l'hôtesse qui pendait à travers l'échancrure dans la paroi de l'avion était agité de mouvements convulsifs, comme s'il essayait de se libérer de sa position inconfortable. Puis le corps plongea en avant et tomba dans le sable, laissant entrevoir une pauvre jambe nue à travers le sari déchiré.

Le visage hébété de Massimo del Campo apparut dans le trou béant.

Pour la première fois, Stéphanie crut qu'elle était vraiment devenue folle. Elle avait vu Massimo mort, un corps inerte affaissé sur la moquette de l'avion. Mais il était bien vivant et il la regardait, la bouche ouverte, avec une telle expression de stupidité bovine qu'elle se sentit mieux. Enfin quelque chose de familier, de permanent. Un lien renoué avec les choses telles qu'elles devraient être...

— Qué... Qué... Qué..., bégaya Massimo, et cela n'alla pas plus loin.

C'était exactement le coup de main dont Stéphanie avait besoin pour retrouver tout son sang-froid et même un certain sentiment de supériorité.

— Tout va très bien, Massimo ! dit-elle d'un ton rassurant comme on calme un caniche de salon terrifié.

— *Très bien !* gémit-il. Tu appelles ça... *très bien !*

— Oui, enfin, tout est relatif, évidemment... La relativité, tu sais. Einstein.

— *Einstein !*

Il lui jeta un nouveau regard épouvanté et commença à descendre de l'avion par l'échancrure, prenant soin de ne pas déchirer son admirable costume en soie blanche de Bangkok. Massimo était de ces Latins qui sont capables d'héroïsme lorsqu'il s'agit de sauver leurs beaux vêtements.

Il finit par tomber lourdement dans le sable où il demeura assis, les jambes écartées. Le corps décapité de l'hôtesse était couché à côté de lui dans une attitude d'abandon et de soumission très féminine et très orientale. Massimo l'observa un instant puis ses yeux lancèrent à Stéphanie un appel au secours.

— C'est pas vrai ! gémit-il. C'est pas vrai !

Il se mit à pleurer. La vue de ces larmes eut sur Stéphanie un effet immédiat : elle se rendit compte qu'elle commençait à avoir soif.

L'Apollon de Carrare se prit la tête à deux mains et se mit à la secouer, la tournant sur ses assises, dans un geste de lamentation bien traditionnel mais qui, à la lueur des événements qui venaient d'avoir lieu, donna à Stéphanie l'impression qu'il essayait de la dévisser.

— Ça suffit comme ça, arrête ! hurla-t-elle.

Massimo hoqueta un moment encore, passa la langue sur ses lèvres gonflées et dit plaintivement :

— La tête de Bobo…

— Oui, je sais, je sais.

— Elle est coupée ! hurla Massimo. Elle est par terre. Elle…

Il se tut brusquement.

Il venait de voir d'autres têtes dans le sable.

Stéphanie n'avait jamais pris au sérieux l'expression : « Les cheveux se dressèrent sur sa tête. » C'était pourtant ce qui se produisait à présent : l'épaisse crinière de Massimo jaillit littéralement en l'air.

Il fit ensuite quelque chose de très humble et d'assez touchant. Il glissa la main sous sa chemise et ses doigts réapparurent, tenant la petite croix qu'il portait au bout d'une chaîne. Massimo la porta à ses lèvres. Puis il demeura complètement inerte, s'abandonnant à son sort, après s'être ainsi placé sous la protection du ciel, et se tint immobile dans le sable, les genoux ramenés sous le menton, le visage enfoui dans ses bras.

Ce fut Stéphanie qui, une heure plus tard, lorsque le soleil devint intenable, dut grimper dans l'avion à la recherche d'un peu d'eau.

Elle essaya d'éviter les corps. Il semblait y en avoir deux fois plus qu'auparavant, à cause de la chaleur et des mouches...

L'air écrasant, suffocant de la carcasse métallique surchauffée la vidait de toutes ses forces.

La porte du poste de pilotage avait cédé sous l'effet du choc et le verrou avait sauté. Stéphanie pénétra à l'intérieur.

Pendant quelques secondes, elle contempla le dos du pilote.

L'homme qui était écroulé sur les commandes portait un burnous. C'était un bédouin.

Ce fut seulement lorsqu'elle vint plus près pour voir son visage qu'elle reconnut le vieux Yougoslave qui l'avait invitée à dîner. C'était bien lui.

Apparemment, il avait éprouvé le besoin de se déguiser en bédouin avant de mourir.

C'était incompréhensible.

Stéphanie refusa d'ailleurs de faire le moindre effort pour comprendre. Elle avait bien d'autres soucis.

Il y avait beaucoup de sang.

Sans doute le pilote avait-il perdu connaissance aux commandes, et la chute de l'avion avait fait le reste.

Le siège du copilote était vide.

Un fusil couvert de sang était coincé entre les manettes et le panneau des instruments.

Les mouches étaient déjà à l'intérieur de la cabine.

Il y avait de l'eau dans le réservoir de la kitchenette à l'avant.

Stéphanie sortit de l'épave inondée de sueur. Elle trouva Massimo effondré et la vue de ce pauvre garçon, qui avait incarné Hercule dans son dernier échec au cinéma, lui rappela qu'elle ne pouvait compter que sur elle-même. Il gémissait, baisait sa petite croix en levant les yeux au ciel d'un air racoleur et pute. Son visage ressemblait à une photo de star arrachée à un ciné-magazine et utilisée comme papier hygiénique. Seul son costume conservait encore un peu de tenue. Bien que déchiré et taché de sang, il avait malgré tout du style : le tailleur romain qui habillait Massimo del Campo était à peu près sorti indemne de l'accident.

Les ailes du Dakota offraient un peu de protection contre les griffes du ciel. Mais près de l'avion, l'air était irrespirable. Les corps se décomposaient à une vitesse qui ressemblait à une sorte de vie, à force de croître et de s'épanouir. Lorsqu'il leur fallait grimper à l'intérieur de l'avion pour remplir un verre d'eau, l'expérience était tout simplement immonde. Ils avaient cependant tellement soif que s'offrir le luxe d'aller boire à l'intérieur du Dakota devint très vite pour eux un véritable délice.

Un peu avant le coucher du soleil, Stéphanie remarqua que le réservoir était percé : le robinet ne donnait plus rien et elle dut pratiquer un trou avec un tire-bouchon plus près du fond pour recueillir ce qui restait du liquide. Par contre, il y avait une vingtaine de boîtes de jus d'orange et de tomate. Et leur joie ne connut plus de bornes lorsqu'ils trouvèrent les cartons de pique-nique.

Ils furent probablement les seuls êtres au monde qui aient jamais attendu la mort en mangeant des sandwiches au saumon fumé, au caviar et au foie gras, suivis de canard farci.

Les premières trente-six heures furent assez terribles, surtout lorsque Massimo del Campo s'empara de la tête de Bobo et se mit à lui adresser de véhéments reproches, dans une sorte de version western-spaghetti de *Hamlet*.

Jusqu'au bout, jusqu'à la dernière lueur de conscience, alors que la sécheresse était telle que les corps eux-mêmes se momifiaient et perdaient toute velléité de senteur, Stéphanie réussit à garder son sens de l'humour. Elle fut prise de fou rire à l'idée que *Wear* allait sans doute décrire son agonie, « quelque part dans le désert enchanteur des Mille et Une Nuits, sous un ciel d'or et de diamant, vêtue d'un ensemble de Riggi jaune et mauve, à larges manches pailletées d'opalines et de sharavaris bleus, rehaussé de bijoux espiègles et pétillants de Nino Alfieri... » Elle portait des *denims* blancs, mais ils allaient s'arranger pour lui faire un peu de publicité à titre posthume.

Alors que se levait l'aube du troisième jour, elle décida qu'elle avait donné une chance raisonnable aux sauveteurs et que maintenant il fallait prendre des risques. Elle voulait bien attendre des secours, mais pas attendre passivement la mort. Et derrière ces dunes, il y avait peut-être quelque chose : une route, un puits, un campement de nomades... Elle réveilla Massimo d'un coup de pied dans les côtes et l'obligea à se lever.

Ils se mirent en route au moment où le soleil se

gonflait déjà à l'horizon. Stéphanie avait beaucoup de peine à marcher, mais le plus dur était de forcer Massimo à avancer : il était à lui tout seul un troupeau de vaches qu'il fallait à tout moment rassembler. En l'espace de quelques heures, la fièvre, et cette espèce de haine céleste qui avait nom « soleil », la peau brûlée, la soif et l'épuisement les transformèrent en deux épouvantails titubants et délirants.

Le visage, les bras de Stéphanie étaient couverts de milliers de piqûres et de boursouflures de tiques invisibles. Les rougeurs se transformaient rapidement en cloques douloureuses.

Cependant, elle continuait à avancer, à jurer, et à pousser devant elle ce troupeau bovin de Massimo, non par pitié ou solidarité, pour l'empêcher de tomber et de se laisser mourir, mais parce qu'elle avait peur de rester seule : il y avait là malgré tout quelque chose de vivant, d'animal, dans tout ce vide aveugle.

Massimo, qu'elle chassait devant elle obstinément, la menaçait du poing, délirant, tournant sur lui-même comme une sorte de marionnette abandonnée qui perdait un à un ses fils, dans une valse lente et maladroite, avant de s'écrouler...

Mais elle continuait sa nage obstinée et hébétée à travers l'espace, cependant que les dunes autour d'elle montaient et descendaient dans un balancement de vagues ocre où apparaissaient parfois le visage de son père et la maison à Fisher Island où elle passait ses vacances, lorsqu'elle était petite fille.

Elle reprit un instant conscience lorsqu'elle vit Massimo, en plein délire, debout au sommet d'une dune, où, ayant assumé une pose avantageuse, il commença soudain à chanter *La donna è mobile*, avant de s'écrouler sur le sol où il se mit à gratter le sable avec ses ongles. Elle se laissa tomber à côté de lui, le visage enveloppé dans son foulard Pucci pour protéger ce qui restait de sa peau. « Bon Dieu, je ne peux pas me permettre de perdre mon gagne-pain, on essaye de me défigurer… Il faut que je gagne ma vie… »

Et soudain, plus de souffrance.

7

Le bateau roulait sur les vagues, et l'Océan la soulevait doucement, amicalement, comme un géant bienveillant qui porte un enfant endormi sur ses épaules. Son père tenait le gouvernail d'une main ferme. C'était un homme qui avait fait, ou tenté de faire, beaucoup de choses dans sa vie, jusqu'au jour où il « laissa tomber » — il le disait avec un sourire triste, mais sans préciser ce qu'il entendait par là — et finit ses jours en Floride comme patron d'un restaurant français à Marina Beach.

Le bateau n'avait que neuf mètres et il y avait trente-deux autres restaurants français autour de Miami, mais les voiles se gonflaient de vent et, avec la casquette de capitaine au long cours, une pipe au bec et une barbe grise de loup de mer, sous les yeux d'une fille qui vous adore, ça pouvait encore aller. Stéphanie se souvenait de sa mère avec gratitude, parce qu'elle les avait plaqués. Ils l'avaient perdue quelque part le long du chemin, entre une affaire de pêche à la langouste et d'import-export, entre Djibouti et Madagascar, où elle les avait quittés pour suivre un capitaine de la Légion étrangère.

Sauvée, pensa-t-elle, sentant avec gratitude le pont bouger sous elle, et elle ouvrit les yeux, pour sourire à son père avec une admiration dont il avait pris l'habitude, et dont il ne pouvait sans doute encore se passer, bien qu'il fût mort depuis cinq ans.

Elle vit les dunes et la silhouette blanche du bédouin qui chevauchait son méhari à côté d'elle, et découvrit qu'elle était couchée sur le dos d'un chameau, sur une sorte de palanquin fait de branches de palmiers, emmaillotée comme un nouveau-né dans des cotonnades rouges et bleues enroulées autour de son corps et sous le ventre de la bête...

Il y avait une file de chameaux devant elle qui se balançaient dans un monde incandescent où la lumière ressemblait à une explosion saisie et perpétuée à son apogée.

Elle ferma vite les yeux pour se protéger contre la douleur mais l'incendie rouge continua à s'acharner sur elle. Stéphanie mit une main sur ses yeux et sentit sous ses doigts une surface rugueuse ; les bouts de peau desséchée et durcie avaient une consistance d'écaille. Elle cria, moins pour attirer l'attention que pour s'assurer qu'il lui restait encore des cordes vocales et que le feu qu'elle sentait au fond de sa gorge n'avait pas tout détruit.

Un des bédouins dirigea son méhari vers elle, souleva une des deux outres de cuir qui pendaient aux flancs de la bête et lui donna à boire.

Elle vit Massimo affalé sur le dos d'un chameau qui tanguait devant elle. Massimo était également enveloppé dans des cotonnades bleues et rouges.

C'était sans doute une caravane de cotonnades bleues et rouges.

Elle s'endormit.

Lorsqu'elle se réveilla, elle se trouva étendue sur une couverture par terre dans une oasis ; on avait mis à côté d'elle une cruche d'eau, des dattes et une sorte de pain qui ressemblait à des bouses de vache desséchées et qui avait un goût à la fois moisi et poussiéreux absolument délicieux. C'était la meilleure chose qu'elle avait jamais mangée. Le soleil était rouge et assez inoffensif, mais au seul mot « soleil », elle avait la nausée. Les chameaux étaient partout, blatérant, éructant et pissant autour d'elle. Ils pissaient de très haut et envoyaient des postillons dans toutes les directions. Enfin, pas des postillons, mais elle se comprenait.

La nuit tomba d'un seul coup et ces fameuses étoiles du désert dont on lui avait rebattu les oreilles scintillèrent de tout leur éclat proverbial. Il commençait à faire diablement froid. Les bédouins lui donnèrent une couverture, mais il n'y en avait qu'une, et au milieu de la nuit Massimo essaya de la lui voler.

Elle grelottait, ses dents claquaient, son visage et ses mains brûlaient et des frissons couraient sur son dos, un mélange de glace et de feu. La peau de son visage s'était durcie comme un masque. Stéphanie avait l'impression que ses traits allaient tomber d'un moment à l'autre. Elle avait entendu parler d'un grand chirurgien plastique au Brésil... Oh et puis zut, ça s'arrangera, décida-t-elle. Je serai de nouveau jolie, même si on doit m'arracher toute la peau des fesses pour faire des greffes. On lui avait toujours dit qu'elle avait des fesses ravissantes.

La douceur de l'air passait sur son visage brûlant comme une main charitable et elle finit pas s'assoupir sous cette caresse…

Elle se réveilla dans une odeur de graisse cuite : un bédouin, la gueule fendue par le sourire, tenait une boulette de viande grillée sous son nez. Massimo assis sur un tapis au milieu des sables dévorait sa ration avec une voracité qui faisait rire les caravaniers.

Les chameliers leur faisaient des gestes pour annoncer le départ. Les méharis agenouillés s'élevaient en protestant. Le ciel jaune annonçait déjà les premières mélasses du soleil. Et ce fut alors que Massimo del Campo montra soudain qu'il était redevenu lui-même.

— Voilà qui va me faire une sacrée publicité, dit-il.

Le lendemain matin, les dunes commencèrent à s'adoucir et à s'aplanir comme une mer qui se calme et ils arrivèrent à un poste militaire. Il n'avait pas de nom, seulement un chiffre, un gros « 5 » peint sur un panneau au bord de la route qui commençait à cet endroit.

Les caravaniers les laissèrent là, avec des éclats de rire qu'on pouvait prendre à la rigueur pour une manifestation de sympathie. Leur chef, qui ne lui avait jamais adressé la parole, et se tenait toujours à l'écart, leur donna des ordres d'une voix sèche et les rires se turent aussitôt. Elle ne connaissait de lui que sa silhouette solitaire. Il avait mis pied à terre et s'était éloigné un instant pour parler à un bédouin qui attendait près d'une Land Rover, et lui tendit quelque chose qui ressemblait à une enveloppe. Pendant ce temps, son chameau s'était couché et lorsque l'homme revint, il dut lutter avec sa monture qui refusait de se relever. Son burnous glissa et Stéphanie vit son visage. C'était un Européen.

Il avait des cheveux très blonds, coupés en brosse, des traits petits et un cou très fort. Il rajusta immédiatement son burnous en se détournant.

La première réaction de Stéphanie fut l'indignation. Cet homme devait certainement parler anglais, allemand ou français, c'était en somme un compatriote, enfin, dans le sens le plus large du mot, et il ne lui avait même pas adressé la parole, demandé comment elle se sentait, prononcé un mot de sympathie ou d'encouragement. Il était déjà remonté sur son chameau. On ne pouvait pas leur signifier plus clairement qu'on les avait assez vus. Des contrebandiers, pensa Stéphanie, brusquement. Voilà qui expliquait tout. Ils devaient transporter du haschisch ou des armes et n'avaient aucune envie de se faire remarquer.

Quatre heures plus tard, ils étaient à Tewza. La jeep militaire les conduisit directement à l'hôpital. Des religieuses indiennes, des infirmières noires et un docteur anglais, assez jeune, auquel elle commença instantanément à tout raconter.

— Oui, oui, je comprends, lui dit-il. Ce ne sera rien.

— Ils ont décapité les passagers et ils ont posé leurs têtes sur leurs genoux ou même sur les plateaux du petit déjeuner…

— Soyez tranquille, lui dit-il, nous allons nous occuper de vous. Vous avez reçu un choc terrible…

91

— L'hôtesse de l'air, une princesse iranienne, était assise dans son fauteuil, penchée en avant, et essayait de ramasser sa tête, qui était à ses pieds — elle a dû tomber dans un mouvement de l'appareil — sauter de ses genoux, je veux dire — comme pour la ramasser et la remettre en place sur ses épaules...

— Allons, Miss Hedrichs, ce sont là des choses qui arrivent. Vous avez eu un grand choc, mais tout va aller bien, maintenant.

Il la prit sous le bras, les infirmières s'affairaient. Il y en avait une grosse, toute noire, avec un beau visage américain comme une *mamma* de Louisiane qui lui caressait les mains et Stéphanie se jeta sur sa poitrine, sanglotant, essayant de lui expliquer...

— Des têtes partout, qui couraient, comme des crabes, qui s'entrechoquaient, comme au billard, vous comprenez... Et le pilote yougoslave qui s'est déguisé en bédouin avant de mourir...

— Mais oui, mais oui, mon petit, ça passera...

Elle ne sentit même pas la piqûre et s'endormit sur la poitrine de sa mère qui avait dû revenir, après toutes ces années.

8

Stéphanie dormit trente-six heures d'affilée, et lorsqu'elle s'éveilla, elle avait une faim de loup et n'eut qu'une idée : manger, manger et manger. Elle fit des rêves littéraires, plein de descriptions géniales de mets succulents et décida de rentrer à New York et d'ouvrir un grand restaurant.

Son premier soin fut de réclamer un miroir : c'était moins grave qu'elle n'avait craint.

Sa chambre était envahie par les roses : envois d'Ali Rahman, de Son Excellence Sambro, ministre des Affaires étrangères, de Son Excellence Sir David Mandahar, ministre de l'Intérieur et du Tourisme, de Son Excellence Edward Henderson, ambassadeur des États-Unis... avec les meilleurs vœux de prompt rétablissement.

Au début, il lui fut interdit de parler. Mais elle n'avait plus de fièvre et le quatrième jour, en entrant un matin dans sa chambre, le docteur Salter l'avait trouvée assise dans son lit, devant une montagne de côtelettes de mouton.

— Bravo, dit-il. Vous avez vécu une aventure terrible, Miss Hedrichs. Quel affreux accident !

Elle posa sa fourchette.

— Quel *accident*? Il s'agit d'un monstrueux assassinat, accompli de la manière la plus cruelle, la plus médiévale. Je n'oublierai jamais toutes ces têtes coupées roulant par terre… Est-ce que les journaux ont publié les photographies?

Le visage du jeune médecin se figea légèrement.

— Ne pensez pas à tout cela, Miss Hedrichs. Ne pensez à rien. Vous êtes encore très fragile.

— Non. Je ne suis pas fragile. Je suis issue d'une solide souche paysanne française et irlandaise, vous savez. On a retrouvé l'avion?

— Oui. La photographie a paru dans les journaux.

— Est-ce qu'on a arrêté les coupables?

Le docteur Salter soupira légèrement.

— Si vous voulez parler de la cause de l'accident, l'enquête est en cours. Des ennuis mécaniques, sans doute.

Elle le regarda attentivement.

— Qu'est-ce que c'est que cette histoire que vous essayez de me raconter, docteur?

— Mais…

— Il ne s'agit pas d'un accident. Ce n'était pas une catastrophe aérienne dans le sens où on l'entend d'habitude. L'avion s'est écrasé parce que le pilote avait reçu deux balles dans le dos. Le copilote avait disparu, ainsi que tous les passagers hassanites et un Anglais. Tous les autres passagers de cet avion infernal, sauf Massimo et moi, *ont eu la tête coupée.* Non, comprenez-moi bien : on les a *décapités.* À coups de hache ou de sabre ou d'un autre instrument d'usage, je ne sais pas. Qu'est-ce que les journaux ont écrit à ce sujet ? Quelles sont les hypothèses ? Qui a pu commettre un crime aussi monstrueux et dans quel but ? Et pourquoi nous a-t-on épargnés, Massimo et moi-même ? Ne prenez pas cet air-là, docteur. Si vous essayez de me convaincre que je suis devenue dingue et que je n'ai pas vu ce que j'ai vu, alors, de deux choses l'une : ou bien vous ne savez rien ou bien vous êtes complice…

Le médecin, qui s'était assis amicalement au pied du lit, se leva. Il ressemblait à présent à un épagneul blond, un peu chauve, triste, portant lunettes.

— Je ne suis certainement pas au courant de ce qui s'est passé, Miss Hedrichs, c'est vrai. Nous reparlerons de tout cela plus tard, quand vous irez mieux. C'est un miracle que vous ayez survécu à la fois à l'accident et au désert…

Il se pencha et toucha du doigt le visage de Stéphanie. Sa peau s'était tellement durcie qu'elle ne sentit même pas le contact.

— Pas trop mal, dit-il, mais ce n'était pas un hommage à sa beauté : il pensait à l'état de son épiderme.

— Ce n'était certainement pas un acte de piraterie aérienne, dit Stéphanie. Des terroristes auraient pu tuer les passagers. Mais pourquoi les auraient-ils décapités ? Il y avait là toute une mise en scène… Un raffinement dans la cruauté, dans la recherche de l'horreur qui ne pouvait être gratuit, qui visait un but… Tous ces malheureux qui tenaient leurs têtes coupées sur leurs genoux… Alors, docteur, je vous pose cette question : quel but ? Et pourquoi nous avoir épargnés, Massimo et moi ?

95

Elle comprit soudain. Stéphanie éprouva un moment d'excitation, presque d'exaltation : enfin, quelque chose prenait un sens.

— Je vais vous dire pourquoi : parce qu'il leur fallait des témoins !

Le docteur aspira profondément et leva la main. Mais elle ne le laissa pas parler. Elle apercevait enfin une petite lueur, minuscule, mais c'était un commencement, malgré tout…

— On compte sur Massimo et sur moi pour dire ce que nous avons vu, pour que ce génocide ne puisse pas être étouffé par… par ceux qui l'ont commis, voilà !

Elle réfléchit un moment.

— Non, ça ne tient pas debout, dit-elle sombrement.

Le docteur Salter jeta encore un coup d'œil à la feuille de température placée au-dessus de son lit. Elle n'avait plus de fièvre.

— Je pense que vous avez besoin encore de beaucoup de sommeil et de repos, dit-il.

Stéphanie avait une grande habitude des hommes, comme toutes les femmes qui sont obligées de survivre dans la jungle masculine. Elle était certaine que le docteur Salter était un homme parfaitement honnête. Alors, il n'y avait qu'une explication. *Il ne savait pas.* Mais s'il ignorait ce qui s'était passé, c'est que ni les journaux locaux, ni la radio n'en avaient parlé. Personne n'était au courant. Et pourtant, ils avaient dû récupérer les corps… Alors…

— Docteur, quelle est la version que les journaux donnent de cette affaire ?

— Je ne lis pas l'arabe, mais nous avons ici un

96

journal local en anglais et il a publié un récit complet de l'accident. L'avion s'est écrasé après deux heures de vol. L'équipage et tous les passagers ont été tués sur le coup, sauf vous et votre ami italien. D'après celui-ci, vous avez attendu trois jours avant d'être secourus. Une caravane est tombée sur vous par hasard… Vous avez eu une chance extraordinaire. Vous devez beaucoup à M. del Campo, il faut dire. Il s'est comporté comme un véritable héros. Ils vous a portée pendant un jour dans ses bras et sur ses épaules…

— *Quoi ?*

Stéphanie était tellement indignée qu'elle ne parvint même pas à retrouver les richesses habituelles de son vocabulaire. Elle demeura à fixer le médecin d'un regard ahuri.

— Je vais vous donner un calmant, Miss Hedrichs. Je prends sur moi la responsabilité de vous affirmer que vous vous remettrez tout à fait dans quelques jours. Et si vous voulez télégraphier à votre famille ou à des amis…

— Je n'ai personne. J'avais un amant mais il m'a plaquée… Je n'ai que moi-même, mais j'y tiens. Et cessez de me dorloter et de me traiter comme un nouveau-né. Je vous ai déjà dit que je ne suis pas fragile. J'ai autant peu besoin d'être chouchoutée qu'un régiment de la Légion étrangère. Pourriez-vous avoir l'obligeance de me faire apporter le journal en question ?

— Je préférerais que vous n'essayiez pas de lire pour le moment, mais si vous insistez…

Il se retira. L'infirmière lui apporta le journal anglais local.

« Un avion des Haddan Airlines s'est écrasé dans le désert. L'équipage et dix-neuf passagers ont été tués et parmi eux le célèbre photographe new-yorkais, M. Abdul Hamid. Il y a deux survivants : Miss Stéphanie Hedrichs, la célèbre cover-girl, et M. Massimo del Campo, l'acteur. L'accident serait dû à une panne des moteurs. »

C'était tout. Mais le plus étonnant était la photographie.

On y voyait les débris *calcinés* du Dakota dans le désert.

Et il n'y avait plus trace du corps de l'hôtesse de l'air. Les têtes avaient disparu. Rien que du sable.

Stéphanie posa le journal.

Elle savait que l'avion n'avait pas brûlé. Ils avaient passé deux jours abrités sous ses ailes.

Et pourtant, c'était bel et bien le même avion, dans cette position en V inversé dont elle se souvenait si bien, avec l'échancrure au flanc...

Elle jeta le journal et se passa une main sur le front... Est-ce que... *Non. Non.* Elle n'avait pas rêvé. Ce ne furent pas des hallucinations.

— Allez me chercher Massimo. Allez le chercher tout de suite.

— M. del Campo a quitté l'hôpital ce matin. Il est retourné à l'hôtel.

— Je m'en fous. Faites-le venir. Je veux également voir le consul des États-Unis. J'ai vécu des heures épouvantables, atroces, inimaginables, et je ne permettrai pas qu'on se moque de moi, par-dessus le marché. J'exige qu'on aille chercher Massimo, que l'on fasse venir le consul américain ou, mieux, l'ambassadeur Henderson lui-même, ainsi que les représentants des agences de presse étrangères...

Ses yeux étincelaient. Les poings serrés, sa chevelure fauve dansant sur son visage, elle allait et venait en gesticulant dans la petite chambre d'hôpital sous les yeux du médecin et de l'infirmière effarés.

— Mais bien sûr, Miss Hedrichs. Nous allons demander à signor del Campo de venir... Calmez-vous, je vous prie. Je vais l'appeler d'ici même...

Le docteur prit le téléphone. Tout d'abord, la « fierté de Carrare », pour parler comme sa publicité personnelle, refusa de quitter son hôtel et de se risquer dans le vaste monde, mais apparemment, quelqu'un réussit à le convaincre et prit même la peine de le conduire dans sa propre voiture à l'hôpital. Le quelqu'un en question se révéla être aussi manifestement un flic, décida Stéphanie, qu'elle était rousse.

— Je te présente mon ami, M. Bakiri, dit Massimo. Il a été très serviable, vraiment. Les autorités également. Tout le monde s'est mis en quatre... Ils ont de merveilleux tailleurs, ici. Regarde ce costume... On me l'a fait en vingt-quatre heures. Il est presque aussi bien coupé qu'à Rome. Ces gens-là ne sont pas aussi sous-développés qu'on le dit. Et vraiment pas cher, tu sais. Je m'en suis commandé une demi-douzaine. C'est de la soie de Thaïlande. Ça vaut vraiment le coup.

— Massimo, veux-tu dire au docteur Salter ce que nous avons vu dans l'avion ?

L'Italien prit un air important. Stéphanie constata qu'il n'avait pas changé : il avait toujours un air aussi con lorsqu'il faisait mine de réfléchir.

— Pour quoi faire ? J'ai tout raconté à la presse.

Elle regretta aussitôt cette remarque qu'elle avait faite à propos de l'air con de Massimo. Elle sentait que l'expression de son propre visage ne devait guère valoir mieux.

— Ah bon ? Tu leur as tout dit ? Ils sont au courant ?

— Bien sûr. J'ai tenu une conférence de presse. Ils me sont tous tombés dessus dès que je suis sorti de l'hôpital. Je peux te dire qu'il y avait là du monde, des journalistes qui sont venus tout exprès de Tripoli, de New Delhi, de Bagdad même... Je leur ai raconté comment j'ai réussi à te sortir de l'avion qui avait pris feu et comment je t'ai portée dans mes bras à travers les dunes pendant deux jours et...

Stéphanie dit quelques mots très forts puis serra les dents.

— Ça va, ça va. Tu peux te faire toute la publicité que tu veux, elle ne fera jamais de toi une vedette. Qu'est-ce que tu leur as raconté, exactement ?

— Qu'est-ce que tu veux que je te dise ? Je leur ai raconté ce qui est arrivé. C'était déjà bien assez, tu ne trouves pas ? Je leur ai dit que l'avion a eu une panne, qu'il est tombé, et que tout le monde a été tué, sauf nous deux. J'ai été projeté au-dehors, mais je suis retourné dans l'avion pour te tirer de là, quand le Dakota a commencé à brûler, et j'ai réussi à te sortir. Quelques secondes de plus et tu y restais. Je risquais gros, évidemment, à cause des réservoirs qui pouvaient exploser d'un moment à l'autre, mais heureusement, ils n'ont pas explosé, et l'avion a simplement brûlé.

— Il a brûlé ?

— Oui. Tu étais inconsciente. Tu ne te souviens probablement de rien.

Stéphanie le regardait fixement. Il n'y avait plus trace de gêne sur le visage de Massimo. Elle le savait capable de n'importe quel mensonge mais elle savait aussi qu'il y avait une chose dont il était parfaitement incapable, c'était de jouer la comédie.

Elle sentit des gouttes de sueur perler sur son front et commença à douter sérieusement de sa raison, de ses souvenirs. L'angoisse se transformait en un début de nausée avec, au creux de l'estomac, le vide de la peur. Mais elle se garda bien de laisser apparaître son désarroi et son hésitation et, sous l'amas des cheveux roux qui déferlaient sur son visage, son expression devint encore plus dure, plus résolue. Elle eut un souvenir bizarre : elle pensa à une de ces mangoustes combatives acculées au mur et qui continuaient à se battre. Elle avait vu beaucoup de mangoustes en Inde. Chaque fois qu'elle sortait de l'hôtel, elle se mettait en colère, parce qu'on montrait un combat à mort entre une mangouste et un cobra.

Il y avait deux genres de touristes en Inde : ceux qui payaient pour voir le combat entre une mangouste et un cobra et ceux qui payaient pour empêcher ce combat de se poursuivre ou d'avoir lieu.

Mais cette fois, non seulement Stéphanie n'avait aucune intention de payer pour empêcher cette lutte mortelle, mais elle se sentait elle-même une mangouste menacée par un cobra d'autant plus dangereux qu'il paraissait être partout à la fois tout en demeurant invisible. Elle n'allait pas se laisser faire : ça au moins, c'était sûr. Elle allait lutter jusqu'au bout.

— Donne-moi une cigarette, chéri.

Massimo lui tendit un paquet de Players et fit craquer avec élégance son briquet en or.

Stéphanie aspira la fumée. Le docteur Salter avait un air peiné et triste. Le flic en civil essayait d'avoir un visage sympathique et d'inspirer confiance. Il disposait pour cela d'un sourire en or où seules quelques dents douteuses paraissaient attendre le pot-de-vin suivant, qui permettrait de payer les travaux du dentiste.

— Dis-moi, Massimo, tu n'aurais pas oublié quelque chose par hasard ? Bon, on t'a payé. C'est clair. Je demande simplement, par acquit de conscience, devant ces messieurs de la famille, en quelque sorte, comme on dit dans la Maffia, si tu leur as parlé, au moins au début, de ce qui est arrivé *vraiment* ? De toutes ces têtes coupées que les passagers tenaient sur leurs genoux ? Que la tête de Bobo roulait par terre comme un ballon ? Qu'aucun des voyageurs n'est mort dans l'« accident », mais qu'ils avaient tous été assassinés avant, décapités ? Que le pilote avait été abattu de deux balles dans le dos et que le copilote avait disparu ? Je connais d'avance ta réponse mais je te pose cette question par acquit de conscience. Parce que moi, on ne m'achètera pas.

Massimo soupira tristement et hocha la tête avec compassion. Il lança un regard lourd de sens au médecin. Comme jeu de scène, c'était trop appuyé et pour une fois, Stéphanie fut profondément reconnaissante à Massimo d'être un si mauvais acteur.

— Jésus, Stéphanie, ça t'a vraiment donné un sale coup, dit-il.

— Bon, ça va. Fous le camp.

M. Bakiri s'interposa. Il le fit avec un geste tout ecclésiastique de sa main grassouillette et d'une voix onctueuse et sucrée. Stéphanie était le contraire d'une raciste mais elle détestait le rahat-loukoum.

— Je suis certain que tout cela s'arrangera, Miss Hedrichs. Dans notre climat regrettable, les effets des émotions ressenties durent plus longtemps, par réverbération, en quelque sorte, comme les mirages. Toutes les régions autour du golfe Persique sont, même du point de vue politique, touchées par cet effet fâcheux que la chaleur et l'humidité ont sur les nerfs... Je dirige l'Office du Tourisme. Si vous avez besoin de quoi que ce soit...

Il glissa une main sous son veston et glissa une carte sur la table de chevet. C'était le genre de personnage qui se mettait à glisser dès qu'il faisait le moindre geste.

Elle se tourna vers Massimo.

— Combien ils t'ont payé ?

— Non, mais dis donc... dit Massimo.

— Les autorités de ce foutu pays cherchent à étouffer l'affaire. Combien t'a-t-on donné ? J'ai droit à la moitié, non ?

M. Bakiri eut une expression peinée.

— Miss Hedrichs, il n'y a plus de corruption dans notre pays. Tout cela est bien fini.

Ce fut alors qu'un souvenir jaillit dans sa tête, un éclair d'espoir, de certitude. *Son Polaroïd.*

— Je pense qu'il ne reste rien de nos affaires ? J'avais un appareil photo...

— Mais si, dit M. Bakiri, heureux de servir. L'avion n'a pas entièrement brûlé et nous avons réussi à récupérer quelques bagages. Nous avons également retrouvé votre Polaroïd et la caméra de M. Abdul Hamid. Nous pensions que l'appareil lui appartenait…

— Le Polaroïd était à moi. Est-ce que vous pourrez me le faire déposer ici ?

— Mais bien sûr, mais comment donc ! dit M. Bakiri.

L'odeur des roses, à la fois mielleuse et lourde, insistante, était insupportable. Elle les fit jeter dehors.

Son Polaroïd lui fut remis dans l'après-midi. Elle l'ouvrit aussitôt. Ses mains tremblaient de nervosité.

Elle avait placé les photos dans la pochette en chamois à l'intérieur de l'étui. Elles étaient toutes là.

Les photos étaient excellentes.

Elles représentaient, toutes, la carcasse incendiée du Dakota et rien d'autre, sinon la noble immensité autour.

Stéphanie saisit le téléphone et demanda à parler au consul des États-Unis.

Il était soi-disant en voyage et le vice-consul était soi-disant malade.

Stéphanie quitta la clinique le jour même. Ses bagages l'attendaient dans sa chambre d'hôtel, ce qui était bien aimable de la part de ceux qu'elle commençait à appeler les « organisateurs », surtout lorsqu'on se rappelait que l'avion était censé avoir brûlé. Mais ils allaient continuer à prétendre que le feu avait épargné le compartiment des bagages.

Même son sac à main était là et lorsqu'elle l'ouvrit, la première chose qu'elle vit fut la carte de visite d'*Ahmed Alawi, soie, argent, or, joaillerie, fournisseur de Leurs Majestés les Imams d'Haddan depuis 1875. Authenticité garantie.*

C'était un bon point de départ. Elle sortit de l'hôtel et se dirigea vers les souks.

9

Entassées autour de la mosquée verte, les boutiques formaient un monde clos, replié sur lui-même, sinueux, tortueux, emmêlé, un labyrinthe qui ne paraissait avoir d'autre but que d'entraîner le visiteur de plus en plus loin, sans le mener nulle part. Il y régnait l'inévitable odeur de menthe et de graisse frite, de myrrhe et d'encens qui avait pris naissance à Babylone quatre mille ans auparavant, pour nourrir depuis de ces effluves prometteurs toute la misère de l'Orient, de la mer Rouge au delta du Gange. C'était le luxueux parfum des pauvres.

Stéphanie venait de dépasser une file d'ânes qui transportaient des peaux puantes destinées sans doute aux souks des teinturiers, lorsqu'elle s'aperçut qu'elle était suivie. Elle tourna à plusieurs reprises dans l'écheveau des ruelles mais l'homme était toujours derrière elle. C'était un Européen. Une silhouette vaguement militaire en saharienne kaki… Elle revint sur ses pas, mais il disparut aussitôt. Volatilisé. Peut-être ne l'avait-elle jamais vu. Encore une bouffée délirante…

Car il n'y avait vraiment aucune raison pour que l'homme blond de la caravane qui les avait recueillis dans le désert se trouvât à présent ici, dans les ruelles de Tewza, marchant à vingt pas derrière elle…

Pourtant, c'était bien lui, elle en était sûre. Il ne pouvait y avoir deux coupes de cheveux blonds en brosse et deux cous pareils au Haddan.

Ses oreilles retentissaient de coups de gong : assis à la turque devant leurs échoppes, les artisans du souk des métaux façonnaient le cuivre. Le tintamarre emplissait sa tête et finissait dans la panique.

Mais il n'y avait aucune raison de s'affoler. Aucune.

Si les autorités du Haddan avaient décidé de la supprimer parce qu'elle était un témoin gênant, elles n'auraient pas choisi un tueur européen. Et certainement pas un des hommes qui les avaient sauvés, Massimo et elle…

Elle but une tasse de café dans une boutique et fit un examen de conscience. Stéphanie, ma fille, pourquoi es-tu toujours aussi obstinée qu'une mule ? Laisse tomber, prends le premier avion, retrouve ton gentil *penthouse* de Manhattan, et Givenchy, Ungaro, Saint-Laurent, Lanvin… *Ton* monde.

Comme disait une de ses copines encore plus endurcie qu'elle : « Tu n'as rien à en foutre. » Mais il y avait aussi Tolstoï, qui avait écrit : « Le monde est la responsabilité de chacun. » Et puis, au diable. Ce n'était même pas ça. Ce n'était pas une question de morale, de justice, de dignité humaine, d'idéalisme.

C'était une question de *féminité*. Le souvenir de cette adorable hôtesse de l'air en sari émeraude, son doux corps affaissé dans le fauteuil et ses bras tendus vers la tête posée à ses pieds… Oui, de féminité, de solidarité féminine.

Quelqu'un allait payer pour *ça*.

Stéphanie trouva sans difficulté la boutique de M. Alawi dans le souk des bijoutiers. Elle était plus grande et de toute évidence plus florissante que les autres. Il n'y avait personne à l'intérieur. Elle traversa le magasin et déboucha dans une cour dallée ; au milieu, un jet d'eau semblait réciter le Coran dans un murmure paisible.

La lourde porte en bois sculpté conduisant aux appartements privés était ouverte et Stéphanie franchit le seuil et pénétra dans la pénombre. Elle goûta un instant la fraîcheur apaisante, puis entendit un bruit derrière et se retourna : un visage très pâle aux yeux noirs la regardait à travers le rideau de raphia. Stéphanie reconnut le visage immédiatement. Elle l'avait vu sur l'une des photographies que M. Alawi, « soie, argent, or, joaillerie », lui avait montrées dans le hall de l'hôtel. C'était sa femme.

Elle était en noir et ne portait pas le voile. Ses cheveux étaient ramenés en arrière. Brusquement, devant cette figure tragique et ces vêtements noirs, Stéphanie quitta l'Orient : on était en Grèce.

— Excusez-moi, je cherche M. Alawi.

— Oui.

— C'est son magasin, n'est-ce pas ? Il m'a donné sa carte.

— Oui.

— Vous parlez anglais ?

Silence. La tête de la femme tremblait comme si elle était sur le point de tomber. Stéphanie se rendit compte brusquement que, désormais, et pendant très longtemps, sans doute, elle allait avoir des problèmes avec les têtes.

Elle entendit quelqu'un approcher sur sa gauche, en traînant les pieds, et aperçut un homme corpulent et âgé qui sortait d'une vaste pièce obscure où l'on devinait des mosaïques, des tapis et des plantes vertes.

À première vue, l'homme paraissait avoir au moins cent vingt ans, mais en l'observant de plus près, elle comprit que ce n'était pas l'âge, mais le chagrin qui lui donnait cet air usé.

— Mon fils est mort. Qu'est-ce que vous lui voulez ? Il est mort...

La femme demeurait immobile et sa tête tremblait de plus en plus. Les murs étaient recouverts de faïence blanche.

— Je sais. Inutile de vous dire combien je suis triste, car de telles banalités ne conviennent pas... J'ai rencontré votre mari avant le départ. J'étais dans cet avion avec lui. Je sais *tout*.

Le silence, à nouveau. Rien, sinon le bruit du jet d'eau dans la cour. Un bruit très paisible...

— Je sais ce que vous ressentez. Je veux vous aider... Il s'agit d'un crime, d'un horrible massacre. On essaye d'étouffer l'affaire. Je suis un témoin. J'ai tout vu. Ce n'était pas un simple accident d'avion... C'était un génocide délibéré.

— Bonjour, dit le vieil homme.

Sur le coup, cela n'avait pas de sens, mais Stéphanie comprit qu'il avait voulu dire au revoir.

— Je vous en prie, n'ayez pas peur. Vous pouvez me faire confiance. Il faut que les coupables soient punis…

— Pourquoi ne partez-vous pas ? gémit soudain la femme, en bon anglais, d'une voix haut perchée, presque stridente. Allez-vous-en ! Nous avons eu assez de malheurs. Mon mari est mort. Il a été tué dans un accident d'avion. C'était la volonté de Dieu.

— Certainement pas. C'était la volonté d'une bande d'assassins à la solde des autorités de ce pays qui cherchent à…

L'homme leva les mains.

— Nous ne désirons pas parler politique, dans cette maison en deuil. Partez. Vous êtes un oiseau de malheur.

— Vous ont-ils rendu la…

Elle avala sa salive.

— … Le corps ?

La lourde poitrine de la femme se soulevait à un rythme accéléré. Stéphanie comprit qu'elle allait éclater en sanglots hystériques d'un instant à l'autre…

— J'ai enterré les restes de mon fils la nuit dernière, dit l'homme. À présent, il repose en paix. Puisse son voyage vers Allah être rapide et paisible…

Stéphanie ouvrit la bouche, puis la referma. Impossible, bon sang, de demander à ces gens accablés de douleur : « Et sa tête, ils vous l'ont rendue ? »

Ses yeux se remplirent de larmes. Elle ne savait pas elle-même si c'étaient des larmes de pitié ou de frustration.

— Très bien. Je comprends… Vous devez continuer à vivre dans ce pays. Je suis désolée. Au revoir.

Stéphanie leur tourna le dos et se précipita dehors en pleurant. Elle ne contrôlait pas encore très bien ses nerfs, mais elle ne s'était jamais sentie plus sûre d'elle-même et plus obstinée.

Elle repartit vers l'hôtel d'un pas vif et décidé, comme si elle savait exactement ce qu'elle allait faire.

Dans le souk des orfèvres, un chant arabe jaillissait d'un disque usé au fond d'un petit café, livrant une bataille perdue d'avance aux marteaux des artisans. Quelques seigneurs du désert, probablement de simples chameliers, fumaient le narghilé autour des tables, en observant cette immobilité empreinte d'une sereine indifférence pour le passage du temps qui est sans doute due simplement à l'absence d'une industrie horlogère. Certains jouaient aux dames, d'autres mâchaient du *kat*, attendant la fin des jours. Une odeur de menthe et d'eucalyptus flottait dans l'air.

Stéphanie s'assit à une table, commanda un café, sortit un bloc-notes de son sac et commença à écrire une lettre au *New York Times*.

10

Rousseau était venu à Bagdad pour acheter dix tonnes de dattes. C'était la dixième récolte de dattes que la C.I.A. achetait à Bagdad et il y avait à la section budgétaire des grincements de dents perceptibles. Mais il fallait soutenir la réputation commerciale de son représentant en Irak et donner à des acheteurs de dattes l'occasion de le rencontrer, sans se retrouver en prison comme agents de l'impérialisme américain.

Les relations entre le gouvernement bathiste et Washington, depuis la pendaison des «agents sionistes» et les fournitures d'armes massives par l'U.R.S.S., étaient réduites à zéro. Rousseau avait un passeport italien impeccable et son sac de voyage, examiné dans ses moindres détails à la douane, contenait six mois de correspondance avec les producteurs des meilleurs dattes, figues, raisins et abricots secs de Bagdad, Damas et Alger. Il avait passé huit jours à étudier le marché de fruits secs arabe.

Des blindés stationnaient encore ici et là dans les rues, mais le dix-septième coup d'État que l'Irak avait connu en vingt ans avait échoué. Cette dernière tentative portait toutes les marques d'une improvisation hâtive. Le chef de la Police politique avait invité à déjeuner ses amis le ministre de l'Intérieur et celui de la Défense ; il avait abattu le premier et blessé grièvement le second après le dessert. Il avait ensuite tenté d'occuper le palais du gouvernement et la Radio à la tête des Forces de Sécurité, mais l'armée était demeurée fidèle au parti bathiste et, en deux heures, tout fut terminé. Le colonel Kazzar, qui avait pris la fuite en direction de l'Iran, fut rattrapé à quelques kilomètres à peine de la frontière. Il venait d'être exécuté en compagnie de vingt-sept autres conspirateurs. Le chiffre était très provisoire car, selon le communiqué officiel, « l'enquête continuait ». À la suite de l'affaire, la tension entre l'Irak et l'Iran s'était encore accrue.

Rousseau roulait à travers Bagdad dans une Renault blanche, en compagnie de l'homme qui l'avait accueilli à sa descente d'avion. Son conducteur avait un visage long et énergique, dans le genre « vent du large, soleil et embruns », aux cheveux grisonnants qui devaient onduler si on les laissait faire, mais que l'on avait coupés court dans leurs élans. Une forte pipe droite allait à merveille avec ce profil d'explorateur. Il tenait le volant comme un homme qui éprouve encore quelque plaisir à conduire.

— Ça a failli réussir, vous savez, dit l'Anglais. Si l'avion du Premier ministre n'avait pas eu quelques heures de retard... Il y avait un comité d'accueil bien placé à l'aéroport mais quand ils ne l'ont pas vu arriver, ils se sont affolés et ils ont plié bagage. Ça aurait changé pas mal de choses, ici... et ailleurs.

Il y avait une trace de regret dans sa voix et Rousseau le nota avec intérêt.

Rousseau avait reçu l'ordre de passer par Bagdad pour recueillir les dernières informations sur le trafic d'armes dans toute la région du golfe Persique — qu'il ne fallait surtout pas oublier d'appeler ici golfe Arabe. Les pays du Proche-Orient avaient dépensé en cinq ans plus de dix milliards de dollars en achats d'armes et, pour les cinq années à venir, on estimait les commandes à quinze milliards. Une part importante de ce chiffre d'affaires — vingt pour cent environ, en 1973 — échappait aux grandes puissances, à la suite de commandes « dans le dos », c'est-à-dire au profit des firmes et trafiquants privés qui offraient jusqu'à douze pour cent de commissions et ristournes aux gens en place. Le pétrole et la crise de l'énergie commençaient à jouer ici le même rôle que la bière au Chicago des années vingt, aux heures de la grande soif américaine de la prohibition : les royaumes du pétrole étaient morcelés entre différents « caïds » armés jusqu'aux dents et qui se surveillaient du coin de l'œil. Les ventes d'armes « privées » à l'est d'Aden concurrençaient les commandes « officielles » et Washington s'en inquiétait sérieusement... Dans l'intérêt de la paix, naturellement. Rousseau sourit. Il lui restait très peu d'illusions.

Il devait rencontrer le meilleur expert britannique du golfe Persique, qui tenait jour par jour la comptabilité commandes-livraisons des « privés ». C'était une région où l'Angleterre avait fait la pluie et le beau temps pendant trois quarts de siècle et on consultait la vieille dame presque par superstition.

Les Anglais étaient les meilleurs acteurs du monde, et pas seulement au théâtre. Ils continuaient à jouer le rôle alors que le texte et la pièce elle-même avaient depuis longtemps disparu. Depuis trente ans, aucun autre service de renseignements n'avait essuyé de revers plus retentissants, mais la réputation des réseaux anglais avait survécu à tous les échecs...

Rousseau devait se rendre ensuite au Haddan pour s'occuper du « côté américain » de l'affaire : une commande d'armes de deux cents millions de dollars, à livrer de toute urgence, et une situation politique susceptible de foutre en l'air tout l'équilibre des émirats, depuis cette histoire de l'avion. La plupart des personnalités de l'opposition avaient trouvé la mort dans l'accident, que Radio-Tripoli et Jedda, pour une fois d'accord, présentaient comme un « sabotage criminel ». Encore semblaient-ils ignorer pour le moment certains détails qui s'étalaient dans toute leur verdeur cadavérique, et non sans complaisance, dans les câbles que l'ambassadeur des États-Unis à Tewza faisait parvenir à Washington. Il y avait là de quoi mettre le feu à tout le pétrole... Déjà, le prix d'armes « chaudes » — livrables immédiatement — était monté de vingt pour cent, entre le départ de Rousseau de Washington et son passage à Beyrouth. De nouveaux accrochages avaient eu lieu entre l'Irak et l'émirat du Koweït et, depuis vingt-quatre heures, entre l'Irak et l'Iran. Le shah d'Iran avait déclaré qu'il ne permettrait à personne de « modifier l'équilibre du golfe Persique »...

Rousseau était un descendant des créoles français des Antilles. Il était né à La Nouvelle-Orléans et avait un de ces visages latins que l'on qualifie volontiers de «visage de conquistador». Quelques gouttes de sang noir l'aidaient considérablement dans son métier. La suite d'accidents génétiques dont il était issu lui permettait en effet de passer, selon les besoins, pour un Sud-Américain, pour un métis de Noir, pour un Juif ou pour un Arabe. Ses collègues de la C.I.A. lui disaient qu'il «avait une gueule à tout faire», ce qui n'était pas forcément un compliment, et sa femme, avant de le plaquer, lui avait fait don d'une réflexion intéressante. Selon elle, il avait tant de noblesse dans le visage qu'il lui avait fallu deux ans pour apprendre à le connaître vraiment. Il arrivait encore à Rousseau de méditer sur cette phrase et ses implications avec un certain étonnement...

— La récolte de dattes a été particulièrement abondante, cette année, remarqua son conducteur. Mais les prix ont monté... La situation est favorable à la hausse et, comme toujours, c'est la situation qui commande... C'est pragmatique...

En une demi-heure, son compagnon avait utilisé deux fois l'expression «c'est la situation qui commande» et «c'est pragmatique». Rousseau le nota également. On identifiait un homme avec moins que ça...

— Enfin, vous aurez les tout derniers chiffres dans un instant...

La Renault s'arrêta devant une villa blanc sale, du genre j'ai-connu-de-plus-beaux-jours, du quartier de Bousaïd. L'endroit avait dû être jadis une oasis mais l'Occident était venu crever ici, quelque cinquante ans auparavant, sous forme de villas de ciment gris, de poteaux télégraphiques penchés et de ces maisons qui élèvent hardiment leurs sept étages au-dessus des taudis, pour se mettre aussitôt à perdre leur plâtre et à prendre un air inhabité.

Rousseau promena autour de lui un regard écœuré. Il avait horreur des lieux où l'Orient et l'Occident se rencontrent dans la laideur et semblent s'accuser réciproquement...

Son conducteur l'observait par-dessus sa pipe avec une trace d'ironie.

— Comme je vous comprends ! dit-il. Et encore, c'est l'heure de la sieste... Il faut voir ça avec les motocyclettes et les camions... Je vous attends ici. Je vous conduirai ensuite à l'hôtel.

Rousseau prit sa serviette et sortit.

L'Anglais sortit également, s'appuya contre la Renault et se mit à bourrer sa pipe.

Rousseau sonna à la porte et attendit, observant cette opération paisible avec sympathie. Il avait horreur de présenter son dos à un homme qu'il ne connaissait pas, dans un lieu isolé.

Une petite phobie « pragmatique » dont il n'avait aucune raison de chercher à se guérir...

Ils échangèrent des sourires aimables.

L'homme qui lui ouvrit la porte et l'observa un instant avait pris pour la circonstance un air méfiant et furtif de médecin avorteur. Il paraissait âgé d'une soixantaine d'années et portait un costume de flanelle grise, mais son corps avait une coupe nettement militaire. Il était plutôt petit, mince et son regard brun et jeune passa Rousseau en inspection avec un manque absolu d'égards pour toutes les règles de discrétion et de courtoisie entre étrangers bien élevés.

— Vous pouvez me fouiller, si vous voulez, dit Rousseau qui tenait aux traditions d'humour léger des G.I.'s américains.

L'homme se frotta légèrement du doigt sa lèvre supérieure et dit sévèrement :

— Appelez-moi Watkins.

— P.C.D.K.W., Watkins, sans doute ? demanda Rousseau, avec une pensée pieuse pour tous les camarades qui s'étaient fait descendre parce qu'ils avaient une confiance excessive dans les codes, les signes de reconnaissance et les mots de passe. C'était la sauce à laquelle on se faisait le plus sûrement manger.

L'homme lui tendit aussitôt la main d'un geste qui paraissait exprimer des félicitations, comme si Rousseau venait de réussir un exploit particulièrement difficile.

— Entrez.

Ils traversèrent un petit vestibule orné d'un portemanteau et d'une chaise. Rousseau nota une fenêtre commode, qui donnait dans un jardin. La pièce principale était presque vide, en dehors d'un bureau, de deux chaises, d'un classeur et d'une photographie dans un cadre en plastique d'« appelez-moi Watkins », plus jeune de vingt ans mais au complet, avec cheval, cravache, uniforme et bonnet à poil de grenadier de la Reine.

Un nostalgique...

Rousseau glissa un regard sur le portrait et sur le visage de son hôte. Le visage n'avait plus la petite moustache dont il s'ornait sur la photo mais ne paraissait avoir guère changé autrement.

Il eut soudain l'impression que ses traits lui

étaient vaguement familiers... Il avait déjà vu cet homme quelque part...

« Appelez-moi Watkins » s'était légèrement tourné vers la fenêtre et regardait dehors. Il parla ainsi, du bout des lèvres, tournant presque le dos à Rousseau et son attention paraissait aller au ciel, aux oiseaux et aux palmiers que l'on apercevait ici et là de l'autre côté de la rue.

— J'ai cru comprendre qu'on vous a envoyé ici afin de recueillir quelques informations dignes de foi sur la situation. Londres m'a prié de répondre à toutes vos questions... Bon. J'apprécie la haute opinion que la C.I.A. semble se faire de ma compétence... Que voulez-vous savoir ?

La voix était sèche, cassante et sa dureté allait bien avec la froideur des yeux dont les paupières ne cillaient pas dans la lumière.

— ... Ou plutôt, commençons par le commencement. Que croyez-vous savoir, exactement ? Je ferai ensuite de mon mieux pour compléter vos informations.

Rousseau admirait la montre-bracelet sur le poignet d'« Appelez-moi Watkins ». Une petite merveille de joaillerie suisse en or. Rien à voir avec ces pauvres cadrans noirs de l'armée. Il n'y avait non plus aucune raison pour que le portrait en uniforme d'« Appelez-moi Watkins » se trouvât là, sur ce bureau vide, face aux visiteurs, dans une pièce qui était remarquablement dépourvue de tout objet personnel. Et le classeur métallique n'était pas bien convaincant non plus. Rousseau *savait* qu'il n'y avait rien dedans.

— Laissez-moi mettre un peu d'ordre dans mes

idées… Jolie maison. Vous êtes installé ici depuis longtemps ?

« Appelez-moi Watkins » prit le parti d'une patience légèrement agacée.

— Deux ans environ… Ma femme était là avec moi, mais les événements…

Il haussa les épaules.

— Je représente ici la Fiat et quelques autres marques…

Il eut un petit sourire.

— … Enfin ! Maintenant, monsieur Rousseau, venons-en aux faits… D'abord, disons un mot des armements, si vous le voulez bien. La situation dans le golfe Persique a changé du tout au tout à cet égard, ces derniers mois. Résumons ce que vous savez sans doute aussi bien que moi. L'Iran vient d'acquérir huit cents chars anglais — des *Chieftain*, à un demi-million de dollars pièce. Le cheikh du Koweït a passé commande pour un demi-milliard de dollars d'armements ultramodernes, y compris des missiles… L'Arabie Saoudite vient aussitôt après l'Iran, avec trois milliards de dollars de commandes militaires… Je peux vous donner les chiffres exacts pour tous les autres émirats. Nous croyons savoir aussi que les États-Unis ont décidé d'armer le Haddan, après quelques hésitations… Curieuse décision, je ne vous le cache pas. Le nouveau régime s'oriente de plus en plus à gauche… Deux cents millions de dollars d'équipement militaire… Est-ce exact ?

Il se tourna brusquement vers Rousseau et lui jeta un regard perçant.

Rousseau, qui s'était assis, se leva.

— Excusez-moi, où est la salle de bains ?

« Appelez-moi Watkins » le regarda fixement, puis son visage rougit.

— Dites donc, mon ami...

Rousseau se mit à rire.

— Je ne suis qu'un homme, vous savez, quoi qu'on ait pu vous dire à mon sujet. Avec votre permission, colonel, j'aimerais me rendre aux toilettes. Où sont les w.-c. ?

L'Anglais s'éclaircit la gorge.

— Par là...

Il fit un geste vague vers l'entrée.

— À droite ? À gauche ?

— À droite.

— Merci.

Rousseau quitta le bureau, traversa une pièce vide, une cuisine sans réfrigérateur qui, de toute évidence, ne servait plus depuis longtemps... Il y avait encore une chambre à coucher meublée seulement d'un grand lit au matelas nu, sans couverture ni drap. Il s'y attarda quelques secondes, puis revint sur ses pas. « Appelez-moi Watkins » se tenait derrière le bureau.

— Vous vous sentez mieux ?

— Merci et... excusez-moi. Avant de parler des armements, laissez-moi vous dire en quelques mots ce que nous savons de cet accident du Dakota. Nous pensons à Washington que cette opération — très habilement menée — avait pour but de discréditer le gouvernement du Haddan et de provoquer un soulèvement des tribus du Radjad, une intervention de l'Arabie Saoudite et un conflit généralisé dans cette région... Et maintenant, je vais vous dire, à titre tout à fait confidentiel, ce que j'ai découvert *personnellement*. C'est très intéressant, mais assez long... Prenez un cigare...

Il sortit son bel étui à cigares en cuir. Rousseau avait un faible pour le beau cuir.

Il avait fait déjà le geste tant de fois qu'il ne ressentait même plus le petit frisson qu'il éprouvait au début sur son chemin du bon droit, des causes justes et du devoir. L'effet commençait à s'émousser. Cela arrive à tous les vrais professionnels, que ce soit au golf, au tennis, ou...

Il lança le couteau directement hors de son étui à « cigares » et ce n'était pas là un geste qu'il avait appris à l'entraînement avec les *hacks* de la C.I.A., mais un apport personnel que son père avait fait à son éducation. Son père avait été un des hommes les plus respectés dans les bas-fonds de La Nouvelle-Orléans.

« Appelez-moi Watkins » s'affaissa lentement sur le sol et s'assit sous la fenêtre, les jambes écartées, le dos contre le mur. Le couteau avait dû manquer le cœur de quelques bons centimètres : juste ce qu'il fallait pour que l'homme eût la force de parler... Un ou deux centimètres trop près, peut-être : à mettre au compte de l'avion et de deux nuits sans sommeil...

Il y avait une telle expression de surprise sur le visage de « *Call me Watkins* » que Rousseau se sentit moralement obligé de faire quelque chose pour lui. Il fit le tour du bureau et se pencha sur le blessé :

— Si vous aviez vécu dans cette maison avec votre femme, vous auriez certainement su où se trouvent les chiottes, non ?

« Appelez-moi Watkins » appuyait sa main contre le manche du couteau pour limiter l'hémorragie. Encore un professionnel.

— Vous vous trompez, murmura-t-il. Mais je ne vais pas perdre mon souffle à...

Penché sur l'homme, Rousseau l'observait pensivement, attendant qu'il fût à point. Il cherchait à se rappeler où il l'avait vu, mais les souvenirs se dérobaient... Il leva la main vers le manche.

— Je n'ai qu'à toucher, vous savez... Alors, vous allez me dire qui est derrière cette histoire d'avion. Quelle organisation ? Qui la paie ? Le nom du responsable, pour le Haddan ?

Malheureusement, « Appelez-moi Watkins » justifia le premier jugement que Rousseau avait porté sur lui. C'était un salopard de valeur. Il semblait vieillir à vue d'œil sous l'effet de la souffrance, mais ses yeux eurent une lueur amusée...

— Si vous touchez le couteau, je meurs, dit-il calmement. Donc, zéro. Et si vous ne le touchez pas, je ne dirai rien... Choisissez...

Par la fenêtre ouverte, Rousseau aperçut l'homme à la pipe. Il avait à présent de la compagnie : deux Irakiens, l'air frais et dispos. Grosse erreur : ils auraient dû être à l'intérieur... Le gars par terre foutait le camp rapidement : son visage était gris. Rousseau jugea que c'était ce qu'il pouvait faire de mieux lui-même — mais pas dans la même direction... Il prit la photographie sur le bureau, enleva le cadre et mit le document dans sa poche, pour une identification ultérieure.

Il sortit rapidement dans le jardin par la fenêtre du vestibule et s'éloigna en courant parmi les abricotiers et les pêchers. Il traversa le jardin d'une autre maison, escalada un mur et se trouva dans la rue. Vingt minutes plus tard il était assis devant le directeur d'une maison d'import-export.

L'exportateur de fruits secs était un Syrien au visage pesant et méditatif. Il avait fait quatre ans d'« études universitaires » aux États-Unis et était considéré par la Centrale comme le meilleur expert en dattes de tout le Proche-Orient. Toutes les commandes passaient par lui. On le citait comme un exemple de longévité : dix ans d'export-import dans le pays le plus soupçonneux du monde…

— Vous avez pris un risque énorme, Rousseau. J'ai câblé à deux reprises à Beyrouth que Roscoe est sorti il y a trois jours de son hôtel à Damas et que personne ne l'a revu depuis… Je doute fort que l'on retrouve jamais son corps. Il a dû parler, avant de mourir, puisque votre comité connaissait aussi bien l'objet de votre visite que le code convenu… Tout cela était dans mon dernier câble commercial…

— Oui, merci, je l'ai bien reçu, le rassura Rousseau.

— Après quoi, vous arrivez, mine de rien, et vous allez vous fourrer tout droit dans ce guêpier…

— C'était une chance à saisir, dit Rousseau.

Le Syrien le regarda fixement.

— Une chance ?

— C'était un coup à jouer.

Le Syrien médita un moment.

— Nous n'avons pas la même idée du métier, conclut-il. De toute façon, les derniers renseignements que j'avais obtenus sur Peter Roscoe étaient tout à fait négatifs… Les Anglais l'ont employé de temps en temps, jusqu'à la fuite à Moscou de Kim Philby, leur représentant à Beyrouth et son patron... Depuis, ils n'y ont plus touché. Il n'avait plus, semble-t-il, aucun principe, aucune trace de patriotisme...

Rousseau fit « tss-tss », en hochant la tête.

— ... Très compétent, mais devenu peu à peu complètement amoral... Le genre d'homme dont il faut se méfier comme de la peste, dans notre profession.

Rousseau dut prendre un air encore plus grave et désapprobateur pour ne pas se mettre à rire.

Le Syrien soupira.

— Vous savez, les Français ne sont pas les seuls à avoir des « soldats perdus », après l'Indochine et l'Algérie... L'Angleterre, depuis Suez, la Rhodésie et le départ de Singapour, a également apporté une très belle contribution, au Katanga et ailleurs... D'abord « démoralisés », ils sont devenus cyniques et capables de tout... Je crois que Roscoe s'est complètement pourri... Comme son patron Philby. Je vous ai prévenu à deux reprises...

— Oui, merci, dit Rousseau. Mais figurez-vous que ce qui m'intéresse en ce moment, ce ne sont pas les gentlemen, justement, mais les salopards...

Il sortit la photo de « *Call me Watkins* » de sa poche.

— Ça vous dit quelque chose ?

Le correspondant fronça ses épais sourcils.

— Rien. Ce n'est pas Roscoe, en tout cas. Il faudra demander aux Anglais.

Rousseau se mit à rire.

— Vous croyez aux fantômes...

Il remit la photo dans son attaché-case. Il était pourtant sûr d'avoir vu cette tête quelque part... Et puis...

— Bon Dieu! dit-il. C'est tout à fait l'Anglais du Dakota... La petite Américaine en a fait une description très précise... Les yeux, la moustache, l'armée des Indes, tout... Et rassurez-vous pour Roscoe. Il était là. Il m'a accueilli à l'avion et a fait le chauffeur... Vous nous avez envoyé une photo de lui, il y a cinq ans.

Le Syrien ne paraissait pas convaincu.

— Vous faites trop confiance à votre imagination.

— Possible. Je suis d'un naturel confiant, sans doute... Mais c'est bien de ces deux gars qu'il s'agit.

— Pourquoi Roscoe aurait-il joué cette comédie?

— Humour britannique, peut-être. Ou mégalomanie : le colonel Lawrence d'Arabie s'était engagé comme deuxième classe... Ces gens-là sont parfois très compliqués... En tout cas, je sais à présent ce qui les préoccupe. Ils voulaient savoir si Washington a accepté de fournir des armes au Haddan. La concurrence...

Le marchand de fruits secs parut intéressé.

— Des trafiquants d'armes? Les prix ont monté de quarante pour cent, livraison immédiate, en vingt jours... Mais je ne vois pas le rapport avec l'affaire de l'avion...

— Un soulèvement dans le Radjad et un conflit armé de trois ans, du type yéménite — voilà qui ferait plaisir à bien des gens, non?

Le Syrien réfléchit posément, pesamment. Il avait un de ces visages lourds et massifs qui rendent de grands services dans les affaires grâce à leur air simple et honnête.

— Possible. Mais des trafiquants d'armes « privés » ne disposent pas de tels moyens. L'opération de l'avion suppose toute une organisation et...

Il s'arrêta net.

— Bersch, dit-il. Vous avez entendu parler de lui ?

— Oui, dit Rousseau, un peu irrité — pour qui l'autre le prenait-il ? Mais il y a autre chose. Ils savaient que je passais par Bagdad, puisque vous aviez arrangé la rencontre... Ils savaient manifestement aussi que je vais au Haddan. Comment ? Par qui ? Voilà une question qui va tout droit au sommet, si je puis dire... Intéressant, non ?

— Oui, dit le correspondant, en soupirant. Passionnant. Vous savez, l'ennui est une des choses les plus sous-estimées au monde...

Il se leva et alla fouiller dans un classeur. Il mit plusieurs feuillets devant Rousseau.

— Voilà nos contrats. Cinq tonnes de dattes, deux de figues... Signez... Là... et là. Vous irez au dépôt examiner la marchandise... Tâchez de poser quelques questions intelligentes au représentant du ministère du Commerce... Votre avion part à neuf heures, nous avons le temps. Il vaut peut-être mieux que je vous fasse un petit exposé sur la culture des dattes... Je suis assis sur un baril de poudre, ici. Je ne vois pas comment le gouvernement du Haddan pourrait cacher cette sale histoire plus de quelques jours... Cette caravane, par exemple, qui a sauvé les rescapés ? Les bédouins ont tout vu... Les corps, les têtes... C'étaient

127

probablement des contrebandiers qui n'ont rien dit sur le moment, mais maintenant qu'ils sont loin…

— Je pense que ce sont les gens de cette caravane qui ont fait le coup, dit Rousseau.

— Et il y a deux témoins, comme vous savez. Un acteur italien dont ils ont réussi à acheter le silence et cette jeune Américaine très connue, qui semble en faire une croisade personnelle… Ces deux-là sont sûrs de parler…

Il reprit son air pensif.

— À moins que…

Il se tut.

— Oui, dit Rousseau. À moins que.

11

Monsieur,

Je m'appelle Stéphanie Hedrichs. Je suis mannequin et j'étais l'un des passagers de l'avion qui s'est soi-disant « écrasé » dans le désert du Haddan la semaine dernière. Je désire vous dire que la version officielle donnée par le gouvernement du Haddan — celle d'un « accident » — est fausse. L'avion a percuté le sol parce que le pilote a été abattu de deux balles dans le dos et qu'il est mort aux commandes. Tous les passagers de l'appareil, sauf moi-même et Massimo del Campo, l'acteur italien, ont été décapités. Oui, DÉCAPITÉS. *Je l'ai vu de mes propres yeux. Pas la décapitation elle-même, parce que j'avais été droguée et que j'étais donc inconsciente lorsqu'elle a eu lieu, mais j'ai vu les têtes, et parmi celles-ci celle de mon ami le célèbre photographe new-yorkais, Abdul Hamid, de son vrai nom Bobo Berkovici. Les têtes traînaient partout, par terre et sur les fauteuils, mais la plupart des passagers les avaient sur les genoux. Plusieurs voyageurs de cet appareil, ainsi que le copilote, s'étaient purement et simplement volatilisés. J'ai compté quatorze têtes en tout. J'avais pris des photos avec mon Polaroïd, mais les photos ont été enlevées par la police et remplacées par d'autres. J'aimerais attirer votre attention sur le fait que toutes les victimes décapitées étaient des Shahirs du Radjad, ce qui montre clairement l'intention de génocide du gouvernement dirigée contre la minorité ethnique du pays. Je vous demande de porter ces faits à la connaissance de l'opinion publique mondiale et de la Commission des Droits de l'Homme des Nations Unies. Je me tiens à votre disposition pour tout témoignage et supplément d'informations.*

Je vous prie de croire, Monsieur, à l'assurance de ma considération distinguée.

Stéphanie Hedrichs.

Elle relut la lettre et renonça.

C'était sans espoir.

Cette lettre paraissait écrite par une malade mentale en traitement dans un hôpital. Aucune personne saine d'esprit ne pourrait la prendre au sérieux.

De dépit et de colère, de frustration surtout, elle se mit à pleurer, essayant de dissimuler ses larmes aux passants derrière son mouchoir.

— Puis-je vous aider ? Permettez-moi de…

C'était une voix typiquement américaine et pourtant, lorsqu'elle regarda derrière elle, elle vit un visage d'une telle beauté exotique sous un front ceint d'or qu'elle en eut le souffle coupé.

L'homme portait un burnous blanc et avait ce teint foncé et les traits fins et durs à la fois qui évoquent les siècles de désert et toutes les chevauchées légendaires de l'Islam.

Stéphanie, qui reniflait encore dans son mouchoir, dut faire un effort pour ne pas lever la main et arranger ses cheveux dans une sorte de réflexe de Pavlov.

Elle n'avait jamais rencontré quelqu'un d'aussi impressionnant. Il y avait chez l'inconnu un mélange d'impassibilité, de vigilance et de fierté que les voiles blancs et le chèche aux fils d'or semblaient revêtir de millénaires. Elle essaya de lui sourire mais ne réussit qu'une sorte de moue enfantine, presque intimidée.

— Il vous manque quelque chose, lui dit-elle. Un de ces aigles perchés sur l'épaule, ou comment déjà, vous savez, ces oiseaux qu'on utilise dans le désert pour chasser la gazelle ? Des faucons, voilà.

Il avait des dents cruelles, plutôt petites, des yeux en amande où errait une étincelle de gaieté sombre... Un cheikh, manifestement, comme l'indiquaient ses bandeaux d'or, un de ces enfants de pute qui ont deux cents femmes dans leur harem. Au fond, ça aurait pu être une tête de condottiere du XVIe siècle italien ou d'un conquistador de Pizarro ou de Cortès. Stéphanie eut une pensée émue pour tous ces saints de la cinémathèque de New York ; Tyrone Power, Ricardo Cortez, Errol Flynn...

— « Lorsque les beaux yeux pleurent, le soleil s'éteint... » C'est un proverbe du Haddan, mais il perd beaucoup à la traduction. Ce ne sont pas là des pensées et des sentiments qui se prêtent aux traductions dans une autre langue que la nôtre.

— Vous parlez l'anglais sans accent, dit Stéphanie.

— J'ai passé trois années aux États-Unis. Excusez-moi de vous avoir importunée ; vous paraissez avoir des soucis. Puis-je vous aider en quoi que ce soit ?

Stéphanie lui tendit la lettre. Il la lut attentivement, deux fois. Il ne trahit aucune surprise et lui rendit la lettre avec courtoisie.

131

— Prenons encore un café.

— Vous pensez que je suis folle ?

— Certainement pas.

Elle eut un élan vers lui :

— Vous croyez, alors ?

Il s'inclina légèrement.

— Le Coran dit que la beauté ne ment jamais. Sourate de la Vérité.

Rousseau commençait à se sentir un peu trop à l'aise dans son rôle, et dans ces cas-là, son sentiment d'aisance et de maîtrise se manifestait par des clins d'œil qu'il adressait à lui-même, sous forme d'humour. Il fallait se méfier d'un excès de virtuosité qui aboutit souvent à des maladresses. Mais comme ni l'un ni l'autre n'avaient lu le Coran, il n'y avait pas grand risque à le citer.

Elle se pencha vers lui, posa sa main sur son bras.

— Vous me croyez vraiment ?

Rousseau avait vu des centaines de photos de Stéphanie, mais il s'attendait à la trouver simplement belle. Il ne s'attendait pas à la trouver émouvante. Son visage à la fois passionné, désespéré et résolu, bouleversé et frémissant, paraissait tout petit au milieu de la splendide chevelure fauve. Les boucles tombaient jusqu'aux épaules et chaque fois qu'elle bougeait la tête, Rousseau se surprenait à guetter un tintement de pièces d'or.

— Je vous crois, bien sûr, mais personne d'autre ne vous croirait. Je ne crois vraiment pas que vous devriez envoyer cette lettre. On pensera tout simplement que vous avez l'esprit dérangé à la suite de l'accident.

— C'est ce que je me suis déjà dit.

— Vous n'avez aucune preuve ?

— Comment en aurais-je ? J'avais pris des photos de ces horreurs dans l'avion. Mais pendant que j'étais à l'hôpital, les agents du gouvernement ont enlevé les photos et les ont remplacées par quelques clichés de l'appareil incendié. L'avion n'a pas brûlé, lorsqu'il s'est écrasé. Ce sont eux qui, évidemment, y ont mis le feu plus tard. Seigneur, je regrette de ne pas avoir emporté une ou deux têtes dans mon sac...

— Eh bien, vous ferez mieux la prochaine fois !

— La prochaine...

Rousseau sentit qu'il était allé trop loin. Ce genre de plaisanterie douteuse, lancée par un seigneur du désert, sentait beaucoup trop New York après deux Martini.

— Vous vous moquez de moi ?

— Pas du tout. Il ne faut pas remonter loin dans l'histoire de cette région du monde pour trouver des faits analogues à ceux que vous avez vécus. Ainsi, en 1950, l'imam du Yémen a fait décapiter cinquante-sept personnes en public et il en a exécuté un certain nombre lui-même. L'Imam avait pris grand plaisir à faire voler les têtes des jeunes officiers animés d'idées nouvelles. Elles furent exposées dans l'unique pharmacie de la ville, là où est installé aujourd'hui le ministère de la Santé. J'étais un tout jeune étudiant à l'époque, je venais d'arriver aux États-Unis et j'en fus terriblement ennuyé. C'étaient des méthodes moyenâgeuses. Je pensais que votre chaise électrique est beaucoup plus civilisée, comme le napalm, d'ailleurs. C'est moins personnel...

Il avait soigneusement banni toute trace d'humour de sa voix, mais Stéphanie le regarda curieusement.

— Personnellement, j'ai du sang arabe et du sang noir, dit-il. Je n'ai aucun préjugé racial ou religieux. Je suis profondément attaché à la fois à l'Islam et à la démocratie...

Rousseau ressentit le petit pincement d'ironie qu'il connaissait bien, assez autodestructeur et presque haineux à son propre égard. Il avait déjà joué tant de rôles, dans sa vie professionnelle, qu'il lui arrivait de se demander s'il avait une vie personnelle quelconque. Il avait déjà été juif, cubain, portoricain, italien, noir des Caraïbes, terroriste arabe, brésilien. Tout cela grâce à une jeune esclave antillaise au doux parler qui avait enchanté un aventurier français plus d'un siècle auparavant. Il évitait en général ces moments d'autocritique parce qu'ils étaient mauvais pour ses nerfs. Ses nerfs devaient être tenus en excellent état de marche, bien huilés et toujours prêts à servir, comme l'objet plat qu'il portait sous l'aisselle. Il décida d'arrêter les frais et sourit.

— Mais je dois vous ennuyer avec mes histoires démocratiques.

— Bien au contraire...

— Vous êtes beaucoup trop belle. La beauté ne peut être démocratique parce qu'elle est unique. Le Coran dit : « Tu reconnaîtras le Miséricordieux dans le désert aride grâce à l'eau pure et à l'ombre fraîche qu'il mettra sur ta route. » Sourate du Voyageur altéré.

Rousseau se sentit assez content de son petit effort littéraire. Dans ses citations, il lui était déjà arrivé de remanier plusieurs fois la Bible. Il était grand temps de passer au Coran.

Stéphanie s'efforça de prendre un air grave et même respectueux. Ses goûts littéraires allaient plutôt à l'école new-yorkaise de Philip Roth et Norman Mailer qu'à la Bible ou ses équivalents. Mais on était ici en plein Moyen Âge et il fallait savoir respecter les croyances profondes des autres et se garder de facile ironie.

Et cet homme était d'une authenticité extraordinaire. Physiquement, c'était un contemporain de la reine de Saba, dont le fabuleux empire s'étendait jadis un peu plus à l'est, dans les montagnes et les sables du Yémen. Bien qu'il parlât l'anglais à la perfection, avec ce visage des temps anciens, l'accent américain la blessait et prenait le caractère d'un acte contre nature, de lèse-majesté. Sous ce front très haut, couronné de blancheur et d'or, les traits avaient la souveraine dignité de la nature, lorsque celle-ci renoue les liens avec la pureté des origines. Il était difficile de ne pas se sentir troublé par cette présence vivante du passé. Pour la première fois depuis l'horreur du désert, elle s'intéressait enfin au pays qui l'entourait et à ses habitants. Elle fit un petit examen de conscience, à tout hasard, mais s'en tira avec dignité : rien à voir avec le sexe, grand Dieu ! C'était le genre d'émotion profonde qu'elle avait ressentie devant la statue de Toutankhamon, à l'exposition des merveilles de l'art égyptien. Les gens sont parfois *si* ridicules. Ils donnent l'impression de ne penser à rien d'autre que des coucheries.

Rousseau baissait les yeux vers la lettre au *New York Times*. Le plus important, pour l'instant, était d'empêcher la gosse de quitter le pays et de déclencher une levée de boucliers à New York avec son histoire. Les lettres et les câbles ne présentaient pas de danger immédiat : la poste y veillait. Mais elle avait demandé à l'hôtel de lui retenir une place dans le prochain avion et ils cherchaient désespérément un argument pour l'inciter à retarder son départ.

Il leva les yeux et la regarda. Un joli petit visage parsemé de taches de rousseur qui semblaient être tombées en pluie de sa chevelure de bronze. Un nez légèrement retroussé que l'on avait envie d'effleurer du bout des doigts. Le regard était droit, direct, décidé et volontaire, et il y régnait l'expression d'on ne savait quelle bonne volonté, tendresse, désir de bien faire. Elle n'était pas vraiment belle, sauvée de la perfection par cette légère irrégularité des traits, où les hautes pommettes saillantes et la douceur des lèvres généreuses s'harmonisaient difficilement avec le front, très droit, et un menton volontaire. Rousseau se méfiait de la beauté : elle mettait souvent tout à l'extérieur et il ne restait rien à découvrir.

— Vous croyez vraiment que le gouvernement est dans le coup ? demanda-t-il.

— Cela me semble évident. Ils font tout pour étouffer l'affaire.

— Et si c'était une provocation, justement ? Si les ennemis du nouveau régime, des agents provocateurs, étaient responsables de ces crimes odieux ? D'après votre lettre, toutes les victimes appartenaient comme par hasard à la minorité ethnique, les Shahirs... Leur exécution servirait donc à prouver que les Hassanites, que l'on appelle parfois chez nous les « nouveaux venus », se débarrassent par les crimes les plus abjects des anciens maîtres du pays...

Stéphanie le regardait avec étonnement.

— Vous avez vraiment l'esprit politique, dit-elle.

Il n'y avait pas de trace de suspicion dans sa voix mais Rousseau se demanda s'il n'allait pas un peu trop vite.

— Ainsi que je vous l'ai dit, j'ai fait toutes mes études aux États-Unis et s'il y a une chose qu'on y apprend, c'est la politique.

Il était six heures et la ruelle prenait une couleur rose que le soleil déclinant accordait à ses moments de douceur. C'était l'heure où les femmes allaient au puits et s'aggloméraient par dizaines autour du robinet qui dispensait l'eau à flots continus, au coin entre la mosquée et l'école coranique. Chaque bédouin portait un fusil, qui faisait partie de sa dignité d'homme. Les caravanes de chameaux allaient vers la grande porte de l'autre côté de la place et les hommes d'affaires pressés chevauchaient les taxis-motos entourant le conducteur de leurs bras. Une procession de vingt gamins défila avec des pancartes, et bien qu'elle ne pût guère les lire, Stéphanie avait assez voyagé pour savoir que les inscriptions célébraient la démocratie et la réforme agraire.

Rousseau était en train de lui parler de l'histoire du Haddan, en exprimant son ferme espoir que les mœurs bibliques et austères allaient survivre aux changements, lorsqu'il saisit sur le visage de Stéphanie une expression de peur. Ses yeux s'étaient agrandis, les lèvres étaient entrouvertes, elle fixait quelque chose avec une extrême attention... Il voulut tourner la tête dans cette direction, mais elle lui toucha le bras.

— Ne regardez pas...

— Qu'est-ce qu'il y a ?

— Encore cet homme... Il me suit partout... Vous devez penser...

Sa voix se fit plus aiguë et Rousseau, instinctivement, lui serra la main. Ce n'était pas un geste que se serait permis un prince du désert mais après tout, il avait fait trois années d'études aux États-Unis...

— Mais non, je vous crois...

— Vous pouvez regarder, maintenant... Là-bas...

L'homme portait une saharienne sur un large pantalon *seroual* et des sandales. Des cheveux blonds, coupés très court, en brosse, et une tête qui avait la même largeur que le cou, comme si celui-ci n'avait pas su où s'arrêter. Le visage était plat, comme si les traits avaient tout juste survécu à la rencontre avec un rouleau compresseur. Il était accoudé au mur et ne regardait rien, avec beaucoup d'application.

— Bon, vous allez me quitter, à présent, et vous diriger lentement vers votre hôtel. Je présume que c'est le Métropole ?

— Oui.

— Attendez-moi dans le hall.

— Qu'est-ce que vous allez faire ?

— Me renseigner.

Ils se levèrent tous les deux et Rousseau porta sa main à ses lèvres et à son cœur, comme il convenait dans ces parages. Il lui arrivait de se prendre en flagrant délit de cabotinage et de se reprocher le plaisir qu'il éprouvait à assumer le déguisement et à jouer le rôle qui allait si bien avec son physique. Il n'y avait pas de doute : il aimait ça.

Stéphanie lui tendit la main et se surprit à regarder cette magnifique tête de cavalier du désert d'un air assez rêveur. Elle aurait presque souhaité pouvoir l'emporter avec elle aux États-Unis.

Elle se mit à rire. Ça revenait…

— Excusez-moi. C'est la première fois que je ris depuis… Je vais beaucoup mieux.

Elle prit lentement la direction du Métropole. Il n'était pas question de béguin, mais de couleur locale, voilà tout. Elle pouvait parfaitement admirer la beauté où elle la trouvait et il n'y avait aucune raison de ne pas l'admirer chez un homme. D'ailleurs, la peau de son visage pelait et sur ses joues, la chair était encore à vif. Ce n'était pas dans cet état qu'elle pouvait plaire et elle ne le souhaitait aucunement. Évidemment, après toutes ces épreuves, ses nerfs étaient dans un état épouvantable, et c'est souvent dans ces cas-là que les femmes se jettent dans les bras d'un inconnu. Elle n'en était pas encore là, grâce au ciel.

Rousseau surveillait l'homme.

Il s'était mis à suivre Stéphanie presque aussitôt.

Rousseau attendit quelques instants, jeta quelques *rahds* sur la table et se leva.

Les autorités l'avaient assuré de toute leur coopération et il n'y avait donc pas lieu de se gêner…

Il choisit l'instant où l'homme passait devant une boutique.

La porte était grande ouverte.

Ce fut un de ces exploits que l'on raconte plus tard à ses petits-enfants, au coin du feu, la pipe entre les dents. Rousseau avait visé le foie de l'individu, en même temps qu'il le poussait à l'intérieur de la boutique. Ce coup était surnommé *baby food* chez les agents, personne ne savait pourquoi au juste.

L'homme était tombé à demi conscient à l'intérieur de la boutique. Il demeurait à plat ventre, évitant de bouger. Rousseau lui avait mis un pied sur la nuque et il suffisait d'une légère poussée du pied pour lui briser les vertèbres cervicales.

La boutique baignait dans une agréable fraîcheur. Sur les rayons, les tissus multicolores, cotonnades, soies, velours, brocarts et cachemires, mêlaient leurs éclats et leurs dessins, leur modestie et leur splendeur. Le marchand et son client, frappés de stupeur, demeuraient changés en statues autour d'une pièce de brocart que le marchand tenait dans ses mains et qui semblait avoir été le sujet de véhémentes discussions. Privés de voix, ils fixaient Rousseau la bouche encore ouverte sur les dernières syllabes.

Le maître des lieux fut le premier à s'animer. C'était un jeune homme très corpulent, vêtu d'une sorte de djellaba beige, et coiffé de la *fekhta* afghane des Hassanites, posée sur ses boucles épaisses. Il fila vers la porte avec l'agilité des gros hommes maladroits mais habitués à fuir dès leur enfance.

Ce n'était pas le moment d'avoir affaire à quelque échelon subalterne de la police. Rousseau appuya un peu plus fort son pied sur la nuque, ce qui réduisit la tête blonde sous sa chaussure à une fraction infime de conscience. Il eut ensuite juste le temps d'attraper le marchand par le bras.

— Restez tranquille, monsieur. Continuez votre discussion. Les affaires sont les affaires.

— *Nicht verstehen*, dit le bon gros, en allemand, pour des raisons connues de lui seul.

— Alors je vais vous expliquer. Regardez...

Le client qui était jusque-là demeuré immobile, une superbe pièce écarlate de brocart serrée sur son cœur, choisit ce moment pour tenter une sortie. Il poussa un petit cri et fit un bond vers la porte. Rousseau l'intercepta au vol. Il n'avait pas frappé très fort, par égard pour les populations civiles, mais apparemment, c'était une nature sensible ; il s'évanouit beaucoup plus de peur que sous l'effet du coup qu'il avait reçu. Rousseau se tourna vers le marchand.

— Vous voyez ce que je veux dire ?

Le boutiquier fit brusquement une découverte :

— Je parle anglais, dit-il.

— Vous êtes un type vachement compliqué, lui dit Rousseau. Mettez-vous derrière le comptoir et restez assis tranquillement.

Le marchand s'exécuta. Pendant qu'il opérait, Rousseau voyait de temps en temps ses yeux épouvantés au-dessus d'une pièce de soie couleur pêche.

Il alla fermer la porte à clé et revint juste à temps pour empêcher tête-plate d'avoir des idées. Il avait repris connaissance et sa main droite rampait le long de sa cuisse vers une poche. Rousseau lui envoya en pleine gueule un coup de pied entièrement dépourvu de scrupules.

Il s'en félicita aussitôt chaleureusement. Car il n'eut plus aucun doute sur les raisons pour lesquelles l'homme suivait Stéphanie.

Le contenu de ses poches était à cet égard instructif. En dehors d'un poignard à lancer — le manche était lesté comme il convenait pour l'équilibre en vol — il y avait aussi l'inévitable Beretta. Depuis que cette marque avait multiplié par vingt sa production et son chiffre d'affaires en quinze ans, le Beretta devenait aussi répandu dans le monde que la brosse à dents.

Rousseau alluma une cigarette, aspira une bouffée et l'éteignit aussitôt. Il n'allait plus quitter la petite d'une semelle. Et il allait veiller à ce qu'elle se trouvât à bord du premier avion quittant le pays. Un avion spécial, s'il le fallait.

L'homme dont il pouvait briser la nuque en appuyant son pied un peu plus fort avait reçu l'ordre de supprimer Stéphanie.

« La police politique du Haddan supprime un témoin qui refusait de se taire... » Il voyait déjà le titre dans les journaux, dans quelques jours. Il y avait cependant un truc qui ne collait pas. Un tout petit truc.

Le tueur à ses pieds était un Européen. Les deux gentlemen auxquels il avait eu affaire à Bagdad étaient des Anglo-Saxons. Cela commençait à sentir fortement l'Occident...

Il s'aperçut que tête-plate reprenait conscience. Juste assez pour assumer aussitôt l'apparence d'une immobilité rassurante, après les quelques premiers mouvements instinctifs qu'il n'avait pu contrôler.

Rousseau s'empara d'une belle pièce de velours

sur les rayons et la noua solidement autour des bras de l'homme. Le reste du velours se déroula en vagues somptueuses autour de lui. Les meilleurs effets esthétiques sont souvent dus au hasard.

Il posa à nouveau son talon sur la nuque de l'homme et appuya fortement.

— Le nom de l'organisation ?

Tête-plate avait la moitié du visage à plat sur le plancher. Rousseau voyait son œil gauche bleu, petit, et il fallait convenir qu'avec son cou de python, sa figure plate et la mâchoire en fer à cheval, il avait une forte personnalité physique. Les gouttes de sueur sur son visage de cobra faisaient penser à des gouttes de venin mal placées.

— Je veux savoir le nom de l'organisation, son quartier général, son représentant ici... Et le plan d'action. Le lieu, le jour, l'heure... Tout.

Tête-plate se taisait. Rousseau appuya si fortement son talon qu'il entendit en même temps le craquement des vertèbres et les sifflements de douleur de l'homme.

— L'organisation est la Tallycot Tool Company. Le siège est à Cape Town...

Rousseau fut interloqué.

— Alors là, tu me fais vraiment plaisir... Ils ont déjà failli avoir ma peau, il y a deux ans !

Ainsi donc, c'était encore une fois la même chose. Les armes. La Tallycot Tool Company était la plus grosse entreprise privée de trafic d'armes du monde, depuis l'illustre Sir Basil Zaharoff des années 1930. Ses héritiers spirituels. Ses derniers exploits — les envois d'armes en Irlande — avaient tenu la une de tous les journaux pendant des

143

semaines. D'après les chiffres officiels lus à la tribune des Nations-Unies, la Tallycot contrôlait les sept dixièmes du marché privé. Un bon tiers de la production d'armes en Tchécoslovaquie lui passait entre les mains. C'était aussi une des rares affaires d'importance mondiale que même l'I.T.T. américaine n'aurait pas réussi à contrôler. Siège social à Cape Town... Tu parles. Le siège social, c'était le monde.

L'entreprise était parfaitement légale. Le trafic se faisait sous le couvert d'une vingtaine d'organisations. La Tallycot disposait d'une des plus belles flottes marchandes du monde. Tout le stockage s'effectuait sur les bateaux. Pas de dépôts à terre. La Tally, comme on disait dans le métier, pouvait livrer à n'importe quel moment sans passer commande aux usines. Tanks, avions, missiles... tout, jusqu'aux kriss malais.

Rousseau dut faire un effort pour ne pas écraser la tête de l'homme. Il pensait rarement aux quelques gouttes de sang noir qu'il avait reçues de sa grand-mère et auquel il n'accordait en général qu'une valeur décorative. Mais il y avait un peu trop de Sud-Africains dans cette affaire...

Tête-plate bougea légèrement sous ses pieds.

— Tu te sens mieux ? Eh bien, tu ne devrais pas...

Il pressa son talon.

— Le nom du responsable, ici ?

Il le connaissait. Il y avait peu de chose qu'il ne connaissait pas de la Tallycot Tool Co. Mais il avait besoin de confirmation. Routine administrative.

— Le nom ?

Le type se taisait. Des scrupules.

Rousseau les lui fit passer.

Il prit un risque calculé et appuya son talon jusqu'à la limite...

— C'est Bersch ! hurla l'homme.

— Bien, dit Rousseau. Où est-il en ce moment ?

— Je ne sais pas. Dans le désert. Il donne des ordres par radio...

— Quelle fréquence ?

Rousseau avait sous-estimé le marchand. Il s'en rendit compte lorsqu'une chaise vint s'écraser sur son crâne. Les dégâts furent limités en ce qui concernait Rousseau, mais dans le mouvement qu'il avait fait pour conserver son équilibre, il avait dû s'appuyer sur son pied droit de tout son poids...

Rousseau se sentit soudain épuisé et déprimé : c'était la même chose, chaque fois qu'il tuait. Un passage à vide. Il se demandait alors pourquoi personne ne le tuait lui, pour changer...

Le drapier s'était à nouveau réfugié derrière le comptoir.

— S'il vous plaît, ne me tuez pas. Il n'y a aucune raison de me tuer. Je suis un homme extraordinairement pacifique...

Rousseau arracha une feuille du registre posé sur la caisse et griffonna quelques mots.

— Va porter ce message à Sir David Mandahar, au ministère de l'Intérieur. Tu n'auras pas d'ennuis.

Il sortit. La Cadillac officielle avec chauffeur l'attendait à la porte de la Félicité et il releva ses robes et s'installa sur les sièges de cuir, regardant sombrement la nuque du chauffeur... C'est encore

145

plus fragile, ces trucs-là, qu'on ne me l'a appris à l'école, pensa-t-il.

Il avait quelques reproches à se faire.

Un mouvements de pied mal contrôlé avait tari à jamais une source d'informations plus douce à écouter que toutes les fontaines d'Allah...

Bersch...

Il se retourna pour voir si sa garde d'honneur était là. Elle était là, à cheval sur une BMW, les voiles pleins de vent. Les autorités avaient pour lui toutes les prévenances...

La Cadillac longea la grande muraille, puis s'en écarta et remonta la route jusqu'à la citadelle. Le nouveau drapeau rouge étoilé de bleu — la révolution et l'espoir — flottait au-dessus de l'entrée. Dans la cour intérieure — un ancien marché d'esclaves —, les roses sauvages poussaient le long des murs et une automitrailleuse s'ennuyait au soleil, en compagnie de deux motos et d'un militaire assis par terre à la turque, avec un de ces uniformes usés et mal entretenus qui semblent toujours regretter l'armée britannique qui leur avait donné naissance.

Rousseau traversa un tunnel blanc et entra dans un bureau où une main élégante lui désigna aussitôt un fauteuil.

Le directeur de la Police du Haddan était un homme âgé d'une cinquantaine d'années mais il avait un regard qui semblait déjà avoir assisté à la création du monde et à toutes les conséquences fâcheuses qui s'ensuivirent. Le visage était fin, tout en minceur, et avait cette absence d'expression si expressive qui suggère des mystères, des profondeurs inaccessibles, des connaissances secrètes, des pensées clairvoyantes et des ruses savantes auxquelles rien ni personne ne peut échapper ou parer. Au milieu de ce visage si étroit, le nez, déjà considérable en lui-même, prenait une importance singulière. Il était harmonieusement arqué, perçant, et semblait avoir une personnalité qui lui était propre : c'était un nez que l'on ne pouvait qualifier autrement qu'infiniment perspicace. L'intérieur des narines, un peu trop apparent, semblait être les seules confidences auxquelles M. Daraïn était disposé à se laisser aller. Le crâne était dégarni, rasé au-dessus des tempes. C'était un visage que l'on avait dû voir jadis derrière le trône des shahs de Perse…

Derrière lui, sur le mur, il y avait une reproduction du portrait de Rembrandt par lui-même. Le portrait faisait partie de la nouvelle image — et de la nouvelle imagerie — du Haddan. Ces proclamations de foi moderne et culturelle figuraient dans tous les bâtiments officiels. Pas d'images politiques : rien que les sommets de l'humanisme, de l'art, de la poésie et de la musique. Les timbres-poste eux-mêmes, imprimés en Hollande, représentaient les chefs-d'œuvre du Rijksmuseum d'Amsterdam…

— Bersch, dit Rousseau.

12

Le désert l'entourait de son néant et brûlait toute trace d'impureté, de l'océan Indien aux vergers de Syrie. Le vent nourrissait ses narines avides de la plus douce de toutes les senteurs, celle de la nudité absolue. C'était un vent nu, propre et aussi apaisant que la prière et la source ; il ne charriait pas le moindre soupçon de matière, rien que la chaleureuse et exaltante promesse d'infini.

Il poussa son chameau vers le sommet de la dune. Il était obligé de garder les deux pieds dans les étriers car son corps s'était desséché et raidi au cours des années et il ne pouvait plus se tenir en selle à la mode bédouine, les genoux pliés et assis sur ses talons.

Le chameau était un washiba, la race la plus forte et la plus haute sur pattes de toute l'Arabie, celle qui avait vu le jour au Hedjaz et mené à la victoire les guerriers d'Ibn Séoud. Les outres accrochées de chaque côté de sa monture changeaient de forme selon l'heure du jour et l'ardeur du soleil ; elles se gonflaient, haletaient, soupirant comme des poumons monstrueux, vivaient au lent roulis de la houle d'une vie viscérale, et des gouttelettes d'eau suintaient et se mêlaient à la sueur de ses genoux.

Lorsque le chameau atteignit le sommet de la dune, il s'arrêta de lui-même et, la tête haute, promena un lent regard autour de lui, tout en léchant les dernières traces de sel sur ses mors. Les washibas s'arrêtaient toujours d'eux-mêmes sur les hauteurs. Le cavalier resta immobile sur sa monture, une main devant les yeux. Rien. L'infinie monotonie du sable couleur de miel, tournant à l'ocre à contre-jour, et les dunes ondulant sans fin avec une grâce lente dans les ondes de chaleur. La mer de Dieu. Elle nourrissait de paix l'âme du cavalier.

Ses deux compagnons avaient mis pied à terre et observaient eux aussi le ciel.

Il n'y avait toujours pas trace du faucon.

Ils avaient tué une gazelle peu après l'aube. C'était le faucon qui avait aperçu la proie et l'avait désignée aux chasseurs, l'encerclant de ses arabesques ailées, jusqu'à ce qu'ils arrivent et abattent l'animal qui courait en tous sens, se débattant dans le filet invisible et immatériel, essayant d'échapper aux signes funestes qui décrivaient des cercles au-dessus de sa vie. Les trois hommes l'avaient fait cuire sur des épineux dont la chair prit le parfum de thym ; ils s'étaient désaltérés avec du lait de chamelle et occupèrent l'absence du temps en parlant des autres faucons qu'ils avaient connus, comparant l'acuité de leur vision et l'acharnement qu'ils mettaient à traquer une proie, puis ils étaient repartis, dans leur quête éternelle du néant qui les incitait à le poursuivre : c'était le jeu favori du néant, celui qu'il joue toujours avec ceux qui rêvent d'infini. Mais à chaque pas du chameau, l'infini se dérobait et en même temps accentuait sa présence : le désert ne cessait de prodiguer au fidèle des promesses qu'il ne pouvait pas tenir. Il eût fallu aller beaucoup plus loin, et on ne pouvait pas y arriver à dos de chameau, même un washiba... Mais la douce absence de limites ne cessait d'appeler et de commander, et c'était aussi près que l'on pouvait venir de l'*ibna*. C'était un mot qui n'avait pas de signification connue et était utilisé par les *Ghâzis* shidites comme une allusion à l'existence d'une vérité secrète qu'il n'était pas permis d'exprimer sans trahir sa nature.

Après avoir repéré la gazelle et guidé les chasseurs vers leur proie, le faucon était revenu à sa place habituelle sur l'épaule gauche de son maître. Fermant à demi ses yeux gris, il rentra la tête dans ses plumes et resta indifférent à la terre comme au ciel. Lorsque la chaleur leur donna ses ordres, les sommant de s'arrêter avec l'autorité d'une sentinelle défendant le royaume contre des intrus, ils obéirent et s'arrêtèrent. Ils dressèrent la tente noire des Shahirs, et lorsqu'ils eurent dormi, le faucon était reparti et ils se remirent en selle. L'homme qui poursuivait son plaisir depuis l'aube scrutait maintenant avec impatience le ciel, avide de voir apparaître la flèche noire dans l'espace étincelant, et il sourit à la splendeur du soleil. Il vénérait ce seigneur qui renouait par son étincellement souverain et sa marche triomphale avec toutes les épées de l'Islam et tous les sabres de ses conquérants.

Le cavalier était un homme qui avait toujours cherché à vivre hors de lui-même, dans l'objet de ses désirs. C'était une faim spirituelle et physique dévorante que seuls l'action et l'assouvissement empêchaient de devenir désespoir. Tous les rêves devaient prendre corps et le corps devait être immédiatement comblé. Il croyait que ses rêves venaient d'ailleurs et il y voyait les ordres du destin. Il croyait aussi que la civilisation occidentale détournait l'homme de sa véritable nature : elle portait ainsi en elle-même le germe de sa propre disparition. Le monde appartiendrait alors à ceux qui auront su conserver intacts les liens avec la vérité : l'instinct de puissance et l'instinct de mort. La nuit dernière, ses rêves de puissance et de mort l'avaient tenu éveillé par leur désir obsédant, dévorant, impérieux, et dès son réveil il s'était élancé à la poursuite de la seule manière possible de l'apaiser.

Il aurait pu se rendre à Shiban et s'y abandonner à la médiocrité dans le quartier réservé aux plaisirs. Mais il détestait profondément l'empressement professionnel, facilement obtenu, sans résistance, sans conquête. Le viol fut de tout temps le compagnon fidèle de l'épée.

Il était maintenant trop vieux pour aller contre sa nature. Il ne lui restait plus assez de temps pour les « à-peu-près ». Il avait besoin d'une domination et d'une soumission sans merci, à la manière de jadis, celle des conquérants… La sauvagerie d'une étreinte brutale imposée sans pitié. C'était toute la différence entre la source fraîche de l'oasis et une gorgée d'eau bue au robinet.

Le chameau grognait, s'enfonçait et glissait dans le sable, tâtait le terrain pour trouver un point d'appui plus solide, voulait descendre.

Mais le cavalier le retenait et nourrissait son regard de tous les royaumes invisibles qui s'étendaient au-delà de l'horizon.

Vers l'est, c'étaient le Hadramaout et la mer d'Oman. Au nord-ouest se trouvait La Mecque et, plus près, à cinq cents kilomètres à peine, commençait l'ancien Yémen de l'Arabie Heureuse. Vers le sud se dressaient les montagnes du Haddan.

Le cavalier haïssait le nouveau Haddan des chiens sans maître. Il le haïssait de toutes ses forces. Ses dirigeants bâtards avaient trahi la *houda* — la bonne direction montrée par le Coran.

Ils n'avaient ni race ni honneur. Un mélange infâme d'esclaves nubiens, d'intouchables indiens et de mendiants iraniens... En moins d'un siècle, proliférant comme des rats, ils s'étaient rendus maîtres du pays.

Trois mille kilomètres de sable s'étendaient devant lui. Sous ces dunes gisaient les légions romaines d'Aelius Gallus et les chrétiens de la première croisade de Renaud de Châtillon. Quelques années auparavant, il avait découvert leurs restes, mis au jour après huit siècles par le khamsin. Les corps ratatinés ressemblaient à du parchemin roussi et noirci, mais les armures et les épées étaient aussi nettes et brillantes qu'en 1206. Certains s'étaient donné la mort avec leur propre poignard pour échapper au soleil implacable et à la torture de la soif.

Le cavalier sourit. C'était un monde selon son cœur : sans pitié. Un monde guerrier. Le soleil lui-même le dardait de ses millions d'épées.

Il vit le faucon.

Il descendait, tombant à pic à travers le brasier du ciel comme une pierre noire ailée, puis se redressa, remontant avec une aisance souple et comme méprisante pour les lois de la pesanteur, décrivit un cercle, puis un autre, chaque fois plus serré, chaque fois plus bas, cernant exactement la proie et la désignant à l'œil du chasseur.

Le cavalier pressa le chameau qui recula et se raidit pour arracher ses sabots du sable, et avança en tanguant et en glissant ; l'homme et sa monture arrivèrent ainsi au bas de la dune où les compagnons du cavalier l'attendaient déjà. Ils s'élancèrent dans la direction que le rapace leur désignait de ses lentes spirales. Les deux hommes suivaient le maître du faucon, car personne n'avait jamais chevauché devant lui, dans la paix ou dans la guerre.

Ils aperçurent aussitôt le bosquet d'épineux et de ces arbustes humbles mais tenaces, qui ne craignent ni la sécheresse ni le vent, parents pauvres des boswelias aromatiques qui poussent à profusion sur les pentes du Haddan et dont la résine fait l'objet d'un des plus vieux commerces de la terre.

Les dunes étaient devenues plus basses, aplaties et glissaient, et ils virent le puits au-delà du sable jaune que la présence de l'eau faisait virer au gris. Le sol devenait dur et pierreux, noirâtre, renouant sa complicité volcanique avec les sources profondes. Au-delà commençaient les épais buissons d'abal et l'oasis aux palmiers solennels et dédaigneux. Lorsque le cavalier leva les yeux vers le soleil en les protégeant de sa main, il vit dans cet incendie la flèche noire exactement au-dessus de sa tête. Il sourit pour la première fois depuis le début de la chasse. La proie devait être là-bas, derrière les feuillages poussiéreux.

Il entendit le son de la flûte.

Le jeune pâtre était accroupi dans le sable, parmi les chèvres grises, blanches ou brunes qui paissaient sous les palmiers et au milieu des rochers.

Ils venaient du côté du soleil et surgirent de l'aveuglante fournaise sans que le garçon les ait vus approcher. Lorsqu'il les aperçut, ils avaient déjà arrêté leurs montures. Il continua à jouer.

Le cavalier se taisait et ses deux compagnons demeuraient légèrement en retrait, attendant son bon plaisir. Il retardait l'instant, laissant le désir grandir et irriter son sang.

L'adolescent leva alors les yeux et crut à leurs expressions qu'ils avaient soif. Il leur montra le puits en souriant. Mais comme ils ne bougeaient pas et le regardaient du haut de leurs montures avec des yeux d'une avidité brûlante, il comprit. Il posa sa flûte par terre et leur demanda grâce d'un regard suppliant et tendre.

Il vit alors l'étranger qui était leur chef, un homme mince au nez court et recourbé comme le bec du hibou, à la barbe rougie par le henné, lever le bras gauche. Le ciel répondit et le faucon tomba du soleil et se percha sur l'épaule de son maître, perdant instantanément tout intérêt pour la proie humaine qu'il avait traquée avec tant d'ardeur.

Le visage de l'étranger se crispa, les yeux bleus avaient pâli, tandis que la bouche semblait avoir avalé ses lèvres et n'était plus qu'un trait droit, en fil de fer.

Les traits de l'adolescent étaient à la fois doux et virils, ses yeux avaient des éclats verts et son corps semblait attendre la rosée du matin. Il n'avait pas encore été circoncis, comme en témoignaient ses cheveux coiffés en crête de coq.

Il regarda les trois cavaliers l'un après l'autre, puis il baissa ses longs cils et se mit à pleurer.

L'étranger descendit de sa monture. Ses deux compagnons l'imitèrent, pendant que leur maître se penchait vers l'enfant. Il le prit par le menton et l'obligea à lever la tête.

Les yeux étaient encore innocents. Les lèvres tremblantes étaient encore pures. Les bras, le ventre et les cuisses avaient au toucher la douceur du velours.

Pendant que ses compagnons obligeaient l'enfant à s'agenouiller, le cavalier pensait avec gratitude que les sables lui avaient toujours été propices et ne lui avaient jamais mesuré leurs faveurs.

Sur l'épaule de l'homme, le faucon dormait, le bec enfoncé dans ses plumes argentées.

L'enfant essaya de résister, mais l'un des cavaliers tint sa tête entre ses genoux pendant que l'autre emprisonnait ses deux petites mains dans son poing.

Les lèvres de l'homme se tordirent dans un sourire et ses yeux fixes étincelaient à l'approche d'une ivresse barbare. C'était comme s'il enfonçait une épée dans la chair d'une douce victime, comme si son sang de guerrier savourait enfin une victoire totale.

Les deux autres attendaient leur tour.

... Le nom était Bersch. Hugo, Erasmus, Ludwig, Amadeus, Clementius, Aloysius Bersch.

13

Stéphanie l'attendait dans le patio de l'hôtel et lorsqu'il parut, elle sourit de plaisir, se demandant si c'était l'homme lui-même qu'elle accueillait avec cette joie ou ses propres rêves d'enfant. Son visage était presque latin dans sa finesse, et le teint mat, bistre, formait avec le regard à la fois ce contraste et ce lien que les cendres ont avec l'incendie. Une allure de seigneur, dont on ne savait si elle était due aux voiles flottants du désert ou à la nature même de l'homme. Il traversa le patio et leva légèrement la main droite à son cœur, esquissant le salut traditionnel, cependant que son regard grave — il devait manquer un peu d'humour — se posait sur elle avec une droiture et une assurance telles qu'elle dut faire un effort pour ne pas baisser les yeux. Cet homme était exactement tout ce qu'elle avait jamais imaginé des Maures, d'Othello, de Yago et de Haroun al-Rachid… Il paraissait être fait de références littéraires et surgir d'un passé légendaire, si bien que sa présence physique devenait une source d'émerveillements presque plus surprenante encore que les légendes elles-mêmes.

— Je ne connais même pas votre nom, dit-elle.

— El Roussaïm, improvisa Rousseau, qui commençait à se détester sérieusement. Il ne s'était encore jamais senti plus faux jeton, peut-être parce qu'il n'avait encore jamais exercé ses talents d'imposteur plus à contrecœur. C'était un chemin sans retour : il y avait peu de chances pour qu'elle lui pardonnât. Mais il n'avait pas le choix. Il ne la connaissait pas assez pour prendre des risques. Les nouveaux renseignements sur Miss Stéphanie Hedrichs qui lui étaient parvenus la veille de New York et reposaient dans un classeur de l'ambassade disaient qu'elle avait un caractère imprévisible, un peu fantasque, bien qu'incontestablement idéaliste — elle versait une bonne partie de ses gains aux orphelinats des ghettos noirs — et que, dans le milieu de la Haute Couture, elle avait la réputation d'être intelligente et têtue comme une mule. Ses ancêtres étaient irlandais et français — alsaciens, plus exactement. On lui recommandait beaucoup de prudence.

Mais il était aussi obligé de reconnaître qu'il y avait chez lui un vieux goût de ce qu'il appelait ses «fuites» hors de lui-même qui rendaient irrésistible la tentation d'aller habiter, le temps d'une mission, des identités aussi éloignées que possible de la sienne, qu'il connaissait un peu trop et dont il n'attendait plus rien de nouveau.

Et puis quoi, ce n'était qu'un dossier de plus. Cette beauté internationale, célèbre dans le monde entier, était devenue une pièce importante sur l'échiquier politique du golfe Persique. Rousseau avait une fois contemplé les entrailles électroniques

157

d'un computer I.B.M. mais il lui semblait parfois que ses fils emmêlés n'étaient rien comparés à ceux des intrigues et des affaires, des calculs et des manœuvres du Proche-Orient. Il avait d'abord demandé aux autorités d'expédier la jeune femme sur New York au plus vite, mais ce n'était pas possible. Il fallait gagner encore quelques jours, laisser au gouvernement le temps de tirer l'affaire au clair et d'accorder l'autonomie au Radjad, malgré la forte opposition au sein du Cabinet. L'apparition de Miss Stéphanie Hedrichs sur les écrans de télévision aux États-Unis était inévitable, mais devait être retardée autant que possible. Il avait exigé des mesures de protection qui furent immédiatement accordées mais avait dû admettre qu'il était impossible de la laisser partir.

Elle lui tendit la main.

— C'est gentil d'être venu si vite. Vous avez pu découvrir pourquoi cet homme me suivait ?

Il lui sourit.

— Je suis sûr que ce n'est pas la première fois que cela vous arrive...

Elle le regarda avec surprise et hocha la tête.

— Vous savez, il y a des moments où votre façon de vous exprimer ne vous ressemble pas du tout.

— Le Coran dit : « L'œil ne trouve pas la vérité, c'est le cœur qui la rencontre. »

— Vous paraissez connaître le Coran par cœur.

Rousseau marcha un moment en silence. La C.I.A. ne le payait pas assez pour le genre de besogne qu'il était en train de faire.

Ils traversèrent le terre-plein écrasé de soleil qui s'étendait entre le Métropole et la médina et entrèrent dans la vieille ville par la porte des Oiseaux, où gazouillait depuis des siècles, dans des milliers de cages, toute la faune aérienne de l'Islam, du Cachemire à Chiraz.

Les ruelles en pente ressemblaient plutôt aux fils d'une toile tissée par une araignée démentielle. Il était peu probable que l'homme qui avait quitté une heure plus tôt la boutique du drapier, sous l'aspect d'une magnifique pièce de velours écarlate un peu mal en point, eût aussi vite un successeur. L'écho de son dernier soupir mettrait bien quelques heures avant de parvenir à ses employeurs, même par radio. Mais une promenade touristique au milieu d'une foule qui coulait dans toutes les directions et charriait des milliers de *jahbias* était pour Rousseau un passe-temps dont il se serait bien passé. Deux policiers les suivaient discrètement, aussi bédouins qu'il convenait, mais il n'avait pas tellement confiance en eux non plus... Un malaise indéfinissable.

Le postulat dont il partait — celui de l'ambassade — était que les autorités du Haddan étaient innocentes. Mais il y avait dans tout cela un élément inconnu, hautement ambigu, troublant. Rousseau se demandait si ce n'était pas simplement un effet *visuel*, en quelque sorte. Les visages des personnalités auxquelles il avait affaire depuis son arrivée, comme ceux des passants, étaient si hauts en couleur, si typés, si pittoresques — en un mot, si différents — qu'il manquait de références psychologiques pour se former une opinion.

Il n'avait encore jamais travaillé avec des gueules pareilles. Ici, un homme d'une haute tenue morale pouvait avoir le regard fuyant d'un aigrefin, et la dernière des canailles se cacher sous des traits d'une dignité biblique. La tête du chef de la Police, par exemple, M. Daraïn, était une sorte de chef-d'œuvre d'équivoque et de dissimulation. Il était facile de la qualifier de « tête de vautour », mais ce jugement reposait déjà sur un *a priori* défavorable, car on pouvait tout aussi bien dire que c'était une admirable tête d'aristocrate iranien qui aurait eu peut-être parmi ses ancêtres un scribe égyptien mâtiné d'Afghan et d'Arabe.

Mais l'élément le plus équivoque et troublant dans tout cela était tout simplement... la vérité. Rousseau ne la connaissait pas. Encore une fois, il était obligé de prendre comme point de départ la thèse du gouvernement haddanais, selon laquelle ses ennemis politiques cherchaient à provoquer par n'importe quel moyen un soulèvement au Radjad.

Mais il y avait une autre hypothèse.

Il y avait dans le gouvernement deux factions qui se heurtaient... Celle qui voulait accorder l'autonomie au Radjad et celle qui était décidée à « sauver » l'unité du pays.

Rousseau avait vu la même situation en Irak, trois ans auparavant, avant que Bagdad n'accorde l'autonomie aux Kurdes du colonel Barzani.

Une façon radicale d'éviter l'autonomie et d'en finir une fois pour toutes avec la « question shahire » était d'abord de provoquer le soulèvement et ensuite d'exterminer les rebelles, leurs chefs, les élites et une bonne partie des populations... Un génocide.

Si cette dernière hypothèse était exacte, la protection de la police haddanaise était à peu près aussi rassurante qu'une balle dans le dos.

Il était plus tendu, nerveux, hésitant, et se sentait plus responsable qu'aux moments les plus difficiles de sa carrière. Et il fallait jouer la comédie, conserver un air aussi noble que possible et guider Stéphanie à travers une ville dont il ignorait tout.

Jamais il ne s'était senti plus vulnérable : la gosse était adorable. Avec ce petit visage d'une sensibilité et d'une vivacité presque enfantines sous une masse de cheveux fauves, elle le touchait profondément. Jamais il n'avait éprouvé dans ses bras une telle envie physique de protéger, de défendre… Il essaya de se ressaisir. Bougre de con, c'est l'effet qu'elle fait à tout le monde. C'est pour ça qu'elle est payée si cher. C'est son métier.

Il continua à flotter dans ses voiles nobles en regardant sombrement devant lui.

Stéphanie avait erré dans la médina pendant des heures, mais jamais la vieille ville ne lui avait paru plus belle. À chaque tournant d'une ruelle surgissait le vert émeraude de la plus vieille mosquée de l'Islam. Les façades des maisons étaient des assemblages de pierres ocre et blanches : un art de bâtir qui datait de la reine de Saba. L'école coranique était un palais entouré de quatre cents colonnes. Dans le souk des maçons montait la clameur des *shaddis,* dont les voix étaient chargées de rythmer les efforts des porteurs. Les mendiants eux-mêmes étaient superbes. Droits et absents, ils ne remerciaient jamais lorsqu'on leur faisait l'aumône et leurs regards continuaient à suivre les chemins du paradis. L'impression de déposer son obole devant la statue d'un saint. C'étaient des seigneurs de la mendicité.

Elle évitait de trop regarder son compagnon, pour qu'il n'allât pas s'imaginer Dieu sait quoi. Il était séduisant, bon, mais il n'était pas question de verser dans un romantisme de charter-tout-compris. Elle était cependant obligée de reconnaître qu'elle n'avait encore jamais rencontré un homme qui fît corps plus complètement avec un lieu, une civilisation, qui fût autant chez lui dans une antiquité encore vivante…

Il ne lui adressait pas la parole, regardant devant lui, d'un air ténébreux.

— Vous avez l'air en colère. Pourquoi ?

Rousseau décida de prendre à l'égard de lui-même quelques précautions qui devenaient indispensables. Il avait une envie — parfaitement ignoble, dans les circonstances — d'inviter Miss Hedrichs à venir admirer sa collection d'estampes japonaises — ou leur équivalent haddanais. Il n'était pas *a priori* contre l'ignoble, mais dans ce cas particulier, en plein guêpier, avec une fille qui risquait sa vie, il ne se sentait pas à la hauteur. Il se sentait diminué, en quelque sorte. Et les scrupules exquis qu'il ressentait lui paraissaient non moins révoltants. Il croyait n'avoir plus aucune illusion sur lui-même.

Il fallait en finir.

— Je suis toujours un peu en colère quand je pense à mes femmes.

Le visage de Stéphanie parut s'amenuiser encore sous sa masse de rousseur.

— Vos femmes ? Combien en avez-vous ?

— Je ne sais pas, au juste. La dernière fois que

je les ai comptées il y en avait vingt-sept, mais j'ai entendu dire que pendant mon absence des amis m'en ont offert des nouvelles.

Il s'interrompit, furieux.

— Vous ne voyez pas que je plaisante, non ? Vous avez de drôles d'idées sur nous. Je n'ai pas de femme. Plus exactement, je n'ai jamais été marié. Je m'en tape une de temps en temps, comme tout le monde.

Elle s'arrêta et le regarda.

— Ça alors ! Vous parlez comme un G.I. Où diable avez-vous appris à vous exprimer ainsi ?

Rousseau éleva la voix.

— Mais nous ne sommes pas des barbares, à la fin ! Nous sommes capables d'apprendre quelques locutions étrangères. Je peux vous assurer que je n'ai pas perdu mon temps en Amérique...

— Ce n'est pas ce que je voulais dire... C'est tout simplement que je n'ai jamais rencontré quelqu'un ayant moins l'air américain et alors, naturellement, l'argot des G.I.'s, sur vos lèvres...

— Il ne faut pas avoir de préjugés, dit Rousseau.

Elle s'arrêta devant une bijouterie où s'étalait la verroterie éblouissante importée d'Allemagne. Mais Stéphanie remarqua un admirable échantillon d'artisanat modestement placé en retrait derrière la camelote étrangère. C'était une rose noire sculptée dans un bloc de lave. L'intérêt passionné de Stéphanie pour la rose n'avait pas échappé au marchand. Il surgit de son échoppe, le visage épanoui dans un large sourire, et commença à vanter sa marchandise arabe. Il tenait la fleur noire par la tige sous les yeux de la jeune femme.

— Que dit-il ?

Rousseau ne parlait pas un mot d'arabe. Pour un aigle du désert, ce n'était pas une situation confortable. Le marchand s'adressait maintenant à lui dans un arabe certainement poétique et littéraire, et Rousseau, suant d'horreur, entreprit de mentir avec l'énergie du désespoir :

— C'est une rose *hasad*, ce qui veut dire porte-bonheur chez nous... Ce gars-là dit qu'elle a toute une histoire. La tradition de la rose noire remonte à Fatima — vous n'ignorez pas que ce fut la femme préférée de Mahomet...

Il avait sorti hâtivement de l'argent de sa poche et lui fourrait des billets dans la main, mais le marchand continuait ses propos élégiaques.

— Il prétend que cette rose avait orné le harem de Marbak, le plus grand de tous les conquérants...

Une deuxième poignée de billets fit enfin taire le bijoutier et Rousseau remit la rose à Stéphanie.

— Déplorable, commenta Rousseau. Notre peuple est en train de perdre sa propre culture. L'arabe de cet homme est d'une grossièreté incroyable. Je le comprends à peine...

Il dut ensuite subir une nouvelle épreuve, lorsque Stéphanie décida de goûter au lait de chamelle sur la place du Raïs où ce breuvage délicieux était directement puisé à la source. Rousseau baragouina quelques mots gutturaux qui laissèrent le limonadier assez perplexe et quelques gestes expressifs firent le reste.

— Vous habitez Tewza ? demanda Stéphanie.

Rousseau la regarda en buvant le liquide douceâtre parfaitement écœurant. Les autorités l'avaient installé dans une maison de la médina dont il n'était pas capable de retrouver le chemin sans l'aide de son chauffeur. S'il s'était senti en mesure de s'orienter à travers ces ruelles délirantes, il aurait saisi la balle au vol — si c'en était une —, aurait invité Stéphanie chez lui, et acquis un chevron de plus dans l'exercice de sa profession, dont il n'avait jamais mieux apprécié la beauté. Par-dessus le marché, il sentait qu'il jouait mal son personnage et c'était au plus haut point démoralisant pour un homme qui se croyait passé maître dans l'art de vivre dans la peau d'un autre, aux frais des contribuables des États-Unis.

Il remit la jarre sous les pis de la chamelle.

— Non. J'ai planté ma tente dans le désert. Je suis venu à Tewza avec deux cents chameaux que je compte vendre à l'armée...

Stéphanie avait l'esprit pratique.

— Ça vaut combien, un chameau ?

Rousseau ferma les yeux.

— C'est très variable. Cela dépend de la race, de l'âge et... de la taille naturellement...

Ils prirent un taxi et roulèrent sur la route extérieure, le long de la grande muraille. Rousseau s'était mis à parler avec volubilité des États-Unis qu'il admirait beaucoup. Il donna à Stéphanie toutes sortes de détails convaincants sur New York et La Nouvelle-Orléans.

— Vous connaissez vraiment bien mon pays, dit-elle.

Rousseau fut intarissable sur ce sujet pendant le parcours, tout en s'étonnant de ne pas y avoir pensé plus tôt. Il commençait à respirer. La petite n'avait pas parlé une seule fois de l'affaire. Elle paraissait détendue, heureuse d'être là, avec lui, loin du cauchemar…

Il avait le sentiment d'avoir fait de la bonne besogne dans des circonstances difficiles.

Il lui fit admirer du haut d'une colline la ville ceinte de sa large muraille ocre, hérissée de minarets.

— Cette muraille a vu les guerriers de Mohali, le souverain opposé à Mahomet…

— Oui, j'ai lu ça dans la brochure de l'hôtel, dit Stéphanie. Il faut que je rentre, maintenant. Je vais essayer de me mettre en rapport avec les agences de presse étrangères. Je sais que l'Associated Press, Reuter et France-Presse ont ici des correspondants. Ils sont venus m'interviewer le lendemain de mon arrivée. Depuis, rien… Les autorités les ont menacés, j'en suis certaine. Mais j'arriverai bien à les joindre.

— Je ne suis pas sûr que ce soit une bonne chose, dit Rousseau. N'y pensez plus. Je suis certain que le gouvernement fait tout ce qu'il peut en ce moment pour découvrir les coupables… Ils doivent bien savoir qu'il n'est plus possible de garder le silence sur cette affaire… Il faut leur laisser le temps.

Stéphanie sentit son cœur s'arrêter. Elle dut faire un effort pour ne pas s'écarter de son compagnon. Et ce fut alors qu'elle se souvint d'un détail qui lui avait échappé au moment de leur première rencontre, à la table du café. Il n'avait pas manifesté le moindre étonnement lorsqu'elle lui avait fait lire sa lettre au *New York Times*… *Il était déjà au courant*. Peut-être même était-il un des assassins…

Elle regarda autour d'elle, faisant mine d'admirer le paysage. Le chauffeur était sorti du taxi et s'était éloigné d'une cinquantaine de mètres. Il s'était assis par terre et leur tournait le dos.

Il n'y avait personne autour. Personne.

L'endroit était parfaitement désert. Des pierres et des pierres.

Ils allaient la tuer.

Elle jeta un regard rapide à son compagnon. Il avait un visage d'une dureté incroyable. Les traits étaient félins, sauvages, les yeux impitoyables... Comment ne l'avait-elle pas remarqué plus tôt ? C'était un tueur. Comment avait-elle pu croire qu'un Hassanite parlant si parfaitement l'anglais s'était trouvé par hasard assis derrière elle, à la terrasse du café ?

Elle chercha à se dominer, à surmonter la panique qui la gagnait, mais déjà des bribes de pensées qui n'arrivaient pas à se former emplissaient sa tête d'un tumulte incohérent.

Cet homme allait la tuer.

Rousseau continuait sa démonstration. La petite semblait écouter. Il allait peut-être réussir à la convaincre.

Elle se força à parler.

— Vous croyez ?

Elle entendit sa voix très loin dans le passé : c'était sa voix d'enfant...

Il y avait cent mètres jusqu'au taxi... Le chauffeur s'était éloigné et leur tournait le dos... Avec un peu de chance... Surtout, ne pas éveiller ses soupçons...

— Vous avez peut-être raison, je ne sais pas... Il faut que je réfléchisse à tout cela tranquillement...

Rousseau jugea qu'il était en train de marquer des points.

— Je crois personnellement que vous devriez rester au Haddan encore quelques jours et aider la police à découvrir la vérité. Ce qui me donnera l'occasion de vous revoir, j'espère... Il faut dire aussi que j'ai vécu assez longtemps aux États-Unis pour savoir combien ils peuvent être cyniques et cruels, là-bas... Ils sont capables de penser que vous cherchez à vous faire de la publicité et...

Elle lui tourna le dos et se mit à courir vers le taxi.

Rousseau demeura bouche bée.

— Miss Hedrichs !

Elle sautait de roche en roche comme une gazelle et lorsqu'il sortit de sa stupeur et se mit à courir après elle, il était déjà trop tard. Elle était au volant.

— *Hey !* Qu'est-ce que j'ai fait ?

Elle démarra et tout ce qu'il put faire, tandis que le chauffeur affolé hurlait et galopait en agitant les bras après la voiture qui dévalait la pente dans un nuage de poussière, fut de s'arrêter, arracher un brin d'herbe et le serrer entre ses dents en riant, car c'était un homme capable de faire de ses moments de désespoir un objet de dérision.

14

Elle rentra au Métropole en larmes, dans un état d'humiliation et de désespoir qui se traduisit finalement par une détermination furieuse de fuir ce maudit pays. Elle était à présent sûre et certaine que son adorable « aigle du désert », et autres « fils du cheikh », « émirs » et Rudolph Valentino arabe à la noix, était ou bien un vulgaire flic chargé de la séduire et de la persuader de se taire en lui fermant la bouche avec ses baisers, ou peut-être même un tueur qui l'avait emmenée en dehors de la ville, dans un endroit discret, pour la supprimer. Cette certitude lui paraissait presque aussi atroce que l'affaire de l'avion, tout simplement parce que le coup avait failli réussir et qu'elle avait commencé à s'en amouracher. Une conne, une vraie conne, voilà ce qu'elle était…

Stéphanie n'avait plus qu'une envie : retourner au plus vite à New York et *oublier*.

Elle se rendit directement à la réception pour y retenir sa place dans le prochain avion. Il n'y avait que trois vols par semaine.

Le concierge vérifia sa liste. Il regrettait beaucoup mais toutes les places étaient louées deux semaines à l'avance… Il tapotait la liste de son crayon, baissant les yeux. Le mensonge était si grossier qu'elle se mit à rire. Ils voulaient l'empêcher de quitter le pays.

Elle téléphona à l'ambassade et demanda à être reçue immédiatement. On lui proposa de passer dans la soirée, à sept heures exactement.

À quatre heures, alors qu'elle était allongée sur le lit, regardant le plafond, dans un état de frustration que la chaleur exaspérait et qui se transformait en panique, le téléphone sonna. Une « personnalité officielle » l'attendait dans le hall, c'était important. Pouvait-elle descendre ? Elle était nue et mit des jeans et un peignoir de bain, puis gagna pieds nus le rez-de-chaussée. Ses cheveux roux étaient en bataille, son petit visage avait une expression d'hostilité totale, et elle devait paraître ivre ou droguée, parce que les deux ou trois touristes qu'elle croisa dans l'escalier la regardèrent avec inquiétude.

La « personnalité officielle » émergea d'un profond fauteuil qui parut l'exhaler dans un soupir. Il était vêtu de chantoung noir et tenait élégamment sous son coude une canne à pommeau d'ivoire avec laquelle sa mince silhouette distinguée et son crâne dégarni, légèrement touché de cheveux grisonnants sur les côtés, avaient une ressemblance frappante. L'œil était méditatif et les lèvres minces, au-dessus d'une certaine absence de menton, esquissaient un sourire figé. Au-dessus de ce sourire était perché, comme pour en percer le mystère, un nez d'une architecture osseuse, plongeante, aux narines largement ouvertes, en quelque sorte, à toutes les suggestions olfactives, d'où que

170

vînt le vent et, avec ses voûtes et ses arcs, le nez faisait penser à un ouvrage des Ponts et Chaussées. Stéphanie sentit son hostilité monter d'un cran.

— Bonjour, Miss Hedrichs, dit-il avec un accent anglais d'excellente qualité. Nous nous sommes rencontrés à la réception de Sir David Mandahar, mais je ne pense pas que vous vous souveniez de moi... Permettez...

Il s'inclina avec cette politesse excessive qui doit être excellente pour la souplesse des échines et lui tendit un bout de carton. Stéphanie apprit ainsi qu'elle avait affaire au directeur de la Police du Haddan en personne.

— De quoi s'agit-il ?

— Une affaire assez délicate. Miss Hedrichs...

M. Daraïn avait une façon irritante de s'arrêter au milieu d'une phrase pour lancer un rapide sourire dont la fréquence paraissait avoir été réglée d'avance, comme celle des phares maritimes.

— Nous n'avons pas voulu vous ennuyer alors que vous étiez encore sous l'effet d'un tel choc...

Nouvel arrêt-sourire. Avec une tête pareille, pensa Stéphanie, il ne devrait pas être ici. Il devrait être perché sur une carcasse pourrissante au milieu du désert.

— Cela ne vous ferait rien de me dire ce que vous me voulez, monsieur ? J'ai déjà compris que vous êtes plein de tact, alors, allons-y.

M. Daraïn pencha la tête de côté avec un air d'indulgent reproche et caressa son absence de menton avec le pommeau de sa canne. Stéphanie nota que son cou, orné d'une pomme d'Adam importante, avait une minceur et une longueur qui

171

devraient faciliter les choses à son successeur à la tête de la Police. Un mouchoir éblouissant dépassait légèrement de sa manche gauche, où il se tenait prêt à toutes fins utiles, à l'anglaise. D'excellentes études à Oxford, probablement.

— Étant donné le côté… délicat de l'affaire, dit-il, j'ai tenu à vous faire cette communication personnellement…

Il prit le mouchoir dans sa manche et s'essuya le front. Cet enfant de pute tenait à ménager ses effets — la seule chose qu'il ménageait sans doute dans sa carrière de flic.

— Ainsi que vous l'avez remarqué, nous avons pu récupérer vos bagages…

Nouvel arrêt, mais sévère cette fois. Il devait tenir le sourire dans l'autre manche.

— Bon, et alors?

— Nous avons trouvé dix kilos de haschisch dans vos affaires.

Stéphanie haussa les épaules.

— Naturellement! Vous l'avez trouvé parce que vous l'y avez mis vous-même. Les flics font toujours ça. C'est un vieux truc.

— Oh non, Miss Hedrichs, nous n'y sommes pour rien. Et vous non plus…

Cette fois, elle ne comprenait plus.

— Nous savons parfaitement qui a mis du haschisch dans vos bagages. M. Massimo del Campo nous a tout raconté. Il avait quinze kilos de haschisch dans ses propres bagages et il a reconnu qu'il en avait glissé deux paquets dans les vôtres à l'aéroport.

Stéphanie se taisait. Il n'y avait rien à dire. Massimo était venu la prier de cacher de la drogue dans ses affaires, et elle s'en souvenait parfaitement. Bon, voilà qui expliquait bien des choses. Elle savait maintenant pourquoi Massimo appuyait avec tant de conviction la version officielle de l'« accident ».

— Néanmoins, la nouvelle loi prévoit de sévères peines de prison pour ceux qui sont surpris en possession de haschisch, dit M. Daraïn. Il est possible que l'on puisse fermer les yeux sur cette infraction si M. del Campo maintient son témoignage en votre faveur. Après tout ce que vous avez subi… L'affaire est étudiée en ce moment avec bienveillance par les autorités compétentes…

Stéphanie dit entre les dents :

— Cela s'appelle du chantage et de l'intimidation. Vous êtes en train d'essayer de conclure un marché avec moi. J'oublie ce que j'ai vu — et vous me laissez sortir du pays sans me condamner à une peine de prison. Pouvez-vous me dire ce qui m'empêchera de parler quand je serai rentrée aux États-Unis ?

Elle s'interrompit.

— Ou peut-être avez-vous l'intention de me garder ici… *définitivement* ?

M. Daraïn s'inclinait, exprimait l'espoir que ces « désagréments » seraient bientôt terminés, ajoutait qu'il se tenait entièrement à la disposition de Stéphanie et se retirait en se dandinant légèrement, la canne élégamment serrée sous son coude. Vu de dos, il ressemblait à une espèce de limace verticale avec trop de hanches.

Elle descendit au bar et y trouva Massimo en compagnie du verdâtre Bakiri. Il était en train de montrer à son nouvel ami des photos de lui-même en gladiateur dans le film *Plus fort que Hercule.*

— J'ai eu un Oscar pour ce rôle. Un Oscar italien à Bordighera.

— Nous ne voyons jamais ici de bons films, se plaignit M. Bakiri.

Stéphanie prit le verre de grenadine sur la table et en répandit le contenu sur le costume neuf de Massimo. L'Italien la dévisageait, interloqué.

— Petite ordure, lui lança-t-elle. Merci d'avoir fourré du haschisch dans mes bagages.

— Ne te fâche pas... J'ai fait une connerie. Je n'avais plus de place dans mes valises... Je ne recommencerai plus jamais.

— Ça, c'est sûr. Tu ne recommenceras plus jamais, et pour cause. Si tu t'imagines qu'ils vont nous laisser sortir vivants d'ici pour que nous puissions raconter partout notre petite histoire, tu es encore plus idiot que ta réputation...

M. Bakiri regardait ses ongles, feignant de ne rien entendre.

Massimo était devenu plus blanc que son costume.

— Ne meurs pas tout de suite, chéri, lui dit-elle. Attends. Tu en as probablement encore pour un jour ou deux à vivre. Tâche d'en profiter.

Elle remonta dans sa chambre. Au moment d'entrer, son cœur se mit à battre si vite qu'elle tourna sur elle-même, se plaqua contre la porte et jeta un regard affolé dans le couloir.

Rien, personne. Le couloir était vide. Et pourtant le sentiment de danger persistait, grandissait et devenait hurlements, cependant que le vrombissement des hélices emplissait sa tête de fracas et que le sol tanguait et se dérobait sous ses pieds... Les lames des ventilateurs tournaient à une vitesse folle au-dessus de sa tête et le directeur de l'hôtel se tenait immobile devant leur table, tendant à Bobo son passeport pour l'au-delà… Le monde basculait sur une aile, puis sur l'autre, se redressait, comme si le pilote agonisait aux commandes…

Elle demeurait collée à la porte, s'efforçant de garder les yeux ouverts, de chasser cette horrible bête d'angoisse qui glapissait en elle…

Ce n'est rien. Ce n'est rien, Steph. Une rechute… Ça va t'arriver de temps en temps, désormais. Des bouffées délirantes. Ça passera, peu à peu. Tu as quand même eu un sacré choc. Tu verras un médecin à New York.

Elle ouvrit la porte.

Les trois visages la regardaient de leurs yeux vitreux.

Sur le lit. Là-bas, sur le lit…

Ce n'est pas vrai. *Ce n'est pas vrai*… Tu délires…

Elle leur fit face.

Entre la noirceur de ses boucles et celle de sa barbe, les traits de Bobo avaient une expression endolorie. Les lèvres faisaient une moue triste. Il semblait dire : « Tu vois, Steph, ce qu'ils m'ont fait… »

Le visage du vieux cheikh était grisâtre et les ténèbres des yeux semblaient déborder en taches sombres dans les creux, entre la paupière inférieure et la pommette. La tête reposait sur sa barbe légèrement étalée et qui ressemblait à une toile d'araignée froissée.

Les hélices de l'avion continuaient leur ululement aigu autour d'elle.

Le sol continuait à tanguer, à se dérober… Mais non, Steph, rappelle-toi. Ce n'étaient pas les hélices. C'étaient les pales des ventilateurs, sous le plafond. Tout était si calme, si feutré, dans la salle à manger. Le directeur de l'hôtel était là, à côté d'elle, et la regardait fixement, lui tendant son passeport d'un geste implacable… *Non ! Ne le prends pas !*

Elle ouvrit les yeux. Elle ne s'était pas évanouie, puisqu'elle était toujours debout.

L'image de la mangouste courageuse bondissant pour éviter les coups de tête du cobra vint soudain à son secours, dans un éclair fugitif, et elle sourit. Merde. Regarde-les professionnellement, en quelque sorte, Steph. La mode. Considère que c'est une nouveauté en matière de chapeaux…

Le plus dur fut d'affronter le visage de l'hôtesse de l'air, peut-être parce que les traits avaient conservé toute leur beauté. Les yeux, larges ouverts, n'avaient rien perdu de leur orient ; bordés de longs cils, ils posaient leur regard sur Stéphanie et, parce que la fixité se substituait à l'absence de vie, leur expression avait une insistance qui ressemblait à un appel muet.

Le rouge à lèvres et le mascara tenaient encore et réussissaient presque à cacher les taches bleuâtres, comme si la pauvre fille s'était refait une beauté *après*, par quelque miracle de coquetterie féminine. Mais l'épaisse chevelure noire était éteinte, sans éclat…

Stéphanie prit une cigarette, l'alluma et s'assit dans un fauteuil en face du lit, croisant les jambes.

— Merci d'être venus, dit-elle, d'une voix peut-être un peu tremblante, un peu aiguë, mais qui se raffermissait rapidement. Merci. Ils peuvent y aller, maintenant, avec leurs histoires de délires, d'hallucinations...

Elle exhala la fumée.

— Oui... Mais qu'est-ce que je dois faire ? Qui est-ce qui vous a envoyés, ici ? Les familles ? Quelqu'un qui vous veut du bien ? Vous n'êtes pas venus pour rien, j'imagine ? On compte sur moi... Pour crier la vérité, avec des preuves à l'appui, n'est-ce pas ?

Elle n'avait plus peur du tout. Ce qu'il y avait de plus rassurant, c'est qu'ils étaient *vraiment là*. Elle n'avait pas perdu la raison.

— Qu'est-ce que je dois faire, à votre avis ?

Les têtes paraissaient un peu plus petites que lorsqu'elle les avait vues dans le désert, un peu rétrécies. On les avait soigneusement placées sur une feuille de journal dépliée, comme si celui qui les avait mises là était soucieux de ne pas salir le lit.

Intéressant, ça. Qui donc manifesterait un tel souci du linge de l'hôtel ? Quelqu'un qui en était responsable. Pas un domestique, non, il s'en serait bien moqué.

Le directeur de l'hôtel.

— C'est lui, n'est-ce pas ? Il l'avait fait instinctivement, habitué à se soucier de la tenue et de la propreté des lieux...

Il n'y eut pas de réponse, mais elle n'en attendait pas une, Dieu merci. Elle n'était pas encore devenue dingue.

Elle remarqua qu'il y avait des gouttelettes d'eau, à peine perceptibles, sur les visages, comme s'ils transpiraient.

Stéphanie se leva, alla vers le lit et toucha le front de Bobo du doigt. Il était glacé.

Elle revint s'asseoir dans le fauteuil, aspira la fumée et l'exhala avec satisfaction.

— On vous a conservés dans le congélateur de la cuisine, voilà. Vous êtes complètement glacés, mes pauvres choux… Donc, c'est quelqu'un qui prend grand soin des biens de l'hôtel, qui a accès au congélateur des cuisines… Et qui avait eu entre ses mains le passeport de Bobo, avec le bon nom islamique Abdul Hamid dessus… C'était très drôle, ton pseudonyme, Bobo, mais ça t'a coûté la vie. Nous sommes d'accord ?

Stéphanie attendit un moment, comme si elle voulait leur laisser le temps de réfléchir.

— Le directeur de l'hôtel, donc. Qui d'autre ?

Elle avait l'impression de parler à trois amis qui avaient des problèmes et qui étaient venus lui demander de l'aide.

— Seulement, ce n'est qu'un larbin, après tout. S'il l'a fait, c'est qu'il avait reçu des ordres. De qui ? Et pourquoi ? Qu'est-ce qu'on attend de moi ?

Mais, à partir de là, ses idées commencèrent à s'égarer dans un labyrinthe aussi enchevêtré que les ruelles de la médina.

— Bon, peu importe, pour le moment. Il n'y a qu'une chose à faire…

Elle alla au téléphone, sans quitter les trois objets du regard.

— … Vous allez tenir une conférence de presse, mes chéris.

Elle demanda tour à tour Reuter, France-Presse et l'A.P., mais la standardiste l'informa, après cinq bonnes minutes d'attente — le temps de consulter qui-de-droit —, que le circuit de la ville était en panne. Ils étaient désolés. Cela se produisait tout le temps...

Elle se mit à rire. Le rire finit dans des hoquets et des sanglots, mais c'était seulement à cause du vrombissement assourdissant des hélices qui la força à se boucher les oreilles. L'avion était ballotté sur une mer déchaînée et elle s'attendait à tout moment à voir les trois têtes tomber du lit et à rouler vers elle.

Puis l'avion reprit sa ligne de vol et elle pensa au vieux pilote qui tenait les commandes avec gratitude. Elle était heureuse d'avoir accepté son invitation à dîner, ce soir, à Beyrouth.

Mais auparavant... *Son Polaroïd.* Elle se leva d'un bond. Elle l'avait laissé sur le siège vide à côté du sien... Non, non. Il était dans le sac. Le sac de cuir marron Gucci. Elle n'avait pas le droit de s'affoler. Plus maintenant. Plus maintenant, alors qu'elle avait des preuves, des preuves matérielles irréfutables, qui étaient là, sur le lit...

Elle se tourna vite vers le lit, prise d'un doute soudain... Mais non, ils étaient bien là. Tout était en ordre.

Elle trouva son Polaroïd au fond du sac, inséra la pellicule et prit douze clichés.

Les photos étaient excellentes. Les couleurs ressortaient admirablement. À présent, il s'agissait de les mettre à l'abri.

Elle glissa les photos dans des enveloppes qu'elle adressa au *New York Times,* au *Times* de Londres, à la Commission des Droits de l'Homme des Nations

Unies et au juge Douglas, aux bons soins de la Cour suprême des États-Unis. Elle se surprit à adresser la dernière enveloppe à la Conscience du Monde, mais éclata de rire et déchira l'enveloppe en petits morceaux, comprenant qu'une telle adresse était impossible à trouver.

Stéphanie foula aux pieds son peignoir, prit au hasard une robe dans une des valises de la collection et s'habilla rapidement.

Elle prit les enveloppes et sortit dans le couloir.

15

Le couloir de l'étage était aussi vide et silencieux que tout à l'heure. Ce vide était évidemment hautement suspect et suggérait des regards furtifs et des présences cachées derrière les portes.

Mais elle n'avait pas le choix. Il ne pouvait être question de confier les lettres à la poste.

Elle choisit une porte au hasard et frappa. Un aimable « entrez » lui parvint, elle se trouva devant un couple d'Américains âgés. Ils essayaient de boucler leurs valises qui débordaient de couleur locale. *Mafaggis,* mains de Fatma, coupe-papier en forme de *jahbia,* narghilés miniatures, tout un sous-folklore d'un sous-Orient déchu de bande dessinée, des simulacres d'exotisme, sortis des poubelles des Mille et Une Nuits...

— Je vous demande pardon... Est-ce que vous pouvez vous charger de quelques lettres ? On m'a dit que le courrier fonctionne très mal...

Ils parurent ravis de pouvoir lui rendre service. Les Américains aiment s'entraider à l'étranger, dans des limites raisonnables. Cela souligne, en quelque sorte, le côté audacieux de leur présence à l'autre bout du monde, dans un pays lointain et dangereux.

— Mais naturellement, ma chérie…

La vieille dame prit les quatre lettres que lui tendait Stéphanie et les mit soigneusement dans son sac.

— N'avez-vous rien d'autre à envoyer ? Un colis, peut-être ? Nous avons de la place…

Stéphanie regarda les valises, hésita… Mais non, le paquet risquait d'être ouvert à la douane, même si c'était marqué « cadeaux ». Ce qu'on a le droit de ramener des pays d'Orient est sévèrement limité.

Elle sentit tout à coup qu'elle avait de la fièvre. Il y avait des gouttes de sueur froide sur ses tempes et des frissons glacés couraient le long de son dos. On lui avait dit de se méfier des piqûres des mouches *dhafar* qui étaient une des plaies de cette région et qui provoquaient une fièvre de trois jours. C'était sans doute la fièvre qui expliquait l'aspect légèrement menaçant et bizarre de tout ce qui l'entourait.

Ou alors…

Le caractère familier de ces bons visages américains, de leur sourire avait soudain disparu. Elle remarquait à présent que les sourires étaient forcés, figés, menaçants, d'une fausseté inquiétante…

Ils se tenaient immobiles, se tournaient vers elle, avec des gestes interrompus, en suspens, la regardant fixement. Pourquoi la regardaient-ils ainsi ? Pourquoi faisaient-ils leurs bagages avec tant de hâte, juste en ce moment ? Et cette offre bizarre de se charger de quelques objets qu'elle voudrait peut-être leur confier ?

Quels « *objets* » ?

Étaient-ils de véritables touristes ou peut-être… Stéphanie recula vers la porte.

— Qu'y a-t-il, ma chérie ? Quelque chose ne va pas ?

La dame s'avançait vers elle. Elle avait des cheveux blancs mais un visage dur. Oui, dur.

Et si elle s'inquiétait vraiment de la pâleur soudaine de Stéphanie, de ses yeux agrandis par l'angoisse, pourquoi gardait-elle ce sourire figé plaqué sur le visage ?

Stéphanie sentait que ses dents claquaient. La fièvre, rien que la fièvre, qui déforme tout et donne aux choses les plus banales un aspect trouble… Les assassins, les espions et les agents ennemis ne bourrent pas leurs bagages de soupières en cuivre, de gongs, de narghilés et de déchets de bazar.

— Merci. Merci beaucoup.

— Vous êtes devenue soudain toute pâle…

Stéphanie fit un appel à la nature sous la forme la plus prosaïque :

— Je souffre en ce moment de diarrhée.

— La « tourista », dit l'Américain, avec satisfaction, transférant son expérience de globe-trotter du Mexique à l'Arabie. J'ai là un excellent produit français… Prenez, prenez… Nous n'en aurons plus besoin.

Stéphanie saisit le tube.

— Prenez-en six par jour.

— Les mouches, dit la dame. Ils n'ont aucune hygiène ici.

— Je vous souhaite un agréable voyage, dit Stéphanie.

Elle sortit et fit quelques pas. Mais derrière elle

le couloir était si vide que son silence bizarre la fit sursauter. *C'était un silence délibéré.* Les moquettes étaient si épaisses qu'elle avait l'impression que quelqu'un la suivait à pas feutrés… Non, personne.

— Petite crétine, se dit-elle, les dents serrées.

Il lui restait encore cinq enveloppes. Elle hésitait devant les portes, lorsque celle de la chambre 112 s'ouvrit. Il en émergea une espèce d'ours débonnaire. Ses cuisses menaçaient de faire éclater son pantalon et ses bretelles tombaient sur ses mollets. Il avait des cheveux blondasses, courts et rares et le genre de visage qui fait aussitôt penser aux saucisses de Francfort. Il se tenait au seuil de sa tanière climatisée, un sourire étonné aux lèvres.

Stéphanie l'avait déjà aperçu dans la salle à manger.

— Pardon, je me suis trompée de chambre…

L'ours eut un rire aimable et galant.

— Je suis désolé de l'apprendre.

La porte du 114 s'ouvrit et une espèce de fantôme apparut. Il était vêtu de blanc des pieds à la tête et, sous des cheveux laqués, son visage anguleux au nez légèrement bossu, entre des pattes « tango », d'une pâleur soigneusement entretenue, était légèrement touché de bleu au menton et rappelait celui de tous les acteurs que leur physique condamnait à jouer les deuxièmes rôles dans la Crucifixion. Il avait une présence languissante et curieusement immatérielle et paraissait complètement épuisé, comme si le fait d'avoir un corps lui imposait un effort insupportable.

Le tonneau de bière blonde était toujours debout au seuil de sa chambre, et le contraste entre ce balourd et ce transparent qui ne semblait exister que grâce aux efforts du climatiseur et de ses vêtements produisait une impression d'incohérence et de contradiction, comme si les phantasmes de Stéphanie, dans leur effort de la tromper et de se faire passer pour la réalité, avaient commis une faute technique. Mais l'homme en blanc tenait à la main un sac de voyage des Haddan Air Lines, et il avait sûrement assez de force pour transporter une enveloppe. Oui, il prenait l'avion l'après-midi... Oui, bien sûr, il pouvait s'en charger... Sa voix ne correspondait en rien à son aspect fantomatique : dure, coupante, elle paraissait avoir perdu son légitime propriétaire et s'être échouée dans les cordes vocales d'un autre. Stéphanie remarqua aussi que ses yeux n'avaient rien de commun avec l'apparence de lassitude accablée de l'homme. Ils ne regardaient pas : ils visaient...

Mais elle refusa de céder aux terreurs qui naissaient de la tension nerveuse et de la fièvre. Il était stupide d'imaginer que toutes les chambres du Métropole étaient occupées par des tueurs et des conspirateurs. Ce type lui semblait dangereux tout simplement parce qu'elle se sentait en danger.

— Je la posterai à Rome. J'y serai de bonne heure demain. Vous n'avez besoin de rien d'autre ?

— Non, merci.

Il inclina la tête et se dirigea vers l'escalier. Elle jeta un coup d'œil à l'étiquette attachée à son sac : J. Mendoza. Un artiste de music-hall, sans doute. Peut-être un illusionniste ou un jongleur.

Heureusement, un touriste tout ce qu'il y a de plus quelconque et de sympathique sortit de la chambre 116 en sifflotant. Il suait la banalité rassurante et elle lui donna les trois dernières enveloppes avec cette confiance instantanée qu'inspire un détail familier dans un paysage inconnu. Il saisit les lettres en disant très vite :

— Excusez-moi, j'ai toujours peur de rater mon avion. C'est nerveux. Soyez tranquille, je n'oublierai pas.

Le couloir était de nouveau vide.

Elle revint vers sa chambre et hésita un moment avant d'ouvrir la porte. Elle n'avait pas peur de revoir les têtes : elle avait peur de ne plus les trouver là… Il ne lui resterait plus alors qu'à se faire soigner dans une clinique en Suisse.

Mais elles étaient là, aussi paisibles que tout à l'heure. Et Stéphanie poussa un soupir de soulagement. C'était sa seule certitude, et elle y tenait ardemment. Elle prit son sac Gucci, le vida de son contenu et plaça soigneusement les têtes l'une sur l'autre à l'intérieur. Elle tira la fermeture éclair, prit le sac et descendit dans le hall de l'hôtel.

Deux serviteurs glissèrent aussitôt vers elle la main tendue, mais Stéphanie les écarta d'un geste, poussa la porte tournante et se trouva dehors.

16

Un taxi — une Ford rouge — se mit aussitôt en marche et s'arrêta devant elle. Il n'y avait pas d'autres taxis devant l'hôtel et il suffisait de jeter un coup d'œil sur le visage du chauffeur — celui d'un jeune flic de tous les pays avec son sourire faux, ses yeux durs et sa moustache — pour savoir qu'il était chargé de surveiller ses allées et venues. Elle passa devant sans s'arrêter.

Il y avait cent mètres jusqu'à la route qui descendait vers la ville ; elle en avait fait une cinquantaine à peine lorsque le taxi la rejoignit et se mit à rouler à côté d'elle. Le chauffeur lui parlait en anglais, utilisant les quelques mots qu'il savait avec une adresse et une insistance expressives, et avec une autorité pleine d'assurance de linguiste chevronné.

— *Come... No walk, very hot... I take you...*

Elle continua à marcher, le visage sévère, regardant droit devant elle. Le sac était lourd. La Ford continua à rouler très lentement à côté d'elle et le chauffeur tendit la main, tout sourire.

— *I take... Very heavy...*

Elle lui jeta un regard meurtrier, s'écarta vers l'avant de la voiture et fit quelques pas en courant. Stéphanie tenait à présent le sac dans ses bras, mais il n'était pas question de courir avec un tel poids. Elle s'arrêta. Des pierres s'entrechoquaient dans sa tête ; elle était couverte de sueur…

La Ford s'immobilisa à côté d'elle.

Le chauffeur tendait toujours la main, en riant.

Stéphanie sentait le soleil qui coulait sur ses épaules comme de la cire fondue.

— *I take… Cheap…*

Elle se pencha vers lui et déversa sur sa tête quelques expressions simples et claires.

— *Fuck off you bastard, leave me alone…*

Le visage du chauffeur perdit son sourire. Il paraissait comprendre l'anglais mieux qu'il ne le parlait.

Elle s'éloigna. Le taxi demeurait sur place, le moteur en marche, mais il ne tentait pas de la suivre. De toute façon, il ne pouvait pas rentrer dans les rues étroites de la médina. Il y avait encore quatre cents mètres à faire jusqu'à la porte haute de quinze mètres, une des douze qui donnait accès à la vieille ville. Le sac était trop lourd : elle avait l'impression de revenir du marché avec dix kilos de melons. L'angoisse, la fatigue, la chaleur et la fièvre transformaient le paysage et lui donnaient l'apparence d'un trompe-l'œil : elle avait l'impression de marcher vers une toile peinte qui allait se déchirer d'un seul coup pour la happer, l'engloutir parmi d'indicibles horreurs. La fièvre. Elle s'arrêta. Elle n'avait plus la force de marcher et cherchait un endroit pour s'asseoir et souffler un peu, une pierre, un caniveau, mais ne trouva rien. Comme toujours avec elle, l'exaspération et le désarroi se muèrent en colère. Oh, et puis *merde*, pensa-t-elle en français, posa son sac par terre et s'assit dessus.

Elle entendit presque aussitôt l'auto, puis la Ford s'arrêta à nouveau devant elle. Stéphanie prit une cigarette dans son sac à main et l'alluma, pendant que le chauffeur attendait, le sourire aux lèvres. Il se lança dans une longue péroraison à l'aide de quinze ou vingt mots d'anglais dont il disposait. Stéphanie le regardait fixement. Elle était à présent certaine que la police n'était pas au courant. Ils ne savaient pas qu'elle avait les *preuves*, que quelqu'un — les parents des victimes, probablement — les avait introduites dans sa chambre et que ces preuves étaient là, dans le sac sur lequel elle était assise. S'ils avaient eu le moindre soupçon, ils l'auraient embarquée immédiatement. Et puisqu'il leur aurait été impossible de nier l'évidence… *Miss Stéphanie Hedrichs, la cover-girl bien connue, a trouvé aujourd'hui la mort dans un accident d'automobile au Haddan, alors que son taxi…*

Elle se leva, jeta sa cigarette, souleva le sac, et se dirigea vers la porte du Repos : c'est ainsi que s'était appelée cette entrée de la vieille ville au temps où elle s'ouvrait sur l'oasis où se dressait à présent le Métropole.

Elle s'arrêta à la première boutique ouverte, l'échoppe d'un limonadier, et demanda le chemin de l'Agence France-Presse et de l'Associated Press. Ce fut comme si elle leur parlait de Sardi's ou de la Tour d'Argent. Le marchand avait fait « oui, oui » de la tête et lui servit un verre de Coca-Cola, estimant sans doute qu'il ne pouvait s'agir de rien d'autre. Le cordonnier et l'épicier des boutiques voisines n'avaient, eux non plus, jamais entendu parler des agences de presse, mais le barbier, qu'elle consulta ensuite, et qui parlait l'anglais, eut une idée aussi simple que belle : il lui proposa de l'accompagner au poste de police, car la police du Haddan, lui dit-il avec fierté, connaît tout et trouve toujours tout. Elle le remercia, et comme il sortait dans la rue pour l'accompagner, elle l'assura qu'elle avait changé d'avis et retournait à l'hôtel.

Dès qu'elle fut dans la rue, elle sut qu'elle était suivie. À deux reprises, elle avait aperçu une silhouette vêtue d'une gandoura brune qui lui tenait compagnie. Elle fit deux ou trois détours dans les ruelles : l'homme était toujours là. Mais elle avait l'habitude, à présent. Le chauffeur avait dû la lâcher et ils avaient mis un autre inspecteur sur ses talons.

Elle renonça aussi à se rendre à une des agences de presse. D'abord, parce que le représentant était sûrement un des citoyens du Haddan et donc soumis à toutes les pressions. Mais surtout, parce que la meilleure chose à faire était d'aller tout droit à l'ambassade des États-Unis, se faire recevoir par l'ambassadeur, et... lui vider son sac. Sur son bureau, de préférence. Il était probable que Son Excellence, M. Henderson, faisait tout ce qu'il pouvait pour être agréable au gouvernement du Haddan. Cependant, et même à l'époque de Watergate, il y avait tout de même des choses qu'il ne pouvait pas faire.

Il fallait maintenant trouver un taxi — un *vrai*. Et d'abord sortir du dédale des ruelles étroites qui grouillaient autour d'elle.

Elle s'aperçut vite qu'elle était perdue. La vieille ville paraissait s'enrouler de plus en plus étroitement autour d'elle comme pour l'enserrer complètement. Son sac lui échappait des mains. Elle avait envie de pleurer, essayait de courir, les traits hagards, se heurtant à cette foule qui coulait dans toutes les directions à la fois et où elle avait l'impression de s'enliser. Les femmes voilées tournaient vers elle leurs visages invisibles et la regardaient fixement à travers les triangles de gaze rouge, verte ou bleue cousus dans le voile.

Ce fut alors qu'elle vit le couple d'Américains.

L'homme et la femme remontaient lentement la ruelle en pente venant dans sa direction.

C'était le couple de touristes que Stéphanie avait vu à l'hôtel et à qui elle avait confié une de ses lettres avec les photos.

Ils étaient là, devant elle. Ils n'avaient pas pris l'avion.

Elle s'arrêta.

Ils l'aperçurent à ce moment.

Ils étaient tout près d'elle, maintenant.

Stéphanie recula légèrement. Elle n'avait jamais vu de visages aussi faux, aussi difformes, aussi monstrueux. Oui, monstrueux, dans leur bonhomie hypocrite.

— Ah, c'est vous, ma chérie…

Sa voix était aussi rassurante que celle d'une infirmière qui vous promet que vous ne sentirez rien…

— Vous ne savez pas ce qui nous arrive ? Notre vol a été annulé. Un incident technique… Il n'y aura pas de départ avant deux jours. Nous n'avons pu poster votre lettre, évidemment…

Stéphanie tendit la main.

— Évidemment, dit-elle. Rendez-la-moi…

Ce fut au tour de l'homme de faire son boniment :

— Eh bien, figurez-vous — c'est à peine croyable ! — la police à confisqué les lettres. D'abord, il paraît qu'il est défendu aux passagers de se charger de courrier… C'est une loi internationale… Les lettres doivent être envoyées par la poste…

— Ils vous ont fouillés, naturellement ? demanda Stéphanie, en essayant de mettre le maximum de sarcasme dans sa voix.

— Oui, c'est exactement ce qu'ils ont fait, dit l'homme, avec indignation. Toujours ces précautions, à cause des pirates de l'air, évidemment… Mais les lettres ! C'est inadmissible. Qu'est-ce que vous voulez, c'est un pays comme ça…

— Remarquez, ils ont été très gentils, ajouta la bonne femme. Ils se sont excusés pour le retard de l'avion et ils nous ont annoncé que nos frais de séjour pendant ces deux jours d'attente sont entièrement à la charge de leur Office de Tourisme. Nous en profitons pour visiter un peu mieux la vieille ville et prendre encore quelques photos. Voulez-vous vous joindre à nous, ma chérie ?

Il semblait à Stéphanie que la femme regardait fixement son sac, le sourire figé aux lèvres.

— Excusez-moi, je suis attendue, dit-elle.

— Eh bien, on se verra à l'hôtel, tout à l'heure ! fit la femme.

Stéphanie se demanda comment elle arrivait à parler sans ôter son sourire.

— Faites-nous le plaisir de dîner avec nous, lui lança l'homme.

Stéphanie fit quelques pas et se retourna : ils la suivaient du regard mais ne souriaient plus. Elle prit le premier tournant sur sa gauche, descendit quelques marches, traversa une place… Il n'y avait qu'une façon de se sortir de ce labyrinthe, c'était de demander à quelqu'un de la guider vers un taxi.

Stéphanie vit une porte cochère et, de l'autre côté de la cour intérieure, un enfant assis sur la margelle d'un puits. Elle tenait à ce moment-là son sac à plein bras. Elle n'avait pas remarqué les trois marches qui menaient à la cour, perdit l'équilibre et lâcha son sac.

Deux têtes, celle du vieux cheikh et celle de Bobo, jaillirent de l'intérieur et roulèrent dans le sable vers l'enfant. Celui-ci — il devait être âgé de six ou sept ans — ne perdit pas une seconde. Ne voyant dans ces deux objets ronds, apparemment, que les ballons de football auxquels il rêvait sans doute passionnément, il se leva d'un bond et renvoya les deux têtes l'une après l'autre dans la direction de Stéphanie de coups de pied bien ajustés.

— Oh mon Dieu, mon Dieu, mon Dieu ! fit Stéphanie dans un bref et tardif hommage à la décence, la dignité et le respect humains.

Elle saisit rapidement la tête de Bobo et la remit à sa place dans le sac, mais lorsqu'elle se tourna vers l'autre, le gamin, qui n'ignorait sans doute rien des exploits de Pelé et de Cruijff, ou de leurs équivalents locaux, avait déjà décoché un deuxième coup de pied dans le football providentiel, bien qu'un peu lourd, qu'Allah dans sa bienveillance lui avait envoyé.

La tête du vieillard roula à travers le sable et tomba dans le caniveau entre le mur et le puits.

Stéphanie partit au galop à la rescousse mais le caniveau avait près d'un mètre de profondeur et bien qu'elle réussît à atteindre la tête et à la saisir par la barbe, celle-ci était coincée entre les parois et elle ne parvint pas à la dégager.

Stéphanie fit encore un effort puis se déclara battue. Elle ne pouvait pas rester là, à essayer de récupérer une tête coupée…

Elle se releva.

Le gamin attendait, l'œil éveillé, et tout prêt à reprendre ce jeu merveilleux.

— Taxi ? lui demanda-t-elle. Taxi, taxi ?

— Taxi, cria le gamin, triomphalement, et pour lui montrer sans doute qu'il avait parfaitement compris, il ajouta :

— Coca-Cola !

Il lui prit la main et Stéphanie, après un rapide regard coupable vers le caniveau, le suivit.

Cinq minutes plus tard elle montait dans un des trois taxis qui attendaient à l'ombre des figuiers et des palmiers sur une petite place autour de l'unique cinéma de la ville qui occupait une aile d'un « ensemble culturel » installé dans l'ancien hammam bâti par les Turcs. Stéphanie eut le temps de jeter un coup d'œil aux affiches à l'entrée, et se sentit un peu mieux en voyant les bons visages rassurants de James Stewart et Gary Cooper.

Elle ne connaissait pas l'adresse de l'ambassade, mais parvint à se faire comprendre du chauffeur, qui venait d'Aden et parlait un peu l'anglais. Pour une raison qui dépassait son entendement, le chauffeur fit un effort surhumain pour lui parler d'une expédition en dirigeable au pôle Nord. Elle finit par comprendre que c'était un film que l'on avait montré la semaine dernière et qu'apparemment, Stéphanie avait eu le plus grand tort de rater. Elle devait raconter plus tard à ses amis à New York que les mots « pôle Nord » avaient fait naître à ce moment-là en elle une nostalgie extraordinaire, pas tellement à cause de la chaleur, mais parce que le pôle Nord était au monde ce qu'il y avait de plus éloigné du Haddan...

Le bureau de l'ambassade était fermé, mais ils obtinrent du gardien l'adresse de la Résidence. Stéphanie dit au taxi d'attendre et sonna à la porte, tenant fermement le sac à la main. Un maître d'hôtel haddanais ouvrit la porte en deux fois : une fois, pour voir qui était là, et une autre fois, largement, dans un geste de « proverbiale hospitalité », lorsqu'il reconnut Stéphanie. Non, Son Excellence n'était pas là. Son Excellence était au palais du Gouvernement. Oui, certainement, il y avait la secrétaire...

— Est-ce qu'elle est américaine ? demanda Stéphanie, car elle avait tellement souffert qu'elle commençait à vouloir rencontrer une âme sœur à qui elle pourrait passer le flambeau.

Le maître d'hôtel parut étonné. Oui, certainement, M\ue Tetley était américaine... Il leva les yeux vers l'escalier.

Une aimable vieille fille en pantalon trop collant et blouse mauve descendait les marches d'un pas méditatif. Elle s'arrêta, reconnut Stéphanie, sourit comme il convient quand on est au service des contribuables américains à l'étranger, et vint rapidement vers la jeune femme, en tendant les deux mains.

— Oh, Miss Hedrichs, je suis enchantée de vous voir... L'ambassadeur n'est pas là, mais si je puis vous être de quelque utilité...

— Je voudrais vous dire deux mots.

La secrétaire fit un geste vers le salon, à droite.

— Mais bien sûr, entrez donc, je vous prie...

Le salon était résolument américain, avec des meubles que Stéphanie connaissait depuis qu'elle en avait augmenté de vingt pour cent la vente, en posant dans le même cadre pour Gimbel's.

— Asseyez-vous... Voulez-vous boire quelque chose ? Avec cette chaleur...

— Excellente idée, dit Stéphanie. N'importe quoi de frais.

Miss Tetley se dirigea vers le bar et revint avec un *gin-tonic*. Stéphanie, qui était confortablement installée dans un fauteuil en plastique blanc, le sac sur les genoux, vida le verre avec délices.

— Encore un ?

— Volontiers.

Elle vida le deuxième verre d'un trait, puis regarda pensivement Miss Tetley.

— Vous ne buvez rien vous-même ?

La secrétaire rit. Elle avait un de ces visages aux traits imprécis qui semblent toujours avoir manqué leur rendez-vous avec eux-mêmes.

— Dans ce climat, je ne bois jamais avant sept heures du soir.

— Vous devriez, vous savez, lui conseilla Stéphanie. Vous allez avoir un choc...

La secrétaire la regardait, le visage à mi-chemin entre l'étonnement et le sourire.

— Vous savez que j'étais dans cet avion, dit Stéphanie.

— Bien sûr. Ça a dû être épouvantable…

— Assez, oui. Vous savez également que personne ne m'a crue lorsque j'ai dit que ce n'était pas un accident et que les passagers de l'avion avaient été décapités…

La secrétaire ajusta ses lunettes. Le sourire s'éteignit presque entièrement, ne laissant plus entrevoir que deux dents. Elle ne fit pas de commentaires, par politesse.

— Et parmi les passagers décapités, il y avait un citoyen américain, mon cher patron, celui qui m'a décidée à venir dans ce foutu pays, le photographe Abdul Hamid, né Boleslaw Berkovici, Bobo pour les amis… Décapité, oui.

Le sourire de la secrétaire augmenta d'environ dix pour cent.

— Chère Miss Hedrichs…

— Je n'ai pas fini, dit Stéphanie. Je me suis dit : la meilleure façon de prouver à M. Henderson, l'ambassadeur des États-Unis au Haddan, qu'un visiteur américain dans ce pays a été décapité, c'est de lui apporter la tête du susdit, dans un but à la fois de preuve et de rapatriement…

Stéphanie se leva, se pencha, prit dans le sac la tête de Bobo et la posa sur le guéridon devant la secrétaire.

Elle observa ensuite l'effet produit avec une curiosité où venait se mêler, elle le reconnut plus tard, une bonne dose de jubilation, car elle se vengeait un peu non seulement de tout ce qu'elle avait subi, mais aussi de l'incrédulité et de l'ironie qu'on lui avait opposées…

L'effet sur la secrétaire fut bon. Il fut même excellent.

Son visage se décomposa, ses dents se mirent à claquer, son front blême se couvrit de sueur, sa bouche s'ouvrit toute grande, elle poussa une sorte d'ululement hoqueteux, après quoi elle choisit la solution de la facilité : elle s'évanouit.

Stéphanie contempla un instant son œuvre, puis alla se servir un *gin-fizz* au bar. Elle revint près de la secrétaire, vida son verre debout et le posa sur la table.

— Ça vous apprendra à faire joujou diplomatique avec la vie et la mort des gens, dit-elle. Et ça vous apprendra aussi à essayer de me faire passer pour folle. Et peut-être allez-vous forcer maintenant ces enfants de pute à reconnaître leurs crimes ? Ou alors, le pétrole vous est monté à la tête et vous les protégez…

Elle prit le bol de glaçons sur la table et en versa le contenu dans le sac. Celui-ci était beaucoup plus léger, à présent. Elle se dirigea vers la porte. Mais elle avait mauvais caractère. Et elle le savait. Même dans la jungle de la mode new-yorkaise, Stéphanie avait déjà une réputation qui incite aux plus grands égards, ou du moins, à la prudence. Avant de sortir, elle revint sur ses pas, prit la tête de Bobo, et l'embrassa sur le front.

— *Good-bye, you old son of a bitch*, lui dit-elle tendrement.

Elle plaça ensuite la tête sur les genoux de la secrétaire pour être sûre que son réveil allait être agréable, et sortit. Le chauffeur de taxi reprit son récit du Grand Nord et Stéphanie se demanda si sans ce récit elle aurait pensé à mettre de la glace dans son sac.

Le chauffeur parut un peu surpris lorsqu'elle lui annonça leur destination, et ils durent revenir sur leurs pas pour faire le plein d'essence. Il prit alors la direction des montagnes.

Rien n'était plus paisible que cette heure de douceur où le soleil s'éloignait, ayant fini sa besogne incendiaire. La route descendait dans la vallée du Shiran, où flottait la poussière soulevée par les troupeaux du soir, et où les hautes parois rocheuses trouées de cascades dispensaient des ombres parfumées de jasmin et de ces plantes sauvages dont Stéphanie ne connaissait pas le nom, mais qui tenaient à la fois de la menthe et de la myrrhe. Mais déjà montait du désert l'annonce brûlante du *sahardim* — c'est ainsi que le chauffeur, d'une voix pleine de respect, appelait le royaume des sables.

L'oasis de Sidi Barani apparaissait deux heures plus tard. Les quatre dômes blancs du palais s'élevaient au-dessus de l'épaisse muraille de verdure dans le ciel agonisant, et se disputaient les derniers lambeaux mauves et pourpres du jour. Stéphanie poussa un soupir de soulagement et sourit : il n'y avait qu'une seule personne à qui elle pouvait faire confiance dans ce pays, et c'était un enfant. Seul un enfant pouvait lui apporter l'innocence rassurante dont elle avait tellement besoin, après tant de trahisons, de bassesse et de perfidie…

17

La discussion durait depuis une heure et Rousseau n'était pas encore parvenu à placer un mot. À sa gauche, installé dans un fauteuil, laissant pendre sa main dans un mouvement languide du poignet, Henderson, l'ambassadeur des États-Unis, se réfugiait derrière cette expression de très grande politesse qui indique le désaccord dans le langage des signes diplomatiques. Avant d'entrer dans le bureau du Ministre, il avait dit à Rousseau, en le prenant par le bras :

— Laissez-moi faire. Tous les petits pays se sentent beaucoup mieux après avoir malmené le représentant des États-Unis. C'est une forme d'hygiène mentale, chez eux.

M. Sambro, le ministre des Affaires étrangères, était un homme sympathique, aux traits délicats et nerveux. Sur le mur, derrière lui, il y avait un portrait de Victor Hugo, poète français du XIXe siècle, ce qui ahurissait Rousseau, bien qu'il n'eût pu dire pourquoi.

— Monsieur l'Ambassadeur, je vous prie de bien faire comprendre à votre gouvernement que nous présentons un ultimatum aux États-Unis, disait M. Sambro.

Henderson prit un air encore plus aimable. Autrefois, un ultimatum signifiait en général la guerre, mais à présent, de l'Afrique à l'océan Indien, « présenter un ultimatum » faisait simplement partie d'une inflation verbale et d'une surenchère dans la frustration et l'impuissance qui avaient abouti à priver totalement les mots de leur sens. Un « ultimatum » ne signifiait donc rien de plus qu'une opinion bien sentie. L'ambassadeur inclina la tête.

— Certainement, dit-il. Je câblerai l'ultimatum de Votre Excellence au Département d'État dans moins d'une heure. Certainement.

Les lunettes de M. Sambro étincelèrent.

— *Pas* au Département d'État, dit-il en haussant le ton. Au président Nixon lui-même.

L'ambassadeur parut absolument enchanté.

— Tout à fait d'accord. Je l'enverrai au Président personnellement. Vous pouvez y compter. On le lui enverra immédiatement.

Rousseau commençait à admirer le diplomate : il devait avoir une sacrée force de caractère pour ne pas être devenu un alcoolique...

— Cette affaire de l'avion — une abomination ! — prouve jusqu'où nos ennemis sont prêts à aller pour provoquer la guerre civile chez nous, suivie d'une intervention étrangère... Vous direz donc au Président ceci : ou bien les États-Unis nous fournissent le matériel militaire que nous avons demandé il y a deux mois, ou nous nous le procurons ailleurs. Veuillez noter que nous insistons particulièrement pour recevoir les armes atomiques tactiques. Naturellement, nous ne les utiliserons que lorsque nous serons nous-mêmes attaqués. Nous sommes prêts à donner toutes les garanties nécessaires à cet égard. Mais nous exigeons des armes atomiques, et im-mé-dia-te-ment.

Rousseau s'essuya le front d'une main tremblante. Il croyait rêver. Le sourire aimable de l'ambassadeur se figea, se crispa un peu, parut sur le point de se casser en deux, mais Henderson se reprit très vite et le sourire redevint chaleureux, encourageant, optimiste, du genre « mais comment donc, mais tout de suite ! ». Rousseau lui serra mentalement la main. C'était un as.

— Nos voisins font de la provocation et s'apprêtent à nous envahir. Les États-Unis doivent nous fournir des armes atomiques.

L'ambassadeur dit plus tard à Rousseau que ce qui l'avait surpris, ce n'était pas la requête elle-même. Elle était une simple manifestation d'angoisse chez un homme aussi profondément pacifique que M. Sambro. Non, ce qui l'avait pris au dépourvu, expliqua-t-il, c'était la coïncidence : ce matin même, son fils, âgé de sept ans, lui avait demandé lui aussi des armes atomiques.

— Je n'y manquerai pas, dit-il, se référant probablement à la transmission de l'« ultimatum ». Toutefois, monsieur le Ministre, mon gouvernement m'a chargé de vous poser une question. Nous avons entendu dire que vous avez passé une très importante commande d'armements en Afrique du Sud. À la Tallycot Tool Company, si je ne m'abuse…

Le visage de M. Sambro devint de marbre.

— Espionnage, commenta-t-il sèchement.

L'ambassadeur parut rassuré. L'accusation d'espionnage avait été son pain quotidien au cours des dix dernières années, dans tous les postes où il était passé. Il était agréable de sentir qu'on ne sortait pas de la routine et qu'on ne lui jetait pas quelque chose d'inattendu à la figure.

Son expression devint presque euphorique.

— Pas vraiment, dit-il. Nous tenons l'information directement de Cape Town. Elle s'étalait dans tous leurs journaux.

M. Sambro méditait sombrement, en tapotant le bureau de son crayon.

— Nous sommes menacés d'extermination, dit-il. Si cette affreuse histoire parvient aux oreilles des Shahirs — et je suis certain que les provocateurs feront tout ce qu'il faut pour ça — le Radjad va se soulever. On fera appel alors à l'unité arabe pour justifier l'invasion et nous attaquer. Sous prétexte que nous sommes d'une « race étrangère »… Comme ce fut le cas à Zanzibar ou en Ouganda. Voilà pourquoi nous sommes prêts à acheter toutes les armes que nous trouverons à qui nous les propose…

Henderson approuva avec empressement.

— Je comprends. Vous n'ignorez pas, bien entendu, que la même Tallycot Tool Company est en train d'armer vos ennemis et notamment les tribus du Radjad. Nous sommes à peu près certains que ce sont ces agents qui sont derrière l'affaire de l'avion…

— Nous n'avons pas le choix, dit M. Sambro. Nous achèterons des armes au diable lui-même, si

203

nous ne pouvons pas faire autrement. Question de survie...

Rousseau en avait assez de ce sommet politique.

— À propos de survie, justement, monsieur le Ministre, dit-il. Je pense que Miss Stéphanie Hedrichs devrait quitter au plus vite le pays...

M. Sambro braqua vers lui ses lunettes. Elles ressemblaient à deux miroirs d'ophtalmo.

— Et pourquoi, s'il vous plaît ? Pour nous accuser de crimes contre l'humanité, et faire ainsi le jeu de nos ennemis, exactement comme ils l'ont prévu ? Et d'abord, comment se fait-il que Miss Hedrichs et le signor del Campo ont été épargnés, pouvez-vous me le dire ? C'est un peu étrange, vous ne trouvez pas ?

— Vous ne pouvez pas accuser sérieusement Miss Hedrichs d'être complice des assassins, monsieur le Ministre, dit Henderson.

— Je n'accuse personne. Mais son rôle dans tout cela est loin d'être clair... Pourquoi met-elle un tel acharnement à aider nos ennemis ? Comment se fait-il que cette caravane — que personne n'a plus jamais revue — se soit trouvée là juste à point pour « sauver » Miss Hedrichs et son compagnon ? Hein ? Vous ne trouvez pas qu'il y a là des coïncidences... étranges ? Je n'accuse personne, mais tant que cette affaire ne sera pas éclaircie, Miss Hedrichs restera ici. Après tout, elle avait du haschisch dans ses bagages...

Rousseau réussit enfin à desserrer les dents.

— Cette jeune femme est menacée de mort, monsieur le Ministre. Elle a échappé à une tentative d'assassinat ce matin même. Le directeur de la Police est au courant. Il est certain que vos ennemis, quels qu'ils soient… ont tout intérêt à supprimer un témoin que *vous empêchez par tous les moyens de parler*, et à vous mettre ce crime sur le dos… Cela me paraît évident. C'est la *chose à faire*, ou si vous préférez, monsieur le Ministre, le prochain mouvement sur l'échiquier politique… Si j'ose m'exprimer ainsi. On dira que la police du Haddan a fait disparaître Miss Hedrichs parce qu'elle refusait de se taire — et il sera difficile de nier que vous avez fait tout ce que vous avez pu *pour* la faire taire…

Il vit qu'il en avait dit assez. Le visage de M. Sambro était devenu gris. Henderson lui-même était décontenancé.

— Où est-elle en ce moment ? demanda le Ministre.

— À l'hôtel, probablement.

M. Sambro était redevenu tout à fait lui-même.

— Mon Dieu, dit-il. Vous avez peut-être raison. Faites ce qu'il faut… Qu'elle prenne le prochain avion… Oubliez toutes les autres considérations…

Il paraissait à présent perdu, derrière son bureau immense, et avec Victor Hugo au-dessus de sa tête. Il se leva.

— Excusez-moi, mais je dois retourner dans la salle du Conseil… Le gouvernement siège sans désemparer depuis ce matin… Nous avons interrompu la séance pour me permettre de vous faire cette communication…

Il vint leur serrer la main.

— Je me suis peut-être un peu emporté, monsieur l'Ambassadeur…

— Pas du tout, monsieur le Ministre, pas du tout…

M. Sambro transpirait tellement qu'il avait l'air de pleurer.

— Monsieur Rousseau, je compte sur vous. Notre police est à votre disposition. Je crois que s'il arrivait quelque chose à cette adorable jeune femme, je...

Rousseau eut un geste fort peu protocolaire : il mit son bras autour de ses épaules.

— Le pire n'est pas toujours sûr, dit-il. Mais la meilleure chose à faire, c'est de tout lui dire. Absolument tout. C'est ce que je vais faire, à présent, et au besoin, je vais demander à l'ambassadeur et à vous-même, monsieur le Ministre, de lui parler.

Rousseau prit place dans la voiture de Henderson. Ils roulèrent en silence. Une animation inhabituelle à cette heure de chaleur écrasante régnait sur la route, mais Rousseau n'y prêta pas attention. Une automitrailleuse stationnait devant la porte du Hadj.

L'ambassadeur regardait distraitement le paysage. Son visage était triste.

— Des armes atomiques, vraiment, murmura-t-il. Avant la réforme agraire, le taux de la mortalité infantile était de quarante-cinq pour cent... Le revenu par tête d'habitant est de soixante dollars par an... Mon prédécesseur me disait qu'il lui arrivait couramment de voir, le long de ce même trajet, les mains coupées des brigands et des voleurs traînant au bord de la route... Ils s'en sortiront, mais le poids du passé est écrasant...

— Laissez-moi là, dit Rousseau.

18

Il rejoignit sa voiture. Le chauffeur roulait avec une lenteur indigne de la plus belle route du pays, qui avait cinquante kilomètres de longueur. Un bédouin en gandoura brune comme une robe de franciscain les suivait à moto, gonflé par le vent. L'escorte habituelle… Rousseau eut pour sa pauvre mère une pensée de reproche. Elle n'avait jamais veillé sur lui avec autant d'attention.

La Cadillac s'arrêta devant l'ancienne porte des Oulémas, baptisée depuis peu porte de la Révolution. C'était le plus court chemin à sa maison et surtout le seul qu'il connaissait. Il n'avait que cinq minutes de marche, mais la foule ici était particulièrement dense, à toute heure du jour : c'était le quartier des affaires et les « banquiers » étaient assis sur des tabourets bas devant leurs boutiques, traitant d'affaires insondables.

Il dut la vie sauve à un marchand d'eau.

Celui-ci traversait la rue, se frayant un chemin à travers la foule, plié sous sa charge, lorsque Rousseau vit à quelques pas devant lui le canon énorme d'un revolver braqué dans sa direction.

Il n'eut pas le temps de bouger.

Mais le marchand venait de faire un pas. Il se pencha en avant et coula à pic au milieu du flot humain, inondant la chaussée…

Rousseau n'attendit pas qu'il disparût pour plonger vers la droite, derrière le premier dos qui s'offrait. Sans le moindre scrupule : c'était *leur* pays, après tout.

Le bédouin que le hasard lui offrit pour abri s'écroula à son tour, et le tueur se trouva aussitôt pris dans la mêlée instantanée d'une foule saisie de panique, ce qui permit à Rousseau de se trouver à cinquante mètres des lieux, alors que la bousculade et la clameur derrière lui rendaient toute intention de le poursuivre avec un revolver en main plus qu'improbable.

Rousseau gardait dans son esprit l'instantané du revolver muni d'un silencieux, sur le fond brun d'une robe de franciscain…

Il fit alors deux choses. La première se révéla décisive. Il prit le risque de revenir sur ses pas en courant et en jouant des coudes, jusqu'à la Cadillac, qui l'attendait comme d'habitude à côté de la porte. La moto de l'homme à la gandoura brune était là, au bord de la route. Rousseau arracha la plaque minéralogique, prit place dans la voiture, dit au chauffeur de faire le tour de la ville et se fit guider jusqu'à sa maison, en passant par la porte des Yéménites.

Rousseau fit entrer le chauffeur et le pria de l'attendre pendant qu'il prenait une douche. Il fuma ensuite une cigarette particulièrement méditative et décrocha le téléphone.

L'appareil avait été installé spécialement pour lui, avec deux lignes directes : l'une à l'ambassade et l'autre à la direction de la Police.

La voix de M. Daraïn ne trahit aucune surprise, mais peut-être avait-il l'habitude de parler avec des morts.

— Je suis vraiment étonné, mon cher ami... Un bédouin, dites-vous ?

— Un bédouin avec un silencieux. Et qui me suivait — si mon chauffeur sait lire — sur une moto qui portait la plaque minéralogique de la police du Haddan...

M. Daraïn observa le silence que les circonstances exigeaient. Le silence soupirait, prenait son mouchoir, se tapotait le front...

— Il s'agit sans doute d'une moto volée.

— Sans doute.

Rousseau observa à son tour un silence expressif. M. Daraïn fit de même. Puis il se permit un léger rire.

— Monsieur Rousseau, je suis d'accord avec vous. Il faut toujours *tout* envisager... Mais si j'avais reçu l'ordre de vous faire tuer, je vous assure que je ne choisirais pas pour cela un agent de police et une moto aussi... sincères. Vraiment pas. Ce n'est pas dans mes manières... Si j'ose dire. Je vous attends...

Rousseau raccrocha également.

Il laissa passer une heure avant de se rendre à la citadelle. Il avait besoin de mettre un peu d'ordre dans ses idées, lesquelles étaient aussi confuses que possible. Et s'il y avait une chose dont il avait horreur, c'était de devoir la vie au hasard... Le hasard avait des réserves notoirement limitées, le souffle

209

court, et n'était d'aucune utilité sur les longs parcours…

M. Daraïn était assis devant son bureau et fumait
cigarette sur cigarette.

— Vous devriez faire vider le cendrier, dit
Rousseau.

M. Daraïn écrasa sa cigarette et jeta un coup
d'œil dénué d'intérêt à la plaque minéralogique
que Rousseau avait posée devant lui.

— Oui, évidemment, dit-il.

Il soupira et eut un geste désabusé.

— Mais vous me sous-estimez, dit-il. Vraiment…
Et même en me supposant capable d'une telle…
grossièreté…

C'était apparemment le mot le plus affreux de
son vocabulaire.

— Pourquoi aurais-je reçu l'ordre de vous supprimer ?

— Je n'ai jamais dit que vous avez *reçu* des
ordres…

Le visage de M. Daraïn blanchit et c'est un des
rares effets que même les meilleurs acteurs ne par-
viennent par à tirer délibérément de leurs traits.

— Monsieur Rousseau, si vous me soupçonnez
d'avoir voulu vous supprimer sur ordre, c'est une
hypothèse, mais si vous me croyez capable d'agir
ainsi *sans ordre*, c'est une insulte !

— Ce n'est ni l'un, ni l'autre. Je vous informe
simplement qu'un de vos hommes a essayé de me
descendre. Et qu'il disposait d'un silencieux très
sophistiqué. Un Westbronn, je crois. Le dernier
mot de la technique… Il ne l'a pas acheté avec
l'argent de sa solde.

M. Daraïn contemplait Rousseau rêveusement.

— Réfléchissons ensemble, si vous voulez bien… Pourquoi vous ?

— Peut-être parce qu'on soupçonne que je commence à avoir des idées sur ce qui se passe, *vraiment*…

M. Daraïn balançait sa canne sur son genou.

— Et quelles sont ces idées ?

Rousseau demeura muet d'une manière aussi explicite que possible.

— Bon, vous vous méfiez de moi, dit M. Daraïn, avec lassitude. Je vous comprends. Vous me connaissez à peine…

Il sourit.

— … Et je suis très difficile à connaître. J'ai moi-même quelques difficultés à cet égard… À propos, je profite de votre présence pour vous dire que Miss Hedrichs est libre de quitter le pays quand elle voudra. Demain, de préférence. Je compte sur vous pour la prévenir…

— Je suis plutôt mal vu d'elle, en ce moment, dit Rousseau. Je crois qu'elle me prend pour ce que je suis.

— Et je ne pense pas que nous devrions jouer à Spassky et Fischer, vous et moi… Oui, je m'intéresse aux échecs. Nous ne sommes pas à Reykjavik, hélas… Le climat ici est beaucoup plus éprouvant.

Il alla vers une armoire à dossiers et revint avec une bouteille de whisky et deux verres.

— À titre tout à fait exceptionnel, je vais désobéir à la loi… Je suis, je l'avoue, un peu secoué…

Il remplit les verres.

— Quant à l'attentat dont vous venez d'être l'objet… À votre santé.

— À la vôtre.

— … Et qui me menace autant que vous…

Il vit la question muette dans le regard de Rousseau et leva la main.

— Non, pas maintenant… Accordez-moi encore… mettons, quarante-huit heures. L'autonomie du Radjad doit être proclamée… *Inch Allah !* Cette nuit ou demain. Nous verrons alors si nos idées… les vôtres et les miennes… se rencontrent !

Il remplit les verres à nouveau. Rousseau s'apercevait maintenant qu'il était devant un homme qui jouait sa vie — et n'était pas sûr de gagner. La main de M. Daraïn tremblait un peu pendant qu'il portait son verre à ses lèvres.

— Quant à celui qui a essayé de vous tuer… Je vous promets une chose. La peine de mort n'existe pas au Haddan, sauf pour les crimes contre l'humanité. Mais je vous assure que je mettrai la main dessus… dans les quarante-huit heures… Et à ce moment-là, il regrettera amèrement de vous avoir manqué, mon cher ami…

Il se mit à rire.

— … Ou si vous préférez, d'avoir tiré sur vous.

Il leva à nouveau son verre.

— Je vous souhaite une longue vie, El Roussaïm…

— *Cheers*, dit Rousseau, qui n'osait pas retourner le compliment, pour ne pas avoir l'air de parler de corde dans la maison du pendu.

Il se leva pour quitter les lieux et ce fut à ce moment-là que l'homme qu'il soupçonnait de plus en plus d'avoir des ambitions politiques démesurées reçut un appel téléphonique de l'ambassadeur des États-Unis. Ce fut le début de quelques heures d'activité au cours desquelles Rousseau bénit à plusieurs reprises la provision de whisky qu'il s'était constituée dans son estomac. Lorsque sa présence dans le bureau du directeur de la Police fut signalée à l'ambassadeur, il eut lui-même droit à une petite conversation avec Henderson, qui semblait se trouver dans cet état d'euphorie que les psychiatres qualifient d'hypermaniaque. Rousseau en vint même à se demander plus tard si le calme proverbial du grand spécialiste des « situations difficiles » n'était pas le signe d'une démence qui, sous des symptômes aussi sereins, aurait réussi à passer inaperçue du Département d'État. La voix de Henderson débordait de bonne humeur et d'une sorte de satisfaction émerveillée.

— ... Ma secrétaire est en état de choc... Je crois que je vais être obligé de la rapatrier... Oui, sur ses genoux, mon cher... Et il devait y en avoir d'autres, dans son sac... Elle a fait des provisions de glace et elle est repartie... Enfin, ce sont des choses qui arrivent...

Rousseau soufflait dans l'appareil et jetait à M. Daraïn des regards éperdus. Le chef de la Police était occupé sur l'autre téléphone.

— Oh, vous savez, Rousseau, j'ai servi en Haïti sous le grand Duvalier, le père, alors... Vous n'avez pas entendu la radio, tout à l'heure ? Le général Amin vient de prévenir les Asiatiques qui se trouvent encore en Ouganda que s'ils continuent à se mettre du cirage sur le visage pour se faire passer pour des Noirs, dans l'espoir d'éviter l'expulsion, ils seront sérieusement punis... *Officiel*, mon vieux... C'est sur le ticker des agences... Je vous le dis comme ça, en passant… Le plus beau métier au monde… Dites-moi, mon vieux, vous ne croyez pas que cette fille est *payée*? Je commence à me le demander… Cet acharnement qu'elle met… Venez dîner à la maison. C'est un peu embêtant, parce que c'est un citoyen américain… Je ne peux pas conserver indéfiniment la tête d'un citoyen américain dans le réfrigérateur de l'ambassade… Alors, je vous attends pour dîner… À la fortune du pot !

Rousseau raccrocha. M. Daraïn était en train de se livrer à des exercices de mouchoir sur son visage livide. Rousseau prit la bouteille et l'acheva sans passer par le verre.

— Vous êtes sûr qu'elle ne risque rien, là-bas ?

— C'est un réfrigérateur américain, dit M. Daraïn, d'une voix un peu rauque.

Rousseau se mit à hurler.

— Je vous parle de la fille, bon Dieu !

— Elle ne court aucun danger, je puis vous l'assurer. J'ai des patrouilles d'automitrailleuses qui se relaient continuellement autour de l'oasis… D'abord, parce que le prince Ali Rahman n'est pas exactement le petit prince de Saint-Exupéry, mon cher…

Rousseau laissa passer la culture.

— … Il a des contacts ininterrompus avec les personnalités shahires, et en cas de soulèvement…

Nouveau passage du mouchoir sur le front. Admirez la finesse de la main et des attaches, pensa Rousseau, avec une hostilité grandissante. Il était à peu près sûr qu'il avait devant lui le prochain « homme fort » du Golfe… Et pourtant, quelque chose manquait… Quelque chose qui n'était pas au point, dans son raisonnement…

— … Et ensuite, parce que si des provocateurs l'assassinaient, ce serait pour nous un véritable désastre…

— Qui ça, nous ? Le gouvernement ? Ou vos petits çopains ?

M. Daraïn lui prit le bras.

— Mais venez… Ça tire de tous les côtés, mon cher !

Au poste de police du quartier de Badr où ils se trouvèrent cinq minutes plus tard — Rousseau nota un nombre important de camions militaires bâchés, immobiles sur le bord de la route — un couple de touristes américains aux cheveux blancs était en train de hurler devant un sous-officier, qui lança à M. Daraïn un regard éperdu, tout en lui faisant un salut militaire impeccable, à l'anglaise.

— Un enfant de six ans, c'est une honte ! tonnait le mari, avec une indignation qui redoubla de puissance lorsque M. Daraïn l'avisa qu'il comprenait parfaitement l'anglais et qu'il n'était donc pas nécessaire de hurler.

— … Un enfant de six ans ! Il était assis devant l'hôtel et il proposait aux touristes d'acheter… une *tête* humaine ! Oui, parfaitement ! Vous m'avez bien entendu… « *Souvenir, souvenir* »… C'est le seul mot anglais qu'il connaissait. D'après notre chauffeur, ce serait une jeune femme étrangère qui la lui aurait donnée… Elle l'avait jetée dans un caniveau. Oui, messieurs ! Il était accroupi devant l'hôtel et il offrait aux touristes une tête humaine !

— Est-ce que quelqu'un la lui a achetée ? demanda Rousseau, avec intérêt.

Ils furent au Métropole en quelques minutes, précédés de motocyclistes et de sirènes qui rappelèrent à Rousseau ses jours paisibles de New York. M. Daraïn trouva le gamin et son « ballon de football », ainsi qu'il le répétait, dans le bureau du directeur de l'hôtel dont le visage était plus blême encore que celui du mulla Buhrani, chef de l'opposition religieuse au gouvernement hassanite, que Rousseau reconnut aussitôt d'après les photos. M. Daraïn en profita pour mettre le directeur de l'hôtel en état d'arrestation.

— S'il sait quelque chose, il parlera ! assura-t-il à Rousseau, pendant qu'ils roulaient à cent à l'heure sur le chemin du bureau de l'Associated Press, d'où le téléphone-radio leur faisait parvenir des appels répétés.

Rousseau ne fit pas de commentaires. La meilleure façon de s'assurer qu'un type se taise, c'est de l'avoir sous la main, entre quatre murs.

Le représentant à Tewza de l'A.P. était un Indien grisonnant, grassouillet et nerveux, qui faisait des efforts désespérés pour fumer cette bonne vieille pipe flegmatique des hommes qui gardent leur sérénité en toutes circonstances.

— Permettez-moi de vous dire que j'en ai marre, de votre folklore, lança-t-il à M. Daraïn, dès qu'il les vit entrer.

Il se pencha, se redressa et posa à côté de sa machine à écrire quelque chose qui avait appartenu à M. Mirza Nazreddine, avocat, et un des principaux porte-parole de la minorité shahire au Parlement.

Rousseau connaissait les photos de tous les passagers du Dakota par cœur et il était désormais sûr de ne jamais les oublier... Nazreddine avait été le conseiller personnel du prince Ali Rahman.

Associated Press admirait l'effet qu'il avait produit. Il tenait ses coudes sur la table, les mains jointes, cependant que ses doigts se livraient entre eux à des prises de catch.

— Le moment est venu de dire toute la vérité et la dire immédiatement! cria-t-il. Sinon, vous avez l'opinion publique du monde entier contre vous!

— Le gouvernement fera une déclaration détaillée sur l'affaire de l'avion dès qu'il aura tous les éléments en main, dit M. Daraïn. Comment êtes-vous entré en possession de...?

Il leva légèrement le bout de sa canne dans la direction désirée.

— Je l'ai trouvée devant la porte de mon bureau en revenant de la sieste! gueula l'A.P.

— Calmez-vous.

— Je câble toute l'histoire immédiatement! Il n'y a plus que les sourds-muets ici qui l'ignorent et...

— Je vous signale que toutes les communications téléphoniques et télégraphiques avec l'étranger sont coupées à partir de ce moment, l'informa M. Daraïn, en prenant le téléphone.

— État d'urgence? Et que veulent dire tous ces camions de troupes qui stationnent à tous les points stratégiques? Est-ce que vous craignez un coup d'État?... Ou est-ce que vous en *attendez* un?

— S'il se passait quelque chose d'aussi important, je ne serais pas ici à perdre mon temps, dit M. Daraïn. Les journalistes doivent soumettre désormais leurs dépêches au ministère de l'Intérieur... C'est une mesure provisoire. Je vous ferai également remarquer que les troupes de sécurité dont je dispose n'ont même pas quitté leur cantonnement... Cela devrait vous rassurer.

L'A.P. le regardait attentivement.

— Quelqu'un joue gros, dit-il. Et je crois savoir qui c'est...

M. Daraïn était occupé au téléphone. L'A.P. adressa un clin d'œil à Rousseau, jeta un regard vers le dos du directeur de la Police et se passa d'un geste universellement connu la main en lame de couteau sur le cou.

M. Daraïn avait fini de parler.

— Et maintenant, si vous m'excusez...

Il sourit à Rousseau, serra sa canne sous son coude droit et sortit en tenant par les cheveux dans l'autre main ce qui fut le meilleur esprit politique du Radjad.

L'A.P. se leva et alla offrir son visage au ventilateur.

— Vous pouvez le croire ou non, mais j'aime ce pays, dit-il. C'est La Mecque des journalistes... Il y a gros à parier que chaque ambassade arabe ici a déjà reçu son petit cadeau... Il y en avait quatorze. Dans quelques heures, ça va être la grande fête des transistors... Je vous ramène chez vous ?

Rousseau préféra anticiper un peu sur l'invitation à dîner de Henderson et se fit conduire à l'ambassade. Il avait à présent une idée tellement claire de toute l'affaire que — puisqu'on était au Proche-Orient — il était sûr de se tromper.

19

Le monde rougeoyait autour de lui et la lumière glissait par l'entrée et venait se prosterner à ses pieds à l'intérieur de la tente, cadeau personnel d'Ibn Séoud, après la bataille de Dinhar. L'Afrikaander était silencieux et apaisé, à cette heure de la prière où, d'ici à Sanaa et de l'Oman à Suez, chaque grain de poussière humain baissait le front pour rendre hommage à un Dieu auquel lui-même ne croyait pas, mais qu'il trouvait pourtant immensément utile et qui méritait bien en tant que tel son nom de Tout-Puissant. Il était essentiel d'avoir ce grand non-être de son côté.

Il était petit, le crâne nu et fort, avec un léger creux au milieu — les bin Maaruf l'appelaient « selle de cheval » — et son visage aux yeux gris pâle, au nez court et crochu en bec de hibou au-dessus de la ligne mince et hermétique des lèvres, trahissait l'âge beaucoup plus par son immobilité pétrifiée que par les rides. La barbe était soigneusement teintée au henné, à la fois en hommage au Prophète et pour cacher les poils gris. Ses bras et ses mains étaient encore aussi forts que ceux de ses ancêtres baltes habitués aux lourdes épées et aux boucliers. Le dernier des chevaliers teutoniques était arrivé avec sept siècles de retard à son rendez-vous avec la grandeur...

L'Afrikaander prit les photos dans sa poche et les regarda encore une fois. C'était parfait. Bien plus fort, plus frappant que tout ce qu'on avait fait jusqu'à présent ailleurs, dans le genre « photos d'atrocités »...

Il sourit et se mit à arpenter la tente, en se frottant la barbe. *Inch Allah*, bien sûr, mais il avait fait de son mieux. Dans quelques heures, tous les transistors du golfe Persique et de Suez à Bagdad allaient se mettre à écumer de fureur... L'Américaine devait être morte depuis...

Il jeta un coup d'œil à sa montre.

... Depuis quatre heures. « Les autorités de Tewza avaient supprimé le témoin qui refusait de se taire... » Il entendait presque la voix rageuse du speaker.

Au milieu de la tente, Sélim, la consolation de ses vieux jours, lorsque l'amour devient amitié et compagnonnage virils, était penché sur un Osada à ondes courtes — le plus petit, le plus léger et probablement le plus puissant des émetteurs-récepteurs miniaturisés. Bersch détestait l'électronique. C'était l'ennemie de la liberté. Ses maudits appareils abolissaient l'espace et lançaient partout à vos trousses leurs meutes de chiens invisibles. Mais on ne pouvait nier leur utilité. Il l'avait compris aussitôt après la guerre et avait envoyé Sélim à l'École polytechnique de Zurich. À présent, c'était un expert. Il réglait l'Osada d'une main délicate et sûre.

Sélim avait quarante ans. Déjà... Ses cheveux commençaient à grisonner. Il n'était qu'un enfant lorsque Bersch l'avait remarqué dans une rue de Djedda et était tombé amoureux de lui. Pendant plus d'un quart de siècle, ils avaient partagé les mêmes dangers, les mêmes luttes...

— Mendoza appelle.

La voix franchissait deux mille kilomètres de désert avec tant de netteté qu'elle paraissait presque palpable.

Sélim changea aussitôt de fréquence. À partir de là, le pulseur assurait automatiquement le changement toutes les trois secondes : plus efficace que le meilleur brouillage...

Bersch s'approcha de l'appareil.

— Je vous écoute.

— Il y a eu un pépin.

L'Afrikaander se raidit. Ses lèvres serrées ne furent plus qu'un fil d'acier.

— Je n'aime pas le mot « pépin », Mendoza. En général, il signifie l'incompétence...

— Ce n'est pas le cas. Lekarski a eu un accident, il y a quelques heures.

— Quel genre d'accident ?

— La nuque brisée. Il est mort.

— Et c'est maintenant que vous me l'annoncez ?

— Je viens seulement de l'apprendre.

Bersch détestait les Latins. Avoir un Portugais pour adjoint était pour lui une injure personnelle. Mais il n'avait pas le choix. La « recommandation » venait de Cape Town. Et il fallait reconnaître que l'homme avait remarquablement réussi au Mozambique.

— Pour l'Américaine...

Mendoza se tut.

— Qui ? Qu'est-ce que vous avez fait de son corps ? Il faut qu'on le trouve immédiatement… Je vous ai dit de le mettre sur la place du marché.

— Ce n'est pas encore fait. Lekarski a été tué *avant*…

L'Afrikaander ne dit rien. S'il y avait une chose à laquelle il tenait, c'était sa réputation de *baraka*, de chance. Il avait réussi à l'établir et à la préserver contre vents et marées, à travers toutes les vicissitudes, depuis plus de quarante ans. C'était une réputation plus utile, plus indispensable même, en Arabie, que toutes les protections politiques. Et maintenant…

Mendoza tenta une diversion.

— Figurez-vous qu'elle m'a confié une lettre avec les photos des trois têtes que nous avions mises dans sa chambre… Oui, à moi ! Tout à fait par hasard… Je sortais de ma chambre et elle était là, une enveloppe à la main. Elle me l'a donnée en me demandant de la poster…

Il attendit, mais Bersch se taisait.

— Écoutez, Hugo, ne vous inquiétez pas… C'est une affaire de quelques heures… Elle est allée chez le prince Ali Rahman, dans l'oasis. Il n'y aura aucun problème, là-bas, vous le savez bien… Vous pouvez la tenir pour morte… Vous m'entendez ?

— Par qui et comment Lekarski a-t-il été tué ?

— Une rixe dans la médina. Du moins, c'est la version de la police.

— Ça ne tient pas debout. En tout cas, remerciez-le.

— Remercier qui ?

— Lekarski. Dites-lui que j'ai reçu les photos. C'est du bon travail. Remerciez-le…

Le poste garda un long moment de silence.

— Hugo, je vous ai déjà dit que Lekarski est mort, dit la voix de Mendoza, un peu inquiète.

Sélim leva les yeux et vit sur le visage de son ami une expression d'humour qu'il connaissait bien. Il l'avait vue pour la dernière fois à l'intérieur de l'avion, lorsque l'Afrikaander parcourait lentement la travée pour s'assurer que toutes les têtes avaient été placées comme il l'avait ordonné, s'arrêtant parfois pour rectifier certains détails. Sélim baissa les yeux. L'humour était une des choses qui lui étaient demeurées les plus étrangères. Il lui semblait que c'était la seule trace de l'Occident que son ami avait gardée…

— Lekarski est mort, Hugo. Vous m'entendez ?

— Eh bien, allez dans une mosquée, dites une prière pour le repos de son âme, et veillez à ce qu'elle lui parvienne, avec mes remerciements…

La voix de Mendoza se fit plus dure.

— Écoutez, Hugo, je vous parle de Tewza, dans la gueule du loup, et je n'ai pas de temps à perdre… Ils ont signé la commande, en tout cas. Sanders l'a dans sa poche. Qu'est-ce que je dois faire ? C'est encore vous le patron… pour le moment !

L'Afrikaander laissa passer l'insolence. Il jouait sa dernière carte et Mendoza le savait. Le coup du Dakota était une initiative personnelle désespérée et si l'affaire ratait…

Il sourit.

Si l'affaire ratait, il ne recevrait jamais plus d'autres commandes… Pas sur terre, en tout cas.

223

Il ne pouvait plus reculer, maintenant. Le jeu était devenu tellement gros et tellement risqué qu'il ne restait qu'une seule chose à faire : augmenter la mise... Et l'homme qui le soutenait au Haddan tenait tous les fils dans une main solide. On ne pouvait rêver de protecteur mieux placé et plus résolu... Il sourit. Les chiens du Haddan allaient bientôt avoir un maître...

— Prenez une voiture et assurez-vous que le terrain d'atterrissage est en bon état. Il a été miné, et je suis certain qu'il reste encore des mines...

— L'Américaine ?

— Je m'en occuperai moi-même. Vous paraissez avoir la guigne, Mendoza, et j'ai horreur de ça. Je vous rappellerai dans une heure pour vous dire si j'ai besoin de vous, et où... Et évitez de vous faire renverser en traversant la rue. Appuyez-vous sur un gamin ou prenez un bâton d'aveugle...

— Allez vous faire foutre, Bersch ! lança Mendoza, haineusement. Je vous signale que le temps des seigneurs est passé. Vous faites vieux jeu et ils le savent à Cape Town... Vous avez agi sans même les consulter et...

Sélim se hâta d'éteindre le poste. Le jour finissant filtrait à travers la toile de tente et c'était cela sans doute qui donnait au visage de l'Afrikaander une teinte jaunâtre.

Il sortit. Tapis au creux de la montagne, les murs n'avaient pas changé depuis treize siècles, par respect pour les yeux de Mahomet qui les avaient contemplés. Le Prophète et ses premiers compagnons avaient combattu à l'endroit même où Bersch avait planté ses tentes et chaque pierre ici était une relique...

Les bin Maaruf nourrissaient les chameaux.

Les feux s'allumaient pour le repas du soir.

Il ne lui restait plus que cent vingt hommes, dont trente étaient ici : les lambeaux du rêve. Cette « armée privée » dérisoire ne signifiait plus rien en termes de puissance, mais elle lui était aussi nécessaire que l'air qu'il respirait. Elle ne pouvait rien accomplir, sinon le garder en vie. L'illusion d'un royaume personnel… C'était la garde d'honneur du Rêve. Les hommes étaient des bin Maaruf, que l'on appelait les « loups du désert », voleurs et maraudeurs. Personne ne se souvenait des origines de la haine et du mépris qu'ils continuaient à inspirer. Détestés et humiliés pendant des siècles, ils avaient fini par perdre tout respect d'eux-mêmes. Mais ils obéissaient aveuglément et c'était devenu une qualité rare…

Le doute l'effleura soudain, une ombre… Un vide, une absence de pensée… Il se passa la main sur le front.

L'âge. Mais il avait encore quelques bonnes années devant lui et il voulait les finir en beauté : un coucher de soleil rouge vif, superbe… Une apothéose.

L'Afrikaander tenait les photos à la main et il les regarda une fois encore, pour reprendre confiance. Un échec était impensable. Pas avec *ça*.

Il avait mené cette affaire avec un soin méticuleux…

Son sens de l'humour revint et il se mit à rire. En somme, on pouvait dire qu'il y avait mis le meilleur de lui-même.

Il entendit des voix derrière son dos et se retourna : ils étaient là.

Jeunes. Chaque fois qu'il rencontrait maintenant des jeunes Arabes, il se sentait mal à l'aise. Il leur jeta un coup d'œil, évitant par politesse de s'attarder sur leurs vêtements européens... Rien ne l'irritait plus qu'un tel manque de tenue, aux pieds de la ville mère du Coran. Des « progressistes »... Quand il avait affaire à eux, il avait l'impression que toute sa connaissance du monde arabe, de ses traditions et de ses mœurs, de ses habitudes de pensée, de son passé et de ses rêves, ne lui servait plus à rien.

Lorsqu'il les invita poliment à se rendre sous la tente, par exemple, pour y goûter ces quelques moments de repos et de silence qui sont de rigueur avant les conversations sérieuses, ils refusèrent d'un signe de la main. Pas de café, pas de perte de temps, pas de politesse. Ils étaient pressés et la hâte signifiait la fin de l'Islam... Elle signifiait l'Occident. Même leur langage était plein de mots étrangers et l'intonation avait pris un accent mécanique, plat, sans trace d'émotion. Lorsqu'il parlait avec « eux », il évitait avec soin les expressions trop littéraires et le formalisme traditionnel du langage, pour ne pas paraître vieux jeu.

Il leur tendit les photos, guettant l'effet produit, avec une fierté d'auteur qu'il s'efforça de cacher. Les deux jeunes gens — ils ne devaient pas avoir plus de vingt-cinq ans — les examinèrent longuement, une à une, échangeant parfois un regard. Puis le plus jeune, qui s'appelait Talat, et c'était un très vieux nom shahir, dit en levant les yeux vers l'Afrikaander :

— C'est odieux. Inconcevable... *Ce n'est pas arabe...*

Son compagnon tenait ses yeux baissés vers le sol, comme s'il avait honte.

L'Afrikaander se taisait. Il se sentait décontenancé, déçu, et pourtant, c'était évidemment un de ces cas où l'auteur ne pouvait pas s'attendre à des félicitations… Il faillit sourire.

— Non, ce n'est pas arabe, bien sûr. Depuis quand les Hassanistes seraient-ils des Arabes ? Le gouvernement du Haddan est aux abois et c'en est la preuve…

Un des deux jeunes gens, celui qui avait une moustache tellement épaisse qu'elle paraissait avoir plus d'années que son propriétaire, parla pour la première fois.

— Comment vous êtes-vous procuré ces photos ?

— La femme américaine les a prises dans l'avion. La police du Haddan les lui a confisquées. Je les ai obtenues par un ami haut placé…

— Pourquoi vous les a-t-il données ?

— Les Shahirs ont encore quelques amis, à Tewza, vous savez…

L'Afrikaander s'efforçait de bannir de son ton toute trace d'ironie, comme il convient lorsqu'on parle à des jeunes « idéalistes ». Cela risquait trop d'être pris pour du cynisme.

— Cette affaire de l'avion ressemble beaucoup à une tentative de provocation, dit celui qui s'appelait Talat.

— C'en est une, évidemment…

L'Afrikaander haussa imperceptiblement les épaules.

— Il s'agit de provoquer un soulèvement des tribus du Radjad… Et comme celles-ci ne sont pas armées… La répression mettra fin à la question du Radjad une fois pour toutes. En somme, il s'agit, justement, de provoquer la répression…

— Je crois savoir que vos prix sont montés en flèche, depuis quelques jours? demanda le jeune moustachu, d'une voix dure qui paraissait venir de son regard même.

Les lèvres de Bersch se serrèrent… C'était ce qu'il détestait le plus au monde : les prix…

— Ce sont des choses qui ne m'intéressent pas, dit-il. Vous êtes bien jeunes… Si vous aviez trente ans de plus, vous ne me parleriez pas ainsi. J'ai mis toute ma vie au service de…

Il avait failli dire « de l'Islam », mais put éviter à temps ce langage d'un autre temps.

— … Au service de l'unité arabe, dit-il.

Les deux jeunes gens s'écartèrent un instant et parlèrent entre eux. Mais, lorsqu'ils revinrent, l'Afrikaander sut qu'il avait gagné la partie. Dans vingt-quatre heures au plus tard, le récit des atrocités haddanaises allait faire battre d'indignation et de haine tous les cœurs arabes.

Il les regarda partir avec dédain. Il n'avait jamais pensé vivre assez vieux pour voir de *nouveaux Arabes*. Mais ce jour-là était arrivé. Ces deux-là n'avaient qu'un but en tête, et ce n'était certes pas la foi religieuse : c'était l'idéologie…

La seule chose qui pouvait sauver le vieux monde était une destruction radicale du nouveau monde par lui-même. Il fallait aider le nouveau monde à se détruire. On verra alors refleurir ces fleurs du désert qui ont pour nom virilité, pureté et courage…

Il rentra dans la tente.

Sélim dormait à même le sol, près de l'émetteur. L'Afrikaander contempla les cheveux grisonnants de celui qu'il avait connu enfant et ce fut soudain comme si sa propre vieillesse lui faisait signe. Il se pencha et caressa doucement la tête du dormeur.

Il s'accroupit ensuite dans un coin et se laissa aller à la torpeur en égrenant le chapelet d'ambre, cependant que son corps lui racontait sa vie, par sa raideur et ses douleurs. Mais dès que la nuit serait tombée et que les étoiles reprendraient au-dessus du royaume des sables leur place immémoriale, son serviteur amènerait un très jeune garçon dans sa tente et il étancherait sa soif dévorante de jeunesse, de dureté et de virilité.

L'appel du muezzin s'éleva au loin et plana sur le désert.

La tente s'enfonçait doucement dans la pénombre.

Il attendait.

20

Ce fut la première question qu'on devait lui poser, alors qu'elle faisait face aux caméras de la télévision américaine, à sa descente d'avion, à Idlewild : pourquoi avait-elle pris un tel risque ? Elle devait pourtant savoir que le jeune Ali Rahman était le chef de toutes les tribus du Radjad et que ses partisans n'avaient qu'une idée en tête, c'était de le remettre sur son trône. Elle avait eu le plus grand mal à s'expliquer. Pourquoi ? Pourquoi ? Peut-être parce que c'était un enfant, tout simplement, un gosse de quinze ans... et qu'elle avait soif d'innocence... Elle avait cherché refuge auprès de lui instinctivement, sans trop réfléchir... Elle avait vu tant de traîtrise et de duplicité autour d'elle, au cours de ces quelques jours, que le souvenir de ce visage d'enfant, si grave, si pur, était devenu une sorte d'oasis dans son esprit fiévreux... Car il fallait reconnaître que le docteur Salter — c'était le médecin de l'hôpital — avait raison : elle était traumatisée, depuis le massacre, et elle n'agissait pas avec tout le bon sens dont vous auriez sans doute fait preuve, messieurs, j'en suis sûre, dans les mêmes circonstances… Il y eut quelques rires et elle sourit elle-même, gentiment, pour adoucir un peu l'ironie de sa remarque. On lui avait toujours reproché d'être un peu portée à l'agressivité.

Ali Rahman la reçut dans le parc, où il venait de s'entretenir avec les visiteurs dont elle n'aperçut dans l'allée que la blancheur flottante qui s'éloignait. Un tapis afghan rouge et noir avait été jeté sur le gazon et le prince se tenait au milieu, à l'ombre des palmiers, des manguiers et des fleurs que l'on appelait ici exotiques, parce qu'elles venaient d'Italie. Il y avait, sur les branches des arbres, des paons et des tourterelles, des fruits et des douceurs dans des plats d'argent posés sur le tapis ; derrière le prince, celui qui ne le quittait jamais se tenait à la distance d'un murmure. À la surprise de Stéphanie, il y eut sur ce visage oublié par le temps comme une trace de sourire de bienvenue, lorsqu'il l'aperçut. Elle ne s'attendait vraiment pas que sa vue lui fît plaisir…

Derrière, il y avait une de ces merveilleuses fontaines en mosaïque, d'un vert qui ne semblait pas connaître de limite à ses nuances et à ses jeux avec les dernières lueurs du jour…

Ali était vêtu d'un caftan brodé jaune pâle ; une écharpe nouée en turban et ornée d'un rubis au-dessus du front finissait négligemment en traîne sur son épaule droite ; il portait un pantalon de Jodhpur blanc. Le sabre recourbé des souverains du Haddan, dont le fourreau était incrusté de perles, semblait avoir été fraîchement plongé dans la Voie lactée et, dans cette tenue des *padishahs*, qui datait du XVIIe siècle, le jeune prince s'intégrait si bien au décor que son costume avait l'air de faire partie de la nature, autant que les fleurs et les oiseaux.

— Veuillez excuser mon accoutrement un peu extravagant… C'est le jour du *dahra* : j'ai passé toute la journée auprès des pauvres, dans les villages…

Stéphanie prit un air entendu, tout en se demandant pourquoi un tel déploiement de luxe était indispensable lorsqu'on « visite les pauvres ». Elle remarqua un poste radio, un *Transoceanic*, sur la margelle de la fontaine, avec son antenne tirée, et deux tourterelles qui se faisaient des grâces à côté. Stéphanie eut à nouveau un sentiment soudain, presque brutal, d'irréalité, de rêve, comme s'il y avait derrière tout ce qu'elle voyait un monde tout différent, tapi, prêt à surgir, à se révéler… La fièvre et l'épuisement nerveux cherchaient à l'angoisse qu'ils faisaient naître des causes extérieures plausibles, et elle savait, oui, *elle savait, tout simplement*, qu'il y avait dans les buissons autour d'eux des *objets* cachés. Elle fit même un geste pour chasser les énormes mouches vertes devant ses yeux, qui bourdonnaient… Et cette affreuse *présence*, d'autant plus inhumaine qu'elle prenait l'apparence d'un homme… le visage de Murad évoquait les prêtres égyptiens, les malédictions, les tombes des dieux inconnus et tout ce que Stéphanie savait des pharaons et de leurs serviteurs fidèles que l'on enterrait avec leur maître, afin qu'ils puissent les garder et les servir après leur mort…

— Comme vous êtes belle !

Elle était tellement habituée à entendre cette phrase que le monde redevint aussitôt normal et naturel autour d'elle, comme s'il avait emprunté à la banalité du compliment son aspect familier.

— Votre robe est formidable...

— Vous trouvez ?

Stéphanie tourna sur elle-même, dans un envol de cheveux et de mousselines, retrouvant dans un réflexe professionnel le mouvement, la pose et le sourire... Elle remarqua sa robe pour la première fois : elle avait tiré n'importe quoi de la valise de la collection...

— C'est une création de Nina Ricci, une robe-tunique en organza brodé... Elle se porte avec un boa de renard... Prix, 29 900 francs...

Elle s'interrompit et porta ses mains à ses tempes.

Steph, tu deviens complètement dingue. Tu es venue pour... Elle regarda autour d'elle. Le sac Gucci était sur le gazon, à ses pieds.

Stéphanie saisit le sac et le vida sur le tapis.

Elle se sentit mieux. C'était là, Dieu merci. C'était bien là.

Elle se pencha et redressa la tête adorable, qui était tombée sur une joue. Elle la mit debout, comme il convenait, et arrangea un peu les cheveux.

La glace avait fondu et le visage semblait ruisseler de larmes.

Le jeune homme regardait le visage de l'hôtesse d'un air soucieux, mais il ne paraissait pas surpris.

— Oui, je suis au courant, dit-il. Le gouvernement m'a informé dès le début... C'est atroce. Un crime contre l'humanité...

Il se pencha pour prendre un verre de jus d'orange et le tendit à Stéphanie.

— Prenez… Ce parcours, en taxi a dû être très pénible…

Il frappa dans ses mains et un serviteur se précipita avec du café et des tartines de caviar. Il ne prêta plus la moindre attention à l'objet sur le tapis.

— On en parle beaucoup dans les montagnes… Je cherche à calmer les esprits, mais…

Ce fut à ce moment-là — sans doute en raison de cette absence de réaction de la part d'Ali Rahman et des domestiques — que Stéphanie éprouva pour la première fois le sentiment que les choses étaient exactement telles qu'elles devaient être, qu'elles étaient *normales*, et qu'il était temps pour elle de respecter les us et coutumes de ces gens et de cesser de les embêter avec ses préjugés occidentaux…

— C'est gentil d'être revenue, dit Ali. J'avais voulu vous rendre visite à la clinique, mais cela me fut… déconseillé…

— Vos roses étaient magnifiques, dit Stéphanie. J'ai oublié de vous remercier, mais quoi, c'était tantôt une chose, tantôt une autre…

Elle fit une petite rechute :

— C'est tout l'effet que cela vous fait ?

Ali jeta un regard vers le tapis.

Il but un peu de jus d'orange.

— Vous savez, dit-il, d'une voix neutre, et Stéphanie sentit qu'il s'y appliquait — vous savez, ils ont tué mon père à coups de bâton et puis, ils ont attaché son corps à un cheval et…

Il haussa légèrement les épaules.

— Comment vous êtes-vous procuré cette tête ? demanda-t-il.

— *Procuré ? Procuré ?* Je puis vous assurer que…

— Je veux dire, comment est-elle venue en votre possession ?

Il l'écouta distraitement pendant qu'elle parlait, et paraissait tendu, préoccupé. Elle ne devait jamais oublier cette silhouette gracieuse d'adolescent, dans ses vêtements de féerie orientale, debout, une main sur la hanche, dans une attitude souveraine, hautaine, devant la tête au visage rêveur à ses pieds, sur le tapis rouge et noir... On aurait dit l'illustration de quelque conte merveilleux... Non bien sûr, non, je n'étais pas dans un état normal, j'étais à demi folle, mais je ne m'en doutais pas, et il faut bien reconnaître que ce cauchemar se présentait sous les plus belles couleurs qu'on puisse imaginer... Un cadre enchanteur, en somme, avait lancé un journaliste, ironiquement, mais à la lumière des souvenirs le visage de Stéphanie avait dû prendre un air hagard, parce que personne ne rit. Elle éprouvait parfois un regret, oui, le regret que Bobo ne fût pas là, avec sa caméra, et parfois aussi elle avait un petit rire bizarre, qu'elle n'arrivait pas à contrôler... Mais on ne peut pas l'accuser de manquer de cœur, c'était nerveux, elle était au bord de l'hystérie, probablement, et avouez, messieurs, qu'être debout là, dans une robe de Nina Ricci... Elle fut prise de fou rire, puis se mit à pleurer et les flashes redoublèrent de fréquence autour d'elle, cependant que les journalistes se taisaient respectueusement, pour ne pas interrompre ce moment de vérité pris sur le vif, dont se nourrissaient gloutonnement les yeux borgnes des caméras...

Ali fit un signe et un serviteur surgit de la brousse parfumée où roucoulaient les tourterelles avec des boissons plus fraîches. Le jus de grenade frappé avait un goût merveilleux, et les figues servies sur la glace pilée, ouvertes, avec leur chair rouge… Elle n'avait jamais rien mangé de meilleur… Je puis vous assurer, messieurs, qu'à ce moment-là, le prince n'avait fait aucune allusion à ses «options politiques» et d'ailleurs, l'idée que cet enfant pût se trouver à la tête d'une révolte armée ne m'avait pas effleuré l'esprit… Mais comment avez-vous pu rester là, à vous délecter de votre jus de grenade, alors qu'à vos pieds… Elle avait foudroyé le journaliste du regard. Mettons, monsieur, que je commençais à m'habituer au pays. L'accoutumance, vous connaissez? Nos nerfs sont ainsi faits, heureusement, qu'il vient un moment où ils prennent en quelque sorte votre défense, en cessant de réagir… Et puis, il y avait le soir qui tombait, le soir des oasis, avec cette miraculeuse fraîcheur qui semble vous caresser tendrement le front et les tempes pour chasser la fièvre, et vous apporte une extraordinaire sensation de soulagement et de bien-être…

Ali lui annonça qu'il allait envoyer immédiatement un message au ministre de l'Intérieur, Sir David Mandahar, pour le mettre au courant… Il l'assura avec le plus grand sérieux de son aide et protection, comme s'il fût le souverain du pays, et la conduisit en lui tenant la main vers les appartements des invités… Miss Hedrichs, interrompit d'une voix frémissante d'espoir une journaliste de *Mode et Beauté*, puis-je vous demander s'il y avait entre vous et le jeune prince quelque chose de plus qu'une sympathie réciproque et si cette attirance était d'un ordre… romantique? Stéphanie se mordit la lèvre, pour rester polie. Ali était, à mes yeux, un enfant, dit-elle. Bien sûr, quinze ans, c'est âge d'homme, selon le Coran, mais je puis vous assurer que je ne consulte pas le Coran lorsqu'il s'agit de mes propres sentiments… Quand je vous dis que le prince me tenait par la main en me conduisant vers les appartements… Écoutez, c'est un geste bien de là-bas, dans tout le Proche-Orient même les hommes se promènent souvent en se tenant par la main…

Et toujours, derrière eux, cette *présence* au visage que le temps avait érodé au point d'en avoir effacé les marques de l'âge…

Il y eut un nouveau barrage de questions. Elle leva la main… Je vous en prie, je vous en prie… Je ne suis pas Schéhérazade et je suis claquée… Oui, bien sûr, je le savais. Le prince nous avait raconté cette histoire au cours de notre première visite. Il nous avait dit que le vieux monstre avait fait jadis le vœu de couper trois têtes d'un seul coup de sabre… Cela paraît important aujourd'hui, mais je vous assure que je n'y pensais pas à ce moment-là. Je l'avais complètement oublié.

Les appartements des invités occupaient toute une aile du palais : six pièces immenses. Y régnaient le brocart et le velours, la soie et les dorures ; sur les murs, des arcs et des flèches, des épées, des trophées de chasse… La salle de bains était d'un luxe moderne de ce mauvais goût qui n'hésite pas devant les robinets en or. Elle ouvrit la fenêtre sur les jardins sombres d'où montaient lentement le croissant de lune et les étoiles, comme des fleurs libérées de la terre. La brise venait, très légère, avec juste ce qu'il fallait de force pour lui offrir toutes les senteurs de l'oasis, où dominait le jasmin. Elle resta un moment à la fenêtre et, sur le fond bleu nuit du ciel, passa lentement le souvenir de celui dont le visage semblait porter en lui toute la rude beauté du Haddan. Les senteurs du jardin, les clartés du ciel et le lointain murmure des sources se voilèrent de tristesse. Stéphanie, ma fille, tu as trop rêvé dans les cinémathèques, contente-toi d'être encore en vie… Elle sourit, se glissa dans les draps et éteignit.

21

Il était une heure du matin lorsque le vice-consul arriva à la résidence avec les derniers « souffles de la nuit » — c'est ainsi que les chiffreurs appelaient les télégrammes marqués « à déchiffrer immédiatement » qui les tenaient penchés sur les grilles du code jusqu'à l'aube. L'ambassadeur des États-Unis à Jedda informait son collègue à Tewza que l'Arabie Saoudite massait des troupes à la frontière du Haddan et avait mis ses forces aériennes en état d'alerte. Le « souffle » précédent était parvenu d'Iran une heure auparavant. Téhéran avait prévenu Washington que toute « tentative d'agression » contre le Haddan de la part de ses voisins aurait des conséquences « immédiates et graves ».

Rousseau tenait compagnie à Henderson sur la terrasse de la résidence qui dominait la ville et les jardins du Mosswat, à l'est de la capitale. Il observait son hôte avec une admiration qui grandissait d'heure en heure : depuis que les mauvaises nouvelles s'étaient mises à pleuvoir sur l'antenne de l'ambassade — et c'était plutôt une véritable grêle — le visage d'étudiant prématurément vieilli de Teddy Henderson semblait retrouver celui qu'il avait laissé à l'université d'Harvard.

— Un bain de fraîcheur, dit-il, en tendant aimablement une pelure jaune à Rousseau.

Le Département d'État posait une question à son représentant au Haddan. Radio-Tripoli accusait l'ambassade des États-Unis à Tewza d'avoir séquestré dans ses locaux l'un des témoins de l'affaire de l'avion, pour l'empêcher de parler… Washington était désireux d'obtenir quelques renseignements sur ce point, avant de publier un démenti officiel.

— Je l'aurais séquestrée avec plaisir, dit Henderson, avec un soupir langoureux. Elle est adorable… Mais que voulez-vous, l'*autre* femme de mon harem, qui se trouve en ce moment à San Francisco, aurait protesté…

— Pourquoi ne lui avez-vous pas tout dit dès le début? demanda Rousseau. Vous vous êtes même arrangé pour ne pas la voir… Le docteur Salter est formel; elle fait une dépression nerveuse grave, avec manie de persécution et tout ce qu'il faut… Il y a de quoi. Elle se sent entourée d'une véritable conspiration — et elle n'a pas tort…

Henderson eut un geste d'impuissance.

— Mon cher ami, je ne pouvais pas prier une jeune femme idéaliste et *honnête*, d'aider le gouvernement du Haddan à étouffer l'affaire… Elle m'aurait arraché les yeux. J'aurais justifié ses pires soupçons, en ce qui concerne la politique américaine… Rappelez-vous que je suis censé ne rien savoir : c'est pour cela que vous êtes ici… Les autorités espéraient découvrir les vrais coupables dans les quarante-huit heures, puis il leur fallut quelques

240

jours de plus et… Je ne pouvais pas dire la vérité à Miss Hedrichs parce que j'étais tenu au secret, et n'oubliez pas qu'il s'agit d'une jeune femme de toute façon très convaincue que la politique étrangère des États-Unis est dirigée par la Maffia, et que Nixon est son « parrain »…

L'ambassadeur s'interrompit.

— Vous avez dit quelque chose, cher ami ? demanda-t-il à Rousseau.

— Rien, dit Rousseau, en rigolant.

— J'ai en effet cru entendre une remarquable absence de protestations indignées de votre part, dit Henderson, gravement. Donc, je ne pouvais pas lui dire la vérité. D'un autre côté, je n'aime pas mentir… Enfin, pas outrageusement, et avec un air d'innocence et de souci paternel pour l'état psychique de Miss Hedrichs… Il y a des limites. J'ai donc préféré l'éviter… Entrez !

Le vice-consul revenait, tout sourire. Par le jeu d'une contagion hiérarchique remarquable, tous les agents de l'ambassade paraissaient enchantés lorsqu'ils étaient porteurs de mauvaises nouvelles toutes fraîches. Le service d'écoutes informait l'ambassadeur qu'une station radio clandestine venait d'apparaître dans les montagnes du Radjad, Elle révélait dans tous ses détails le massacre du Dakota, la profanation des morts shahirs et accusait la « clique matérialiste impie à la solde des impérialistes américains » de Tewza d'être l'instigatrice des atrocités. Suivait un appel aux « peuples frères » et à la résistance armée. Radio-Haddan répondait en diffusant tous les quarts d'heure une mise en garde contre les agents provocateurs des mêmes « puissances impérialistes », sans mentionner toutefois les États-Unis, ce qui était, de l'avis de Henderson, une grosse erreur.

— Bref, c'est foutu, conclut Rousseau, distraitement: il prenait de plus en plus clairement conscience d'un grave problème personnel. Ce problème avait des cheveux roux, un regard vert d'une droiture à donner des remords même à un agent de la C.I.A., et un caractère de chat sauvage qui aurait suivi des cours de perfectionnement en Irlande du Nord.

Il n'y avait pas de ligne téléphonique avec Sidi Barani, mais Ali Rahman avait envoyé son chauffeur à M. Daraïn, avec un message rassurant: Miss Stéphanie Hedrichs souffrait d'un léger accès de fièvre et était venue chercher un peu de fraîcheur dans l'oasis. Rousseau ne goûtait pas du tout l'idée de cette « fraîcheur », qui se présentait à ses yeux sous l'aspect d'un adolescent d'une beauté assez rare. Il y avait quelque chose de comique à se découvrir jaloux d'un morveux de quinze ans, mais Rousseau n'avait pas envie de rire. Quelques ricanements brefs, ce fut tout ce qu'il avait réussi à obtenir de lui-même.

Le message d'Ali Rahman était accompagné, sans commentaires, d'un paquet dont le contenu — une seule pièce — avait plongé M. Daraïn dans des calculs du reste bien simples, avec l'aide de ses doigts aristocratiques. En comptant les pièces récupérées à l'hôtel, chez les agences de presse et dans diverses ambassades, tout le jeu était à présent au complet.

Rousseau ne comprenait pas pourquoi cette conne s'était précipitée chez le gosse. S'il n'avait pas gaffé, elle serait probablement auprès de lui, en ce moment, et… À partir de là, tout devenait rogne et frustration. Quant au Haddan, il y avait à Tewza un ambassadeur des États-Unis chargé de prendre sur la gueule les conséquences de l'échec de la « politique américaine en faveur de la paix », dans ce pays. Lui, Rousseau, avait reçu un objectif beaucoup plus limité : vérifier les soupçons de la C.I.A. en ce qui concernait le rôle joué dans l'affaire du Dakota par la Tallycot C° et par le « groupe d'action clandestine » qu'on la soupçonnait d'entretenir en Arabie. Bersch… Le nom sonnait aux oreilles de Rousseau comme un de ces rots polis par lesquels les fils du désert assurent leur hôte que le repas les avait comblés.

La terrasse baignait dans les étoiles.

— C'est foutu, répéta-t-il, sombrement, en pensant du reste à quelque chose de bien plus personnel que le Haddan.

L'ambassadeur but une gorgée d'eau. Il devait réserver l'alcool pour le jour où il aurait *vraiment* des ennuis…

— Pas sûr, mon vieux, pas sûr du tout. Ils vont accorder l'autonomie au Radjad et ça va calmer les esprits… Ça se joue en ce moment. Il y a deux tendances, comme vous savez : unité du pays avant tout, d'un côté, et autonomie, fédéralisme, de l'autre…

— À moins que la tendance « dure »… et Bersch rendent l'accord impossible, dit Rousseau. Au moment où nous parlons, il prépare peut-être une surenchère… Quelque chose qui mettrait le feu aux poudres…

— Peut-être. Mais vous avez tort d'accorder tant d'importance à Bersch. Il n'est qu'un exécutant… Il y a mieux, beaucoup mieux…

Rousseau eut une pensée pieuse pour M. Daraïn.

— Évidemment, dit-il. Mais si les Forces de Sécurité tentent un coup d'État, l'armée est assez bien équipée pour leur faire passer ça…

— Ça se vaut, dit Henderson. Les forces sont à peu près égales, simplement parce qu'il y a des Shahirs aussi bien dans les troupes de sécurité que dans l'armée proprement dite…

Il soupira d'aise.

— J'aime vivre ! déclara-t-il brusquement, en regardant Rousseau comme s'il lui faisait une confidence compromettante.

Rousseau se mit à rire.

— Vous êtes un type marrant, Ted, dit-il. On dirait que les mauvaises nouvelles vous maintiennent en forme. Mais en ce qui concerne la Tallycot et Bersch, c'est mon gibier et ils sont là-dedans jusqu'au cou… Ça fait dix ans que nous essayons de les coincer.

Les lunettes de Henderson envoyèrent des messages ironiques.

— Oui, évidemment, dit-il. Les grandes puissances n'aiment pas les trafiquants d'armes… privés. Elles ont horreur de la concurrence…

Le maître d'hôtel sortit sur la terrasse et se pencha vers Rousseau. Le directeur de la Police, M. Daraïn, désirait lui parler.

— Où est le téléphone ?

Non, ce n'était pas le téléphone… M. Daraïn était venu en personne. C'était très urgent, apparemment…

Rousseau sortit. Le directeur de la Police et deux hommes se tenaient dans la nuit devant leur voiture aux phares allumés. M. Daraïn était blême.

— Qu'est-ce qu'il y a ?

— Venez…

Rousseau se demanda pourquoi Daraïn lui témoignait depuis quelque temps une telle confiance et l'emmenait partout avec lui… Une assurance sur l'avenir, du côté américain ?

En quelques minutes, ils furent sur la place du vieux marché, derrière la mosquée.

Des automitrailleuses fermaient le quartier.

Il y avait une belle lune, ronde, rousse, lourde…

Une centaine de curieux étaient déjà sortis des maisons avoisinantes et formaient un cercle, tenus à distance par les soldats.

La tête de Massimo del Campo était posée à quelques mètres du corps. Les yeux étaient ouverts.

Une belle tête de statue romaine, aux traits classiques…

Le visage était dépourvu de toute expression, comme si l'acteur de troisième ordre était demeuré incapable d'entrer dans la peau de son personnage, même en cette ultime occasion.

Rousseau avait de la peine à penser. La sensation brutale de dépaysement total, absolu, d'un autre monde, d'un tout autre âge privait ce qu'il voyait de son horreur et finissait par créer un sentiment presque théâtral d'irréalité, de songe…

Pas une goutte de sang.

L'exécution avait dû se dérouler ailleurs. On avait ensuite transporté le corps et la tête ici, sur la place du marché, pour qu'on pût bien les voir…

Une mise en scène calculée pour obtenir un maximum d'effet… Et il fallait reconnaître que sous ce clair de lune à la fois superbe et tranquille, dans ce décor de minarets, sous les étoiles et avec les aboiements lointains des chiens, cette tête coupée posée à l'écart du corps ne manquait pas de gueule...

La foule se taisait. Pour la première fois de sa carrière, Massimo del Campo tenait son public sous le charme.

Rousseau réussit enfin à sortir des transes. Demain, les radios du monde arabe allaient annoncer que le « régime des assassins » avait supprimé un des témoins...

Tout son corps se glaça.

Il sentit une main sur son épaule.

— Je vous assure, monsieur Rousseau, que Miss Hedrichs ne risque absolument rien... J'ai là-bas assez d'hommes pour...

Rousseau le regarda. Il se sentait gonflé de venin comme une vipère.

— Vous savez, Daraïn, s'il ne tenait qu'à moi... Les B. 52 stationnés au Viêt-nam commettraient cette nuit leur plus grande erreur de bombardement...

Il repoussa violemment la main « amicale » et jeta autour de lui un regard désespéré. Une jeep... Il courut vers un des véhicules armés, étendit par terre d'un coup de coude au cou le conducteur qui essayait de s'interposer, et sauta au volant. M. Daraïn cria des ordres qui lui sauvèrent sans doute la vie... Bien sûr, il y a trop de témoins, pensa Rousseau, dans un nouvel élan de haine.

Il ne songea à vérifier l'indicateur d'essence que lorsqu'il fut déjà hors de la ville. Le réservoir était à moitié vide, mais les automitrailleuses du désert ne se ravitaillent pas aux pompes. Il y avait assez de bidons pleins dans le véhicule pour aller jusqu'à La Mecque.

Elle est morte, morte, pensait-il en fonçant à travers la nuit que les phares privaient de ses clartés célestes.

Morte, morte... Il ne cessait de répéter le mot dans sa tête, un vieux truc superstitieux de son enfance, pour conjurer le destin, qui n'aime pas être tenu pour acquis et se sentir devancé dans ses jeux subtils...

22

… Elle flottait sur une mer paisible qui la portait doucement vers le large. Elle n'avait pas peur. Elle savait que son père tenait fermement la barre et qu'il lui suffisait de repousser la couverture pour voir les étoiles. Le bateau était solide et elle avait souvent dormi ainsi sur le pont, heureuse de se sentir loin de la terre, entre ciel et eau.

Stéphanie ouvrit les yeux et ne vit rien. Elle voulut lever les bras mais la couverture l'enveloppait étroitement et elle sentit autour de ses épaules et autour de ses cuisses deux anneaux de fer.

Elle se débattit mais l'étau ne se desserra pas. La laine bâillonnait sa bouche et étouffait ses cris. Elle lutta furieusement, mais chaque mouvement qu'elle esquissait était réprimé par les deux bras qui l'enserraient.

Elle devina aux mouvements de l'homme qui la portait qu'il descendait l'escalier. Puis la marche redevint régulière. Il ne se pressait pas. Les pas étaient tranquilles, mesurés, assurés. Stéphanie cessa de se débattre, ramassa ses forces, puis se détendit d'un seul coup et ce fut peut-être l'effort le plus violent et le plus désespéré qu'elle avait fait dans sa vie. Rien. L'étau se resserra un peu plus, mais ce fut tout.

Elle avait de la peine à respirer sous la couverture et de ce lent étouffement venait une terreur sans nom, aveugle, inhumaine, élémentaire ; il n'y avait plus de conscience, plus de questions, rien qu'un magma de chair et de nerfs où chaque cellule privée d'oxygène lançait son appel au secours…

Mais elle n'étouffa pas et dès qu'elle comprit que la menace d'asphyxie n'était qu'un effet de la peur, elle ménagea son souffle, chercha à durer. L'homme qui la portait lui laissait juste assez d'air pour respirer. Elle sentait sa poitrine qui se soulevait et entendait même le crissement du gravier sous ses pas. Elle se souvenait des allées du jardin et du gravier fin et gris entre les masses de verdure. Mais il y avait aussi des gardes armés, dans le jardin. Où étaient-ils ? Comment cet homme pouvait-il se mouvoir si aisément dans le palais ou dans le parc ? Où la portait-il ?

La première réponse qui lui vint à l'esprit fut encore celle de la terreur. On allait la jeter dans un puits, la faire disparaître au fond de l'un des douze puits de l'oasis. Stéphanie en eut soudain la certitude absolue, sans aucun doute possible, et lorsqu'elle réfléchit plus tard aux raisons d'une aussi ferme conviction, elle comprit que l'idée du puits et de la noyade était née du manque d'air et du début d'étouffement.

Il lui semblait déjà que l'homme marchait depuis de longues minutes. Dix, quinze minutes, peut-être. Plus tard, elle fut incapable de le préciser. Toute notion de temps avait disparu.

Elle entendit des voix, mais ne put comprendre ce qu'elles disaient. L'homme qui la portait changea la position de ses bras et la posa par terre, comme une statue.

Stéphanie sentit ensuite deux courroies qu'on lui passait l'une autour de ses bras, un peu plus bas que les épaules, et l'autre au-dessus des genoux. Elle était certaine que c'étaient des courroies et non des cordes, à la façon dont on les resserrait et les fermait comme celles d'une valise. Elle avait beaucoup plus d'air, à présent et sentait qu'il suffisait de peu de chose pour qu'elle pût avoir la tête à l'air libre. Elle fut ensuite soulevée et déposée, en position assise, sur ce qui devait être le siège arrière d'une voiture. Une jeep probablement, ou quelque chose comme ça : il n'y avait pas de toit. La voiture démarra presque aussitôt. Stéphanie secoua violemment la tête pour essayer de la dégager. Une main rabattit alors la couverture et elle vit un homme qui se tenait à sa gauche.

— Désolé, Miss Hedrichs. Tout à fait désolé. Croyez-moi, j'aurais vraiment préféré faire votre connaissance dans d'autres circonstances… Mais la situation l'exige… Car c'est toujours la situation qui commande… C'est pragmatique !

Un accent impeccable des meilleures écoles anglaises.

Le désert et le ciel étincelaient autour d'eux dans la lumière pâle des nuits bibliques…

L'homme portait les traces d'une tenue militaire. Il ne manquait que les insignes de grade, les écussons et les décorations. Il devait avoir une quarantaine d'années. Un visage osseux, au nez ferme et des cheveux coupés court, grisonnants.

L'homme qui tenait le volant portait la même tenue. Il était blond, tête nue.

Stéphanie essaya de parler mais sa haine était telle qu'un excès même des paroles se refusa à une forme d'expression quelconque. Elle ne réussit qu'à bégayer.

L'homme lui tendit une flasque.

— Du bourbon. Ça n'existe pratiquement pas, ici. Buvez. Ça vous fera du bien.

Stéphanie parvint à s'exprimer. Les larmes coulaient sur ses joues, des larmes de fureur et d'humiliation. Ces torrents d'injures étaient pour elle des stabilisants indispensables. L'homme ne s'y méprit pas et approuva, d'un geste de la tête.

— Jurez, jurez… Ça fait du bien. C'est un excès de sentiments…

Il alluma un cheroot.

— Qui êtes-vous ?

L'homme aspira l'air profondément avec une satisfaction dont on ne savait si elle était due à la fumée du cheroot ou au plaisir qu'il éprouvait d'être lui-même.

— Les chevaliers errants, oui, des chevaliers errants… N'est-ce pas, Raoul ? N'est-ce pas exactement ce que nous sommes ?

L'homme au volant haussa les épaules et ne répondit rien.

— Toujours au service des belles causes et partout où elles se présentent, du Biafra au Congo, et du Mozambique à la Rhodésie, à droite, à gauche, là où l'idéal nous appelle… La veuve, l'orphelin et tout ça… Les chevaliers modernes, oui. Bien sûr, nos ennemis nous appellent parfois des mercenaires… Mais qui donc risquerait sa vie uniquement pour la gagner ? Non, non, croyez-moi, Miss Hedrichs, nous sommes, comme vous l'êtes, au service de la beauté, bien que dans notre cas il s'agisse de celle de l'idéal… Vous ne buvez pas ?

Il saisit la flasque, dévissa le bouchon et la porta à ses lèvres.

— Et nous avons encore une chose en commun avec vous, Miss Hedrichs : nous sommes, nous aussi, au service de la *mode*. Je dis bien : *de la mode !* Il y a eu la mode du Biafra… Vous vous souvenez ? Aujourd'hui parfaitement oubliée… Oh combien oubliée ! Nous avons milité là, de tout cœur. Il y a eu aussi la mode du Katanga, de feu M. Tschombé — ça s'est évaporé — et nous étions de la fête… La beauté des causes est dans le continuel changement, comme chez vous, dans la mode… Les modèles que nous présentions à toutes ces occasions n'étaient certes pas comparables aux vôtres, pour ce qui est de la grâce et de l'élégance… Mais je puis vous assurer qu'un pistolet mitrailleur Vickers, une mitrailleuse Skoda, les fusils mitrailleurs israéliens, ou tout le catalogue des armes françaises, sont des produits de toute beauté et exercent un pouvoir de séduction extraordinaire sur les intéressés…

L'homme au volant tourna la tête et Stéphanie vit son profil au nez cassé et au menton relevé d'une barbe blonde.

— Tu as fini, oui ?

L'Anglais se mit à rire silencieusement.

— Nous vous devons une explication, évidemment, dit-il. À propos, je m'appelle Harkiss, pour vous servir. Oui, c'est ainsi que je m'appelle, en ce moment… J'aime le changement.

Il lui jeta un regard.

— Nous sommes venus vous chercher parce qu'on a besoin de vous…

— Qui ? demanda Stéphanie.

— Ah, mais vous allez voir. Des jeunes gens purs et durs. Ils sont de la trempe du colonel Kadhafi, l'actuelle épée de l'Islam. Ils vous attendent dans ces montagnes, là-bas…

Il fit un geste large vers l'horizon.

— Ils ont besoin de votre témoignage… Vous allez leur dire tout ce que vous avez vu, de vos yeux vu… Après…

Il sourit, regardant droit devant lui.

— Après, on vous ramènera tranquillement à Sidi Barani. Voilà. Nul besoin de vous en faire. Un petit témoignage sur l'autel des Droits de l'Homme… Simple aller-retour. Considérez cela comme une promenade…

Il se pencha vers elle et défit la lanière qui enserrait ses bras.

— Mettez-vous à l'aise.

Stéphanie remarqua alors qu'il y avait une mitrailleuse à l'avant, fixée au capot de la voiture, la crosse au-dessus du pare-brise, et une autre à l'arrière, le canon pointé vers l'arrière. L'homme qui se tenait à côté d'elle fredonnait une rengaine tendre. Mais cela ne suffisait apparemment pas à le libérer d'un trop-plein d'âme. Il avait besoin de s'épancher…

— Ah, le désert ! marmonna-t-il. Les espaces stellaires et l'infini… Les années-lumière… Une fois que vous y avez goûté…

Il prit la flasque et but une longue gorgée.

Stéphanie le voyait de profil. C'était un de ces visages qui ne révèlent leur véritable nature que de profil, lorsque les jeux rusés et trichés de l'expression ne les camouflent plus. Il paraissait taillé brutalement et à la hâte, avec un nez trop court, des mâchoires lourdes et des lèvres figées dans une moue dure au-dessus du collier de barbe blonde... Il tenait une mitraillette sur ses genoux et lorsqu'il se tournait vers elle, elle voyait la crosse du pistolet qui pendait du baudrier sous sa main gauche.

— Je suis ce qu'on appelle un coureur d'aventures, Miss Hedrichs, et j'ai vécu bien des moments exaltants, mais je puis vous assurer que cette promenade à travers les espaces infinis en votre compagnie...

L'homme au volant freina brusquement, se pencha en arrière et saisit la flasque des mains de son compagnon.

— Ça suffit comme ça, gronda-t-il. Tu bois trop...

Il jeta la flasque de whisky dans le sable. Son compagnon eut un geste large, désabusé...

Devant eux la chaîne de montagnes du Radjad paraissait surgir directement du désert et, à l'ouest, les laves du Shaddin où se trouvaient les mines d'or épuisées depuis un siècle dressaient leurs formes noires et tourmentées au-dessus des dunes. La piste montait parmi les formations volcaniques de lave et de rocaille.

La Land Rover quitta la piste principale et suivit le lit d'un torrent où seuls des arbustes rabougris ou rampants semblaient avoir conservé quelque souvenir d'eau. Quelques instants après, Stéphanie se tenait dans une grotte éclairée par une lampe à huile posée sur une caisse. Un jeune homme, fusil sur l'épaule, se tenait à l'entrée et deux jeunes gens étaient assis derrière la caisse, devant un dictaphone. Avec leurs coiffes et leurs tenues léopard, ils ressemblaient aux photos de guérilleros palestiniens d'el Fath.

— Asseyez-vous, Miss Hedrichs.

Elle s'assit sur la chaise pliante, curieusement rassurée. Il y avait quelque chose de *vrai*, d'authentique, dans ces visages jeunes, sévères. Leur jeunesse même inspirait confiance, comme si la duplicité, le cynisme et les calculs habiles étaient toujours le fruit de l'expérience et de l'âge mur.

— Miss Hedrichs, nous sommes tous les trois membres du Comité de Libération du Radjad, Ce nom a été, comme vous le savez peut-être, radié de la carte du Haddan par le gouvernement actuel. Mais nous sommes fermement décidés à obtenir notre indépendance. C'est pourquoi nous vous demandons de nous dire exactement ce qui s'est passé dans l'avion. Nous allons enregistrer votre déposition. Je tiens à vous préciser que nous n'avons pas l'intention d'en faire usage immédiatement. Toute cette affaire est clairement une provocation du régime actuel. Le but est de susciter un soulèvement des tribus du Radjad afin de procéder ensuite à une répression ou, plus exactement, à un génocide... Nous n'avons pas l'intention de bouger avant d'avoir les armes nécessaires. Mais il est essentiel pour nous de disposer de votre témoignage, afin de mobiliser l'opinion du monde arabe, le moment venu... Voulez-vous nous dire ce que vous avez vu ?

— Oui.

Le jeune homme mit le dictaphone en marche.

Stéphanie parla pendant une demi-heure. C'était la première fois qu'elle pouvait se libérer entièrement de l'horreur, évoquer tous les détails, sans se heurter à l'incrédulité, à des airs protecteurs indulgents que l'on doit aux personnes en proie aux délires, et que chaque mot qu'elle disait était non seulement écouté mais enregistré comme une preuve irréfutable et une accusation sans démenti possible. Elle insista sur les efforts que les autorités du Haddan avaient faits pour étouffer l'affaire et les pressions exercées avec succès sur Massimo del Campo, qui avait été soudoyé et menacé de prison pour contrebande de drogue, et conclut en disant qu'elle était prête à répéter ce témoignage devant les plus hautes instances, devant la Commission des Droits de l'Homme des Nations Unies, partout où il le faudrait. Les coupables devaient être châtiés, les crimes odieux devaient être déversés aux dossiers des actes les plus atroces inspirés par le fanatisme politique et l'aveuglement partisan.

Elle ne pouvait plus s'arrêter de parler. La sympathie avec laquelle on l'écoutait et la tension intérieure des journées d'angoisse, de fureur et de frustration se muaient en un flot de paroles, une volubilité fiévreuse, une délivrance, une libération…

— Pourquoi croyez-vous qu'on vous a fait porter ces têtes à l'hôtel ? Et qui avait pris cette initiative, à votre avis ?

— Je ne sais pas. Les familles peut-être…

— Non. On leur a dit que les corps étaient méconnaissables à la suite de l'accident et de l'incendie qui suivit. Et pour quelles raisons croyez-vous qu'on les a déposées chez vous ?

— Pour que je parle. Pour que je témoigne. Pour que j'aie des preuves entre les mains et que je fasse éclater la vérité…

— Dans quel but ?

Le jeune homme avait arrêté le dictaphone.

— Par souci de justice et d'humanité, dit Stéphanie, avec une certaine emphase qui lui parut un peu trop éloquente.

Le jeune homme de l'autre côté du dictaphone la regardait tristement.

— Je ne crois pas, Miss Hedrichs. Je crois que les gens qui vous ont livré ces têtes étaient les assassins eux-mêmes. Les provocateurs… Ils comptaient sur vous pour faire réussir leur tentative de provocation. Sans le savoir — et croyez bien que nous ne saurions vous en blâmer — vous les avez aidés dès le début…

Les yeux de Stéphanie s'agrandirent. Elle se sentit complètement désorientée, désorganisée mentalement, perdue. Les trois jeunes gens qui se tenaient devant elle étaient des ennemis jurés du gouvernement du Haddan. Or, ils semblaient nier la responsabilité du gouvernement dans l'affaire…

— Je ne comprends pas…

— C'est facile à comprendre. On peut concevoir que le gouvernement cherche à provoquer une révolte de la province du Radjad pour mieux nous exterminer. Très bien. Et encore convient-il de remarquer qu'il risque une intervention des pays voisins presque à coup sûr… Mais si le gouvernement avait monté cette affaire dans un but de provocation, il n'aurait pas cherché à l'étouffer, bien au contraire...

— C'est vrai, dit Stéphanie.

— *Or, vous avez déposé vous-même que tous les moyens de pression ont été utilisés pour empêcher les deux témoins de parler...* Il y a là une contradiction flagrante.

Stéphanie se taisait. Ce jeune homme au visage tranquille et sombre, avec sa mitraillette sur les genoux, à la lueur jaune de la lampe à huile qui lui jetait sur le dos sa propre ombre immense, avait un esprit singulièrement logique et ne paraissait pas prêt à céder à aucun aveuglement...

— Je ne crois pas que le gouvernement du Haddan soit l'instigateur de ce crime, dit-il. Et s'il est exact qu'il ne manque pas de fanatiques et même de désespérés prêts à tout, dans nos propres rangs, je ne crois pas que quelques-uns des nôtres aient monté cette atroce provocation dans l'espoir d'allumer ainsi l'incendie qui nous donnerait ensuite notre indépendance. L'affaire, telle que vous l'avez décrite, exige une organisation minutieuse, de nombreux hommes et ce que j'appellerais une technicité dans l'exécution qui est tout simplement incompatible avec l'état présent de notre guérilla et les moyens dont nous disposons. Enfin...

Il parlait avec une aisance remarquable. Il a dû faire des études en Amérique, pensa Stéphanie, et elle se reprocha aussitôt cette pensée, si supérieure dans ce qu'elle avait de flatteur pour la culture américaine et de dénigrement sous-entendu à l'égard des universités du Moyen-Orient...

— Enfin, il y avait cinq personnalités politiques ou, tout au moins, des hauts fonctionnaires et des diplomates du Haddan qui ont disparu. C'étaient des hommes et des serviteurs fidèles du gouvernement. On les imagine mal vivant cachés quelque part. Il est donc probable qu'on les a tués aussi et enterrés dans le désert, afin de faire croire qu'ils étaient des complices et qu'ils ont été épargnés. Les Hassanites n'auraient pas fait tuer leurs propres amis et enfants, frères et collègues, uniquement pour monter cette affaire dans un but de provocation... Y avez-vous réfléchi ?

— Je... Je ne sais pas si vous vous rendez compte de ce que j'ai vécu, dit Stéphanie, en élevant un peu trop la voix, ce qui lui donna un accent aigu et plaintif.

Elle se reprit.

— Si vous croyez que tous ces événements, la pluie de têtes, et ce kidnapping au milieu de la nuit sont propices à une réflexion objective et saine...

Pour la première fois, il y eut sur le visage du jeune homme une trace de sourire.

— Je comprends. Je comprends entièrement. Mais votre témoignage nous est très précieux... Car nous avons nos idées sur cette affaire...

Il s'interrompit. Son regard errait quelque part derrière Stéphanie. Elle se retourna. Mr. Harkiss se détachait de profil à l'entrée de la grotte, fumant son cheroot sur un fond d'étoiles.

— Cette affaire a fait monter le prix des armes dans la région de cent pour cent en quelques jours — cent pour cent en livraisons immédiates — et il n'y a pas un pays du Golfe qui ne se livre pas aux enchères à Dubaï... Les pays comme les États-Unis, la France et la Suisse demandent trois mois pour les livraisons — et je vous rappelle que le canal de Suez est fermé… Le seul fournisseur qui est à pied d'œuvre s'appelle la Tallycot Tool Company, dont le siège social est à Cape Town, et dont les trente-deux cargos ont une cargaison à la disposition du plus offrant…

Il haussa les épaules.

— Enfin, ce ne sont que des hypothèses. Nous tirerons cette affaire au clair. En attendant…

Il se leva et retira la bande magnétique du dicta-phone.

— Nous allons conserver votre témoignage pré-cieusement. Le moment venu, il pèsera d'un grand poids dans la balance…

Stéphanie se rendit compte qu'elle demeurait assise en attendant les ordres. Elle se leva.

— Qu'est-ce que je deviens, dans tout cela ?

— Ces messieurs vont vous raccompagner au palais de Sidi Barani. Si vous voyez le jeune prince, faites-lui les amitiés de Talat…

— Et Shahdi, dit son compagnon moustachu, qui parla ainsi pour la première fois et la dernière.

— Nous avons été des amis autrefois, dit Talat.

Le troisième Radjanais ne disait rien. Il se tenait assis par terre, le fusil sur les genoux. Un paysan, pensa Stéphanie. Il n'avait pas fréquenté les mêmes écoles que les deux autres.

Stéphanie alla leur serrer la main. Il lui semblait qu'elle n'aurait pas pu partir, sans ça. Elle sentait déjà que le Radjad indépendant allait être un beau et fier pays et elle était presque prête à aller là-bas, au moment voulu, pour y travailler dans un kibboutz — enfin, dans l'équivalent arabe des kibboutzim israéliens. Peu importe ces distinctions temporaires, ce qui compte c'est la bonne volonté. Elle avait glissé la courroie dont on lui avait noué les cuisses un peu plus haut, vers sa taille, ce qui en faisait une ceinture. La couverture lui arrivait aux pieds et elle était obligée de veiller à ce que ses seins n'éclatent pas soudain dehors, mais avec la lanière autour des reins, elle faisait presque habillée. Elle se souvenait d'une expression dans *Wear* qui disait : « Le corps de Stéphanie Hedrichs est le plus grand couturier du monde. »

Elle se dirigea vers la sortie de la grotte. Les pierres et le sable étaient chauds sous ses pieds mais l'air était froid et sec et le ciel innombrable couvrait le désert de ses milliards lumineux. Un météore traversait parfois ces espaces sans mesure et éclatait comme il se devait dans les voisinages bleus de la terre.

— Attention, Miss Hedrichs. Il y a des pierres pointues…

Harkiss tendit la main, lui prit le bras avec sollicitude… Elle se dégagea. À sa gauche, elle vit l'homme blond et lourd aux jambons répugnants sous son short, qui se levait en bâillant, la mitraillette sous le bras. Il semblait avoir fait un bon petit somme.

Elle fit un pas vers la Land Rover et au même moment la fusillade éclata derrière son dos.

Elle tourna sur elle-même avec un cri bref, étouffé par sa peur même.

Celui qui se faisait appeler Harkiss et celui qui se faisait appeler Raoul achevaient de vider leurs mitraillettes dans les corps des trois Shahirs. Ils ne leur avaient laissé aucune chance, ils n'avaient pris aucun risque. Ils s'étaient tournés d'un commun accord vers eux et vidèrent leurs chargeurs en trois courtes rafales précises et professionnelles.

Lorsque Stéphanie s'était retournée, les trois jeunes gens étaient déjà immobiles.

Les tueurs tirèrent encore une courte rafale chacun, sans doute par acquit de conscience.

Harkiss se pencha sur le dictaphone, retira les rouleaux de la bande magnétique et les mit soigneusement dans la poche de sa saharienne. Une des balles avait fait éclater la lampe à huile et la lumière s'agitait comme une bête jaune clouée au mur.

Stéphanie s'était appuyée contre la paroi rocheuse pour ne pas tomber. Harkiss revint vers elle et la prit par le bras.

— Encore des émotions, hein ? Que voulez-vous, il faut ce qu'il faut… Des intérêts importants sont en jeu…

Il lui cligna de l'œil…

— … Les nôtres !

Il serrait son bras et la poussait vers la Land Rover. Son compagnon était déjà au volant.

Harkiss la souleva et la jeta sur le siège. La tête de Stéphanie heurta la crosse de la mitrailleuse arrière. Elle ne perdit pas connaissance sous l'effet de ce choc mais d'horreur…

23

Rousseau ne conserva de sa course de deux heures entre Tewza et l'oasis que le souvenir d'une haine meurtrière et d'un tumulte à la fois sonore et visuel où les ululements des pneus et des freins, la lumière des phares se mêlaient si intimement au fracas intérieur, au désespoir et à une volonté absolue, aveugle *de ne pas y croire,* qu'il ne savait même plus parfois si c'était le moteur qui hurlait ainsi ou lui-même... Il fut à Sidi Barani en moins de deux heures et, dans sa rage, fit monter à sa jeep les premières marches de l'entrée...

Le palais était illuminé et Ali Rahman, en jeans, et tenant une mitraillette dans ses mains, courut à sa rencontre dans la lumière aveuglante des phares. Il y avait derrière lui quelques hommes armés et la chère vieille nounou aux bras d'étrangleur, à laquelle il manquait trois têtes, et que Rousseau eut envie d'envoyer dans un autre monde, celui d'où elle venait...

— Où est-elle ?

— Je ne sais pas... Elle n'est pas dans le palais... Nous avons cherché partout... Je crois... Je crois...

Il y avait des larmes dans la voix du candidat au trône…

— Je crois qu'elle a été enlevée…

— Ah vous croyez ça, vraiment ? Et ces fameuses patrouilles de votre ami et futur Premier ministre, le chef de la Police ?…

Ali Rahman le regarda avec stupeur.

— Je ne comprends pas ce que vous voulez dire…

— Tiens ? Pourtant, je croyais que vous aviez fait des études à Oxford…

Il se retenait pour ne pas le saisir au collet…

— Mais, dites-moi, prince, comment vous êtes-vous aperçu qu'elle n'était pas dans sa chambre ? Un pressentiment ? Ou le téléphone arabe ?

L'adolescent retenait à peine ses larmes.

— Je vous en prie, monsieur… J'avais placé un domestique à sa porte… Au cas où elle aurait besoin de quelque chose… C'est une tradition… Quand un serviteur est venu le relever, il l'a trouvé étranglé…

Rousseau sauta dans la jeep et dégringola l'escalier en marche arrière. Ali Rahman s'accrocha à la portière.

— Laissez-moi venir avec vous… Je suis un excellent tireur et…

— Allez vous faire foutre. Je n'ai aucune envie de prendre une balle dans le dos !

Il traversa le parc, s'arrêta et examina attentivement le sol. D'ailleurs, il n'y avait pas à hésiter. Il n'y avait que deux voies : la route de Tewza, qu'il venait de parcourir, et la piste qui allait vers le désert de sel et les montagnes du Radjad. Et il y avait assez de lune pour lui révéler sur la piste des marques de roues fraîches...

Il mit quarante minutes pour parcourir la distance entre l'oasis et le désert de sel. La piste était ensablée par endroits ; elle disparaissait parfois dans la pierraille et il fallait la chercher. À partir de là, il y avait deux chemins possibles : la montagne au nord et l'Arabie Saoudite à l'ouest. Heureusement, les marques de roues continuaient dans la direction du Radjad. L'indicateur d'essence tendait au zéro. Rousseau quitta l'aire lunaire, rangea la jeep à l'intérieur d'une des ruelles fantomatiques qui semblaient englouties par la neige, derrière un des igloos. Il avait cru entendre un bruit de moteur et n'avait aucune envie d'être vu de loin par une des « patrouilles » de M. Daraïn. Plus exactement, s'il en rencontrait une, il voulait être sûr de pouvoir tirer le premier, tout son saoul et par-derrière, de préférence. Il fit le plein d'essence et d'huile avec les bidons, vérifia la mitrailleuse sur le capot, et l'arma. Il y avait une demi-douzaine de chargeurs en plus.

Il finissait de faire le plein lorsqu'il entendit à nouveau le bruit d'un véhicule qui s'approchait, phares éteints. Cette fois, il était sûr de ne pas se tromper : le ronflement du moteur était devenu nettement perceptible et s'accentuait. M. Daraïn n'avait pas menti lorsqu'il avait dit que ses patrouilles sillonnaient le désert : il avait simplement omis de préciser la nature de leur mission... Rousseau s'assura encore une fois de l'arme, et attendit.

24

Lorsqu'elle revint à elle, la Land Rover abordait déjà le désert de sel. À ses côtés, Harkiss sifflotait. La nuit avait toute sa splendeur lumineuse, le sable, les rocs et les clartés bleues et blanches évoquaient la glace, les eaux pétrifiées et les miroirs.

Le désert de sel paraissait être fait de substances lunaires et la Land Rover courait sans bruit et sans heurt sur cette banquise…

— Ne me jetez pas de regards meurtriers, Miss Hedrichs, lui lança Harkiss. Je ne doute pas un instant des sentiments que vous éprouvez à mon égard. Ces jeunes gens, ainsi que vous l'avez entendu vous-même, avaient l'intention d'étouffer votre témoignage… Ils accusaient je ne sais qui de je ne sais quelle provocation, dans je ne sais quel but… Il a donc fallu les éliminer. La situation l'exigeait. Ainsi que je vous l'ai déjà dit, c'est toujours la situation qui commande… C'est pragmatique…

Il prit la bande magnétique dans sa poche et la regarda.

— Un objet de grande valeur, Miss Hedrichs. Votre témoignage — vous avez été admirable de clarté et de concision, soit dit en passant, et je vous en félicite ! — est un inestimable joyau. S'il nous venait l'idée de le vendre au plus offrant — une simple hypothèse, bien sûr — je suis certain que le colonel Kadhafi nous offrirait un million de dollars pour cette preuve de l'insigne bassesse du régime matérialiste du Haddan et que le gouvernement du Haddan lui-même nous le rachèterait à bon prix... Sans parler de l'Irak, de l'Arabie Saoudite, de l'Iran... Une occasion unique pour deux idéalistes fatigués de courir, et qui méritent bien un peu de repos, après tous les services qu'ils ont déjà rendus aux bonnes causes menacées...

La tête rejetée en arrière, il semblait s'adresser aux étoiles.

La Land Rover s'arrêta.

— Nos chemins se séparent ici, Miss Hedrichs. Nous allons donc vous laisser... Descendez. Il y a des caravanes qui viennent chercher du sel... L'une d'elles vous trouvera... Sans aucun doute.

Elle descendit.

Dans ses déclarations, après son retour à New York, Stéphanie passa sous silence ce qu'elle devait appeler plus tard « ses derniers instants », parce qu'il lui arrivait encore de douter de leur réalité. En essayant de se rappeler ces secondes interminables qui paraissaient saisies et immobilisées dans une dimension tout autre que celle du temps lui-même, elle se souvenait surtout d'une sensation d'étrangeté, une curieuse absence d'elle-même. « Je ne sais si c'est mon métier, l'habitude que j'ai depuis l'âge de quinze ans d'évoluer pendant des heures et des journées entières dans des décors délirants imaginés par les grands photographes, ou si c'est mon instinct de conservation qui venait ainsi à mon secours, pour m'empêcher de hurler de terreur et de devenir folle… Mais l'idée me vint soudain — je m'en souviens clairement, parce que c'était la seule pensée cohérente qui était parvenue à se frayer un chemin à ma conscience — que c'était Bobo qui avait réglé toute cette mise en scène et que cela allait finir par un flash des photographes… Et puis ce fut le vide, le vide absolu, celui que l'on doit faire en soi délibérément pour échapper à l'atroce, et j'ai compris que je n'avais plus que quelques secondes à vivre, parce que ces hommes avaient mon témoignage enregistré sur bande magnétique, qu'ils n'avaient plus besoin de moi et que j'étais un témoin qu'il ne pouvait être question d'épargner, après l'assassinat qu'ils venaient de commettre. "La situation l'exige. Comme toujours c'est la situation qui commande… C'est pragmatique"… » Elle ne devait plus jamais oublier la voix moqueuse qui lançait ainsi son credo de dérision universelle…

Elle était descendue de la Land Rover, avait fait quelques pas sur la couche de sel dure et chaude, et puis elle s'était tournée vers la mitrailleuse, parce qu'elle ne voulait pas mourir de dos. Pendant de longs mois, elle ne devait cesser de revivre ces secondes presque chaque nuit ou parfois en plein jour, et il lui semblait même qu'elle s'y complaisait, parce qu'elles donnaient plus de saveur à la vie. Mais aux journalistes, elle avait seulement dit : « Oui, je m'attendais à être tuée, évidemment… » Et ensuite, rentrée chez elle, étendue sur le lit et les portes fermées à double tour, elle chercha en vain à se convaincre qu'elle était bien là, dans son *penthouse* de Manhattan, qu'elle n'était pas quelqu'un d'autre, alors que la vraie Stéphanie gisait recroquevillée dans le désert bleu, la poitrine trouée. Elle la voyait si clairement, gisant dans sa robe de bure, ceinte d'une lanière, repliée sur elle-même dans la poudre du sel, la chevelure rousse tapie au creux de son épaule, comme un animal affectueux qui avait partagé son sort, qu'elle se mettait à sangloter, prise de pitié et de tendresse pour cette pauvre fille qu'elle avait si bien connue... Il est vrai qu'elle était alors à l'époque de « choc retardé », comme disait son médecin. Sur l'heure, tout ce qu'elle éprouvait, c'était le sentiment de se mouvoir avec une extrême lenteur dans un monde englouti et bleu, comme prise dans l'immense toile d'araignée étincelante du ciel qui la tenait dans ses clartés. Le désert de sel, avec sa blancheur polaire, et les ruines du village, ses ruelles et ses murs de cristal, lui rappelaient la neige carbonique répandue sur les pins en plastique dans les studios de Madison Avenue, où elle posait revêtue de fourrures dans un décor du Grand Nord. L'épuisement nerveux, qui ne lui laissait plus assez d'existence et de conscience pour avoir peur, donnait à ses « derniers instants » un caractère d'irréalité, et brusquement, elle entendit clairement la voix de Bobo qui lui murmurait : « Avance la jambe, ma chérie. Lève un peu la tête. Sois hiératique, souveraine, méprisante... Messaline ! Théodora de Byzance ! La reine de Saba ! Une moue de défi... Là, comme ça, c'est parfait, ne bouge plus... » Elle avait l'impression de poser pour la photo de sa propre mort.

La première rafale de mitrailleuse ne l'atteignit pas. Elle eut, par contre, sur Harkiss, qui tenait l'arme, un effet inattendu. Il fut soulevé, projeté en l'air, les bras en croix, cependant que le conducteur, touché au dos, poussait un cri rauque, et que la Land Rover démarrait et se mettait à courir en tous sens comme un gros insecte affolé...

Le mouvement du véhicule précipita Harkiss sur sa mitrailleuse, et il demeura affalé sur l'arme, épinglé, inerte, grotesque... L'homme au volant, touché au dos, se débattait et accélérait, imprimant au véhicule ses propres spasmes d'agonie, comme s'il s'efforçait par la rapidité de sa course incohérente et panique de se soustraire aux balles qui l'avaient pénétré... « C'était un spectacle extraordinaire », devait écrire plus tard Stéphanie, et puis elle avait barré cette phrase, non sans regret, par égard pour la sensibilité du lecteur. Bien que Henderson lui eût dit de tout mettre par écrit, comme elle l'avait senti, dans le « rapport » qu'il l'avait priée de rédiger, il lui parut que « spectacle extraordinaire » n'était peut-être pas le terme qui convenait à la description d'une atroce agonie. Elle se tenait immobile sur l'aire lumineuse où la Land Rover poursuivait sa danse démentielle, tantôt tournant sur elle-même, tantôt fuyant droit devant elle, pour virer ensuite au hasard des convulsions de celui de son conducteur qui s'appelait Raoul pour quelques instants encore et qui essayait de faire tomber de ses épaules la mort qui l'étreignait...

Harkiss demeurait épinglé sur la mitrailleuse arrière, sans doute accroché par sa ceinture, les bras inertes et agités de mouvements de pantin, comme s'il dirigeait un orchestre invisible. Sa tête et son cou étaient penchés par-dessus le canon de l'arme qui se déclenchait parfois au hasard des secousses et de la détente coincée, lui envoyant des rafales sous le menton. « L'effet en était hautement moral, écrivait Stéphanie, car il semblait alors faire de la tête des petits signes d'approbation, comme pour indiquer qu'il avait bien mérité un tel sort... Il avait été tué net, coupé en deux par la première rafale ; son compagnon agonisait au volant et c'était la Land Rover qui semblait avoir recueilli ce qui lui restait de vie. Le véhicule se *débattait* — il n'y a pas d'autre mot — comme si la Land Rover elle-même se tordait de douleur, courant en tous sens pour tenter d'échapper aux griffes de la mort installée sur son dos... J'ai cru que le véhicule allait se renverser et remuer les pattes, comme un insecte en train de crever. Mais à ce moment-là, je commençais déjà à revivre, à penser, à avoir peur... Lorsque les deux premières rafales de mitrailleuse éclatèrent, courtes, hargneuses, et puis se turent, et que la Land Rover s'ébranla et passa à côté de moi, tout près, mon premier mouvement de conscience fut de regarder autour de moi, à mes pieds, sur ce sol éclatant de blancheur où chaque grain de sel se gorgeait de lumières célestes, et d'y chercher... Oui, c'est ainsi, et je n'y peux rien : j'y cherchais mon propre corps, l'endroit où il était tombé. Je croyais évidemment que c'était Harkiss qui avait tiré sur moi. C'est peut-être cela, la mort : une trace de conscience qui demeure, après la disparition soudaine, physique de votre corps, et de toute sensation... Ce fut le fracas de la Land Rover vide de vie qui poursuivait sa course aveugle d'insecte brûlé sur l'aire de sel qui me tira du néant… »

Elle vit alors une jeep jaillir de ce qui fut jadis une ruelle du village, reconnut l'homme au volant, et le reste ne fut plus qu'un chaos intérieur où tout se perdait dans le fracas tumultueux de la vie retrouvée…

Rousseau, dans sa rage, aurait voulu saisir le conducteur de la Land Rover avec ce qui lui restait de vie, afin d'enrichir ses derniers moments de quelques sensations nouvelles. Les mourants s'imaginent parfois à tort qu'ils n'ont plus rien à craindre et il voulait le détromper…

En vingt ans d'une carrière bien remplie, il n'avait encore jamais éprouvé une rancune plus farouche et une rage plus meurtrière. Ce n'était plus professionnel : c'était… *moral*. Il dit plus tard à Stéphanie qu'il aurait consenti volontiers, à ce moment-là, à faire ce qu'il qualifia de sacrifice suprême, c'est-à-dire dix ans de sa solde et de bénéfices y afférents, pour pouvoir s'expliquer avec un des hommes de Bersch, une paire de tenailles à la main…

Il ne put satisfaire un si légitime besoin. Il tournait lentement autour de la Land Rover, debout à la mitrailleuse, une main sur le volant, visant les pneus du véhicule pour le forcer à s'immobiliser…

Mais il s'aperçut vite qu'il n'avait pas affaire à un de ces moribonds que l'approche de la fin incline à la résignation. La Land Rover était une véritable bête de haine qui braquait parfois, au hasard de ses contorsions, son dard noir dans la direction de Rousseau… Le pare-brise de la jeep éclata soudain sous l'impact des balles. À vingt mètres, Rousseau voyait pourtant clairement l'homme qui devait déjà être aux neuf dixièmes cadavre, ne tenant à la vie que par ce dixième de haine…

Rousseau n'était pas porté aux élans imaginatifs, toujours nuisibles dans l'action et qu'il est préférable de mettre de côté pour vos vieux jours, lorsqu'il est plaisant de remplir les heures creuses d'une retraite paisible de souvenirs qui vous procurent des frissons rétrospectifs. Mais lorsqu'une nouvelle giclée de balles vint crépiter contre le capot de la jeep, bien que l'homme parût à présent mort au volant, il eut l'impression que la bête d'acier avait recueilli la fureur meurtrière de son conducteur, et que c'était elle qui continuait le combat… Il freina, lâcha le volant, se leva et, visant attentivement les bidons d'essence, il pressa la détente au moment où la Land Rover passait une fois de plus devant lui…

Le véhicule s'embrasa d'un seul coup, mais n'interrompit pas sa course. Ce qui suivit alors fut un souvenir de jeunesse : dans un bayou de la Louisiane, d'affreux petits garnements avaient arrosé un chien d'essence et y avaient mis le feu… La bête enflammée continua pendant une minute interminable à courir aveuglément comme un brasier vivant. Rousseau éprouva un vif et bouleversant mouvement de pitié, mais celui-ci allait uniquement au chien de son enfance qui avait brûlé sous ses yeux et qu'il n'avait pas réussi à sauver. Le supplice de l'homme au volant qui avait disparu dans le brasier éveilla cependant lui aussi un certain regret : il n'avait pas duré assez longtemps… L'impression d'un travail mal fait.

La Land Rover explosa brusquement parmi les étoiles et le squelette d'acier, où les flammes continuaient à lécher les dernières traces d'essence, demeura immobile avec son dard noir dressé vers la Voie lactée...

Rousseau reprit le volant et revint lentement vers Stéphanie.

Le silence était à présent étonnant de sérénité. La Land Rover qui achevait de se consumer semblait avoir pris sa place dans le monde immuable où les âges géologiques allaient désormais veiller sur sa carcasse.

Il descendit de la jeep. C'était un moment où chaque mot semble frappé d'insignifiance, de banalité, où le vocabulaire devient une sorte d'infirmité de l'expression, et où le silence seul devient porteur de sens...

Il prit la jeune femme dans ses bras, doucement, et elle cacha son visage contre son épaule en sanglotant. Il laissa errer ses lèvres dans la masse de cheveux roux et découvrit ainsi en lui-même une douceur et une tendresse dont il ne se savait pas capable. Vingt ans d'un « métier », où la dureté et la froideur sont une condition de survie, n'avaient pas réussi à le déshumaniser. Il sourit. Un échec, en somme... Ne pas aimer, ne pas rêver, ne plus attendre... Épouser son temps, exécuter les tâches qui lui étaient confiées, en réduisant au minimum en soi la part de l'illusion... Mais il était impossible de sentir dans ses bras ces épaules frêles et frémissantes et, sous ses lèvres, cette douceur, sans remettre en question toutes les décisions « irrévocables » de stoïcisme, de solitude et d'ironie...

Il jeta un coup d'œil à la carcasse d'acier léchée par les flammes. S'il y a un avenir, il devra tout à la féminité, pensa-t-il, et c'était une méditation si étrangère à sa nature que ce fut un peu comme si un tel monde avait déjà commencé.

Elle lui parlait.

— J'ai été enlevée au milieu de la nuit et emmenée par des hommes dans la montagne... J'ai été interrogée dans une grotte par trois jeunes gens du Comité de Libération du Radjad, sur l'affaire de l'avion... Ils ont enregistré ma déposition... Ils étaient gentils... Après quoi, les deux hommes, ceux qui m'ont enlevée, ont abattu ces pauvres garçons à coups de mitraillette... Ils ont pris la bande magnétique... Ils m'ont dit que ça vaut beaucoup d'argent... Ils avaient l'intention de la vendre à la Libye ou même au gouvernement du Haddan... Ils allaient m'abattre parce que j'avais été le témoin de... de...

Les paroles et les souvenirs firent revivre l'horreur avec une telle intensité que tout son corps se mit à trembler. Il la serra dans ses bras, pour lui donner l'illusion d'un abri. Elle ne cessait de parler, cherchant à se libérer de la tension intérieure par un flot de paroles qui n'eurent d'autre effet que de faire renaître avec une intensité presque physique des instants qu'elle avait vécus. Mais cette fois, le seul effet de ce retour de l'atroce fut de faire trembler sa voix... Lorsqu'elle leva à nouveau vers lui son visage, écartant ses cheveux d'un mouvement de la main, Rousseau n'y découvrit cette fois aucun de ces signes de désarroi, de naufrage, d'effondrement intérieur qu'il s'attendait à y trouver encore, et que sa virilité le poussait même à chercher, avec une certaine complaisance, afin de donner plus de prix et de sens à son étreinte protectrice… Il n'avait jamais vu une fille aussi farouchement décidée à ne pas capituler et qui traitait ses propres nerfs, sa propre résistance physique et psychique, avec un manque d'égards aussi absolu…

— Pourquoi ont-ils fait ça ? Pourquoi les ont-ils tués ?

— Écoutez, votre témoignage enregistré, votre voix diffusée par Radio-Tripoli, Radio-Bagdad suffiraient à mettre cette région à feu et à sang…

— Mais ils ne voulaient pas, justement ! s'exclama-t-elle. Ils ont senti qu'il y avait là une provocation… Ils m'ont dit qu'ils n'étaient pas prêts, qu'ils n'avaient pas d'armes… Attendez, j'oublie l'essentiel… *Ils m'ont dit qu'ils n'y croyaient pas…* Oui, ils avaient des doutes… Ils ont écouté mon témoignage, et ils n'en ont pas douté une seconde, mais ils m'ont dit tranquillement qu'ils ne croyaient pas que c'était le gouvernement du Haddan qui avait organisé le carnage de l'avion… Pourtant, ce sont des révolutionnaires, des guérilleros prêts à tout pour arracher au Haddan leur indépendance… Comme les Kurdes et l'Irak… D'après eux, ces atrocités, ce n'est pas, comme ils disent, la « clique dirigeante » du Haddan qui en a pris l'initiative… Mais alors, qui ? Qui ?

Elle s'écarta de lui pour mieux le regarder et Rousseau éprouva une brusque sensation de perte physique, comme si la fin de l'étreinte le diminuait de moitié.

Il aspira l'air longuement, et réussit à prendre un peu de fraîcheur à la nuit et aux étoiles.

— Ce n'est peut-être pas le moment de chercher à dénouer ce nœud de vipères, dit-il. La politique du golfe Persique ne perdra rien de sa beauté pour attendre, et vous avez besoin de repos…

— Pourquoi ces jeunes gens ont-ils été abattus ?

Rousseau haussa les épaules avec lassitude.

— Parce qu'ils ont refusé de faire le jeu des provocateurs, dit-il. Et il y avait aussi une part d'intérêt plus direct et plus immédiat, chez les tueurs. Ils vous l'ont dit. Votre témoignage enregistré vaut facilement un demi-million de dollars. Je crois même que le gouvernement du Haddan aurait cédé au chantage et aurait versé la somme pour récupérer la bande magnétique… Vous voulez une explication ? Depuis deux semaines, le prix des armes immédiatement livrables dans cette région a augmenté de quarante pour cent. Je dis : *immédiatement livrables*, et cela veut dire la Tallycot Tool Company, dont les cargos sont à pied d'œuvre, littéralement bourrés d'armes tchèques. Les achats ont déjà commencé. *À long terme* — de six semaines à trois mois — les perspectives sont également excellentes… Si vous regardez la liste d'arrivée à l'hôtel Métropole, vous verrez les noms bien connus des représentants des fabriques d'armements français, américains et belges. Ce sont toujours les mêmes noms, dès que ça sent la charogne… Mais je vais vous dire autre chose. La Tallycot Tool Company est puissante, mais pas toute-puissante. Je crois donc qu'il y a autre chose de plus que Bersch et son admirable organisation…

Il remarqua soudain que des clartés erraient dans le ciel nocturne et qu'elles ne devaient rien aux étoiles. Il se retourna. Deux douzaines de sources lumineuses avançaient en ligne droite à travers le désert et les phares mobiles balayaient le terrain de leur œil borgne.

— Ces salauds-là se croient en manœuvres, dit-il. Il ne doit plus rester une seule automitrailleuse dans la capitale…

Il se tourna vers Stéphanie et sourit.

— Vous avez intérêt à vous évanouir, lui dit-il. Sans ça, il vous faudra passer la nuit à faire un compte rendu détaillé de tout ce qui s'est passé et à répondre à des questions sans fin, selon les règles d'interrogatoires des officiers de renseignements. Vous n'aurez droit qu'à une tasse de café, de temps en temps. À mon avis, vous avez tout intérêt à tomber dans les pommes…

Elle sourit pour la première fois, elle aussi, et secoua la tête.

— J'ai un instinct de conservation très développé, dit-elle. Et je sais maintenant que la meilleure façon pour moi de rester en vie, c'est de tout dire, pour que personne n'ait plus intérêt à me supprimer pour me faire taire. À partir de cet instant, je veux devenir la fille la plus bavarde depuis Schéhérazade. Je ne veux plus m'arrêter de parler, mon ami. Je vais prendre une assurance sur la vie, une garantie contre la mort violente, en racontant à qui veut bien l'entendre tout ce que je sais et tout ce que j'ai vu. Et je vais continuer à le faire après mon retour en Amérique, et je vais le mettre par écrit et le publier, dans l'espoir de fournir aux trafiquants d'armes une lecture dont ils se délecteront… Car je n'ai aucun espoir, bien sûr, de changer quoi que ce soit ou de nuire à leurs affaires…

Rousseau jeta un coup d'œil à la ligne des phares, à l'horizon. Dix, quinze minutes... Il avala une bonne réserve d'air. Le plus dur restait à faire : décliner à Stéphanie son vrai nom, prénoms et qualités... C'était le meilleur moment possible : même en tenant prudemment compte de son tempérament irlandais, il ne devait plus rester à Stéphanie assez d'énergie pour un surplus d'indignation... Ce fut un bon calcul, et lorsque Rousseau eut fini sa confession, il se félicita d'avoir si bien joué. Les phares étaient déjà proches, mais il restait encore juste ce qu'il fallait d'ombre et de temps pour passer à de plus tendres aveux.

25

La nuit s'estompait lorsque les automitrailleuses du « groupe mobile » — c'est ainsi que Sir David Mandahar appelait fièrement son détachement motorisé de Forces de Sécurité — s'arrêtèrent devant les ruines blanches du Bahr. Les véhicules formèrent un demi-cercle parfait autour du couple. Sir David Mandahar se tenait lui-même dans le véhicule de commandement — le *command-car* — et sur le fond du ciel pâlissant où vacillaient les étoiles, sa silhouette s'élevait plus haut que l'antenne radio. Il sauta à terre, suivi de M. Daraïn, et vint vers Stéphanie, les bras ouverts.

— Ah, mon enfant ! gronda-t-il, la moustache et la barbe hérissées d'émotion, et il parut à Rousseau que le Pathan devait son surnom de « sanglier des montagnes » au moins autant à son système pileux qu'à sa bravoure. Ah, mon enfant ! S'il vous était arrivé quelque chose...

Il n'en dit pas plus, laissant aux points de suspension de sa phrase interrompue le soin d'évoquer toutes sortes d'événements dévastateurs, tremblements de terre, éruptions volcaniques, raz de marée et fins du monde qu'il n'aurait pas hésité à provoquer, s'il était arrivé malheur à Miss Stéphanie Hedrichs. Il la serra rapidement dans ses bras, dans une sorte de ponctuation gesticulatoire de l'émotion qu'il ressentait, et se tourna vers Rousseau.

— Je crois que vous avez fait du bon travail, mon ami, à en juger par cette carcasse et ces deux cadavres, là-bas...

Il leva son stick vers la masse noire de la Land Rover qui finissait de brûler.

M. Daraïn se tenait respectueusement à quelques pas en arrière, aussi pâle et livide que le permettaient les dernières ombres de la nuit. Dans le *command-car*, le valet de chambre, secrétaire, conseiller ou simple ombre du ministre de l'Intérieur, qui était apparu dans son entourage deux mois auparavant, était installé sur le siège arrière, vêtu d'un costume gris pied-de-poule qui paraissait proclamer le refus, à la fois de la laine anglaise et de celui qui le portait, de se plier aux exigences des climats et des latitudes. Rousseau n'avait jamais rien vu de plus incongru que ce gilet canari, ces gants et ce chapeau melon, au milieu du désert, entre La Mecque et l'Oman.

Les soldats avaient éteint leurs phares.

— J'ai eu beaucoup de chance, dit Rousseau. J'ai dû m'arrêter pour faire le plein d'essence et...

— Capital! Capital! s'exclama Sir David Mandahar, en lui donnant de grandes tapes amicales sur l'épaule. Mais, nous allons commencer par nous restaurer...

En un clin d'œil, un tapis fut déroulé sur le sol et Stéphanie vit apparaître, à l'endroit même où elle avait failli laisser sa vie, du foie gras du Périgord, du faisan en gelée, du caviar et une succession d'autres délices… C'est ainsi que la terreur et la mort se transformèrent avec la plus grande obligeance en une féerie gastronomique, cependant que les soldats et la « milice personnelle » du ministre de l'Intérieur se muaient, avec la même rapidité et le même empressement, en serviteurs bien stylés. Un pique-nique, pensa Stéphanie, avec une sorte de stupeur résignée. Elle n'avait plus la force de s'indigner, de réagir ; tout lui était devenu indifférent ; tout était vague, irréel, bizarre — tout était *ailleurs*… On avait jeté un cachemire sur ses épaules frissonnantes. Une boule s'était formée dans sa gorge, et ne voulait plus partir…

Sir David Mandahar s'était installé devant elle et, à une trentaine de mètres derrière lui, la carcasse de la Land Rover avec les deux cadavres noirs semblait se rapprocher, au fur et à mesure que montait l'aube. La ferraille fumait encore et le vent du matin qui venait des montagnes portait vers eux une odeur de brûlé. À sa gauche, l'homme qui l'avait sauvée plongeait tranquillement ses mains dans la chair d'un mouton grillé ; la nuit écoulée n'avait laissé sur son visage aucune trace de fatigue ; lorsque leurs yeux se rencontraient, il souriait, et il était alors impossible d'imaginer un visage plus dur mais aussi capable d'un sourire aussi amical. Non, le mot « amical » ne convenait pas — on pouvait presque parler de tendresse… Du caviar et encore du caviar — ne disait-on pas que le Haddan était soutenu par l'Iran ? Cette fameuse « aide matérielle », qui provoquait l'indignation de Tripoli et Bagdad, semblait venir principalement sous forme de caviar…

— Goûtez cette boisson locale, mon enfant, tonna Mandahar, en lui tendant une coupe pleine d'un liquide rose et pétillant. Elle est faite avec du lait de chamelle fermenté, selon des recettes spéciales...

Il lui cligna de l'œil, en portant la coupe à ses lèvres. Stéphanie but: c'était du champagne. Au-dessus, dans un firmament qui perdait peu à peu ses orients, le fin croissant de lune parut pâlir encore plus sous l'effet de cet outrage à la foi du Prophète. M. Daraïn s'abstint de prendre part à ce petit déjeuner qui tenait à la fois du Ritz et des tapis volants. Il était allé fourrager dans la Land Rover brûlée et se tenait à présent un peu à l'écart, derrière son ministre, tirant parfois de la manche de son veston un mouchoir dont il oubliait ensuite de se servir. Son âme de policier devait être torturée par l'envie de poser des questions; il avait l'air défait; Stéphanie lui jetait parfois un regard reconnaissant car il était le seul homme, parmi tous ceux qui l'entouraient, qui paraissait conscient de ce qu'avait dû être la nuit qu'elle avait vécue.

Le baron How-How fut servi dans le *command-car*; le soldat enturbanné lui posa un plateau de victuailles sur les genoux et le personnage entreprit de se nourrir, se tenant très droit, les coudes élevés à mi-corps, avec des manières et une distinction dignes d'un thé de dames à Hampton Court. Parfois, il tendait son verre et le farouche guerrier mué en maître d'hôtel lui servait un peu de « boisson locale ». Stéphanie, en picorant sa grappe de raisin, ne quittait pas des yeux le visage totalement inexpressif du gentleman, avec ses yeux bleu porcelaine qui paraissaient avoir été frappés de fixité à la suite de quelque cataclysme intérieur. L'ambassade de Grande-Bretagne avait été incapable d'obtenir de Londres le moindre renseignement à son sujet. Henderson avait dit à Stéphanie en souriant qu'un personnage aussi indéchiffrable ne pouvait avoir qu'un rôle : il représentait dans le golfe Persique les comptes secrets des banques suisses...

— Vous l'avez depuis longtemps ? demanda-t-elle sèchement à Mandahar.

— Depuis quelques mois, dit le Ministre, en posant sur le tapis sa coupe de « lait de chamelle fermenté ». Je l'ai trouvé au Harrod's, à Londres... Ha ! ha ! ha !

Harrod's était un grand magasin dans Knightsbridge et Stéphanie faillit lui demander combien il l'avait payé.

— C'est un Lord authentique, il a des papiers qui le prouvent. Très décoratif, vous ne trouvez pas ? Nous sommes farouchement attachés à la démocratie, mais nous conservons à titre culturel et éducatif les vestiges du passé, les objets et meubles victoriens, tout ça... J'ai été jadis un simple soldat de l'Armée des Indes — engagé à seize ans dans les Gurkhas — et il m'est agréable d'avoir aujourd'hui dans mon entourage un vrai Lord anglais, qui me rappelle tout ce que la démocratie et l'indépendance peuvent faire pour un enfant du peuple...

Stéphanie leva les yeux vers le baron avec un soudain élan de sympathie. C'était sans aucun doute un modeste escroc qui avait découvert une nouvelle façon de se faire entretenir dans le confort et le luxe, en misant sur les petites vanités des anciens colonisés. En somme, il continuait à vivre sur l'habitant.

— Oui, je m'habille à Londres, dit Sir David Mandahar, en jetant à l'aristocrate anglais un regard où se lisait toute la fierté du propriétaire d'un caniche royal doté d'un admirable pedigree.

M. Daraïn ne tenait plus en place. Il s'approcha de Mandahar, se pencha respectueusement et lui murmura quelques mots à l'oreille.

— C'est vrai, c'est vrai ! gronda le Ministre. Je pense, Miss Hedrichs, que vous pourriez peut-être nous faire un récit des événements... Car je présume qu'il y a eu des événements, à en juger par les deux cadavres là-bas... Et puisque le petit Ali Rahman — il voulait venir, mais je l'en ai empêché, il ne faut pas qu'il soit mêlé à tout cela — oui, puisque le jeune Ali Rahman prétend que vous avez été enlevée au milieu de la nuit...

Stéphanie était à bout de forces, et l'épuisement, la chute de l'influx nerveux agissaient comme une drogue. Elle avait du mal à trouver ses mots, ses pensées se refusaient aux phrases, et lorsqu'elle s'exprimait, elle devait faire un effort presque physique comme pour soulever les syllabes — elle avait l'impression de parler à la main... « Oui, c'était une sorte de travail manuel, où il fallait piocher, rassembler, tirer des profondeurs, jeter dehors, enfin, sous forme de mots — un vrai travail d'excavation. »

Dans le récit qu'elle avait fait par écrit, à la demande instante de Henderson, elle avait dit : « Je crois que je n'ai jamais autant parlé que cette nuit-là, et les jours suivants... Je crois que j'ai

recommencé tous ces détails dix ou vingt fois...
Mais ce n'était pas seulement parce qu'on m'inter-
rogeait — la police, le gouvernement — j'ai bien
dû rencontrer quatre ou cinq ministres, ou vous-
même, Ted... Je savais qu'à partir du moment où
j'aurais tout dit, je ne serais plus en danger... Je
cesserais d'être le témoin unique dont la disparition ferait aussi disparaître la vérité... J'étais en
somme Schéhérazade des Mille et Une Nuits, cette
pauvre fille qui devait parler sans s'arrêter, sous
peine de se voir trancher le cou. Je n'avais jamais
éprouvé pareille lassitude dans ma vie mais je n'ai
omis aucun détail et je pense même que la fatigue,
l'épuisement nerveux m'ont soutenue, en quelque
sorte. J'entends par là que je n'étais plus capable
de réaction, la fatigue avait épuisé les sources nerveuses où les émotions prennent naissance, et je
pus donc revivre minute par minute et heure par
heure les événements de la nuit sans en subir à
nouveau l'angoisse. Je pus ainsi parler calmement,
et je me souviens que lorsque j'eus terminé, le ciel
avait déjà repris ses couleurs, et c'est toujours un
moment de soulagement, ces matins calmes, une
sensation de délivrance, comme s'il ne pouvait
plus rien vous arriver... »

Elle avait à peine fini de parler lorsque Sir
David Mandahar se tourna vers Daraïn et se mit à
l'abreuver d'injures. Elle ne comprenait pas un
mot de ce qu'il disait, mais la fureur qui faisait
trembler les pointes de sa moustache, les deux
veines qui s'étaient gonflées au milieu du front et
la noirceur du regard où brillait un courroux
meurtrier, ne laissaient aucun doute sur la nature

de son propos. M. Daraïn subit cet assaut avec la mansuétude d'un homme habitué depuis long-temps à jouer un rôle de paratonnerre.

— Incroyable ! gronda ensuite en anglais Sir David Mandahar, en se tournant vers Stéphanie. Nos montagnes sont littéralement truffées de provocateurs maoïstes et d'agents du féodalisme saoudien… J'avais demandé que les frontières soient verrouillées, mais l'armée m'a répondu que nous n'avons pas assez de véhicules légers… Les grandes puissances nous refusent délibérément des armes pour nous tenir à leur merci… Mais nous allons nous en procurer, soyez tranquille… Nous allons vider nos caisses, s'il le faut, mais nous aurons bientôt l'armée la mieux équipée du golfe Arabe…

— Je pense que vous n'avez à présent plus de doutes sur ce qui s'est *vraiment* passé dans l'avion ? demanda Stéphanie.

— Mais nous n'en avons jamais eu ! Nos ennemis avaient besoin d'un prétexte pour intervenir…

Prétexte, pensa Stéphanie, en se demandant si elle avait bien entendu…

— … J'ai insisté pour que l'on dise la vérité dès le début, mais que voulez-vous, je ne suis pas *tout* le gouvernement !

Stéphanie éprouva une sensation bizarre — le sentiment que les courroies étaient toujours nouées autour de son corps et qu'elles continuaient à l'enserrer… *Ce n'était pas fini…* Elle entendit sa propre voix, un peu trop aiguë, un peu trop délibérée, qui disait :

— Combien d'anneaux un boa fait-il lorsqu'il s'enroule autour de vous pour vous étrangler ? Trois ? Quatre ?

Elle se mit à compter sur ses doigts :

— Attendez... Il y a eu l'avion... Le type qui me suivait pour me tuer... Et cette nuit... Ça fait trois...

Elle sentit une main se poser sur la sienne et remercia Rousseau d'un sourire. Le matin était resplendissant de lumière mais ces instants de tranquillité lui paraissaient trompeurs, comme si la clarté du jour n'était qu'un camouflage, un voile étincelant habilement jeté sur une réalité qui demeurait menaçante... Elle chercha un soutien et une assurance dans le regard de Rousseau et comprit à son expression d'inquiète sollicitude qu'elle perdait le contrôle d'elle-même. Elle tenta de se ressaisir et fit appel aux petits artifices de son métier pour prendre un air de nonchalance et de détachement, dans l'espoir d'éloigner la peur. À bien le regarder, le visage de Sir David Mandahar était celui d'un brigand des montagnes afghanes et, dans le matin clair, ses traits portaient la marque d'une dureté et d'une cruauté dont ses manières affables, empruntées à l'armée anglaise, ne diminuaient en rien la brutalité. Et rien n'inspirait moins confiance que la physionomie de M. Daraïn, avec ce nez qui ne cessait de planer autour de son ministre comme un vautour impatient de se servir. C'était un visage aussi peu fait que possible pour l'aube et pour la lumière des petits matins radieux. Et qui était *vraiment* ce personnage étrange, là-bas, dans la voiture, ce baron, Lord, ou on-ne-sait-quoi, aussi impeccable au milieu du désert dans son costume de Savile Row qu'au pesage du dernier derby ou dans les couloirs de Whitehall ? Rousseau l'aida à se lever.

— Il ne m'a pas donné la moindre explication, lui dit-elle, pendant qu'ils allaient vers la jeep, et elle se tut aussitôt, consternée par sa voix cassée, et où les mots se joignaient mal comme les fragments d'une chaîne rompue.

— On voit mal ce que Mandahar pourrait vous dire. Vous les avez pris en flagrant délit de faiblesse. La preuve qu'ils ne contrôlent pas les montagnes est que les tribus shahires sont pratiquement aussi indépendantes que les Kurdes. Je pense que ce pique-nique a été un noble effort de la part de Sir David Mandahar pour montrer qu'il est prêt à accueillir la fin de sa carrière politique comme un gentleman. La cigarette et le verre de rhum du condamné, mais de luxe : caviar, pâté de foie gras et champagne... Il est dans le gouvernement l'ennemi le plus farouche de l'autonomie accordée aux Shahirs. Alors, après ce qui vient d'arriver, sa position politique...

Rousseau haussa les épaules.

— J'imagine qu'il va démissionner dans les quarante-huit heures. Dommage. Il a une gueule digne de représenter ce pays...

— Oui, une belle tête, marmonna Stéphanie.

Ils roulaient depuis environ une demi-heure lorsqu'un nuage de poussière annonça une voiture qui venait à leur rencontre.

C'était une Rolls.

Ali Rahman était au volant. Il arrêta la Silver Cloud dans un dérapage brutal, barrant la piste, et il était évident qu'il se servait du volant et des freins moins pour conduire que pour s'exprimer. Le prince sortit lentement et vint vers eux, regardant

Stéphanie de ses yeux écarquillés comme s'il croyait rêver.

— Mon Dieu, murmura-t-il. J'étais sûr qu'ils vous avaient tuée...

— Qui, « ils » ? demanda Stéphanie.

Ali Rahman secoua la tête.

— Je ne sais pas. Ceux qui vous ont enlevée... Une histoire de rançon, sans doute... Ça arrive encore... Même en Occident... En Argentine, ils ont enlevé le directeur de la Fiat et...

Il se tut. Il portait des blue-jeans et une chemise à carreaux américaine, en laine épaisse.

— Je vous présente mes excuses au nom de mon pays...

— Vous parlez français, Ali ? demanda Stéphanie.

— Quelques mots...

— Alors, pour les excuses, merde, merde et remerde ! lui lança Stéphanie. Je n'ai jamais vu une bande de salauds aussi courtois qu'ici...

Elle se tut. Murad était assis sur le siège arrière de la Silver Cloud et c'était certainement la chose la plus étrange qui fût jamais arrivée à une Rolls. Cette statue de géant au crâne nu et au visage jauni comme les plus antiques papyrus, qui paraissait sortir d'un tombeau de pharaon, installée sur le plus beau cuir fauve, sa *jahbia* posée sur ses genoux, évoquait quelque profond et irrévocable dérèglement du monde, de la réalité, du présent et du passé et remettait en question la raison, les perceptions, en même temps qu'elle évoquait quelques divertissements démentiels de l'au-delà, où des dieux inconnus et ivres de boissons innommables, ou simplement de leur puissance, s'amusaient à bafouer les conventions d'apparente cohérence qu'ils avaient respectées jusque-là comme une loi du genre, celle du bon usage de la réalité. Oui, c'était cela la sensation dominante : une présence *contre nature*, une absence de réalité qui s'imposait pourtant au regard et à la conscience avec un réalisme saisissant...

Stéphanie se mit à rire : le champagne... Elle sentait la main de Rousseau sur son bras et tenta de se ressaisir, pour empêcher cette sorte de contagion que les événements de la nuit passée communiquaient au présent, comme s'ils avaient gardé toute leur puissance panique et déformante... Elle jeta un dernier regard au colosse, dont le visage aux yeux jaunes évoquait, dans une succession rapide d'associations d'idées, les tablettes de scribe, les papyrus, les momies, les tombeaux dans les pyramides, les lézards antédiluviens et les *zombies* des Caraïbes, le tout dans une Rolls Silver Cloud... Et ce fut à ce moment, alors que son regard glissait sur les bras nus et sans trace d'âge dans leur puissance, qu'elle ressentit, à nouveau, comme tout à l'heure, au-dessus de ses genoux et autour de sa taille, *l'étreinte de deux bras de fer qui l'enserraient...* L'homme qui l'avait surprise dans son sommeil et qui l'avait portée tranquillement hors du palais, pour la livrer à celui qui se faisait appeler Harkiss et à son « compagnon d'infortune », c'était Murad.

Elle leva ses yeux vers le visage plat aux hautes, pommettes où la peau tendue et sèche n'avait pas le moindre éclat de chairs vivantes, de sueur, et qui ne semblait pas avoir d'âge, mais des âges... Les traits demeurèrent immobiles, vides d'expression, mais elle fut presque sûre d'avoir saisi dans les yeux figés une lueur d'inquiétude...

Le regard de Stéphanie glissa alors vers Ali Rahman qui se tenait devant la Rolls, dans sa tenue de cow-boy et aussi beau dans son extrême jeunesse que l'autre était effrayant et hideux dans son antiquité. Rien ne paraissait plus innocent que ce visage d'adolescent... Mais Stéphanie avait avec la beauté des rapports professionnels et avait connu quelques-unes des plus belles garces de ce temps auxquelles, sur vue de leur adorable frimousse, on aurait donné sans hésiter le premier prix de sainteté... Et il était difficile, impossible de croire que Murad l'aurait enlevée et livrée à Harkiss et à son « compagnon d'infortune » sans l'accord de son maître.

Elle observait attentivement le jeune prince qui se taisait, manifestement mal à l'aise sous ce regard méditatif et hostile.

Car la conclusion qui s'imposait était que le prince Ali Rahman était sincèrement d'accord avec le Comité de Libération du Radjad et qu'il avait coopéré avec ses représentants. Ils voulaient obtenir le témoignage de Stéphanie enregistré sur bande magnétique, mais ils n'avaient pas compté avec le rêve des autres — les ambitions, espoirs, avidités et grandioses aspirations à la fortune de deux mercenaires...

— Ali, j'ai un message pour vous... J'ai rencontré dans la montagne deux de vos amis...

L'adolescent levait vers elle un regard étonné.

— L'un d'eux s'appelait Talat... L'autre, je ne me souviens plus...

Le visage du prince s'éclaira.

— Je connais bien Talat, dit-il. Nous avons fait des études ensemble en Angleterre...

Stéphanie allait lui lancer : « Eh bien, il a été tué. » Mais il y avait dans l'expression de l'adolescent une telle gentillesse et une telle pureté qu'elle eut un nouveau sursaut de « mais-c'est-impossible ! » et mit les soupçons et les « certitudes » qu'elle avait éprouvés quelques instants auparavant au compte de ses nerfs défaillants. Elle sentit le bras de Rousseau autour de ses épaules, et entendit sa voix, très loin :

— Il faut essayer de dormir, vraiment. Vous ne pouvez continuer ainsi. Vous êtes à bout de nerfs...

Stéphanie avait le hoquet.

— Je veux encore du champagne ! protestait-elle.

Sa vue se brouillait. Elle entendait à nouveau le vrombissement des hélices...

Le *command-car* s'était approché. Mandahar conduisait lui-même et sous le turban mauve, la tête aux traits féroces de guerrier afghan que le hasard des conquêtes, des empires et des viols avait fait rouler des montagnes de Khyber jusqu'aux sables d'Arabie, aurait fait merveille, décida Stéphanie, posée sur une lampe de chevet ou sur les rayons d'une bibliothèque. M. Daraïn était assis à ses côtés, appuyé sur sa précieuse canne à pommeau d'ivoire, et Stéphanie se promit d'examiner cette canne et ce pommeau de plus près. En Nouvelle-Guinée, on vendait des têtes réduites qui n'étaient pas plus grandes qu'une boule de billard et qui étaient très prisées par les collectionneurs... Derrière eux, il y avait le baron, Lord How-How, ou quel que fût

293

son nom, impeccable, d'une dignité, d'une élégance et d'une propreté à toute épreuve, d'une honorabilité vestimentaire admirable et émouvante, représentant au milieu de ces événements infamants et parmi les intrigues les plus traîtresses, un Occident des banques et des affaires dans son expression la plus haute, noble et aristocratique... Car ce membre évident de nos meilleurs conseils d'administration paraissait aussi peu concerné par les événements, les péripéties, les massacres, les siècles, les millénaires et les grains de sable que le pneu de secours de la Land Rover... Stéphanie fut prise de fou rire. Il lui fallut quelques minutes pour se calmer et Rousseau sentit d'abord, contre son cou, les larmes qui coulaient, les sanglots et puis enfin, quelques soupirs profonds et une respiration régulière...

26

Rousseau suivait son guide dans les ténèbres, sous une lune digne des plus belles promenades sentimentales, mais qui ne semblait avoir d'autre but que de faire ressortir les ordures, écorces de pastèques éclatées et les journaux souillés, avec leurs inévitables appels à l'unité et à la liberté. C'était l'heure où les rumeurs couraient à travers la médina, plus rapides, furtives et agiles que les rats et les cafards dont il y avait abondance autour des détritus. Sur la place du Ksar, une centaine de chameaux gloussaient dans leur sommeil. Couchées, ces bêtes ressemblaient à des embarcations échouées dont les proues s'élevaient au-dessus des flots. Leurs têtes et leurs cous offraient un certain air de parenté avec ceux de M. Daraïn qui avait fait réveiller Rousseau par un message marqué « confidentiel », l'invitant à le rejoindre à son domicile privé.

Depuis quelques heures, le prix des « armes chaudes », c'est-à-dire livrables immédiatement, s'était effondré dans tout le golfe Persique. À Tewza, à Shahd, à Baouraini, les représentants légitimes, officiels et honorables des manufactures d'armes français, belges, américains, anglais et tchèques rencontraient une certaine léthargie chez leurs interlocuteurs locaux la veille encore si pressés de signer des contrats sans trop discuter les prix. On attribuait ce soudain marasme dans les affaires à une baisse inattendue de la tension politique au Haddan. Celle-ci était attribuée à son tour à une offre imminente d'autonomie que le gouvernement de Tewza se proposait d'accorder à ses provinces du Nord.

Sommé de se rendre au rendez-vous auquel le directeur de la Police l'avait convié d'une manière aussi péremptoire au milieu de la nuit, Rousseau n'avait pas réveillé Stéphanie. Elle avait passé douze heures à dormir avant de passer quelques heures inoubliables... à ne pas dormir. Elle avait refusé de retourner au Métropole — le seul nom de cet endroit lui donnait des sueurs froides — et elle avait accepté l'hospitalité de Rousseau... Ce qui suivit fut un de ces moments dans la vie d'un homme qui semblent effacer tout ce qui les a précédés et reléguer des années d'existence et de coucheries dans une dimension déchue de routine et de mécanique. Il semblait à Rousseau que son corps lui-même avait changé et que la tendresse et la douceur qui lui avaient été offertes allaient désormais demeurer en lui à jamais, dans sa carcasse d'aventurier dont ses chefs disaient qu'il avait « tendance à interpréter ses ordres dans le sens de la violence ». Il avait lu cette appréciation dans son dossier à la section du Personnel grâce à une secrétaire qui... que... dont... Il soupira. C'était fini, tout ça.

En apprenant la mort de Massimo del Campo, Stéphanie avait pleuré un peu et eut une pensée émue pour le camion de cinq tonnes qui n'allait plus jamais revoir celui qui l'avait abandonné avec tant de légèreté.

L'invitation de Daraïn étonnait Rousseau par son caractère abrupt : elle sentait la nervosité, pour ne pas dire la panique. C'était d'autant plus inattendu que l'affaire paraissait sur le point d'aboutir à un dénouement pacifique. Il est vrai que les « souffles de la nuit » qui faisaient pâlir sur leurs codes les chiffreurs de Henderson continuaient à être nerveux et ceux qui pleuvaient sur les antennes des autres ambassades ne l'étaient sans doute pas moins. Le commerce des armes occupait la première place dans les exportations de la France. L'Angleterre conservait dans le golfe Persique des intérêts considérables et qui n'étaient pas seulement pétroliers. Son armée et son aviation « maintenaient l'ordre » dans le Mascate-et-Oman, contenant difficilement la guérilla révolutionnaire maoïste dans le sud-ouest du pays, le Dhofar. Un aviateur de la Royal Air Force venait d'être abattu avec son avion — c'était la première mort *officielle* au combat d'un aviateur anglais dans l'émirat. Soixante pour cent de toutes les réserves de pétrole connues du monde dorment sous ces sables...

Tout cela était résumé d'une manière très claire par la dernière dépêche de presse tombée du ticker. Un des hebdomadaires politiques les plus sérieux d'Europe informait ses lecteurs d'une prise de position ferme de la Maison Blanche, telle qu'elle fut communiquée au gouvernement soviétique. Au cas d'une nouvelle crise grave menaçant le pétrole, les B. 52 largueraient immédiatement des dizaines de milliers de parachutistes sur les centres nerveux du golfe Persique...

Les nouvelles que Henderson recevait heure par heure de la réunion du Conseil des Ministres faisaient état de dissensions sérieuses au sein du gouvernement. Contrairement à ce qui paraissait certain, Sir David Mandahar n'avait pas été forcé de démissionner pour incompétence après l'enlèvement de Stéphanie et le massacre de trois membres du Comité de Libération du Radjad. Et Sir David Mandahar passait pour un adversaire farouche de l'autonomie du Radjad...

Rousseau s'arrêta net. Il prit une cigarette et l'alluma. Le guide qui l'avait devancé revint sur ses pas et lui fit des gestes, le pressant de le suivre...

Rousseau demeurait immobile. C'était la première fois qu'il avait affaire aux complexités, duplicités et manœuvres, subtiles jusqu'à devenir perverses, d'une politique qui semblait avoir hérité des sérails turcs et même de Byzance ses circonvolutions serpentines. Mais il venait d'être visité par une idée qui semblait devoir une moitié aux lumières du ciel nocturne et au croissant de la lune en forme de « sabre du paradis », et l'autre moitié, aux ténèbres et mauvaises odeurs qui l'entouraient. C'était une idée qui avait au moins un mérite : elle donnait l'explication de tous les événements, depuis le début. Car il était exclu que Bersch ait pu agir avec autant d'aisance, de sa seule initiative et dans le seul intérêt du commerce des armes. La Tallycot n'avait pas le bras plus long que l'I.T.T. américaine et pourtant, même l'I.T.T. avait échoué au Chili... Bersch n'était qu'un exécutant sur place, et ses hommes étaient des mercenaires sans autre motif ultérieur, sans autre cause que l'argent. Les deux aventuriers qu'il avait abattus dans le désert avaient même fini par agir pour leur propre compte. Mais le jeu qui se déroulait était à l'échelle politique mondiale et cela supposait une main puissante, manipulant les pièces et tirant les ficelles. Il ne s'agissait pas d'argent, comme il l'avait cru au début. Il s'agissait de puissance...

Car l'unité du pays pouvait se faire aussi au profit du Radjad...

Le guide s'était arrêté devant un haut mur bleu de lune et qui débordait de figuiers, d'amandiers et de fleurs. Le parfum était enivrant. Au-delà de la masse de verdure se dressait une demeure en forme de tour haute de quatre étages en pierre ocre, aux fenêtres entourées d'une véritable dentelle en bois. C'était l'architecture de toutes les demeures féodales du pays, y compris les fermes... Au rez-de-chaussée, le bétail, au premier les domestiques, au deuxième le maître, au troisième les parents, au quatrième le harem... Mais tout cela était fini, à présent, et ce n'était plus que de l'architecture.

Un domestique qui tenait une torche électrique à la main avait entrouvert la lourde porte de bois bardé de fer et Rousseau entra. Il traversa le jardin avec l'inévitable jet d'eau qui égrenait sa prière, comme pour parer à la paresse des fidèles, qui passent si peu de temps à prier. Il n'y avait bien entendu pas de trace de bétail au rez-de-chaussée, mais un salon de goût anglais, très XIXe siècle, car pendant longtemps encore la reine Victoria continuera à encourager les exportations anglaises vers les pays à l'est d'Aden…

M. Daraïn était debout devant une superbe cheminée vide et désolée, condamnée à poursuivre en vain ses rêves béants de bons feux d'hiver.

Le chef de la Police n'avait pas sa canne à la main et, en l'absence de cet autre appendice, son nez paraissait avoir pris des proportions encore plus importantes. Il vint, la main tendue, à la rencontre de Rousseau, et celui-ci remarqua que la canne à pommeau d'ivoire n'était pas le seul attribut qui lui manquait : il avait également perdu le sourire, si bien que ses paroles manquaient d'or.

Daraïn était blême et semblait ignorer l'existence du sommeil.

— Je vous ai prié de venir, mon cher collègue, pour vous demander si, le cas échéant, vous pourriez obtenir de Son Excellence, M. Henderson…

Il s'interrompit et sa pomme d'Adam effectua rapidement quelques mouvements d'ascenseur qu'un dérèglement empêcherait de s'arrêter aux étages.

— Bref, dans certaines circonstances… Est-ce que l'on m'accorderait le droit d'asile ?

Rousseau s'assit sur un canapé brodé — le motif représentait les bêtes s'aimant les unes les autres, dans le jardin d'Éden — et prit une poignée de pistaches dans la soucoupe sur le guéridon.

— Quelles circonstances avez-vous à l'esprit, exactement ? s'enquit-il. Détournement de mineur ? Chèques sans provision ?

M. Daraïn ne trouva pas la force de sourire. Par contre, il trouva le mouchoir — Rousseau remarqua que celui-ci était moins impeccable que d'habitude et semblait avoir beaucoup servi, cette nuit — dans la manche étroite de son veston. Il s'en essuya les lèvres, comme pour en enlever le goût amer.

— On essaie de faire de moi le bouc émissaire, dit-il. Cette affaire de Miss Hedrichs, par exemple...

— *Quelle* affaire de Miss Hedrichs ? s'informa Rousseau. La première ou la deuxième ?

— Prenons la dernière, si vous le voulez bien...

Il commença à marcher de long en large devant Rousseau, ressemblant d'une manière frappante à un héron noir dont le bec désolé ne trouve pas de poisson.

— ... L'absence de patrouilles dans le désert, par exemple. J'avais donné des ordres précis pour que les automitrailleuses des Forces de Sécurité sillonnent jour et nuit les deux pistes au nord de Sidi Barani, jusqu'aux montagnes... J'y ai affecté quatre véhicules armés et tous les matins, je recevais un compte rendu, un rapport heure par heure de la surveillance. Or, la nuit dernière — plus exactement, à dix-huit heures — cet ordre fut annulé par de nouvelles instructions données par radio sur la fréquence du poste émetteur principal... Ainsi, quelqu'un connaissant la fréquence — probablement toutes les fréquences du Quartier général de la Police — a délibérément rappelé les patrouilles, afin de permettre le rapt de Miss Hedrichs... Je vous ferai aussi remarquer que ce « quelqu'un » était singulièrement au courant de tous les gestes de Miss Hedrichs et qu'il la faisait suivre à mon insu... C'est évident, puisqu'il ne pouvait pas prévoir que la jeune femme allait quitter l'hôtel et se rendre à Sidi Barani...

Le mouchoir fit à nouveau son apparition mais cette fois remonta jusqu'au front, pour redescendre ensuite vers les yeux rougis par l'insomnie.

Rousseau l'observait froidement en continuant à déguster les pistaches.

— Allez-y, allez-y, je vous écoute. C'est très intéressant, ce que vous me dites là...

— Prenons maintenant l'affaire de l'avion. Nous avons évidemment tiré tout cela au clair. Le pilote avait été forcé à atterrir sur l'ancienne piste désaffectée du Salem, utilisée par l'aviation de l'Imam. Ce Yougoslave était un homme valeureux. Lorsqu'il fut sommé d'atterrir, il se défendit. Il fut blessé à deux reprises et c'est sans doute le deuxième pilote qui posa l'appareil. J'ai toujours entendu dire que les Yougoslaves sont des hommes durs et courageux, mais le commandant Mikhaïlovitch, qui avait été vraiment quelqu'un d'exceptionnel... Pendant qu'on décapitait les passagers shahirs, les bédouins qui le gardaient — des bin Maaruf, la pègre du désert — étaient très occupés par le spectacle, et comme le pilote était blessé, ils durent relâcher quelque peu la surveillance... Mikhaïlovitch, en tout cas, a étranglé son gardien — avec une main fracassée, remarquez-le...

— Par-derrière, ça se fait en général avec le bras, l'informa Rousseau.

— ... Merci. Il l'a donc étranglé et réussit même à lui enlever son burnous et à l'endosser lui-même. Il prit ensuite le fusil du garde et se dirigea vers le

Dakota. Cela a dû lui être facilité par les allées et venues des bin Maaruf qui transportaient les corps à l'intérieur de l'appareil. En tout cas, il parvint à monter à bord et à se cacher dans les toilettes à l'arrière — nous y avons trouvé des taches de sang et de linge déchiré, pour servir de pansements et arrêter l'hémorragie — et lorsque Bersch eut fini son abominable besogne, et que la porte de cette chambre funéraire qu'était devenu le Dakota fut fermée, il alla au poste de pilotage et se mit aux commandes. Nous pensons que l'idée de Bersch était de faire découvrir ce cercueil collectif par des Shahirs d'un village distant de quelque soixante kilomètres de là. Mais le Yougoslave parvint à mettre les moteurs en marche et à décoller. On s'était mis à tirer sur lui alors qu'il essayait de mettre les moteurs en route : nous avons trouvé des dizaines d'impacts... Il réussit à décoller avec un pneu crevé. Malheureusement, ses trois blessures lui avaient fait perdre beaucoup de sang. Il n'est d'ailleurs pas mort de ses blessures, mais il était tellement affaibli qu'il perdit connaissance aux commandes après vingt minutes de vol environ, et le choc fit le reste...

— Vous semblez tenir ces renseignements de... première main, dit Rousseau. Ou est-ce que je dois prendre cela pour des aveux ?

M. Daraïn eut un geste las.

— ... Je vous en prie, monsieur Rousseau ! Nous avons pu mettre la main sur un des bin Maaruf de Bersch...

— Personne ne me fera croire que Bersch était le grand responsable de l'affaire, dit Rousseau. Cette opération suppose des appuis à un niveau beaucoup plus élevé…

— L'enquête continue, dit M. Daraïn. Je vous donne là des faits certains… C'est ainsi que nous avons pu élucider un point important… *politiquement*. L'Anglais qui a mené l'opération à bord du Dakota…

— « *Call me Watkins* », dit Rousseau. Est-ce que l'on connaît sa véritable identité ?

— C'est un de ces héros de la Grande Guerre qui ont mal tourné, dit M. Daraïn. Il s'appelait Stanford, William Stanford, et avait quitté l'armée avec le grade de commandant et toutes les décorations que vous pouvez imaginer… À propos, vous l'avez tué.

— Ah bon, dit Rousseau.

— Plus exactement, son collègue Roscoe, qui vous avait accueilli à Bagdad, l'a laissé mourir, ou lui a peut-être même donné le coup de grâce, parce que tout médecin qu'ils auraient contacté à Bagdad les aurait immédiatement dénoncés aux autorités…

— La situation l'exigeait, dit Rousseau, avec une pensée pieuse pour la momie calcinée de la Land Rover, dans le désert de sel. Que voulez-vous, la situation l'exigeait. C'est toujours la situation qui commande. C'est pragmatique.

M. Daraïn lui lança un regard désapprobateur.

— En tout cas, votre « *Call me Watkins* » a été aidé — et cela est très important pour nous — par deux passagers à bord de l'avion, tous les deux des Hassanites. Ce qui prouve que l'argent est parfois une passion plus forte que les convictions politiques, soit dit en passant… Bersch les attendait au sol, avec une trentaine d'hommes. Quatorze passagers, tous des Shahirs — sauf ce M. Abdul Hamid, qui était américain, mais avait adopté sans le savoir un nom shahir et portait un burnous —, ont été décapités. Ils furent ensuite placés à l'intérieur de l'avion dans les positions atroces et dégradantes que vous savez. Cette mise en scène, par son cynisme monstrueux et son caractère grotesque et profanateur, surtout lorsqu'on connaît les hautes personnalités spirituelles et morales qui en étaient les victimes...

Rousseau prit une nouvelle poignée de pistaches.

— ... Avait évidemment pour but de déshonorer les soi-disant instigateurs de cette horreur, les nouveaux maîtres hassanites du pays. Vous savez donc ce qu'il advint des personnalités éminentes du parti shahir, mais nous avons retrouvé les autres corps également. On les avait jetés dans le puits ensablé et que les cartes ne mentionnent plus, à trois kilomètres de là. Je le connaissais, moi, parce que je connais ce pays comme ma poche... Eh bien, les trois corps, en comptant le deuxième pilote, et moins les deux complices hassanites, étaient tous sous le sable. Ils étaient tous des hommes entièrement acquis à la politique du nouveau gouvernement, c'est pourquoi il fallait que leurs corps disparaissent... Autrement dit, toute cette affaire a été calculée pour susciter le soulèvement dans le Nord, provoquer une répression, et rendre impossible à la fois la coopération entre le Sud et le Nord et l'autonomie du Radjad...

— Votre gouvernement a déjà expliqué tout cela fort bien aux ambassadeurs des principales puissances et je suis au courant, dit Rousseau. Alors, pourquoi ce soliloque ?

— Parce que c'est moi qui ai songé au puits et que c'est sur mes indications que l'on a retrouvé les corps, dit M. Daraïn, avec une certaine emphase. Eh bien, figurez-vous que l'on en a conclu en haut lieu que, voyant l'affaire ratée, j'avais paniqué et j'avais essayé de me couvrir, en révélant l'endroit où les corps furent jetés. Autrement dit...

Pour la première fois, son visage eut une espèce de sourire — tordu, spasmodique — mais un sourire tout de même...

— ... Je suis à deux doigts d'être arrêté et d'être jugé comme provocateur et ennemi du peuple, monsieur Rousseau. Voilà bientôt vingt-cinq ans que je fais de la corde raide au service de mon pays, mais je crains fort que cette fois, ce soit la chute... Le Conseil des Ministres siège depuis onze heures du soir et il est quatre heures dix du matin. Je suis à peu près sûr de la décision qui va être prise. Vous avez peut-être remarqué que je n'ai pas une tête sympathique — un accident de la nature — et le peuple est toujours heureux, quand on lui jette en pâture un chef de la Police... Heureusement, la peine de mort n'existe plus chez nous, sauf pour crimes contre l'humanité... Pour ne plus perdre de temps : est-ce que vous accepteriez de m'accompagner à la résidence de l'ambassadeur des États-Unis et insister auprès de lui — en raison de ma coopération pleine et entière avec vous, depuis le début — de m'accorder le droit d'asile, en tant que réfugié politique ?

— Non, dit Rousseau.

Le mouchoir dont le chef de la Police tapotait délicatement son front changea brusquement de couleur : il devint tout gris, sous le coup de l'émotion. Ce n'était qu'un effet de contraste avec la blancheur de pierre tombale qui s'était répandue sur le visage de M. Daraïn, mais Rousseau n'avait jamais vu un mouchoir plus ridé, plus fatigué et plus expressif.

— Vous voulez dire…

— Je veux dire qu'il y a tout un dossier sur vous dans les archives de ma maison mère à Washington, D.C. Dès que le nom de Bersch est apparu à la surface de cette jolie petite affaire « locale », j'ai demandé des renseignements. Vous émargez depuis douze ans à la Tallycot C° pour la solde annuelle fixe de 10 000 livres sterling, plus trois pour cent de commission sur toutes les ventes d'armes…

Rousseau fut surpris de constater que M. Daraïn parut soulagé.

— *C'est exact*, dit-il en français, utilisant soudain cette langue par une sorte de réflexe de Pavlov, le français étant depuis près de quinze ans la langue des plus grosses ventes d'armes dans le monde… *C'est exact*, répéta-t-il. Ce genre de commission est parfaitement normal, chez nous : c'est un des privilèges de la fonction que j'exerce. Il permettait aux différents gouvernements que j'ai servis de ne pas me payer. Et puisque la C.I.A. possède un dossier me concernant — c'est vraiment beaucoup d'honneur — vous devez savoir également que j'obtenais régulièrement de la Tallycot Tool Company des prix bien inférieurs à ceux qui étaient acceptés par nos négociateurs officiels… qui mettaient, eux, *sept* pour cent dans leur poche…

Un grondement sourd s'éleva quelque part au fond de la nuit et se rapprocha, en faisant trembler les murs de la maison. Rousseau se leva d'un bond. M. Daraïn demeura parfaitement immobile et toute trace de tension nerveuse et d'anxiété disparut de ses traits qui prirent même une expression de calme et presque de sérénité : apparemment, le fatalisme oriental n'était pas un vain mot...

— Les tanks, dit Rousseau, et M. Daraïn haussa légèrement les épaules avec une trace de sourire, comme pour dire : « Quoi d'autre ? »

Le tintamarre était déjà si proche que Rousseau se demanda sérieusement si les chars n'allaient pas tout bonnement passer à travers les murs du jardin. Un tel déploiement de forces armées paraissait dérisoire, face à l'homme filiforme qui se tenait là devant sa cheminée très anglaise, armé seulement de sa canne qu'il avait reprise comme pour se tenir prêt à sortir, de son mouchoir et de son nez. Mais les choses se révélèrent plus compliquées et confirmèrent d'une manière définitive Rousseau dans un certain nombre d'idées qui l'avaient visité au cours de cette nuit, et qui reléguaient la Tallycot Tool C° et ses trente-deux cargos bourrés d'armes à une place quelque peu moins exaltée dans la hiérarchie des valeurs du golfe Persique...

Les projecteurs de repérage des chars immobilisés derrière les murs jetaient au-dessus du jardin une nappe de lumière qui retombait sur les palmiers, les lauriers et les roses, dans une verdeur bleuâtre d'aquarium. Sir David Mandahar, qui semblait avoir échangé cette fois son « groupe mobile » des Forces de Sécurité contre un régiment de blindés de l'armée, sortit de ces profondeurs sous-marines. Il apparut à la porte, tenant dans une main son stick et dans l'autre un *baïd*, ce chapelet de méditation par lequel les Pathans témoignent de leur sérénité, de leur détachement et de leur sage indifférence aux tumultes et passions de la terre.

L'abondance du système pileux du ministre de l'Intérieur laissait peu de place aux expressions sur son visage, mais il était évident que l'homme était en proie à une rage et à une rancune qui le faisaient en effet ressembler à ce sanglier légendaire du folklore afghan. Celui-ci poursuivait les ennemis du roi jusque dans le ciel, les ramenait sur terre et les faisait vivre éternellement au fond d'un puits...

Il était tête nue et Rousseau constata une fois de plus qu'il existait de par le monde un type physique de truand qui se moquait des races et des latitudes. À ce moment-là, Sir David Mandahar aurait pu être aussi bien sicilien, mexicain qu'afghan, avec une forte ressemblance, la barbe en plus, à la fois à Pancho Villa et à son « cousin » Daoud, le nouveau dictateur de Kabul.

Un peu en retrait derrière lui se tenait son *gentleman's gentleman*, secrétaire, conseiller, valet de chambre, ou simple insigne de réussite sociale et ornement, membre des meilleurs clubs. Sanders était tout aussi impeccable dans son costume pied-de-poule que lorsqu'il perdait des fortunes à la roulette de Monte-Carlo en 1890 ou chassait le tigre royal du Bengale, avec le vice-roi des Indes. Derrière eux, deux soldats en tenue léopard apparurent dans l'aquarium, leurs fusils à la main, cependant que les projecteurs réveillaient dans le sommet des arbres le gazouillis des oiseaux qui croyaient à l'aube.

Sir David Mandahar s'avança jusqu'au milieu du salon et demeura quelques secondes à foudroyer M. Daraïn du regard. Le directeur de la Police ayant apparemment survécu à ce bombardement de rayons mortels sans autre effet perceptible que quelques tremblements convulsifs des lèvres, Mandahar lui lança à la figure le chapelet de méditation qu'il tenait à la main, accompagné de quelques phrases gutturales dont la qualité littéraire fut malheureusement perdue pour Rousseau qui crut cependant saisir au vol le mot *kelb*, chien.

Le Ministre passa ensuite à l'anglais, préférant sans doute humilier son subordonné d'une manière compréhensible à un étranger.

— Le gouvernement m'a donné quarante-huit heures pour découvrir les coupables et arrêter leurs complices... Car il paraît qu'ils ont des complices, ici, et que tout cela n'est pas une simple provocation de trafiquants d'armes pour vendre leur marchandise et faire monter les prix... Non, il paraît que c'est un plan politique de grande envergure, pour faire échouer l'autonomie... Regardez...

Il leva la main vers le jardin sous son toit de lumière.

— Mon collègue, le ministre de la Guerre, a insisté pour me donner une escorte... Il paraît que ma vie est menacée par les éléments shahirs, parce que je suis un ennemi de l'autonomie... Une escorte de chars armés en pleine nuit... Vous comprenez naturellement ce que cela veut dire ?... On se méfie de moi, on croit que je vais faire un coup d'État pour m'opposer à l'autonomie... On oublie que ma mère était une Shahire... Je suis certes contre l'autonomie, parce que je veux préserver l'unité du pays...

Rousseau mordillait son cheroot. Tout devenait parfaitement clair...

— J'ai donné trois fois ma démission, mais on ne l'a pas acceptée. Ils craignent que je me retire dans mes terres... Et je serais difficile à surveiller... Je suis, paraît-il, un réactionnaire, un féodal... Je n'ai pas l'esprit démocratique. Voilà ce que j'ai dû entendre. Ah oui, j'oubliais : je touche de l'argent de l'Arabie Saoudite, parce que Fayçal approuve mes idées réactionnaires... Alors que sans moi, l'Imam serait encore sur le trône — son fils, en tout cas — car c'est moi qui ai occupé le palais, le revolver à la main, avec à peine douze hommes... Et tout cela, c'est par la faute de ce ver de terre incapable d'exécuter correctement son travail...

Rousseau jugeait que M. Daraïn encaissait remarquablement bien. Sa seule réaction — à part une sorte de sourire indulgent, dans le genre « il faut lui pardonner, c'est un grand original » — fut un geste comme pour desserrer un peu son col...

— Est-ce que je dois continuer ou me démettre de mes fonctions ? demanda M. Daraïn doucement, et il parut à Rousseau qu'il y avait un léger accent de perfidie dans la question...

Sir David Mandahar se calma un peu. Il y eut un silence plein de chants matinaux des oiseaux pris dans les filets de lumière. Une fois encore, Rousseau sentit qu'il se passait entre le directeur de la Police et son supérieur direct, le ministre de l'Intérieur, certaines choses obscures, qui demeuraient inexprimées et peut-être plus mortelles, plus dangereuses pour l'un comme pour l'autre, que la preuve des millions de dollars touchés en pots-de-vin et en commissions de marchands d'armes…

— Votre cas a été examiné par le Conseil des Ministres, dit Mandahar, posément. J'avais proposé votre destitution immédiate. Le gouvernement a estimé que vos services passés méritent qu'on vous donne encore une chance. Vous êtes en somme dans la même situation que moi. Nous devons mener à bien cette affaire dans les heures qui viennent. Sans ça, ce pays disparaîtra de la carte…

Il jeta un mauvais regard à Rousseau.

— Le gouvernement demande à votre ambassadeur que vous quittiez le pays par le prochain avion, en même temps que Miss Hedrichs.

— C'est votre gouvernement qui m'a prié de venir ici, dit Rousseau.

Mandahar haussa les épaules.

— Nous avons demandé aux États-Unis un crédit pour un achat d'armes immédiatement livrables. C'est dans ce contexte que nous avions autorisé votre présence ici. Les crédits ont été refusés, comme vous le savez sans doute. Ils avaient apparemment estimé que nous ne sommes pas menacés de l'extérieur et que les armes serviraient à une guerre civile…

Il s'interrompit, le temps d'un ricanement.

— … Mais l'Arabie Saoudite vient d'acheter pour trois cent cinquante millions de livres sterling d'armes… Le budget militaire de l'Iran est un tiers du budget de la France… Les aviateurs cubains pilotent les Mystères du Yémen du Sud. Les Nord-Coréens manient les installations soviétiques en Égypte. Le Koweït vient d'acheter trente-cinq avions de chasse... Contre qui ? Le refus des États-Unis nous force à acheter des armes aux trafiquants en les payant comptant et quarante pour cent plus cher, parce que livrables immédiatement...

La force de conviction qui faisait vibrer la voix de Sir David Mandahar était sincère, mais Rousseau avait le sentiment qu'il venait d'un tout autre souci que celui de la menace que feraient peser sur le Haddan les forces armées de ses voisins...

Il y eut, dans ce salon où les meubles et les bibe-lots victoriens opposaient leur sérénité anglaise à la végétation exotique du jardin, un de ces silences où les regards échangés expriment une compréhension réciproque qui se passe de paroles. Sir David Mandahar était en effet farouchement opposé à l'autonomie du Radjad au sein du Haddan, ce qui aurait assuré l'intégrité territoriale du Haddan... *mais c'était parce qu'il désirait faire cette unité au profit du Radjad.* Il ne voulait pas entendre parler d'auto-nomie accordée aux provinces du Nord parce qu'il estimait que les populations de ces régions, les Sha-hirs, devaient redevenir les maîtres du Haddan tout entier, comme ils avaient toujours été, depuis que cet État existait, jusqu'au jour où l'équilibre démo-graphique du pays avait changé au profit de nou-veaux venus. Autrement dit, non seulement Sir David Mandahar était d'accord avec les Shahirs mais il était même un ultra. Il avait détrôné l'ancien Imam, mais en pensant que le trône reviendrait au jeune Ali Rahman et qu'il deviendrait lui-même

313

l'«homme fort» du pays. *Personne plus que lui n'aurait souhaité entendre le témoignage de Stéphanie diffusé par toutes les radios arabes...* Malheureusement, deux canailles mercenaires et en fin de carrière avaient tenté le «grand coup», avec un résultat que l'homme dont le regard semblait suivre les pensées de Rousseau dans sa tête n'avait pas prévu...

— Si vous avez certaines idées personnelles sur la politique intérieure de notre pays, Rousseau, gronda-t-il, je vous conseille fermement de les garder pour vous. Les Américains se sont déjà ridiculisés suffisamment au Viêt-nam et à Cuba sans qu'il soit indispensable pour eux de se faire également botter le cul dans le golfe Persique...

Il tourna sur ses talons et se rua dehors. Son fétiche très britannique le suivit. Plus tard, Rousseau devait méditer souvent sur l'étrange besoin qu'éprouvait ce farouche guerrier, si fier de ses origines populaires, d'adopter comme mascotte et insigne de réussite sociale ce vestiaire de Savile Row, à peine habité par une présence humaine...

La sortie de Sir David Mandahar fut suivie par quelques minutes de manœuvres de chars, dans un fracas qui réussissait presque à couvrir les braillements des chameaux épouvantés sur la place du Ksar. Il était évident que le ministre de la Guerre n'avait dans son collègue de l'Intérieur qu'une confiance strictement limitée. Le jardin retrouva son obscurité et ses corps célestes.

Rousseau se leva. Il frissonnait dans le matin froid. M. Daraïn, qui avait gardé au cours des derniers propos échangés une impassibilité voisine de la paralysie, recueillait sur son visage toutes les lueurs bleuâtres et verdâtres du jour qui se levait.

— Excusez-nous, dit-il, dans un effort aussi peu convaincant que possible de retrouver le fil de l'hospitalité traditionnelle et millénaire de l'Islam.

Après quoi, il trahit son chef — dans la foulée en quelque sorte, et toujours pour sauver l'honneur et les lois de l'hospitalité :

— Je puis vous assurer que le *maréchal...* le général, je veux dire, avait pris toutes les précautions pour que Miss Hedrichs ne coure aucun risque. Il s'agissait simplement de faire écouter son témoignage par les membres du Comité de Libération du Radjad. Le *maréchal* ne pouvait naturellement pas prévoir que deux aventuriers, comprenant les sommes importantes qu'ils pouvaient tirer de ce document... Le *maréchal* est un homme très attaché au passé, un traditionaliste...

Maréchal était destiné à faire comprendre à Rousseau ce qui se préparait...

M. Daraïn soupira.

— Un réactionnaire, dira-t-on aujourd'hui. En réalité, il est d'origine très modeste... Les gens d'humble naissance sont particulièrement attachés aux traditions... Son père était un Pathan de Khyber qui est venu s'établir chez nous...

— Vous étiez au courant, naturellement, dit Rousseau.

La main droite de M. Daraïn protesta, dans un geste à la fois las et résigné.

— Vous vous trompez. Mais j'ai compris immédiatement, lorsque j'ai appris que l'on avait donné l'ordre d'interrompre les patrouilles dans le désert... Seul Mandahar avait l'autorité pour le faire.

Rousseau retourna chez lui à travers les ruelles où il compta encore plus de camions militaires que de chiens errants. Les échoppes n'étaient pas ouvertes mais les queues se formaient déjà devant leurs portes, signe traditionnel de nervosité dans la population. Toute menace de coup d'État et de guerre civile se traduisait aussitôt par le stockage des denrées alimentaires.

Il se fit conduire à la résidence de l'ambassadeur des États-Unis où il apprit que Henderson avait passé la nuit au ministère des Affaires étrangères et se trouvait à présent à l'ambassade soviétique, où l'on se montrait indigné du rôle de « gendarme » que l'Iran semblait de plus en plus décidé à jouer dans le golfe Persique.

Rousseau apprit également que depuis les premières heures de la nuit, les postes clandestins d'abord et ensuite les radios de Tripoli et de Bagdad diffusaient d'heure en heure un compte rendu hautement émotif du « génocide » et informaient l'opinion mondiale que des deux témoins survivants, Massimo del Campo et Stéphanie Hedrichs, l'un avait *déjà* été supprimé et l'autre venait d'échapper à une tentative d'assassinat.

On ne pouvait se montrer mieux et plus rapidement informé...

Il était alors six heures du matin ; Rousseau s'apprêtait à quitter la Résidence lorsque la voiture aux fanions étoilés de Henderson arriva à toute allure et s'arrêta dans un crissement nerveux du gravier. Rousseau remarqua les deux jeeps d'escorte militaire copieusement armées : chaque fois que le baromètre politique montait dans un des pays du tiers monde, la foule s'attaquait aux représentants des États-Unis. Henderson sortit de la Cadillac en évitant de sourire devant témoins, afin de ne pas paraître manquer de respect envers le drame national qui était en train de se jouer. Mais derrière ses grosses lunettes d'écaille il y avait certains pétillements qui ne devaient rien au simple jeu du verre avec la lumière…

— Le gouvernement vous donne jusqu'à demain pour quitter le pays, ainsi qu'à Miss Hedrichs, dit-il à Rousseau. Il paraît que vous vous mêlez des affaires intérieures du pays d'une manière intolérable…

— Je sais.

— Ils font preuve de tact et de bonne volonté, dit Henderson. Ils vous expulsent pour ne pas m'expulser, moi. Mais… Je ne sais pas si vous êtes au courant ?

Il garda un silence, pour ménager son effet, et se permit cette fois un petit sourire. C'était manifestement un homme qui se délectait de surprises.

— J'étais au courant il y a dix minutes, dit Rousseau, mais ici, c'est déjà des temps très anciens…

— Le ministre de l'Intérieur, Sir David Mandahar… À propos, vous savez que le mot « Sir » n'est pas, comme on le croit en général, un titre honorifique anglais, cela veut dire « puissant seigneur », dans un des dialectes afghans… C'est dérivé du persan, *Sirdar*…

Si l'ambassadeur jouait à le faire griller sur le petit feu de la curiosité, Rousseau était prêt à coopérer.

— Oui, je sais, c'était dans son dossier…

— Mandahar s'est enfui. Il doit se trouver en ce moment dans les montagnes du Radjad…

Rousseau regarda sa montre.

— Je l'ai vu il y a à peine une heure et demie, je peux vous assurer qu'il était sous bonne garde. Il y avait au moins six tanks autour de lui…

— Il n'y en a plus que trois, dit l'ambassadeur, et l'officier qui les commande est un Shahir… Ils ne sont plus *autour* de lui, mais *avec* lui. Il a dû avoir également au moins un hélicoptère de l'armée à sa disposition, parce qu'il a parlé il y a vingt minutes à la radio — un nouveau poste, apparemment, Radio-Unité —, exigeant la démission du gouvernement de « fantoches » vendus aux impérialistes américains et prenant ses ordres de la C.I.A. Je crois que cela vous vise personnellement.

Rousseau était obligé de reconnaître qu'il avait du mal à se remettre.

— À propos, est-ce que Nixon doit démissionner ? demanda-t-il.

— Non, on dit qu'il s'est retiré dans les montagnes du Camp David et qu'il y organise la Résistance… Vous paraissez quand même secoué, mon vieux. Rappelez-vous le principe de McCarthy : lorsqu'un accident *peut* se produire, il est *sûr* de se produire… Ce n'est pas tout. Mandahar a également accusé le gouvernement « athée » et « profanateur des valeurs sacrées de l'Islam » de vouloir supprimer le prince Ali Rahman, seul homme capable de sauvegarder l'unité du pays…

Il commençait à faire chaud.

— C'est Mandahar qui a fait enlever Miss Hedrichs, dit Rousseau. Il pensait que son témoignage devant le Comité de Libération du Radjad provoquerait immédiatement le soulèvement… Mais ces jeunes gens étaient, apparemment, de véritables « politiques » : ils avaient compris d'où venait la provocation, et dans quel but. Je crois qu'ils n'ont aucune sympathie pour le « sanglier des montagnes », et ils ont refusé de jouer son jeu…

Henderson regardait son compatriote pensivement.

— Expulsé ou pas, je crois que vous avez intérêt à quitter au plus vite le pays, Rousseau, dit-il, et il n'y avait plus cette fois dans sa voix aucune trace de détachement désabusé. Je regrette que le premier avion ne parte que demain après-midi. Je vous conseille de rentrer chez vous et de ne plus en sortir jusqu'à ce que je vous envoie la voiture…

Rousseau se mit à rire. L'exaspération et peut-être aussi une indignation presque morale, qu'il préférait attribuer à la fatigue plutôt qu'à quelque secrète étincelle d'idéalisme, éveillaient comme toujours en lui une agressivité, une volonté de lutte et d'attaque, cependant qu'une sorte d'état d'alerte se répandait dans tout son corps et mobilisait toutes ses ressources nerveuses. C'était un de ces moments où un facteur personnel secret, mais depuis longtemps flairé par ses chefs, entrait en jeu, et transformait profondément ses rapports avec les missions qui lui étaient confiées. Une seule fois, un de ses supérieurs l'avait exprimé avec une hautaine désapprobation, et d'un seul mot : « Vous avez une tendance au crime passionnel, Rousseau… »

— Je ne cherche pas du tout à vous impressionner, mon vieux, dit Henderson, un peu gêné, en

lui mettant la main sur l'épaule. Mais vous semblez avoir compris beaucoup trop de choses et
Mandahar a certainement ici des hommes qui lui
sont dévoués...

— Je partirai demain, pour ne pas vous causer
d'ennuis, et puisque je suis ici sous vos ordres, dit
Rousseau, sèchement. Mais votre « sanglier des
montagnes » et ceux qui lui sont dévoués me
donnent vraiment envie de rester ici un peu plus...

Il pensa à l'homme qui l'avait appelé cette nuit
à son secours.

— Qu'est-ce qu'ils vont faire de Daraïn, à votre
avis ? demanda-t-il.

Il éprouvait une certaine sympathie pour celui
dont les talents de navigateur sur les eaux troubles
de la politique valaient presque ceux déployés jadis
sur des mers plus nobles par Vasco de Gama...

— Pour l'instant, il est en résidence surveillée.
Tout dépend de la tournure que prendront les événements... Il a des soutiens dans les deux camps et
il peut faire l'unanimité... Soit pour être fusillé,
soit pour faire partie d'un futur gouvernement de
« réconciliation nationale »...

Il y eut dans le lointain un tir d'armes légères.

— Des « éléments irresponsables », dit Henderson,
avec un sourire ravi, et, après une dernière tape amicale sur l'épaule de Rousseau, il monta les marches
de sa résidence.

Rousseau rentra à la maison où il trouva
Stéphanie en train de préparer le petit déjeuner
avec des airs de mère de famille. Il lui remit une
demi-douzaine de câbles parvenus à son nom à
l'ambassade. En dehors de tous les classiques

« meilleurs vœux de prompt rétablissement, nous pensons beaucoup à toi, chérie », il y avait des questions anxieuses concernant les photos de mode prises par Bobo, auxquelles la mort de leur auteur et les circonstances extraordinaires dans lesquelles elle était survenue donnaient un prix exceptionnel, à la veille des collections.

Au début de l'après-midi, après quelques démarches auprès de M. Sambro, ils obtinrent la permission de se rendre dans l'oasis de Sidi Barani pour faire leurs adieux au jeune prince. Une escorte de deux automitrailleuses leur fut imposée, mais à en juger par la circulation sur la route, toute l'armée de Haddan avait pris la direction du désert.

27

Ils venaient de quitter la capitale depuis une demi-heure lorsqu'ils virent apparaître la Rolls-Royce d'Ali Rahman suivie d'une automitrailleuse et d'une Land Rover de six soldats en armes. Leur première impression fut qu'on ramenait le jeune prince prisonnier, accusé de comploter contre le régime, ou comme otage, afin de le soustraire à l'influence des tribus. Il apparut au contraire qu'Ali Rahman revenait d'une grande réunion avec les notables shahirs, au cours de laquelle il leur avait prêché le calme et l'obéissance, dans l'attente d'une autonomie qui devait leur être accordée d'un moment à l'autre.

Ali portait la tenue traditionnelle que Stéphanie connaissait déjà et qui figurait sur une des photos que Bobo avait prises lors de leur première visite au palais de Sidi Barani. Avec son turban or et son caftan brodé de pierreries, la *jahbia* incrustée de perles à la ceinture, la Rolls Silver Cloud, les soldats en tenue léopard, les montagnes abruptes qui s'élevaient des deux côtés de la route, coupées par une cascade blanche juste là où il fallait, pour faire plaisir à l'œil, c'était là une création spontanée que des siècles d'histoire, les splendeurs de la nature, la liberté des peuples, le gouvernement démocratique, le pétrole, les marchands d'armes, les grandes puissances et les démons ricanants qui semblent s'amuser parfois à ces impromptus offraient à Stéphanie pour sa dernière soirée dans le golfe Persique... Avec les compliments de Dieu sait qui ou quoi — sans oublier les premières étoiles, et une lune qui semblait avoir sa place à la ceinture du jeune prince... Stéphanie saisit son Polaroïd et prit une photo, en espérant qu'il y avait assez de lumière pour que rien ne manquât à la perfection de l'ensemble — et surtout pas la silhouette de la gigantesque tortue sans carapace mais aux bras puissants, assise à l'intérieur de la Rolls. Car Murad était là, aussi présent que possible, lorsqu'on semble tout entier tourné vers le passé le plus exaltant, celui des esclaves, des eunuques et des sabres du paradis...

Ils apprirent que le gouvernement avait prié le prince de quitter son palais de Sidi Barani ; celui-ci était trop proche du désert où on le craignait exposé à certains dangers — ou peut-être, pensa Rousseau, à des contacts avec Sir David Mandahar. Ali confirma ces soupçons. Oui, dit-il, en souriant tristement, ce souci pour sa sécurité ressemblait fort à de la méfiance, mais il fallait reconnaître que le pays vivait des heures difficiles. Quant à Mandahar... Le visage du jeune homme frémit et la flamme intérieure se manifesta sur ce teint d'ange par une rougeur soudaine. Quant à Mandahar... Oubliait-on que cet aventurier afghan avait tué son père l'Imam et que s'il conspirait pour le mettre sur le trône, lui, Ali Rahman, c'était uniquement pour se rendre maître du pays ? Le « sanglier des montagnes » était en train de comploter avec les traditionalistes shahirs pour recréer l'unité du pays au profit du Radjad, rétablir le pouvoir des oulémas, faire revivre le passé... Cet homme, qui était d'ailleurs un étranger, devait être arrêté, jugé et ses crimes devaient être portés à la connaissance du monde entier...

Il était clair que le prince était encore sous l'influence des palabres auxquels il venait de participer et enclin à prolonger leurs nobles et éloquents échos. Il était non moins évident qu'il y avait là un jeune politicien en herbe avec lequel cette terre bénie, sa population et ses gouvernants devraient désormais compter. Ce ne serait pas la première fois — et l'exemple du roi Sihanouk du Cambodge était là pour le prouver — qu'un héritier de dix siècles de despotisme absolu se trouverait installé sur le trône dernier modèle de la démocratie...

L'œil expérimenté et sceptique — ce qui revient du reste au même — de Rousseau, légèrement plissé, soit sous l'effet de l'ironie, soit sous celui de la fumée de son cheroot, observait avec un intérêt amusé et non sans sympathie l'adorable visage de l'adolescent. Celui qui leur déclarait quelques jours auparavant n'avoir d'autre ambition qu'« étudier les méthodes d'irrigation moderne » pour servir son pays « en qualité d'ingénieur agronome » donnait des signes d'une satisfaction intense et d'une certaine exaltation, où se reflétait le sentiment qu'il avait de sa propre importance, non dépourvu de complaisance et de vanité. Il était peu probable qu'il retrouvât jamais les quelques dizaines de femmes du harem qu'il aurait eues à son âge, en d'autres temps, mais il savait faire bon usage du vocabulaire nouveau, avait incontestablement longuement médité sur la dialectique, et il était probable que les « méthodes nouvelles d'irrigation » et le métier d'« ingénieur agronome » allaient perdre au Haddan un adepte de valeur, mais certainement promis à des destinées plus élevées. Il y eut une trace de ruse sur son visage lorsqu'il parla de la sollicitude que le gouvernement du Haddan lui témoignait…

— On les comprend… S'il m'arrivait quelque chose, ce serait la guerre civile… Toutes les radios arabes les accuseraient immédiatement de m'avoir supprimé. Mes tribus me sont profondément dévouées… Où serait aujourd'hui Husayn de Jordanie sans le soutien et la fidélité absolus de ses tribus ?

« Mes tribus », nota Rousseau, avec indulgence. Le vocabulaire n'était pas encore tout à fait au point et avait des rechutes.

Ali ne cessait de pérorer, dans le jour qui baissait ; sur les parois des montagnes et dans les précipices, les ombres déployaient leurs ailes, glissaient, tombaient et se posaient comme des aigles qui reprenaient leur place dans leurs nids après le départ de leur ennemi solaire…

Dans la douceur et la fraîcheur de l'air, le murmure des cascades devenait soudain plus perceptible. Il montait du fond du précipice qui bordait la route le blatèrement lointain des chameaux d'une caravane qui suivait le lit du Rahil, trois cents mètres plus bas.

La fin soudaine de la chaleur qui semblait elle-même tomber au fond du gouffre apportait aux nerfs et aux sens un apaisement qui devenait légèrement euphorique. Tout paraissait touché de douceur à cette heure après la prière à laquelle la paix du soir répond avec toute l'indulgence d'Allah.

Stéphanie alla chercher le cadeau d'adieu qu'elle avait préparé pour Ali Rahman et le remit au prince. C'était un album contenant une collection de photos de mode faite par Bobo au cours de leur séjour au Haddan. Il y avait là les plus belles créations de Saint-Laurent, Ungaro, Dior, Cardin et Givenchy, une quarantaine en tout ; le maître photographe s'était surpassé pour faire ressortir à la fois la splendeur des toilettes, la beauté de Stéphanie et celle du pays. Il fallait reconnaître que Bobo avait un sens extraordinaire de la beauté. Il y avait notamment une robe du soir en paillettes émeraude qui semblait avoir saisi et perpétué les couleurs, les ombres et les scintillements du soir qui venait. Elle aimait aussi la robe de Courrèges en crêpe de laine, manches en vison, avec broderies et pois en pierres dures, qui allait à merveille avec ses cheveux roux et que Bobo lui avait fait mettre dans le palais de Sidi Barani, pour la photographier à côté de Murad. Le géant se tenait un peu en arrière, dans son deux-pièces de janissaire bleu d'outremer, les bras croisés, et la photo avait saisi sur son visage cette absence d'expression totale dans une impassibilité de pierre qui finissait par être l'expression même du néant.

Stéphanie entourait à présent les négatifs de tous ses soins. Réunies en volume de luxe avec, sur la couverture, la photo au Polaroïd, très « art brut », de la tête coupée de Bobo, et à l'intérieur, toutes les photos qu'elle avait prises dans sa chambre d'hôtel, intercalées avec celles de la collection, c'était exactement ce qu'il fallait... Son grand regret, depuis quarante-huit heures, était de n'avoir pu récupérer les clichés qu'elle avait pris à l'intérieur de l'avion et que les autorités du Haddan lui avaient volés. Le matin même, il avait encore fallu demander à l'ambassadeur Henderson de faire des démarches auprès des Services du Protocole du ministère des Affaires étrangères pour se faire restituer ces documents uniques. Toutes ces personnalités politiques, tenant leurs têtes sur leurs genoux ou sur le plateau du petit déjeuner... Et l'adorable hôtesse de l'air, avec son sari, qui semblait se pencher pour ramasser la sienne... Brusquement, elle porta les deux mains à ses yeux et se mit à sangloter. Le jeune prince lui saisit la main avec sollicitude.

— Qu'est-ce qu'il y a ? Qu'avez-vous ?

Stéphanie se ressaisit et secoua sa chevelure. Elle sourit.

— Rien... Je finirai par devenir une faible femme, si ça continue !

Elle l'embrassa, maternelle, et promena ses doigts sur son visage.

— *Good-bye, sweet prince...* Adieu, doux prince...

Mais Ali Rahman se récria. Ils étaient à quelques kilomètres à peine de la résidence d'été que son père avait fait bâtir dans la montagne et il supplia Stéphanie et Rousseau d'accepter son hospitalité pour la nuit. Tout y était toujours prêt pour recevoir les invités et ils y dormiraient d'un sommeil bien plus tranquille que dans la capitale, où les patrouilles de l'armée circulaient sans cesse et où il y avait eu même, disait-on, quelques coups de feu et des accrochages avec les éléments maoïstes qui sympathisaient avec les rebelles du Dhofar.

La résidence d'été se trouvait dans une zone entièrement sûre et tous les villages des alentours fournissaient jadis la garde personnelle des imams. Il suppliait, non sans une trace d'autorité impérieuse, levant vers Stéphanie un regard où se mêlaient assez curieusement l'anxiété de l'enfant craignant le refus et une certaine arrogance.

Stéphanie consulta Rousseau d'un regard et reçut la réponse d'un haussement d'épaules résigné. Il n'y avait aucune raison de refuser l'hospitalité offerte par ce gosse qui, somme toute, vivait incroyablement seul, en compagnie de cette nounou qui ne paraissait devoir son apparence de forme humaine que par suite de quelque erreur de la nature qui s'était trompée d'époque géologique et de matériau. Elle monta dans la Rolls à côté d'Ali, qui conduisait lui-même, et Rousseau prit place à côté de la momie. Il y avait un radiotéléphone fraîchement installé dans la voiture et Ali, avec un plaisir évident et un grand sérieux qu'exigeaient à la fois un tel jouet, la situation politique et le souci de l'efficacité en toutes choses, se mit en rapport avec le commandement de la police pour l'informer qu'il continuait sa route vers la résidence de Dhouar et que l'on ne devait pas s'inquiéter de l'absence de Miss Hedrichs et de son compagnon qui allaient passer la nuit chez lui.

Le Q.G. de la police répondit d'abord au prince en arabe, puis passa à l'anglais et, de sa voix la plus aimable, M. Daraïn présenta ses compliments à Miss Hedrichs et à M. Rousseau.

Rousseau émit entre les dents le genre de sifflement admiratif que les G.I.'s réservent en général aux jolies femmes. La capacité de survie du vieux vautour devenait un véritable exemple pour tous les chefs de Police du monde. Il se pencha rapidement et saisit le téléphone de la main du prince.

— Je vous croyais en résidence surveillée, dit-il, et peut-être même avec du plomb dans l'aile... Douze plombs, pour être exact.

— Vous avez décidément une de ces imaginations occidentales débridées, dit aimablement la voix. Je tiens aussi à vous signaler que la peine de mort n'existe plus dans notre pays... Sauf pour crimes contre l'humanité, bien entendu...

— Tout chef de Police est particulièrement bien placé pour figurer dans cette dernière catégorie, dit Rousseau.

Il y eut de l'autre côté des montagnes un petit rire discret, qui semblait venir de Cambridge.

— À propos, lança Rousseau. J'ai parlé à Henderson. L'ambassade des États-Unis ne semble pas disposée à vous faire bénéficier du droit d'asile...

Le rire parut avoir cette fois quelque difficulté à franchir les montagnes.

— Je vous ferai remarquer, monsieur Rousseau, dit la voix, avec un mélange de douceur et d'emphase où se mêlaient les malentendus des ondes hertziennes avec les pierres, je vous ferai remarquer que cette démarche, dont vous avez été témoin, témoigne de mon profond attachement à la légalité... Je l'ai faite au moment où David Mandahar et sa clique réactionnaire cherchaient à renverser par la traîtrise et la force le gouvernement légitime de ce pays... Vous pourrez en témoigner... C'est dans ce but que je vous avais fait venir...

Rousseau se trouva plongé dans un silence respectueux. Il était de plus en plus convaincu que le nez de M. Daraïn était un instrument de navigation qui permettrait à son maître de trouver toujours sa route et de parvenir à bon port quels que soient les ténèbres, les tempêtes et les écueils qu'il pourrait rencontrer sur son chemin.

La nuit était tombée. À côté de Rousseau le géant au crâne nu luisait étrangement sous les clartés du ciel. Il tenait le sabre sur ses genoux et Rousseau pensa qu'avec un peu de chance, le progrès aidant, cette pièce de musée allait vivre assez longtemps pour figurer sur les dépliants touristiques du Haddan et sur les photos ramenées par la clientèle des charters et des vacances organisées... Dans un pur esprit de profanation, il lui offrit un cheroot, mais le vieil homme ne bougea pas. Ce qu'il y avait d'étonnant surtout, c'était ce mélange d'âge et de force. Ses bras, même au repos, avaient la musculature de ces lutteurs turcs que personne n'arrivait à vaincre, au temps où la lutte libre n'était pas truquée. Le visage aux pommettes hautes évoquait plus l'Anatolie que le

Hedjaz ou le golfe Persique. C'était une tête qu'avaient laissée derrière eux les siècles d'occupation ottomane…

Ali disait combien il était heureux d'offrir à ses amis l'hospitalité dans la résidence d'été des imams.

— C'est là que mon père aimait à se retirer pendant la saison chaude — oui, le repos du tyran, entre deux massacres…

— Ne soyez pas amer, Ali, lui dit Stéphanie. J'ai vu tout de même certaines photos de votre père, le sabre à la main…

Elle se tut, gênée, et toucha le bras du jeune homme.

— Excusez-moi.

— Je ne suis nullement offensé par votre remarque, dit Ali, tranquillement. Je connais la photo à laquelle vous faites allusion. Toute la presse mondiale l'a publiée, alors que je n'étais pas encore né. Cette photo représente mon père, le sabre à la main, décapitant son Premier ministre de l'époque, qui avait essayé de le faire assassiner. C'était un complot ignoble par l'homme en qui mon père avait toute confiance. C'était Murad qui exécutait les condamnés… Mais pour Abdoul Ajaj, son frère, le Premier ministre félon, mon père avait tenu à tenir lui-même le sabre… J'aurais fait la même chose à sa place… Et pourtant je suis un bon démocrate…

Rousseau pensait que le mot « démocratie » semblait décidément avoir recueilli en lui toute la souffrance du Christ.

La voix de l'adolescent vibrait d'émotion. Les

phares de la Rolls balayaient la route qui descendait, saisissant parfois au passage un berger avec son étrange chapeau de bambous et les troupeaux de moutons que l'on qualifie toujours de « paisibles », parce qu'ils sont sans défense...

— Il n'y a rien de plus ignoble que la trahison. Regardez ce qui est arrivé à mon cousin le roi Hassan du Maroc. Il avait dans son ministre Oufkir une confiance absolue... Le monde entier qualifiait Oufkir de seul homme en qui le roi du Maroc pouvait avoir confiance... Et c'est Oufkir qui manigance le premier attentat contre le roi, dans son palais de Chkirat, que les troupes révoltées attaquent pendant que le roi reçoit tout le corps diplomatique et des centaines d'invités d'Europe... L'attentat rate par hasard... Oufkir fusille ceux qu'il a lui-même incités à se révolter et devient ministre de l'Intérieur... Alors, il organise cette attaque par des avions de chasse du Boeing dans lequel se trouve le roi Hassan. Il paraît qu'Oufkir a été abattu à coups de mitraillette... Moi, je l'aurais décapité de mes propres mains... Vous ne me croyez pas ?

— Le sabre doit être très lourd, n'est-ce pas ? demanda Stéphanie, pour faire de la conversation et manifester de l'intérêt.

Décidément, je vais devoir changer de métier, pensa-t-elle, comme si la profession de cover-girl allait désormais exiger d'elle le maniement de sabres trop lourds pour ses bras.

— Le sabre se tient à deux mains et c'est beaucoup plus une question d'adresse que de force, expliqua Ali.

— Ah bon, je vois, fit Stéphanie.

— Je vous le montrerai, si vous voulez, continua le prince. Naturellement, il faut beaucoup de pratique, comme dans tous les arts. Il y a un coup de main à prendre…

— Oh, *shit!* murmura Stéphanie, entre les dents.

— J'apprenais déjà à manier le sabre quand j'avais six ans, papotait Ali. Murad me donnait des leçons. C'est le premier sport que j'ai appris, ensuite ce fut le cheval, le polo, le tennis… On le tient à peu près de la même façon qu'un club de golf… D'ailleurs, j'en suis même venu à jouer au tennis en tenant ma raquette de la même façon, des deux mains… C'est un coup de main à prendre… Vous verrez…

— Je ne verrai rien du tout! déclara Stéphanie. Vous pouvez garder votre coup de main pour vous, Ali. Je ne désire pas poursuivre cette conversation. On ne vous a jamais appris à faire de la trottinette ou à jouer aux billes, quand vous étiez enfant?

Il se passa alors quelque chose qui donna à Stéphanie un tel choc qu'elle demeura figée, les yeux agrandis et les lèvres tremblantes, comme si elle venait d'être frappée par une force maléfique qui la laissait sans défense. Au mot « billes » elle se retrouva soudain à l'intérieur de l'avion et elle vit les têtes qui roulaient en tous sens et s'entrechoquaient et elle leva instinctivement les pieds pour les éviter…

— Oh non! murmura-t-elle, et elle passa la main sur ses yeux.

Ali Rahman se répandit en excuses. Il avait complètement oublié… Oui, il avait manqué de tact, lui avait rappelé des souvenirs… Mais on était presque arrivé et il espérait que sa dernière nuit au Haddan lui laisserait de tout autres souvenirs de son pays. Le célèbre journaliste allemand, Walter Burckardt, qui avait visité le palais d'été des imams six mois auparavant, avait écrit que c'était un endroit « où l'âme se repose », et qu'il n'y avait rien de plus beau et de paisible, si ce n'est la vue des *felukas* passant sur le Nil, devant les fenêtres du Winter Palace à Louxor…

— Nous avons l'intention d'ouvrir très largement le pays aux touristes, conclut Ali.

Dans la pénombre de la voiture Rousseau jeta un coup d'œil à la statue des temps anciens assise à côté de lui. Tu finiras comme portier d'hôtel, mon vieux, pensa-t-il, et il bâilla, luttant contre le sommeil.

L'idée que le prince se faisait de « quelques kilomètres » avait assez peu de rapport avec la réalité. Il leur fallut trois heures pour atteindre le Chidit, où la montagne s'interrompait pour faire place à l'oasis, à quinze cents mètres d'altitude. Stéphanie s'attendait à voir une fois de plus un de ces gâteaux à la crème Chantilly qui font de toute l'architecture que le pétrole a fait surgir des sables un mélange de château-banquier avec les postes d'essence Shell, le tout profondément repensé par le pâtissier du Waldorf-Astoria. Mais l'ancien Imam n'était pas un parvenu et il n'avait aucun goût pour l'Occident. Les quatre dômes et les tours de bois qui s'élevaient au-dessus d'une masse confuse de verdure avaient la dureté et la rudesse de l'art archaïque des steppes, venu en Inde avec les premiers conquérants mongols ; elles rappelaient aussi ces jeux d'échecs de l'époque de la conquête qui marient la grâce et la force, la sauvagerie et la beauté. Les rocs de lave reprenaient leur chevauchée au-delà du palais, vers l'immensité sablonneuse qui n'arrêtait plus son vide avant La Mecque. L'oasis lançait sa cavalerie immobile de palmiers et de manguiers en rangs épais vers l'est et vers l'ouest, pour s'arrêter net là où commençait le royaume intraitable du Hadj el Nur, celui qui règne dans sa toute-puissance, fait de soif, de sécheresse et de feu.

Ils durent quitter la voiture et traverser un torrent qui recueillait dans ses eaux glacées la petite monnaie argentée tombée du ciel. La vieille passerelle de bois était écroulée et Stéphanie ôta ses souliers et pataugea avec délices dans cette fraîcheur.

De près, le palais semblait être l'œuvre d'une seule paire de mains qui aurait sculpté, peint et caressé amoureusement chaque détail. Les murs étaient faits de tuiles de faïence blanche où se mêlaient étrangement les motifs des colombes et des lions. Ils étaient presque entièrement couverts de fleurs qui grimpaient en guirlandes au-dessus du portique de marbre blanc et retombaient à l'intérieur en une cascade où se mêlaient le mauve, le jaune, le pourpre et le violet. La fontaine du patio prenait en vol au ciel ses phosphorescences pour les jeter dans un bassin où erraient les carpes dorées importées du Japon. Il était difficile de savoir si c'était un effet du hasard ou un savant calcul de bâtisseur, mais le palais avait avec le ciel des accointances étranges, si bien que les constellations semblaient former une voûte, reposant sur les quatre tours de bois, et complétaient l'ensemble avec une perfection qui sentait la main de l'artiste plutôt que celle de Dieu.

Le gardien de la Porte se répandait en salaams, touchant presque le sol de sa barbe, la main posée sur sa *jahbia*, dans le geste traditionnel du *shamaar*, ou porte-clés, toujours prêt à défendre la tente du seigneur et sa tente. Il portait une vieille vareuse militaire par-dessus sa jupe et le turban orange des Shahirs.

Stéphanie eut l'impression que les colonnes, les murs et les terrasses palpitaient doucement, et que leur blancheur se déplaçait, vivait et respirait ; ces remous étaient accompagnés d'un roucoulement incessant. Elle vit alors que le palais était entièrement couvert de milliers de tourterelles, et lorsqu'ils montèrent sur les terrasses du toit pour admirer les rocs de lave qui étaient venus mourir il y avait cent mille ans devant le désert, elle vit un chaos noir qui ressemblait à des ruines d'un monde que nul n'avait connu. Leur silence même avait cette éloquence géologique qui parle le langage des cataclysmes sans nom.

— Nous avons là une attraction touristique de grande valeur internationale, vous ne trouvez pas ? demanda Ali.

Rousseau avait pris le bras de Stéphanie, car la jeune femme frissonnait, et il y avait dans ce raz de marée pétrifié qui répondait par ses convulsions noires au roucoulement des tourterelles, un aspect sinistre et angoissant qui paraissait promettre tout autre chose que des cartes postales.

Elle se détourna des dragons de ces laves que

l'immortalité géologique semblait avoir frappés aux pires moments de leur agonie, et vit que Murad se tenait toujours derrière le prince, le torse luisant sous son gilet turc entrouvert. Elle fut soulagée de constater qu'au lieu de son odieux sabre, il tenait un plateau d'argent sur lequel étaient posés trois tasses de café, du jus de grenade et une rose dans un verre. L'hospitalité…

— Quel âge a-t-il ? demanda Stéphanie.

— Je ne sais pas. Il est très vieux. J'aime l'avoir à côté de moi, parce qu'il me rappelle le passé lointain de mon pays. Les temps anciens l'ont rejeté sur le sable et il a beaucoup de mal à respirer l'air nouveau… C'était un des plus braves guerriers d'Ibn Séoud… Mais quelle vie ! Il s'est condamné à la chasteté dès l'âge de vingt ans… Je crois vous en avoir parlé… Dans un excès de ferveur religieuse, Murad avait fait un vœu… Il avait juré de ne jamais toucher une femme tant qu'il n'aurait pas décapité trois ennemis d'un seul coup de sabre… Mais le monde a changé très vite et il ne pourra plus jamais réaliser son vœu.

— Nous avons tous nos petites déceptions, dit Stéphanie, qui n'aimait pas du tout cette histoire et encore moins l'air de maître fier de son chien avec lequel Ali se plaisait à la répéter.

— Il était très jeune quand il avait fait ce vœu et il n'a jamais connu de femme depuis.

L'histoire du vœu de Murad avait réveillé chez Rousseau un intérêt professionnel.

— Je ne crois pas qu'il soit techniquement possible de couper trois têtes d'un seul coup de sabre, dit-il. Naturellement, je ne suis pas expert en la matière, mon entraînement ayant porté sur de tout autres moyens d'expression. Mais ça ne doit pas être possible. D'abord, dans un combat, les gens ne restent pas immobiles, ils bougent sans arrêt, et puis il faudrait qu'ils soient pratiquement de même taille, bien alignés... Bref, c'est irréalisable.

— Je ne suis pas du tout de votre avis, dit le prince, avec une pointe d'irritation dans la voix. Un maître de l'art peut faire onduler son sabre en frappant et l'inégalité des tailles importe peu... Je peux vous donner des exemples...

— Écoutez, ça suffit comme ça ! s'exclama Stéphanie. Pourquoi êtes-vous tellement obsédés par les têtes dans ce pays ?

— Parce que c'est toujours la tête qui est coupable, dit Ali Rahman. C'est dans la tête que se cache le mal. Après tout, la psychanalyse ne dit pas autre chose...

Il se tourna vers Rousseau comme pour exclure Stéphanie et continuer la conversation entre hommes.

— Pour en finir avec le sujet, si Murad a pu faire un tel vœu lorsqu'il était jeune, c'est parce qu'il connaît admirablement l'histoire des compagnons du Prophète et de leurs descendants. Ainsi, Haroun, le fils aîné d'Ibn Ahal, a coupé d'un seul coup de sabre les têtes de trois cavaliers ennemis, pendant la prise de Grenade. C'est un fait historique. Il y avait des témoins qui ont noté par écrit cet admirable fait d'armes. Cet exploit a été également accompli par Meddjin Ali, le grand rival de celui que les Espagnols appellent le Cid. C'est devant quarante-deux témoins exactement qu'au cours de la sanglante mêlée, sous les murs de Cordoue, Meddjin Ali fit voler d'un seul coup de sabre trois têtes espagnoles dans la poussière du champ de bataille...

Les tourterelles roucoulaient autour d'eux. Stéphanie se mordait le poing pour ne pas rire. Derrière eux, le géant dont la tête ronde et nue luisait sur le fond étoilé comme une constellation nouvelle ajoutée aux beautés du ciel, reprit leurs verres et les posa sur son plateau.

— Je ne peux pas le croire, dit Rousseau, avec la conviction du professionnel admirablement formé d'abord par le F.B.I. ensuite par la C.I.A. dans l'art de mort violente. Ce n'est pas de l'histoire, ce sont des légendes. Bon, admettons qu'un de vos héros exemplaires ait décapité trois types d'un seul coup, mais alors, ou bien il les avait payés pour qu'ils coopèrent, ou bien ces Espagnols tenaient une cuite maison... Ils posaient pour la postérité, en gardant la pose, et alors...

— Coupe-coupe, dit Stéphanie, en buvant une gorgée de jus de grenade au jasmin.

Ils regrettèrent tous les deux leur légèreté parce qu'il y eut sur le visage de l'adolescent une expression de colère.

— Monsieur Rousseau, vous ne devriez pas vous moquer des compagnons du Prophète et des héros de l'Islam...

Rousseau s'excusa.

— Je suis désolé, prince. Vous savez, nous autres Américains, nous n'avons plus aucun respect même pour nos propres valeurs. Je suis heureux de constater que votre respect pour les vraies valeurs demeure intact. Je vous ai dit d'ailleurs que je ne connais rien aux sabres. Nous faisons ça autrement. Je veux bien croire que notre ami, là-bas, ferait sauter trois têtes d'un seul coup de sabre sous les murs de Grenade ou ailleurs, mais il n'aurait pas dû faire ce vœu...

Ali Rahman jeta vers son garde du corps un regard triste.

— Il a vécu cinquante ans sans femme et il finira ses jours ainsi, dit-il.

Il se lança dans une longue description historique sur les raisons qui avaient poussé son père à bâtir le palais et sur le maître d'œuvre qu'il avait fait venir de Chiraz...

— Pourquoi toutes ces tourterelles ? demanda Stéphanie.

— Il n'y en avait qu'une vingtaine lorsque mon père y est venu la première fois en voyage de noces... Elles se sont multipliées depuis... C'est toujours ici que mon père venait en voyage de noces...

Le roucoulement parut soudain à Stéphanie légèrement écœurant. L'ancien Imam avait pris trois cent soixante-dix fois femme, ce qui devait faire trois cent soixante-dix voyages de noces...

Les soldats de l'escorte faisaient rôtir des moutons entiers sur leur feu de bois.

Ali les accompagna à leurs chambres et, par égard pour le regard fervent et suppliant de l'adolescent, Stéphanie prit congé de Rousseau avec toute l'hypocrisie bienséante que la morale coranique exigeait du sexe inférieur. Le colonel Kadhafi ne venait-il pas de parler dans une conférence au Caire des « infériorités biologiques des femmes » ?

Ils restèrent quelques minutes encore sur le tapis mouvant qui roucoulait à leurs pieds, silencieux sous la tente immémoriale du désert avec ses parures, dont se détachait parfois quelque perle ou diamant. Stéphanie croyait presque voir la main de la reine de Saba ôtant sa bague pour la jeter à ceux qui savaient encore rêver d'elle... Mais tout le reste doit être depuis longtemps dans les coffres suisses, décida-t-elle.

Les murs et les plafonds de la chambre étaient incrustés de mosaïque aux teintes jaune pâle et roses, vertes et bleues où se retrouvaient les thèmes chers aux *padishahs* du XVIIIᵉ siècle, et dont la douceur et la féminité rompaient avec la tradition picturale farouche et ascétique de l'Islam. L'origine persane des Shahirs et de leurs imams était évidente...

La lampe à huile brûlait sur une table de chevet en ébène et ivoire. Un plateau d'une fine dentelle de cuivre et d'émail rouge présentait des gâteaux de sésame et de miel et l'inévitable rose rouge dans son verre d'eau. Stéphanie contempla la rose coupée, fixement, l'effleura doucement du bout des doigts et frissonna.

Elle éteignit et demeura un instant couchée dans le noir, goûtant la fraîcheur parfumée qui coulait par le treillage des fenêtres couvert de plantes grimpantes qui sentaient le miel. C'était un lieu qui incitait au repos et à ces douces rêveries vagues, où rien ne prend forme, et que le silence emporte avec lui quelque part dans ses errances entre ciel et terre…

Ses pensées commençaient sans finir, s'interrompaient, passaient comme des nuées, devenaient sérénité et bien-être, elle sentait autour d'elle une sorte de bienveillance immanente, souriante, rien n'avait de fin ni de commencement… La dernière pensée dont elle put prendre conscience fut que c'était un pays malgré tout bien attachant.

28

Elle fut jetée hors du lit par le bruit des explosions et se trouva debout au milieu de la chambre dans la lumière pâle du matin, cependant que dans le silence qui suivit s'élevait le roucoulement des tourterelles. Il semblait venir de tous les côtés à la fois et l'enveloppa pendant des secondes et des secondes dans une sorte de colle vocale doucereuse et gluante.

Son cœur battait avec la violence panique des sorties de cauchemar. Elle alla vers la petite table et prit le verre d'eau, maudissant déjà ses nerfs ébranlés, lorsqu'une longue rafale d'armes automatiques s'éleva dehors, suivie par de nouvelles explosions, des cris et des hurlements déchirants, des coups de feu et de nouvelles rafales, auxquelles succédèrent à nouveau, dans le silence, l'affreux et paisible roucoulement voluptueux et des frous-frous d'ailes…

Des cris, des voix encore, et des coups de feu isolés, tout proches, à l'intérieur du palais, dans le couloir, dehors, devant sa porte, un bruit de lutte, des hommes qui couraient, et un atroce cri d'agonie, tout près… Elle se jeta vers la porte, l'ouvrit, et sa mémoire enregistra un instantané dont la précision et la netteté ne devaient plus jamais s'estomper : un bédouin barbu, vêtu d'une vareuse militaire, avec une cartouchière en travers de la poitrine, qui laissait tomber son fusil, se rejetait en arrière en levant les bras, hurlant encore, empalé sur le couteau que Rousseau tenait enfoncé dans son dos. L'homme s'écroula, cependant que Rousseau levait les yeux vers elle, le couteau rouge à la main. Un autre bédouin se tordait par terre derrière lui dans le couloir. Une grenade encore, dehors, au moment où Rousseau bondissait vers elle, la saisissait par la main, et puis de nouveau le silence gorgé des roucoulements liquides et odieux de la voluptueuse volaille qui berçait ce nid d'amour.

Stéphanie leva vers Rousseau un regard suppliant mais il était déjà trop tard pour les questions et les réponses. Une dizaine de bédouins armés débouchèrent dans le couloir, et les refoulèrent à coups de crosse dans la chambre, où ils demeurèrent vingt bonnes minutes sous la menace des fusils, face à cinq loqueteux vêtus à la fois de vareuses militaires et de jupes *fatiah*. Ils étaient pieds nus, coiffés de burnous, mâchaient du *kat*, tenaient leurs doigts sur la détente et manifestaient la nervosité d'une bande de chiens errants affamés que seule l'habitude des coups et de la peur empêche encore de vous sauter à la gorge. Rousseau remarqua que deux d'entre eux avaient des transistors accrochés à leurs cartouchières ; l'un des transistors était en marche et donnait en arabe ce qui devait être les toutes dernières nouvelles du monde…

La première pensée cohérente de Stéphanie fut qu'il s'agissait de ce fameux coup d'État que tout le monde à Tewza attendait, espérait ou redoutait, et qui préoccupait tellement Henderson et Rousseau. Elle constata aussi qu'elle n'éprouvait rien — plus rien du tout — comme si ses nerfs, indignés, avaient décidé de plier bagages et de la laisser se débrouiller toute seule. Elle toucha l'épaule de Rousseau, qui était torse nu et se tenait toujours entre elle et les fusils.

— Vous m'empêchez de voir, dit-elle.

Rousseau s'écarta et vint près d'elle ; il voulut lui prendre la main, pour la rassurer, mais découvrit sur ce petit visage pâle une telle expression de fermeté qu'il baissa le bras et sourit.

— Ça veut dire quoi, exactement, tout ça ? demanda-t-elle.

— Demandez à *princy*... Mais j'imagine que nous ne tarderons pas à l'apprendre.

Il y avait quelque chose de presque vicieux dans le silence roucoulant qui régnait à présent dans le « nid d'amour » de l'Imam. Les tourterelles semblaient régner seules sur ce lieu enchanteur.

Quelques-uns des soldats s'étaient assis par terre, les autres restaient debout, mais les fusils n'avaient pas bougé et les doigts demeuraient sur la détente. Depuis qu'il se trouvait au Haddan, Rousseau n'avait jamais vu de faciès pareils. Sous leurs burnous effilochés, les traits étaient aigus, les yeux minces et ils avaient tous un air de famille. C'étaient des visages dont la vue imposait des comparaisons animales, chiens, loups, chacals, rapaces... Des bin Maaruf, pensa-t-il soudain. La tribu la plus méprisée du désert...

— Bersch, murmura-t-il. Ce sont des hommes de Bersch.

Les pensées couraient en désordre dans sa tête à la recherche d'une issue, d'une explication, d'un sens. Sur le visage de Stéphanie, il n'y avait qu'une expression de haine livide et Rousseau, cette fois, lui prit le bras et la serra contre lui. Elle se dégagea.

— Je voudrais seulement comprendre avant d'être tuée, dit-elle. C'est toujours plus satisfaisant...

Il y eut encore quelques minutes de silence sirupeux, gorgé de tourterelles.

La porte s'ouvrit et apparut sur le seuil la silhouette qui paraissait sortir d'un vieux numéro de mode masculine *made in England*. Sanders — le baron, baronet, Sir, Lord ou quel que fût le titre de ce représentant de l'immortelle tradition vestimentaire des grands tailleurs londoniens — était aussi frais, brossé, repassé et ciré qu'aux plus beaux jours de *rule Britannia*. Son costume prince-de-galles et son gilet en daim canari, sa chemise blanche et le nœud papillon à petits pois bleus, son melon gris et son visage légèrement cramoisi et couperosé, aux yeux très bleus et orné d'une petite moustache grise qui frétillait, demeurèrent un instant dans l'embrasure de la porte, puis s'en furent hâtivement, après que leur maître eut bredouillé quelques excuses, avec la confusion d'un client d'hôtel qui s'est trompé de chambre et surprend ainsi un spectacle que son œil ne désirait pas voir.

— Mandahar, dit Rousseau.

Mais ce qu'une telle explication suggérait aussitôt n'était pas agréable à envisager, surtout lorsqu'on se plaît à croire que la duplicité, l'hypocrisie, le mensonge et l'ambition politique ne sauraient aller de pair avec un visage d'adolescent très beau et très pur, un regard sérieux et droit, et des professions de foi démocratiques...

— Ce n'est pas possible, dit Stéphanie, d'une voix aiguë et, pour la première fois, prête à hurler d'indignation et de colère. C'est un enfant...

— J'ai lu dans les archives de la C.I.A. qu'Alexandre de Macédoine a conquis le monde à seize ans, dit Rousseau. Il en a quinze...

Stéphanie fut sur le point de demander à Rousseau pourquoi la C.I.A. avait un dossier sur Alexandre le Grand, mais se contenta de lui lancer un regard de reproche.

— Il ne nous aurait pas mêlés à cela délibérément...

— Il ne pouvait pas faire autrement, observa Rousseau. Nous serions arrivés à Sidi Barani pour constater qu'il n'y était pas et nous aurions donné l'alerte. Cet adorable « enfant » rêve de remonter sur le trône des imams et Mandahar lui est de toute évidence dévoué corps et âme. N'oubliez pas que c'est un nationaliste traditionnel, un « ultra ». L'idée est de faire l'union du Haddan au profit des Shahirs et du Radjad. Et il est plus que probable que notre ami Daraïn est dans le complot — n'oubliez pas cette petite conversation par téléphone-radio dans la Rolls...

— Et nous ? demanda Stéphanie.

— Ils vont sans doute nous garder ici jusqu'à ce que tout se soit terminé dans la capitale. Après quoi, fleurs, excuses, regrets, magnifiques cadeaux et une chaleureuse invitation à revenir...

Quelques coups de feu isolés éclatèrent encore dans l'oasis... Stéphanie leva vers Rousseau un regard interrogateur, mais celui-ci paraissait absorbé dans la contemplation de ses pieds. Il n'avait aucune envie d'expliquer à Stéphanie que c'était, selon toute vraisemblance, l'écho de quelques ultimes exécutions sommaires...

Plus tard, il eut à se faire quelques reproches, non point parce qu'il avait interprété les événements avec un cynisme si facile, mais au contraire parce qu'il avait sous-estimé gravement le cynisme et la monstruosité auxquels l'ambition et la passion politique pouvaient porter certaines âmes démentielles. Il devait se reprocher d'avoir trop cédé aux idées toutes faites — et non dépourvues de supériorité — au sujet des mentalités dites « orientales », et d'être tombé ainsi, d'une certaine façon, dans le piège des clichés psychologiques racistes. Il s'était trop « localisé », aussi. Il aurait dû au contraire faire appel à la vieille Europe, celle des fours crématoires, des chambres à gaz et des « grands politiques », comme Hitler ou Staline. Car dans sa recherche d'explications, croyant aller très loin, il s'était arrêté court, et il aurait dû faire quelques pas de plus pour suivre jusqu'au bout toutes les fioritures de ce jeu de puissance, de folie et de mort...

Il semblait à Stéphanie que le silence qui les entourait à présent et que troublait seulement le glouglou doucereux qui tombait des toits allait éclater d'un moment à l'autre dans un fracas effrayant. Mais ce n'était que l'exigence de ses nerfs tendus à l'extrême, et de son cœur, qui cherchait à l'extérieur un écho à son affolement...

Lorsque Sir David Mandahar fit son entrée, en faisant voler la porte contre le mur, elle eut un mouvement pour se jeter sur lui et Rousseau eut tout juste le temps de la retenir...

Le « sanglier des montagnes » portait une tunique de soie noire richement brodée, aux épaulettes en maille d'acier qui ornaient jadis les uniformes des officiers de Khyber et du Transjordan Frontier Force. Il ne tenait cependant pas de lance dans la main mais un colt et avait la respiration précipitée qui suggérait moins des corps à corps héroïques que l'emphysème. Il portait un turban mauve de Pathan, et un pantalon kaki à bordures rouges. Une fois de plus, Rousseau se fit plaisir de le priver mentalement de sa moustache et de sa barbe de porc-épic pour retrouver ainsi tous les visages familiers de la Maffia et des *bandidos* mexicains...

Il avança jusqu'au milieu de la pièce d'une démarche avantageuse et les regarda sombrement, avec une froideur qui durcissait encore ses traits, lesquels n'en avaient nul besoin.

— Je ne sais par quel hasard ou calcul vous vous trouvez là, mais je le regrette, dit-il. Vous allez être témoins d'une...

Il leva ses sourcils épais dans une espèce de grimace ironique.

— Vous allez être témoins d'une « atrocité » commise par la clique du Haddan sur la personne de Son Altesse Royale, le prince Ali Rahman. En d'autres termes, ce petit morveux qui a trahi la foi de ses pères et la voix sacrée de son sang, en coopérant jusqu'au bout avec la racaille hassanite athée, va recevoir le châtiment que méritent les traîtres. Je constate d'ailleurs que la présence ici d'un agent de la C.I.A. dit bien quels sont les véritables maîtres de ce pays… Mais ça va être fini, dans quelques heures. L'autonomie vient d'être proclamée et *les Shahirs ne veulent pas d'autonomie.* Ils veulent être les maîtres du Haddan tout entier, comme ils l'ont toujours été. Et lorsqu'ils apprendront que la clique au pouvoir du Haddan n'a pas hésité à tuer leur chef légitime et chéri…

Sur son visage, la satisfaction se mêlait à la ruse, et ses traits semblaient avoir à la fois grandi et grossi sous l'effet de la vanité qui gonflait ce « sanglier des montagnes », dont ils étaient chargés d'assurer l'apparence humaine.

— … L'affaire de l'avion n'a pas donné les résultats escomptés…

Il s'inclina à demi devant Stéphanie.

— … Malgré votre coopération, Miss Hedrichs. J'apprécie l'obstination avec laquelle vous avez fait tout ce que vous avez pu pour nous. Oui, vous avez vraiment fait de votre mieux. Mais lorsqu'on aura trouvé le corps décapité du jeune prétendant au trône des imams, si aimé et si respecté des Shahirs…

Il leur cligna de l'œil et se mit à rire. Après quoi, il rota.

— Le petit déjeuner, dit Stéphanie, froidement.

Le visage du dernier brigand des montagnes afghanes s'assombrit.

— Vous rirez beaucoup moins tout à l'heure, Miss Hedrichs, dit-il. Mais je vous assure que ce sera sans douleur, la cruauté ne m'intéresse pas, uniquement l'efficacité. J'éprouve un certain regret à vous trouver là… *Car il va sans dire qu'il ne saurait y avoir de témoins, cette fois.* Votre fin tragique éveillera l'indignation du monde civilisé et prouvera jusqu'où la clique au pouvoir, vendue aux impérialistes, était prête à aller pour supprimer les témoins de leurs crimes…

Il se paya un nouveau gros rire et eut ensuite un geste comme pour chercher la garde de son sabre, mais ce fut seulement pour tirer d'une petite poche un cure-dent en ivoire, dont il entreprit d'explorer ses profondeurs buccales. Après quoi, il lança un ordre aux soldats et sortit. Les bin Maaruf se jetèrent sur eux comme une meute de chiens obéissant à la voix du maître et pendant quelques secondes, alors qu'ils se débattaient entre les mains de ces maudits d'Allah, dont seules la lâcheté et la traîtrise ont assuré la survie depuis leur exil du Hedjaz, Rousseau céda à l'inutile facilité de la haine, et même du désespoir. Attitude qu'il jugea plus tard avec sévérité et étonnement, car il y avait longtemps qu'il ne se croyait plus capable d'un tel excès de sentiments… Ils furent poussés dehors à coups de crosse, et durent avancer, le canon de fusil dans le dos, cependant que les « loups du désert » s'agitaient autour d'eux avec une nervosité qui pouvait se manifester à tout moment par une balle dans la nuque.

Stéphanie marchait pieds nus sur les dalles froides et la seule pensée dont elle se rappela plus tard fut le souvenir d'une chanson de son enfance dont les premières paroles étaient : « *Au pays des matins calmes…* » Pendant qu'ils traversaient le jardin intérieur, elle vit que le bassin, les palmiers, les murs et les fenêtres étaient blancs de tourterelles, et que celles-ci couvraient également les branches de palmiers. Tout le palais frémissait, bougeait, et le roucoulement doucereux montait de toutes parts comme une ignoble orgie vocale…

Elle fut prise de nausées et vomit. Ce chant d'amour incessant, ce palais de miniature persane, les bin Maaruf qui les entouraient et les poussaient en avant, en tenant leurs fusils des deux mains, le sable sous ses pieds nus, le jeune matin à son heure la plus pure, l'enchevêtrement noir de lave, de l'autre côté des sables… Pas trace de peur. Il lui semblait qu'elle allait marcher éternellement. Tout paraissait frappé d'une extrême lenteur, comme si chaque seconde, chaque minute devaient traverser des déserts sans fin avant d'arriver jusqu'à elle…

Ce fut seulement en se passant la main sur le visage que Stéphanie sentit des larmes. Elle sourit. On ne lui obéissait plus. Ses yeux se permettaient de pleurer. Il y avait aussi dans le vide un cœur qui battait très fort. Quelqu'un d'autre. Ce ne pouvait être elle, puisqu'elle n'était pas là. Elle était ailleurs, très loin, loin… Un jour, quand elle sera grande, elle deviendra une cover-girl célèbre, dont l'élégance, le chic, la « manière » seront admirés et enviés par toutes les femmes… Pour l'instant, elle n'était qu'une enfant qui pleurait en se fourrant les poings dans les yeux.

Il y avait entre le palais et les blocs de lave une centaine de mètres de sable. Une arène, pensa Rousseau. L'Imam avait pensé à tout…

Ali Rahman se tenait au milieu, tête nue, vêtu d'un simple burnous de bédouin. Sur sa gauche, légèrement en arrière, se trouvait Murad, tenant son sabre des deux mains.

... Des coups de crosse dans le dos les forcèrent à avancer encore.

À la sortie du palais, sur la gauche, sous un manguier éclatant de verdure et qui leur offrait une ombre délicieuse, il y avait une vingtaine de bin Maaruf, parmi lesquels Rousseau remarqua la présence de quelques-uns des « fidèles » serviteurs d'Ali Rahman, accroupis par terre dans une attitude de spectateurs ravis d'assister à un divertissement, sans aucun doute bien mérité.

Sur l'arbre lui-même, l'œil de Rousseau, qui s'attaquait à chaque détail avec une sorte d'acuité photographique meurtrière, nota ce qui ne pouvait manquer de faire bientôt, dans six mois, dans un an, les délices des touristes des charters, venus visiter ces lieux heureux, cette « miniature persane » : des tourterelles et des paons...

Murad se dressait sur le fond de lave noire, le torse nu, vêtu de son pantalon turc bleu. Rousseau se rappela que ces pantalons bouffants, rendus célèbres par tant de combats épiques, et qui étaient entièrement fermés en bas et assez larges pour contenir des kilos de matière, avaient été conçus au XIVe siècle pour permettre aux cavaliers de déféquer à l'intérieur, sans quitter leur cheval, pour ne pas perdre de temps à s'arrêter. Murad avait avancé le pied gauche en avant, cherchant un appui solide dans le sable, à la manière des lanceurs de poids ou de javelot : il tenait son sabre à deux mains, et sur son visage que le soleil faisait étinceler comme un gong, il y avait quelque chose qui ressemblait à un bon sourire. Pendant que le pied du *Ghâzi* tâtait la nuque de celui qui allait mourir parce qu'il avait trahi la foi de ses pères, la seule, la vraie et l'unique ! en acceptant de servir un régime qui avait rompu avec la parole du Prophète et les mœurs sacrées d'autrefois... Avant d'abattre son sabre, Murad allait sans doute marmonner une sourate appropriée du Coran, celle du serviteur de Dieu. En somme, pensa Rousseau, pour que fût complet ce retour aux sources, il ne manquait que quelques puits de pétrole...

Car il n'était pas dupe de la « couleur locale », des « sabres du paradis » et de la pureté par l'épée et par le sang. L'« authenticité » de Murad était une simple démence, habilement exploitée par des intérêts qui n'avaient rien d'islamique et de pur. Le sous-sol du Haddan cachait des nappes de pétrole que l'Imam avait interdit d'exploiter. Celui qui allait contrôler l'isthme étroit du golfe Persique allait contrôler les neuf dixièmes des ressources pétrolières du monde... Les anneaux du boa dont parlait volontiers Henderson étaient visibles à l'œil nu. L'exécution d'Ali Rahman n'était qu'une manœuvre politique ni plus ni moins « barbare » que celle du président Diem, au Viêt-nam, ou l'assassinat de Kadhafi, qui se préparait sans doute. La jeune tête qui allait tomber dans le sable n'avait rien de plus exotique qu'une pièce nouvelle jetée sur l'échiquier par des joueurs professionnels. Il leur fallait mettre au compte de Tewza une atrocité suprême, l'assassinat du jeune Imam, qu'aucune conscience shahire ne pouvait tolérer. La couleur locale était une façon différente de s'habiller et rien d'autre. Le vieux *Ghâzi* seul croyait accomplir la volonté de Dieu. Autour du sabre rituel prêt à s'abattre sur la nuque d'Ali Rahman, il y avait un rêve de puissance, plus de deux cent quarante sociétés multinationales contrôlées par une seule firme et par son président, malgré la loi antitrust, des milliards de dollars dans les comptes secrets à Beyrouth et à Zurich, la Maffia, trois cents millions de dollars versés en « commissions » aux membres des gouvernements dans trente-deux pays, des conflits d'intérêts plus puissants que les États et les milliards de dollars d'actions au porteur qui disparaissaient chaque année mystérieusement, par suite de « vols » chez les agents de change. Une jeune tête allait rouler dans le sable, comme aux temps anciens, mais les armements les plus modernes jouaient dans ce crime « archaïque » un rôle bien plus important que les émanations de ferveur fétides venues du lointain passé...

Le principal instrument et bénéficiaire de l'opération se tenait à quelques pas du prince, vêtu de cet uniforme noir dont il avait sans doute rêvé dans sa jeunesse de soldat illettré, lorsqu'il était l'ordonnance de quelque officier anglais. Il tenait une mitraillette sous le bras et ni le turban mauve, ni l'uniforme de Khyber ne parvenaient à lui conférer cette dignité de farouche conquérant à laquelle il aspirait si manifestement. Il avait l'air d'un *mafioso* déguisé.

À sa gauche se tenait son ombre inséparable, aussi fraîchement repassée que d'habitude. Il était difficile d'imaginer ce que Sanders faisait là, vêtu comme aux plus beaux jours de l'honorabilité bancaire, et ce qu'il représentait, quelle crème de la société, quel club exclusif. Il fumait un petit cigare. Son visage n'exprimait aucun intérêt perceptible, comme si sa sensibilité et sa capacité d'émotion s'étaient entièrement émoussées, depuis qu'il était sorti des mains de son tailleur pour promener à travers le monde sa dignité vestimentaire et donner ainsi, au milieu des pires horreurs, une très haute idée des valeurs qu'il représentait. Car rien n'était plus extravagant que cette incarnation de l'ancienne honorabilité de la City de Londres, debout dans l'arène des sables entre le « sanglier des montagnes » et Bersch.

Bersch...

La photo que Rousseau avait vue de lui dans les archives de l'ambassade datait de 1959, mais l'Afrikander avait à peine vieilli. Au-dessus d'une barbe rose, teintée au henné, la bouche sans la moindre trace de lèvres, le nez petit et crochu et les yeux que les vents des sables et le soleil semblaient avoir rongés pour ne laisser que deux fentes sans cils figées sur un éclat fixe gris pâle... À soixante-dix ans, cet homme continuait encore à poursuivre à travers les sables une image démentielle de lui-même...

Mandahar aboya un ordre.

Les tourterelles roucoulaient avec toute la douceur des nids d'amour...

Les quelques secondes qui suivirent laissèrent à Rousseau le souvenir d'un chef-d'œuvre. Il n'avait jamais connu et n'allait plus jamais connaître de moments aussi satisfaisants, aussi émouvants de beauté et de perfection. Aux heures de découragement et de lassitude, il lui suffisait d'y penser pour retrouver le sourire et la bonne humeur et reprendre confiance dans la vie…

Lorsque Murad, tenant le sabre à deux mains, avait tourné les yeux vers Mandahar comme pour lui indiquer qu'il était prêt, attendant et sollicitant le *bash*, l'ordre de frapper, Rousseau fut tiré de ses vaines méditations par la vue de l'expression étonnante qui venait d'apparaître sur le visage du vieux fanatique.

C'était une expression où la stupeur et l'incrédulité, comme si l'homme n'osait encore croire à ce que ses yeux voyaient, apparaissaient presque en même temps pour s'effacer soudain et faire place d'abord à une joie et une ferveur démentielles, et ensuite à une implacable résolution.

Rousseau suivit le regard du *Ghâzi* et comprit.

Bersch, Mandahar et son Occidental-à-tout-faire se tenaient tous les trois en ligne à deux pas de Murad.

Trois !

Rousseau en quelques secondes, la gorge nouée, récita la plus pieuse, la plus courte et la plus fervente prière de sa vie…

Il entendit Mandahar lancer son ordre…

Puis ce fut fini.

Le sabre devint un trait de lumière qui vola dans les mains de Murad…

Il passa à travers le cou de Bersch avec une telle force et une telle rapidité que la tête coupée resta sur les épaules et ne se sépara du corps que lorsque ce dernier s'affaissa. La tête de Sir David Mandahar tomba à ses pieds, cependant qu'un geyser de sang s'élevait entre ses épaules et que le « sanglier des montagnes » s'asseyait d'abord sur son propre visage, puis roulait dans le sable. Celle de son éminence grise ou noire, représentant tant d'intérêts voilés de mystère, si habile à tirer les ficelles et si dévouée aux vraies valeurs, vola au même instant, séparée du reste d'un coup si rapide et si net que le chapeau gris demeura à sa place et le cigarillo entre les lèvres, pendant que le corps chancelait, hésitait, comme s'il refusait de tomber, par crainte de se salir ou peut-être recherchant déjà une attitude de plus grande dignité posthume…

Rousseau bondit vers la mitraillette qui était tombée entre la tête et le corps de Mandahar, mais lorsqu'il parvint à la saisir, Ali Rahman ouvrait déjà le feu sur les bin Maaruf avec celle de Bersch, et pendant quelques secondes les deux hommes continuèrent à vider leurs chargeurs et leur hargne à la fois…

Puis ce fut le silence et le glouglou sirupeux qui coulait de tous les coins de cette admirable miniature persane.

Il ne restait presque plus personne à tuer. Les quelques bin Maaruf qui n'étaient pas encore morts mettaient dans leurs signes de vie toute la gesticulante expression de soumission et d'imploration que leurs blessures leur permettaient…

Les heures qu'elle vécut entre le moment où elle avait vu le sabre levé dans la main de Murad et son entrée, « pour quelques jours de repos », à la clinique Bellevue, à Genève, laissèrent à Stéphanie, dans une étrange absence de continuité, comme entrecoupée de blancs, le souvenir d'une succession d'images, dont l'ordre semblait avoir été brouillé par un dérèglement du temps qui conférait à toutes choses une lenteur enlisée…

Elle se souvenait d'abord d'elle-même, ou plutôt de sa longue robe d'organza brodé de Nina Ricci, bleu nuit, prix 22 900 francs — mais il manquait le boa rose autour du cou qui va avec, elle l'avait oublié dans les valises de la collection — qui errait dans les sables en chantonnant pour rassurer Rousseau et Ali qui paraissaient inquiets à son sujet. Elle s'arrêtait parfois devant les trois têtes et leur faisait de petits signes de la main — *hello there !* — cependant que Rousseau essayait de l'emmener à l'intérieur du palais et répétait sans cesse «Allons, Steph, allons, ne restez pas là», et qu'il s'efforçait de la calmer, surtout lorsqu'elle se mettait à rire, comme si la joie et le rire n'étaient pas les signes les plus sûrs de bonne santé psychique et d'équilibre nerveux.

Elle se souvenait surtout de Murad, debout, les yeux et les bras levés au ciel et des larmes qui coulaient sur ce visage rayonnant de gratitude. Plus tard, il y avait Ali, penché sur le cadavre d'un bin Maaruf, mettant en marche le transistor que le mort portait à la ceinture, pour avoir des nouvelles de la capitale, mais apparemment c'était l'heure de la musique moderne à Radio-Haddan et les voix des Rolling Stones envahirent l'oasis.

Le bin Maaruf était couché dans le sable, les épaules et la tête appuyées contre le manguier, le visage figé dans une expression d'étonnement peiné, avec le transistor sur le ventre et les ululements saccadés de Mick Jagger sur fond de guitares électriques que Stéphanie écoutait avec gratitude parce qu'ils couvraient enfin les roucoulements des tourterelles... Elle éprouva soudain une envie terrible de se trouver sur une terrasse de Capri, vêtue d'une robe émeraude, une coupe de champagne à la main, écoutant de vieilles chansons napolitaines, et elle esquissa quelques pas de danse sur le sable en sifflotant, mais sentit le bras de Rousseau autour de sa taille et cacha son visage contre son épaule en sanglotant...

— C'est fini, Steph, c'est fini...

— Nous avons une heure de musique moderne trois fois par semaine, disait Ali. Si je deviens un jour ministre de l'Éducation nationale, j'organiserai ici un festival de musique, comme à Baalbek au Liban, ou à Ispahan... L'endroit s'y prête admirablement...

Le gardien du palais, qui avait réussi à se terrer dans les dépendances, réapparut à présent, en proie à une loyauté et à une fureur vengeresse qui se manifestèrent par des crachats et des coups de pied aux bin Maaruf blessés. Après quoi, il s'empara d'un pistolet mitrailleur et il fallut l'empêcher de les achever, car Rousseau estimait qu'ils pourraient donner aux autorités de Tewza des renseignements utiles. Ali Rahman l'expédia alors dans le village d'Achda, qui se trouvait à une dizaine de kilomètres, et le gardien courut vers les écuries, non sans avoir honoré le tas de cadavres sous le manguier — parmi lesquels figuraient en bonne place les deux «fidèles» serviteurs d'Ali — de quelques ultimes crachats.

Deux soldats de l'escorte sortirent de la palmeraie où ils avaient réussi à se cacher pendant le massacre de l'aube. L'un d'eux était blessé et allait sans doute perdre un bras.

— Il faudrait quand même essayer de savoir ce qui se passe dans la capitale, dit Rousseau. Mandahar avait certainement des sympathisants dans l'armée...

Ils voulurent entrer en contact avec le Q.G. de la police par le téléphone-radio de la Rolls, mais une rafale de mitraillette avait mis fin à son utilité, ainsi qu'à celle du sergent qui commandait les huit hommes de l'escorte. Il était écroulé sur le siège, abattu sans doute au moment où il tentait d'avertir le Q.G. La radio était cependant intacte et ils cherchèrent à avoir des nouvelles de la situation au Haddan, en écoutant les postes de Koweït et de Dubaï. Ils apprirent d'abord que des terroristes japonais s'étaient emparés d'un Boeing qui faisait à présent route vers le golfe Persique. Dix bombes irlandaises et trois lettres piégées avaient explosé à Londres. La conférence des pays non alignés se poursuivait à Alger et un coup d'État avait échoué cette nuit au Haddan. Son instigateur, David Mandahar, ministre de l'Intérieur, s'était réfugié auprès de ses partisans dans les montagnes... On redoutait une lutte prolongée, semblable à celle qui avait opposé pendant des années les soldats de l'imam Badr du Yémen aux troupes républicaines, et avait provoqué l'intervention de l'armée égyptienne...

— Il n'y aura pas de guerre civile, dit Ali Rahman, avec assurance. Les tribus du Radjad m'obéissent.

Nous aurons l'autonomie du Radjad et une fédération du type suisse...

— *Suisse ?* murmura Stéphanie.

Rien ne lui paraissait plus improbable, lointain, mythologique et féerique à ce moment-là, que la Suisse...

Les soldats de leur escorte gisaient sur la route, les joues déformées par les boules de *kat.*

— ... Enfin, une fédération du type suisse adaptée à nos particularités et à notre caractère national, disait Ali.

La tête de Sir David Mandahar paraissait dormir, couchée sur sa joue droite, offrant sa joue gauche dans une attitude somme toute assez chrétienne, ce qui semblait confirmer le fond commun et fraternel de toutes les religions, et Stéphanie dit à Rousseau, qui l'avait prise par le bras et cherchait à l'éloigner des restes dispersés du ministre de l'Intérieur :

— Mais non, je vais très bien, laissez-moi regarder, sans ça je risquerais de l'oublier...

— Steph, je vous en prie... Rentrez dans le palais... Vous n'avez pas l'habitude...

Elle le regarda fixement.

— Parce que vous avez l'habitude ?

— J'ai fait deux ans au Viêt-nam et après le massacre de Maï Laï, j'ai fait partie de la commission d'enquête...

— Je me demande si Jackie Stewart va encore être champion du monde, dit Stéphanie, pour prouver qu'elle avait toute sa lucidité.

On disait que Capri était devenu invivable en été, comme Saint-Tropez, mais Stéphanie entreprit d'expliquer à Rousseau qu'il suffisait de s'y rendre hors saison, au printemps ou en automne, et qu'elle connaissait une *pensione* avec une terrasse fleurie surplombant la mer et les chanteurs napolitains qui…

— Steph, ne restez pas ici…

Les voix des Rolling Stones s'étaient tues et le speaker faisait apparemment un commentaire culturel, car elle distingua les noms de Bob Dylan et de Chess Williams.

La tête de Bersch avait le visage tourné vers le ciel. Les yeux étaient demeurés ouverts. Le gris très pâle de ce regard figé avait sous le soleil des éclats de verre. Stéphanie adorait Venise et l'art baroque en général…

— Dites-moi, est-ce que vous croyez…

Elle hésita un peu. Rousseau qui la regardait avec de plus en plus d'inquiétude, cependant qu'elle rôdait ici et là dans le sable, tenant dans la main une coupe de champagne imaginaire et sifflotant parfois un air napolitain, pensa qu'elle ressemblait à Ophélie dans la scène de la folie, et eut peur.

— Est-ce que vous croyez…

— Quoi ?

— Est-ce que ces… objets se conservent ?

— *Quoi ?*

— Je veux dire… Après tout ce que nous avons subi… Si je les priais de me les donner… comme… comme trophées…

Le *kat*, pensa Rousseau brusquement. C'était après tout un tranquillisant qui provoquait une stupeur heureuse. Il s'approcha d'un bin Maaruf et prit une poignée d'herbe dans les *gourr* en cuir qu'ils portaient tous à leurs ceintures.

— Tenez, Steph, mâchez ça…

— Je n'ai pas faim… Il y a sûrement un moyen de les embaumer pour les conserver… Comme ils ont fait pour Staline au Kremlin…

— Pour Lénine, bredouilla Rousseau. Venez, je vous en prie…

— Oui, pour Lénine. Je voudrais les emmener avec moi à New York. Ce sont des pièces de musée, c'est archéologique… Je voudrais au moins celle-là…

Et elle toucha du pied la tête de Bersch. Le visage du dernier des chevaliers teutoniques, avec son collier de barbe rouge, ses lèvres invisibles qui devaient se trouver quelque part à l'intérieur et le nez en crochet, éveillait chez Rousseau une animosité presque viscérale : les rêves de grandeur et de puissance qui avaient hanté cette tête s'étaient envolés mais seulement pour aller se poser ailleurs. Ils n'allaient jamais manquer de refuges et de ténèbres propices…

Dans sa serviette, ils trouvèrent une liste de noms qui allait sans aucun doute faire le bonheur du gouvernement du Haddan. Le nom de Daraïn ne s'y trouvait pas.

— Vous croyez qu'il n'y était pour rien ? demanda Rousseau.

— C'est un homme très prudent, dit Ali Rahman. Il y a vingt-cinq ans qu'il survit dans ses fonctions…

— C'était lui qui vous avait demandé de quitter le palais de Sidi Barani et de venir ici. Il a ensuite prévenu Mandahar… Non ?

Ali haussa les épaules.

— J'étais entouré de traîtres, comme vous vous en êtes aperçu. Daraïn est un homme strictement dépourvu de principes, ce qui veut dire qu'il ne sert jamais une cause… Il étudie les rapports de force et se range du côté dominant. C'est un froid calculateur et je le vois mal misant sur Mandahar… Il devait être informé, jusqu'à un certain point, et se tenir prudemment en position d'attente…

Tous les documents trouvés étaient d'ailleurs passionnants, et notamment un contrat signé Sanders, dont le cosignataire était une filiale de la Tallycot, pour une fourniture d'armes au Haddan. Le contrat portait sur cent millions de dollars et les armes spécifiquement énumérées. Il y avait enfin les photos des « atrocités » prises dans l'avion et qui ne devaient rien au Polaroïd de Stéphanie. Le type de la caravane, pensa Rousseau.

Stéphanie regardait par-dessus son épaule.

— Mes photos étaient moins jolies, mais elles avaient plus de… de vie. Je peux les garder ?

— Non, dit Rousseau.

Le transistor sur le ventre du bin Maaruf mort donnait à présent un peu de musique classique. Tewza semblait avoir suspendu toute diffusion de nouvelles.

Les premiers vautours commençaient à se poser et Ali Rahman tirait de temps en temps quelques coups de feu pour les éloigner.

Rousseau fouilla encore une fois les poches de Sanders, arracha la doublure de son veston, mais ne trouva rien. On aurait dit que celui qui était l'ombre occidentale de Sir David Mandahar avait mis toute son identité dans la signature qu'il avait apposée au bas de la commande d'armes. Le reste était à présent répandu en quatre éléments distincts sur le sable : le corps, la tête, le cigarillo et le chapeau melon très *City*. Ses vêtements gardaient jusque dans ce désordre leur aspect impeccable et les souliers, dans leur éclat, semblaient avoir recueilli un peu de vie du personnage. Ils ne trouvèrent donc rien dans ses poches, ce qui était peut-être le signe d'une âme prudente, qui s'attendait à être fouillée à l'arrivée. Stéphanie fit part de cette idée à Rousseau qui insista encore une fois pour qu'elle quittât les lieux et essayât de dormir un peu avant le départ. Elle ne voulait pas en entendre parler. Elle vivait, lui expliqua-t-elle, des moments extraordinaires et elle ne s'était jamais mieux sentie de sa vie. Elle mâchait le *kat* avec application, la joue déformée par la boule, et son visage avait une expression d'intense satisfaction.

— Je n'ai jamais vu rien de plus beau, déclara-t-elle fermement. C'est un merveilleux pays. Je crois que je vais m'acheter une petite maison, ici, pour venir y passer un ou deux mois par an, échapper aux horreurs de la vie à New York, vous comprenez...

Une quarantaine de chameaux privés de leur ration matinale de *doura* apparurent parmi les blocs de lave et se mirent à errer en élevant des protestations indignées.

Murad était assis dans le sable, perdu dans la prière. Stéphanie nota avec intérêt que son sabre était à peine rougi.

— Vous remarquerez, dit-elle sur un ton neutre, bien qu'un peu doctoral, retrouvant la manière de parler qu'on lui avait apprise lorsqu'elle exerçait le métier de guide et faisait visiter aux touristes le bâtiment des Nations Unies, à New York, vous remarquerez qu'il y a très peu de sang sur ce sabre, en raison de l'extrême force et de la rapidité avec lesquelles le coup a été porté...

Elle voulut ramasser le sabre mais Ali Rahman l'en empêcha.

— Non, je vous en prie, Stéphanie...

— Vous vous rendez compte de l'effet que cela va faire, ma photo dans *Vogue*, avec ce sabre à la main ? Dans une robe d'Ungaro... Je serai payée une fortune ! La petite — comment déjà — est en train de me battre, elle vient de faire un contrat d'un demi-million avec Revlon...

Elle délirait. Son visage ruisselait de sueur, ses épaules tremblaient...

Ali prit Rousseau à part.

— Écoutez, mon père ne buvait pas, naturellement...

— Naturellement, fit Rousseau. Mais il y a tout ce qu'il faut... pour les invités. C'est ça ?

Rousseau n'osait pas quitter le terrain. À en juger par le nombre de chameaux, il devait y avoir encore une bonne dizaine de bin Maaruf cachés dans l'oasis. Il le fit remarquer à Ali.

— Ils ne sont plus dangereux. Ce sont maintenant des chiens sans maître...

Une forte expression, pour un démocrate qui rêvait de constitution suisse, pensa Rousseau.

— J'irai moi-même.

Stéphanie était occupée à tourner le bouton du transistor sur le ventre du bin Maaruf. Il y avait bien quelque part dans la région un poste qui donnait des nouvelles en anglais et elle voulait absolument savoir ce qui se passait dans l'affaire de Watergate, si Nixon allait obéir à l'injonction de la commission sénatoriale d'enquête et à la sommation du tribunal, qui lui prescrivaient de livrer des bandes magnétiques sur lesquelles le président des États-Unis avait enregistré, à l'insu de ses interlocuteurs, toutes les conversations qu'il avait eues avec eux à la Maison Blanche... C'était tellement dommage d'être si loin, alors qu'il se passait en Amérique des choses si intéressantes... Le bin Maaruf avachi contre l'arbre la fixait de son œil vitreux.

— On est si loin de tout, ronchonnait Stéphanie. Je me demande comment Nixon va s'en tirer...

Ali revint avec une bouteille de scotch et elle but une gorgée. Il y avait aussi du caviar, bien sûr : on était à quarante minutes de vol de l'Iran, le meilleur caviar du monde. Elle entreprit de raconter à Ali le voyage qu'elle avait fait en Iran, l'année dernière.

— Le berceau de la civilisation... Tout est parti de là-bas. Nous ne serions pas ce que nous sommes, s'il n'y avait pas eu la Perse. Je ne sais pas si vous avez lu le livre de John Marriol sur l'art des Sassanides...

Elle mangeait les tartines au caviar, en se léchant parfois les doigts, regardant le petit palais qui palpitait de tourterelles et les vautours qui tournoyaient au-dessus de leurs têtes. Les bin Maaruf semblaient faire la sieste, vautrés à l'ombre du manguier ; ils la faisaient penser au célèbre tableau de Breughel, *Les Dormeurs*, mais en plus persan, plus pittoresque...

Ses yeux étaient effrayants. Rousseau n'osait pas la regarder. Elle délirait... Il fallait un médecin, une piqûre...

Ils entendirent un avion mais le trait argenté apparut très haut dans le ciel ; Ali leur dit que c'était un Boeing suédois qui emportait sa cargaison de touristes scandinaves vers Ceylan et Bombay.

29

Il y avait à présent plus de deux heures que le gardien était parti et Rousseau ne comprenait pas pourquoi Ali tenait tellement à attendre l'arrivée des hommes de sa tribu. Aussi bien les véhicules de l'escorte que la Rolls étaient en état de marche et ils pouvaient quitter les lieux quand ils voulaient. Mais le jeune chef des Shahirs, d'un air un peu gêné, en s'excusant mais sans donner la moindre explication, insistait pour attendre l'arrivée des « siens ». Rousseau s'imaginait qu'il s'agissait de quelque motif politique dont la nature lui échappait.

Les premiers rangs des palmiers autour d'eux étaient clairsemés, mais l'oasis s'épaississait ensuite jusqu'à devenir une jungle et malgré le jugement du jeune prince sur les bin Maaruf et leur lâcheté proverbiale — ils ne sont capables de combattre qu'en bandes et obéissant à un maître, répétait-il —, leur sécurité dans cet espace vaste mais entièrement découvert était malgré tout assez relative. Pour la première fois de sa vie, Rousseau se sentait vulnérable : il craignait pour Stéphanie.

Il était déjà onze heures et les corps des bin Maaruf commençaient à manifester leur présence autrement que par leur aspect visuel, lorsqu'un nuage de poussière s'éleva sur le flanc de la montagne à l'ouest. Rien n'était plus éloigné du présent que cette cavalcade qui semblait sortir d'un livre d'histoire de l'Orient dont la page se serait ouverte soudain sur les siècles envolés. Ils portaient des turbans orange, enroulés avec une telle épaisseur de tissu qu'ils formaient de véritables dômes au-dessus de leurs visages. Ils n'avaient rien de bédouins et s'il n'existait aucun document prouvant les origines afghanes de ces hommes qui étaient apparus dans ces montagnes deux siècles avant que Mahomet ait levé son drapeau, leurs visages portaient clairement la marque de l'Inde en sa frontière du Khyber.

Les *khaïda* elles-mêmes, tuniques de toile grège échancrées à mi-reins sur les côtés, ne ressemblaient en rien aux burnous du désert ; seuls les petits chevaux noirs rappelaient les pâturages de l'Arabie Heureuse, l'*Arabia Felix* des Romains, celle du Yémen, d'où était partie la grande conquête arabe. À la fin de la colonne chevauchait le gardien du palais, conduisant par la bride un cheval dont le cavalier, de loin, ressemblait à une poupée multicolore emmitouflée dans du brocart et de la soie. Lorsque la cavalcade déboucha devant eux, Rousseau constata alors que la poupée si richement drapée était une femme voilée dont il n'apercevait que les yeux noirs et les petits pieds chaussés de souliers rouges. Il chercha en vain l'explication de sa présence en ces lieux, et la lumière commençait déjà à se faire dans son esprit lorsqu'il entendit derrière lui une voix adorable qui chantait :

> *My bonnie lies over the ocean*
> *My bonnie lies over the sea...*
> *... Oh bring back my bonnie to me !*

Le mélange de *kat* avec le whisky semblait avoir réussi à Stéphanie. Elle se tenait, la bouteille à la main, sous le manguier, parmi les dormeurs éternels, cependant que sur les branches aux feuilles luisantes de l'arbre, les paons et les tourterelles finissaient de donner à la vie et à la mort ces quelques touches contrastées sans lesquelles il n'y a pas de vraie beauté. Il y avait là dix mille dollars qui se perdaient, pensa Rousseau : ceux qu'aurait touchés un photographe qui se serait trouvé là pour photographier Stéphanie sur ce fond dans une robe de Givenchy...

> *My bonnie lies over the ocean*
> *My bonnie lies over the sea...*
> *... Oh bring back my bonnie to me !*

Rousseau jugea que le temps des discussions était passé. Il s'approcha de Stéphanie, la prit sous le bras, mais comme elle avait quelque peine à marcher, il la souleva et la porta à l'intérieur du palais.

— *But I love it !* protestait-elle. *I simply love it !* J'aime ! J'aime !

Il la coucha sur le lit et lui retira doucement la bouteille.

— Vous avez de la fièvre et vous délirez...

Stéphanie n'était pas contente du tout et le lui fit savoir.

— Je veux voir… Je suis sûre qu'il va se passer encore quelque chose… Je veux voir !

— Vous avez assez vu.

Il sortit sur le balcon.

La jeune femme shahire marchait à pas menus vers le palais, suivie par Murad. Le vieux croyant avait accompli son vœu et allait à présent recevoir sa récompense.

Ali Rahman se tenait la main sur la hanche, un pied en avant, à l'ombre des manguiers ; il écoutait le chef du village qui lui parlait respectueusement. Le jeune « démocrate » n'avait certes rien perdu de son prestige parmi ses futurs électeurs…

Une douzaine de cavaliers avaient quitté leurs chevaux et avançaient les armes à la main dans la palmeraie. Il y eut des coups de feu et quelques bin Maaruf sortirent les bras levés, poussés en avant à coups de crosse. Avec leurs robes et leurs coiffes blanches, ils ressemblaient aux serveurs de l'hôtel Shephard's du Caire…

Le soleil était à présent au zénith mais la chaleur ne semblait pas avoir d'effet sur l'ardeur des tourterelles. Personne ne s'occupait plus des vautours et une vingtaine était déjà posés sur les corps. Les rocs de lave étaient la seule tache sombre au tableau.

Rousseau estima qu'après près d'un demi-siècle d'abstinence et malgré son âge, Murad en avait pour un bout de temps.

Il quitta le balcon et se laissa tomber à côté de Stéphanie qui dormait d'un sommeil angélique, les lèvres entrouvertes dans un sourire heureux. Il la regarda longuement avant de s'endormir, pour être sûr de faire de beaux rêves…

Lorsqu'il s'éveilla, le soleil baissait déjà. La fraîcheur des montagnes venait par bouffées légères où se devinait la présence des sources, des mousses et des gouffres. Il n'était que cinq heures mais à l'ouest, la montagne haute de quinze cents mètres s'était déjà chargée du soleil et le ciel semblait en avoir recueilli les dépouilles étincelantes. Stéphanie dormait encore. Rousseau sentait dans son corps la fatigue des sommeils inquiets. Il se leva doucement, sortit sur le balcon et s'appuya sur la balustrade rose.

Une dizaine de bin Maaruf, mains et genoux liés, attendaient leur sort sous les rochers noirs. Les chameaux erraient ici et là et les chevaux hennissaient dans la palmeraie.

Murad était agenouillé au milieu de l'arène de sable. À côté de lui, Ali Rahman, le sabre à la main…

— Qu'est-ce qui se passe ?

Stéphanie se tenait à côté de lui et Rousseau n'eut même pas la force de jouer les grands frères protecteurs et de l'empêcher de regarder…

Ali se tenait les jambes écartées, tenant à deux mains le sabre, dont la pointe était tournée vers le sol.

On entendait la voix de Murad qui récitait une prière.

Le ciel au-dessus de l'arène rayonnait encore de toute la puissance du soleil disparu.

Ce fut fait avec adresse, propreté, et avec ce style qui est l'effet naturel de l'économie dans le mouvement et de l'aisance. Le sabre décrivit un demi-cercle dans un sens d'ailleurs inattendu, de gauche à droite, et la tête de Murad, comme projetée hors du cou par un ressort intérieur, fit un bond d'une vingtaine de centimètres dans le sens opposé au mouvement de l'arme, puis tomba dans le sable. La précision, la rapidité et la finesse du coup étaient telles que le corps ne parut pas troublé dans son équilibre et demeura agenouillé, assis sur ses talons les bras ballants et légèrement entrouverts, les mains tournées vers l'extérieur... C'était un geste d'offrande.

Le maître avait bien enseigné son art au pupille.

Quelque part sous les vautours, le transistor diffusait maintenant ce qui devait être un discours politique, à en juger par la véhémence enflammée et rocailleuse du ton. Dans le récit que Stéphanie fit de son voyage au Haddan et dont la publication motiva une démarche de protestations auprès du Département d'État de l'ambassadeur de Tewza à Washington, Stéphanie qualifia drôlement le transistor qui continuait paisiblement son existence vocale à la ceinture du mort et sous les griffes des vautours de « station de radio bin Maaruf ».

En attendant, elle se bornait à fermer les yeux, à serrer les poings et à répéter une sorte de prière d'exorcisme, appelant à son secours tout ce qu'il y avait de plus opposé à la virilité, au *machismo*, à la cruauté, à la dureté et aux traditions millénaires de vengeance par le sang et de justice par la mort...

— Balenciaga, murmurait-elle, en claquant des dents, avec une ferveur où se retrouvait tout son besoin désespéré de se réfugier dans un monde aussi éloigné que possible de l'horreur. Balenciaga, Christian Dior, Givenchy, Courrèges...

— Ils vont organiser ici un festival de musique l'année prochaine, dit Rousseau, rageur. Ils ont déjà signé un accord avec un grand club de vacances français...

Ali avait planté le sabre dans le sol et s'éloignait à pas lents de la silhouette décapitée assise sur ses talons, les bras ballants, qui rappelait à Stéphanie celles des bonzes qui s'arrosaient de pétrole et s'immolaient par le feu au Viêt-nam...

— C'est tout de même moins barbare que le lieutenant Calley et les villageois exterminés à coups de mitraillette à Maï Laï, murmura Stéphanie, dans un souci d'équité, d'impartialité et de culpabilité, sans lesquelles il n'est pas de bonne conscience américaine...

Rousseau l'entraîna doucement vers l'intérieur de la chambre. Il y avait encore dix bin Maaruf qui attendaient leur tour, mais il craignait fort que leur exécution n'eût pas la beauté et la solennité tragique de celle qui venait d'avoir lieu.

C'est toujours la même chose, dans les corridas, pensait Stéphanie. Quand ce n'est pas la perfection, ça devient ignoble... Une boucherie.

Ils se retrouvèrent assis sur le lit, se passant la bouteille de scotch. Rousseau était à ce point secoué par le retour aux sources de l'honneur et de la justice auquel ils venaient d'assister — d'ailleurs, le colonel Kadhafi venait de rétablir en Libye la loi pénale coranique, vieille de quatorze cents ans — qu'il se livra à une véritable méditation philosophique, ce qui indiquait que les événements l'avaient éprouvé considérablement.

— Mettons-nous bien dans la tête que nous n'avons rien vu, déclara-t-il, d'une voix déjà un peu épaisse. Ce n'est qu'une projection, une transposition, une vision induite par l'obscur travail qui se poursuit depuis toujours dans le fond de notre psychisme collectif... Il faut se tenir au courant, c'est tout...

— Qu'est-ce que vous voulez dire par « se tenir au courant » ? grommela Stéphanie.

Il y eut, dehors, un cri déchirant qui devait être une suprême prière, coupée net. Rousseau se leva et alla fermer les persiennes.

— Il faut se tenir au courant, c'est tout, répéta-t-il obstinément. Le subconscient collectif, voilà. C'est plein de toutes sortes de vieilleries... Jung. Vous avez encore beaucoup de choses à apprendre, Stéphanie...

— Je n'ai absolument rien à apprendre, fit Stéphanie, avec indignation.

— L'âme ! bégaya Rousseau, avec une profonde conviction. L'âme... Tout est là !

— Ça fait six ans que je suis dans la Haute Couture ! l'informa Stéphanie, d'un ton écrasant.

— C'est bien ! reconnut Rousseau. C'est très bien... Mais il faut encore étudier, approfondir...

La bouteille était presque vide. La fraîcheur du soir éveillait sur le toit des roucoulements d'une douceur et d'une tendresse où semblaient se mêler le sucre et l'eau de rose, le sang et le miel, ainsi que des milliers de mamours susurrés. Stéphanie appuya la tête sur l'épaule de Rousseau et s'endormit.

Jusqu'à la fin de l'après-midi, des hommes venus des montagnes se succédèrent devant le palais, assurant Ali de leur fidélité et recevant ses ordres. Il y avait là une belle campagne électorale en train de commencer. Il était évident qu'il jouissait d'une grande popularité et il ne faisait pas de doute pour Rousseau que si l'assassinat du jeune prince avait réussi, Mandahar n'aurait eu aucun mal à soulever les tribus du Radjad contre le gouvernement du Haddan. Sur le plan politique, ce n'était pas mal conçu et si Bersch, Mandahar et son ombre occidentale ne s'étaient pas trouvés tous les trois alignés de façon à permettre à Murad d'accomplir son vœu, le cours de l'histoire dans le golfe Persique aurait pris une tournure fort peu propice à la paix. Il se demandait si le coup de force du général Daoud en Afghanistan, qui venait d'avoir lieu pendant l'absence du roi, avait été calculé de façon à coïncider avec celui de Mandahar au Haddan, mais les liens de famille dont ce dernier se targuait avec le nouvel « homme fort » de Kaboul étaient plus que problématiques, malgré la ressemblance physique incontestable entre les deux hommes, à la barbe près.

La nuit était déjà tombée lorsqu'ils prirent enfin la route du retour. La lune était à sa place, ronde et féminine, un sein qui débordait du corsage céleste...

Ils durent traverser une fois encore le ruisseau qui scintillait parmi les manguiers pour retrouver les voitures au bord de la route. Stéphanie se préparait déjà à entrer dans l'eau glacée, lorsqu'elle remarqua que, soucieux du confort du jeune prince et de ses hôtes, les hommes des tribus avaient eu la prévenance d'établir un étroit passage de grosses pierres. Ali Rahman lui offrit la main pour l'aider à traverser.

— Attention, ce n'est pas très solide…

Elle avança un pied. L'eau pure a avec le ciel des accointances lumineuses, et les deux vieux alliés échangeaient leurs clins d'œil à travers l'infini. Stéphanie remarqua alors, dans cette profusion d'argent, que le « pont » improvisé lui adressait un large sourire béant et édenté, et que son pied s'était posé sur un visage barbu dont les lèvres étaient tordues dans un rictus figé…

La « passerelle » avait été entièrement construite avec les têtes des bin Maaruf exécutés.

Stéphanie hésita un instant, le pied levé. Le prince continuait à lui offrir la main. Ils avaient l'air d'esquisser un pas de valse, au clair de lune.

— Oh et puis merde, merde et merde ! dit Stéphanie, avec son meilleur accent français, et elle s'engagea sur le « pont », avec une sorte de désespoir résolu. Lorsqu'elle fut de l'autre côté, elle constata qu'elle avait oublié son sac à main et elle revint sur ses pas pour aller le chercher.

Au deuxième passage, elle hésita encore, se demandant s'il fallait ôter ses chaussures ou marcher sur les visages pieds nus. Ce n'était pas tellement une question de confort, mais de respect humain. Elle garda ses chaussures, finalement, pour éviter un contact trop direct.

Il fallait reconnaître que le « pont » tenait bien. Les habitants du Haddan avaient toujours été de remarquables bâtisseurs. Les superbes fermes — châteaux forts — des paysans, bâties en terre rouge et parfois hautes de sept étages, étaient d'une solidité qui avait passé l'épreuve des siècles, et les maisons de la capitale étaient souvent de véritables dentelles de pierre encastrées les unes dans les autres qui tenaient sans l'aide de ciment.

Elle avait emporté un transistor qui marchait parfaitement dans l'air frais de la nuit et ils eurent des nouvelles du Boeing japonais retenu par les pirates de l'air à Dubaï, que ceux-ci menaçaient toujours de faire sauter avec les cent quarante passagers. L'un des terroristes, une femme sud-américaine, s'était fait sauter accidentellement en manipulant une grenade. Stéphanie pensa sans aucune raison au grand écrivain japonais Mishima qui s'était fait hara-kiri avec son sabre de samouraï, il y avait deux ans, après avoir appelé en vain l'armée japonaise à la révolte et au retour aux traditions nippones. C'était le meilleur écrivain moderne japonais.

— Enfin, que voulez-vous, c'est un monde comme ça ! dit-elle, d'une voix endormie, et ce fut aussi près que Stéphanie Hedrichs vînt jamais de la résignation.

30

Rousseau roulait à travers la capitale au volant de sa jeep, en fumant le premier cigare entièrement satisfaisant depuis longtemps. Il avait remarqué que le goût même des meilleurs havanes dépendait des circonstances dans lesquelles on les fumait. Les circonstances présentes étaient satisfaisantes à tous égards. Le coup d'État des « patriotes nationaux » du parti de Mandahar s'était réduit à une manifestation désordonnée dans les rues et quelques coups de feu : ses partisans avaient apparemment espéré un soutien militaire qui ne s'était pas matérialisé. Les tribus du Radjad n'avaient pas bougé et le prix des denrées alimentaires avait retrouvé son cours normal. On pouvait maintenant acheter dans la médina un pistolet-mitrailleur Breda pour trois cents dollars, contre cinq cents, deux jours auparavant. L'autonomie du Radjad avait été proclamée à deux heures du matin et la nouvelle était diffusée continuellement par Radio-Haddan. Une nouvelle fédération des émirats était espérée ; les négociations allaient s'ouvrir immédiatement.

Rousseau avait confié Stéphanie aux soins du docteur Salter et s'était empressé de rendre visite à M. Sambro, nouveau président du Conseil, pour lui remettre la serviette de Bersch. Son contenu causa quelques perturbations au sein du gouvernement : le ministre de l'Éducation nationale et celui du Commerce avaient été arrêtés, puis placés en résidence surveillée chez eux ; dans un but d'apaisement, ils allaient sans doute s'en tirer avec des postes d'ambassadeurs. Deux régiments d'infanterie et un de chars furent provisoirement dissous. La radio annonçait les élections nouvelles. Tripoli et Le Caire avaient envoyé des télégrammes de félicitations fraternelles. Les liaisons téléphoniques et télégraphiques étaient rétablies et les vols sur Beyrouth et Londres reprenaient dès le lendemain. Rousseau avait passé deux heures à l'ambassade pour certaines mises au point nécessaires. Il ne lui restait plus qu'à récupérer le passeport de Stéphanie que M. Daraïn avait confisqué.

Il n'était parvenu à obtenir aucun renseignement sur le sort du directeur de la Police. Au moment de sa visite chez M. Sambro, quelques heures auparavant, celui-ci se borna à déclarer, d'une voix enrouée par les émotions et quarante-huit heures de conseils ministériels ininterrompus, que « la justice suivra son cours ». Rousseau se permit alors une observation qui se révéla par la suite d'une importance décisive dans le destin d'un homme dont l'habileté de navigateur sur les eaux dangereuses du golfe Persique méritait malgré tout une certaine admiration. Il fit remarquer à M. Sambro que les papiers de Bersch compromettaient fortement un certain nombre de personnalités mais que le nom de M. Daraïn n'y figurait pas. Le nouveau Premier ministre eut un geste vague qui pouvait signifier aussi bien une extrême lassitude qu'une indifférence non moins grande en ce qui concernait le destin de M. Daraïn.

— Le passeport de Miss Hedrichs est sans doute au Q.G. de la police.

Il fit délivrer à Rousseau un laissez-passer « absolu », qui devait permettre à l'Américain de traverser tous les barrages dans une ville où régnait la pagaille de tous les « retours à l'ordre ».

Rousseau avait dû exhiber à plusieurs reprises son document aux patrouilles militaires qui demeuraient encore postées aux points stratégiques principaux de la ville. Il se vit également imposer — « pour lui faciliter les choses » — l'escorte d'un jeune officier taciturne qui désapprouvait manifestement la mission dont il avait été chargé. L'armée avait sauvé le gouvernement et la démocratie et les jeunes officiers allaient avoir désormais leur mot à dire. La nouvelle tendance allait être beaucoup plus à gauche. L'Américain qu'il accompagnait pouvait être dénoncé soudain comme un agent de l'impérialisme yankee, auquel cas il y aurait des comptes à rendre…

Au domicile de M. Daraïn, il ne semblait y avoir personne. La porte du jardin demeura fermée malgré la sonnette et les coups répétés de la main de Fatima en bronze. La maison n'était cependant pas gardée : le directeur de la Police n'était donc plus en résidence surveillée à l'intérieur. S'il avait pris la fuite, se sentant menacé, M. Sambro aurait mentionné sa disparition…

Rousseau sourit. Il eut tout à coup la certitude que le vieux renard avait tout simplement repris ses fonctions et qu'il devait avoir passé la nuit et la journée à son Q.G. dans la vieille forteresse. Il fit part de cette opinion à l'officier qui l'accompagnait, mais ce dernier se contenta de prendre un air encore plus renfrogné et ne fit aucun commentaire. Il était évident qu'il exécutait ses ordres mais n'avait pas la moindre intention de se montrer aimable.

Rousseau prit le chemin de la forteresse. Ils eurent encore à franchir deux barrages militaires. L'armée, manifestement, avait remplacé dans ses tâches les Forces de Sécurité, qui dépendaient du ministère de l'Intérieur. On était sans doute en train de séparer le bon grain de l'ivraie... Au dernier barrage, alors qu'on voyait déjà les hauts murs de l'ancienne citadelle et le drapeau du Haddan qui semblait flotter au vent avec une fierté nouvelle, il y eut une discussion animée entre son compagnon et le sergent qui s'obstinait à leur barrer la route, malgré le laissez-passer dûment exhibé. L'officier éleva la voix, en lançant quelques mots qui étaient sans doute l'équivalent de « C'est comme ça, que voulez-vous que j'y fasse », et Rousseau put appuyer sur l'accélérateur.

Il venait de déboucher devant l'entrée de la citadelle lorsqu'il vit arriver, par la route qui faisait le tour de la capitale, une Land Rover suivie de deux camions de soldats en armes. M. Daraïn se tenait à côté du chauffeur et il adressa un petit geste amical de la main et un sourire à celui qu'il considérait sans doute comme un collègue. Les véhicules s'engouffrèrent sous le portique et pénétrèrent à l'intérieur de la place.

Rousseau sortit de la jeep et avança à pied, accompagné de l'officier, dont le visage exprimait à présent une exaspération qui virait parfois à la panique.

Ils venaient à peine de s'engager sous le tunnel du portail lorsque des soldats leur barrèrent la route et un sergent accourut, tirant son revolver de l'étui, et hurlant des propos que son geste rendait parfaitement clairs.

Rousseau exhiba sa carte rouge qui n'eut cette fois aucun effet. Son officier d'escorte dut se lancer une fois de plus dans des explications véhémentes et même exhiber des ordres dactylographiés sur une feuille barrée en oblique de trois traits verts, dont la vue eut sur le sergent un effet des plus calmants. Il aboya quelques ordres, se mit même au garde-à-vous et salua Rousseau, l'invitant en même temps d'un geste à passer.

La vaste cour intérieure avait dû connaître de beaux jours quelques siècles auparavant, à l'apogée de la traite de la chair d'ébène. La citadelle avait été au XVe siècle le principal centre d'affaires des Portugais, entre la Côte des Pirates et Bombay. L'endroit était admirablement entretenu, le sol pavé et les murs bordés de buissons de roses...

Au moment où Rousseau entrait dans la cour, M. Daraïn descendait de la Land Rover. Il était, comme d'habitude, vêtu de son complet de chantoung noir, chemise blanche et cravate noire, très *civil service* anglais, pareil en somme à lui-même. Son ornement nasal, lorsque son maître bougeait la tête, n'avait rien perdu de son caractère investigateur. Son crâne, très peu garni de cheveux sur les côtés, prêtait au soleil son miroir légèrement humecté de gouttes de sueur, ce qui en augmentait l'éclat. Ses troupes sautaient des camions, vêtues assez bizarrement de casques américains camouflés de filets et de tenues léopard. Le directeur de la Police aperçut Rousseau et, pour la première fois depuis qu'il avait le plaisir de le connaître, l'Américain vit sur le visage du grand navigateur une expression de stupeur. M. Daraïn parut se livrer pendant quelques secondes à des réflexions perplexes, puis vint au-devant de lui la main tendue, ayant retrouvé son sourire en chemin.

— C'est gentil d'être venu, mon cher, dit-il.

— Je ne voulais pas partir sans vous dire adieu, répliqua poliment Rousseau.

Le visage de M. Daraïn fut soudain traversé de tics nerveux qui se perdirent quelque part entre les couronnes d'or du sourire.

L'un des deux officiers présents parmi les soldats qui accompagnaient le directeur de la Police vint dire quelques mots à ce dernier. M. Daraïn écouta attentivement et inclina la tête, en signe d'approbation.

— Ainsi, on vous a donné l'autorisation de me parler, dit M. Daraïn.

Rousseau ne comprenait plus rien.

— Je vous assure pourtant que j'ai dit tout ce que j'avais à dire et que je ne puis vous être d'aucune utilité… Je n'ai pas de révélations à faire…

— Écoutez, dit Rousseau, je viens simplement chercher le passeport de Miss Hedrichs… Vous l'avez gardé, vous vous souvenez ? Nous partons demain.

Le directeur de la Police le regardait comme si Rousseau parlait des affaires d'un autre monde…

— Ah oui, le passeport, bien sûr, bien sûr. Je l'ai ici, sur mon bureau…

Ils se dirigèrent tous les deux vers la porte. M. Daraïn sortit de sa poche un étui en or, prit une cigarette et l'alluma. Rousseau remarqua pour la première fois que ses mains tremblaient. M. Daraïn s'arrêta soudain.

— Mais non, je ne l'ai plus, se rappela-t-il. Je l'ai fait remettre au portier du Métropole… Vous vous êtes dérangé pour rien, je suis désolé…

L'officier casqué qui venait de lui parler tout à l'heure s'approcha à nouveau et dit quelques mots, nerveusement. Il suait à grosses gouttes. M. Daraïn inclina la tête et l'officier s'éloigna. M. Daraïn tendit la main…

— Eh bien, monsieur Rousseau, je pense que vous feriez mieux de vous éloigner, à présent… À moins que, par solidarité professionnelle, vous ne teniez à être fusillé avec moi… J'ai été condamné à mort cette nuit, voyez-vous… Je vais être fusillé dans quelques instants…

Rousseau dut faire un effort musculaire violent pour s'arracher à l'immobilité pétrifiée et se retourna : douze soldats se tenaient en ligne à vingt pas devant lui, l'arme aux pieds. L'officier qui commandait le peloton d'exécution était à gauche, le revolver du coup de grâce à la main. Le silence était assourdissant… Pour la première fois, Rousseau comprenait le sens de cette expression : il entendait les battements de son cœur…

— Eh oui, dit M. Daraïn. Ce sont là des choses qui arrivent...

— Mais je croyais que la peine de mort était supprimée au Haddan, bredouilla Rousseau.

— Sauf lorsqu'il s'agit de crimes contre l'humanité, lui rappela M. Daraïn, avec un sourire où le blême, l'or et le nez se mêlaient d'une manière pathétique. Et on m'a mis tout sur le dos... L'affaire de l'avion, l'enlèvement de Miss Hedrichs... Complicité avec Mandahar... Trahison, subversion, génocide...

Le sourire s'accentua.

— Je continue en somme à rendre des services immenses, mais comme bouc émissaire, à présent, dit M. Daraïn. Car je suis parfaitement innocent... J'avais mis à plusieurs reprises le gouvernement en garde contre les agissements de Mandahar... Mais il était mon supérieur hiérarchique ; alors, à défaut du maître, on prend le serviteur...

Rousseau retrouva la parole après une lutte brève avec sa gorge nouée.

— Je leur ai remis des documents qui vous innocentent complètement... Il y a une heure à peine !

M. Daraïn fit un geste d'impuissance.

— Bien trop tard. Ils ne les ont sans doute même pas regardés. J'ai été jugé cette nuit. Voyez-vous, monsieur Rousseau, dans ce genre d'affaires, le chef de la Police... lorsqu'il y a panique... faiblesse et peur, finit ou bien fusillé, ou bien ministre de l'Intérieur...

Il lui tendit encore une fois la main, en s'inclinant à demi, avec un mélange de fausse obséquiosité et d'ironie qui laissa Rousseau béat d'admiration. On allait décidément fusiller le meilleur produit de l'éducation anglaise.

— Au revoir, au revoir, portez-vous bien… Mes compliments à Miss Hedrichs… Revenez nous voir. Je serai désolé de ne plus être là pour vous accueillir, croyez-le bien…

Rousseau retrouva l'usage de ses jambes et se dirigea vers sa jeep. Il avait froid. Il se pencha, appuya les coudes contre la jeep, tourna la tête, regarda…

M. Daraïn était en train de cueillir une rose. Il la plaça soigneusement dans sa boutonnière et la dernière fonction qu'accomplit son vieux et fidèle serviteur, le nez admirable, fut de respirer profondément la fleur rouge…

Le directeur de la Police du Haddan se tourna alors vers le peloton et dit quelques mots. Apparemment, il réclamait l'honneur de le commander lui-même. L'officier qui tenait à la main le revolver du coup de grâce, exprima sans doute son accord, car M. Daraïn se redressa, se mit au garde-à-vous et cria un ordre…

Les soldats du peloton élevèrent leurs armes à mi-corps.

Rousseau se détourna. Il attendit la salve, mais il n'y avait que le silence qui se prolongeait dans une odeur de roses. Quelques mots brefs, gutturaux, d'une voix qui n'était pas celle de M. Daraïn… Rousseau leva les yeux et se força à regarder.

M. Daraïn attendait, appuyé sur sa canne. Son visage était très blanc mais impassible.

Les soldats avaient remis l'arme au pied.

Une guêpe bourdonnait autour de la jeep.

L'officier qui venait de suspendre l'exécution se tenait debout dans la jeep, le bras encore levé, écoutant avidement les instructions qui lui venaient par la radio de bord. La voix qui parlait était précipitée, inquiète, interrogative, et l'officier répondait en phonie en faisant des gestes rassurants…

Rousseau avait envie de hurler, de cogner, de tuer. On n'avait pas le droit de soumettre un homme à un tel supplice…

Il se passa quelques minutes impossibles, dans un silence qui était lui-même une torture. Rousseau se tourna vers son officier d'escorte qui fit alors quelque chose de tout à fait inattendu chez un homme qui s'était cantonné jusqu'à présent dans une attitude hautaine et renfrognée : il sourit.

Il y eut encore quelques minutes d'attente où régnaient les fameuses roses du Haddan et les guêpes, puis le silence éclata soudain dans une pétarade de moteur et un motocycliste s'engouffra à toute vitesse dans la cour. Il sortit de sa sacoche deux feuilles de papier et les remit à l'officier, qui entreprit alors, à nouveau, une discussion en phonie qui semblait interminable…

— Qu'est-ce que c'est que cette saloperie ? hurla Rousseau.

Il y eut un nouvel ordre et les soldats du peloton d'exécution firent demi-tour et se dirigèrent vers le camion. M. Daraïn ne bougeait pas, respectueux jusqu'au bout des décisions suprêmes. Puis il sortit le mouchoir de sa manche et s'en tapota doucement le front et le crâne. L'officier avait sauté de la Land Rover et s'était approché du chef de la Police déchu. Il lui dit quelques mots et lui remit une des deux dépêches. M. Daraïn en prit connaissance attentivement, longuement, relisant manifestement le texte deux fois, et fit un geste d'approbation de la tête. Rousseau, qui observait la scène avec une attention hallucinée et qui avait la sensation de se trouver sur une planète entièrement étrangère et inconnue de tous les atlas célestes, vit ensuite que l'officier se mettait au garde-à-vous, saluait, faisait demi-tour militairement — il nota automatiquement que le mouvement était exécuté à l'anglaise — et allait rejoindre son véhicule. Il vit aussi que M. Daraïn poussait un profond soupir et qu'il restait un bon moment regardant à ses pieds d'un air méditatif. Puis, il leva les yeux, aperçut Rousseau et se dirigea vers lui, en se dandinant légèrement, selon son habitude.

Rousseau était à demi effondré sur la jeep. Il regardait M. Daraïn de travers, comme un homme en proie au *delirium tremens* qui voit des revenants et un sabbat de sorcières.

— Ouf, dit M. Daraïn, ce qui parut être à Rousseau, il ne savait trop pourquoi, une expression française. Ma sentence a été commuée...

— Prison ? murmura Rousseau.

— Non, quelque chose de bien plus grave et de plus pénible, dit M. Daraïn. Je viens d'être nommé ministre de l'Intérieur...

— Hé, hé, hé... fit Rousseau et c'était beaucoup plus proche du hoquet que du rire.

Le mouchoir voltigea encore une fois dans la main aristocratique, puis disparut dans la manche.

— Apparemment, non seulement ma loyauté et mon innocence ont été fermement établies — grâce à vous, cher ami, grâce à vous... et au jeune prince ! — mais l'on a jugé que je représenterai à la tête de nos affaires intérieures un élément de conciliation offrant des garanties aux... Disons, aux uns et aux autres...

— Il n'y a rien à boire, dans cette maison? demanda Rousseau, faiblement.

— Seulement de l'eau de rose, je regrette, dit M. Daraïn, en lui mettant la main autour des épaules. Du moins, c'est le nom que je préfère donner à cette boisson... qui nous vient d'ailleurs. J'en boirais moi-même un doigt... Venez. Ainsi que je vous l'ai dit, vous trouverez le passeport de Miss Hedrichs chez le concierge de l'hôtel du Métropole... Je n'oublie jamais rien, vous savez...

Lorsqu'il sortit de là une heure plus tard, Rousseau eut le plus grand mal à grimper dans la jeep et il dut être aidé par son officier d'escorte, qui se chargea également du volant. Il rejoignit Stéphanie, dans un état que celle-ci qualifia poliment de « désaltéré ».

31

L'avion partait à onze heures du matin et ils eurent à peine le temps de faire une visite d'adieu à l'ambassadeur des États-Unis. Henderson paraissait défait et semblait avoir passé une nuit agitée.

— Je pense que les derniers événements vous ont causé pas mal de soucis, dit Stéphanie, qui portait un deux-pièces en denim blanc très simple de Castillo et qui avait passé une heure chez l'unique coiffeur de la capitale capable de traiter avec respect une chevelure féminine.

— Ce n'est pas ça, dit Henderson, d'une voix sombre. Il m'arrive un coup dur…

Il se passa une main sur le front dans un geste de lassitude résignée.

— J'ai reçu cette nuit un câble du Département d'État me nommant en Norvège, dit-il. C'est une promotion, évidemment, mais je ne suis pas sûr de pouvoir tenir le coup. Il ne se passe jamais rien, là-bas… Tous ces fjords tranquilles… L'impression d'avoir été mis à la retraite… J'ai passé deux ans au Haddan, vous comprenez, et dans des pays africains tout aussi stimulants, vivants, vibrant d'une vie riche en événements de toutes sortes… En Ouganda, j'avais trouvé un matin trois cadavres de journalistes américains devant ma porte… Au Congo, à la grande époque de Tschombé, du Katanga indépendant et du règne des mercenaires, cinq de nos missionnaires ont eu les oreilles coupées, je les ai trouvées dans mon courrier… J'avais l'impression d'être utile, quoi… J'ai reçu des cocktails Molotov sur ma voiture en Irak, au cours de l'un des quatorze coups d'État dont je fus témoin dans ma carrière… Le général Amin, en Ouganda, m'a personnellement craché dessus… Ici même, au Haddan, ainsi que vous avez pu le constater vous-même, il y avait presque chaque jour quelque chose de nouveau, d'inattendu, de surprenant… Alors, vous comprenez, la Norvège…

Il ôta ses lunettes et les essuya, en baissant les yeux d'un air un peu coupable…

— Et puis, il y a ma femme, pour ne rien vous cacher… Dans des pays dits « dangereux », je ne pouvais pas l'emmener… Je la laissais en Amérique… Mais en Norvège, vous comprenez, elle va me rejoindre… Je le dis entre nous, bien entendu, mais ça va être dur. Très dur.

Ses yeux bleus sous les paupières rougies par l'insomnie avaient une petite lueur ironique et les lèvres minces laissèrent passer un sourire…

Stéphanie l'embrassa.

— Je vous enverrai un colis piégé, promit-elle.

Il avait une belle tête, avec des cheveux épais poivre et sel et un de ces cous longs qui donnent une impression de nudité. Stéphanie lui trouvait un air professoral. C'était une tête que l'on imaginait posée sur le bureau d'une bibliothèque tranquille et ombragée de l'université de Droit de Harvard, à côté d'une pipe et de quelques volumes ouverts, plutôt que dans le sable du désert... Stéphanie décida brusquement qu'elle allait redécorer son appartement de Manhattan.

— Je dois aller en Norvège cet hiver pour des photos, dit-elle. J'espère vous y voir...

L'ambassadeur parut vivement intéressé.

— Je suis heureux de l'apprendre, dit-il. Peut-être qu'il y aura un tremblement de terre ou un autre cataclysme intéressant. Vous semblez avoir la baraka... La chance. Descendez directement à l'ambassade... Je compte sur vous !

Il les raccompagna à la porte et ils le laissèrent là, avec sa belle tête anglo-saxonne d'homme de loi un peu malicieux... Enfin, on ne peut pas tout avoir, se dit Stéphanie, en soupirant. Ils passèrent par les souks où Stéphanie voulait acheter quelques presse-papiers intéressants... La vieille ville avait retrouvé son aspect paisible et dans le souk des métaux, les marteaux des artisans avaient repris leurs chants de gongs. Stéphanie posa sa main sur celle de Rousseau, qui conduisait. Elle ne s'était jamais sentie plus heureuse, plus... *guérie*, oui, *guérie*, et elle ne comprenait pas pourquoi son ami lui témoignait cette sollicitude un peu inquiète, pourquoi il la regardait d'un air préoccupé, et surtout pourquoi il avait fait venir encore une fois le docteur Salter... Elle se sentait merveilleusement bien, euphorique même, elle avait tout le temps envie de rire, d'embrasser tout le monde... Et il n'était pas question de s'arrêter en Suisse, en revenant, comme le suggérait le docteur, qui recommandait un long repos dans une clinique à Genève... Elle pensait souvent avec regret à Massimo del Campo, oui, elle regrettait de ne pas avoir vu ça... La nuit, au clair de lune, avec la silhouette sombre des minarets et des murs crénelés, autour, sous cette vieille lune orientale qui savait toujours se placer au bon endroit et donner le meilleur d'elle-même, la belle tête romaine posée sur les dalles devait faire un effet extraordinaire... Tout à fait un tableau de Chirico, de son époque métaphysique... Le pauvre type avait trouvé là son plus beau rôle...

— C'est vraiment étonnant à quel point un objet change de qualité, d'aspect et presque de nature selon le cadre dans lequel on le situe, dit-elle. C'est un des grands principes de toute décoration. Je dis cela à propos de Massimo del Campo. Lorsqu'elle était sur ses épaules, sa tête avait la banalité de ces peintures ou sculptures à la manière des Grecs ou des Romains. L'art pompier, quoi, le pseudo-classique du XIXe siècle, vous savez. Mais je suis persuadée que lorsque vous l'avez vue posée sur les dalles au milieu de la place dans la clarté lunaire, ça devait être prodigieux...

— Ne pensez plus à tout cela, supplia Rousseau.

Salter avait dit qu'elle en avait pour quelques mois, et même après, il lui faudrait beaucoup de tendresse et de patience pour l'aider à oublier...

— D'ailleurs, tout l'art des surréalistes était fondé sur le contraste entre un objet parfaitement banal et l'environnement dans lequel on le situait. Dali ou Magritte n'ont jamais fait autre chose... Finalement, du point de vue artistique, le Haddan est un pays d'avant-garde… Je pense, par exemple, que si les choses avaient tourné autrement, le contraste entre la tête coupée d'une cover-girl que l'on avait l'habitude de voir dans des photos de mode et les sables aurait été tout à fait dans la manière de Magritte…

— Je crois que ça a déjà été fait, en effet, dit Rousseau, avec désespoir. Nous avons cinq heures devant nous, avant le départ de l'avion. Vous devriez dormir un peu… Le docteur Salter…

— Cinq heures ? Chic alors ! s'exclama Stéphanie. Il va peut-être encore arriver quelque chose…

Ils étaient en train de boucler leurs valises lorsque Ali Rahman arriva avec un bouquet de roses écarlates et des cadeaux dont un avait les dimensions d'une pastèque. Stéphanie s'empressa de défaire l'emballage, mais ce n'était qu'un de ces immenses gâteaux au chocolat — un *ghezra* —, produit typique de la confiserie haddanaise. Elle fut un peu déçue mais ne manqua pas de manifester l'appréciation qui convenait et embrassa l'adolescent sur les deux joues. Ali portait un blazer bleu et un pantalon de flanelle grise, mais cette tenue sobre ne l'aidait guère à observer un flegme britannique. Il était en proie à une agitation heureuse, à une exaltation qui se déversèrent en un flot de paroles d'une éloquence qui allait faire un jour merveille dans les réunions politiques…

— J'ai passé la matinée à la Présidence du Conseil où l'on vient de prendre une décision importante me concernant, dit-il. Vous savez sans doute que chez nous la majorité légale est de dix-huit ans. Je vais avoir quinze ans dans un mois… Il est évident

397

qu'en raison de l'éducation que j'ai reçue et de l'expérience politique que j'ai acquise, je suis infiniment plus avancé qu'un paysan illettré de trente ans, mais on peut objecter à juste titre que j'ai ainsi bénéficié d'une situation privilégiée, dont je ne saurais me prévaloir sous un régime vraiment démocratique, comme le nôtre... Cela posait au gouvernement un problème grave, parce que mes partisans, évidemment, insistent pour que je joue un rôle politique important... Or, le gouvernement vient de prendre un décret qui indique clairement sa volonté de conciliation et d'entente avec le Radjad, dans un but d'union fraternelle... Ce décret porte légalement mon âge à dix-huit ans, à dater de mon dernier anniversaire, c'est-à-dire que je vais avoir dix-neuf ans le mois prochain et non quinze... On ne peut donner de plus grande preuve de sagesse politique. Je vais entreprendre une tournée auprès de mon peuple — je veux dire, auprès des Shahirs, par « mon peuple » j'entends tout simplement le mien... Je n'ai aucune ambition personnelle, je veux uniquement servir mon pays, la nouvelle fédération du Haddan... J'aurai évidemment contre moi l'aile gauche du parti socialiste, mais nous savons tous que ce sont là des éléments de subversion à la solde de Pékin... Nous allons faire de ce pays un modèle de démocratie et de socialisme humaniste qui exercera une influence salutaire dans tout le golfe Persique...

Rousseau, assis sur le lit, suçait un cigare éteint.

— Eh bien, je vous souhaite un joyeux anniversaire, dit-il.

Stéphanie tenait les deux mains d'Ali dans les siennes.

— C'est merveilleux, merveilleux ! répétait-elle, en sanglotant de joie, de bonheur et d'amour entre les peuples. Je reviendrai pour votre couronnement... Oh, pardon, pour votre élection, je veux dire.

— La première chose à faire, évidemment, déclara fortement Ali, c'est l'irrigation... Nous allons faire fleurir le désert... Ensuite, un effort d'éducation immense... Nous allons demander des crédits au Fonds monétaire international... Et développer le tourisme... Sans sacrifier pourtant nos traditions culturelles et notre folklore...

— Surtout pas le folklore ! s'exclama Stéphanie. Surtout pas !

— À propos, vous savez que notre ami M. Daraïn a été nommé ministre de l'Intérieur ?

— Oui, dit Rousseau. J'étais là quand il a reçu la nouvelle. Il pensait qu'il allait finir ses jours tranquillement parmi ses roses, mais il accepta de bonne grâce...

— C'est un homme qui a des ennemis dans tous les partis politiques, dit Ali, rêveusement. On était donc sûr de lui... Il est très habile et il avait servi mon père avec dévouement...

M. Daraïn avait trouvé manifestement en Ali Rahman un allié intéressant...

Le jeune prince démocrate insista pour les accompagner à l'avion. Il y avait là plusieurs personnalités qui étaient venues saluer Stéphanie, parmi lesquelles le chef du Cabinet du nouveau Premier ministre, M. Sambro, le chef de l'Office du Tourisme, qui était aussi le président du Rotary Club haddanais, le chef du Protocole du ministre des

Affaires étrangères, le directeur de la Banque nationale, qui était également propriétaire de l'hôtel Métropole, et un petit homme souriant à moustaches qui glissa furtivement dans la main de Stéphanie une enveloppe manille.

— De la part de Son Excellence, M. Daraïn, murmura-t-il… Ce sont des objets personnels que vous avez perdus, semble-t-il…

Stéphanie ouvrit l'enveloppe. À l'intérieur, il y avait toutes les photos qu'elle avait prises dans l'avion.

Elle les examina une à une. Les photos étaient très réussies, surtout celles de Bobo, avec son expression de doux reproche.

— Remerciez le Ministre de ma part, dit-elle. C'est gentil d'y avoir pensé.

Elle montra les photos à Rousseau.

— Regardez, notre ami Daraïn m'a rendu les photos… Elles sont très réussies, vous ne trouvez pas ? Surtout lorsqu'on pense que la caméra était un simple Polaroïd et que…

Massimo del Campo exigea de voir la sienne, et elle fut très surprise de le voir là, la main tendue, tenant sa tête sous son bras et… Elle entendit le roucoulement odieux des tourterelles qui la suivaient partout et vit Bobo qui lui clignait de l'œil, avec le bout de papier Wrigley's collé à la joue… Stéphanie ne put s'empêcher de rire — ce n'était pas poli, mais c'était plus fort qu'elle — en regardant le vieux sahib, cheikh, mulla, enfin, tout ça, qui semblait offrir sa tête à Allah sur le plateau du petit déjeuner…

Elle cacha son visage dans l'épaule de Rousseau, pour ne pas… pour ne pas voir, pour… Elle sanglotait. Les adieux sont toujours si tristes…

Rousseau s'empara des photos et les glissa dans sa poche. Ali lui tendit un énorme bouquet de roses. Elles avaient un parfum très fort et un peu mielleux et avec leur couleur écarlate... Stéphanie les donna à l'hôtesse de l'air en la priant de les mettre au fond de l'avion, à côté du signor del Campo... Le docteur Salter et l'infirmière l'aidèrent à monter à bord. L'hôtesse de l'air des Haddan Air Lines, vêtue d'un merveilleux sari émeraude, s'approcha de Stéphanie avec les bonbons d'usage... Elle avait un beau visage aux yeux doux et gais à la fois et le cœur de Stéphanie se serra de tendresse et de pitié. Stéphanie se pencha vers l'hôtesse et prit ses mains dans les siennes...

— Ma pauvre chérie, dit-elle. Essayez de ne pas y penser... Je crois que ça se passe très vite et qu'on ne sent rien... Ils ont l'habitude...

Elle s'aperçut que l'hôtesse de l'air la regardait bizarrement, la corbeille de bonbons à la main... Stéphanie *comprit.*

— Non, merci, vraiment! dit-elle, d'une voix sèche, regardant l'hôtesse droit dans les yeux.

Ce n'était pas la même. Ils avaient forcé la pauvre fille à descendre et l'avaient remplacée par une complice...

— Où est l'hôtesse de l'air? demanda-t-elle, en élevant la voix pour qu'ils l'entendent tous, pour qu'ils sachent qu'elle n'était pas dupe. Où est l'hôtesse? *La vraie?*

Rousseau sortit de l'avion et revint avec le docteur Salter et l'infirmière. Stéphanie refusa la piqûre de valium. Elle avait besoin de toute sa présence d'esprit pour affronter les heures qu'elle allait vivre.

— Écoutez, docteur, je ne vous accuse de rien, comprenez-moi bien. C'est votre métier, après tout. Mais je n'ai pas l'intention de me laisser faire…

Rousseau eut une nouvelle discussion avec le médecin, mais celui-ci était formel : malgré son état, il fallait absolument que Stéphanie quittât le pays. Le traitement exigeait avant tout un changement complet d'atmosphère, il était impératif que la jeune femme laissât le Haddan loin derrière elle… Rousseau revint s'asseoir à côté de Stéphanie, lui prit la main, osant à peine regarder ce petit visage aminci, hagard, aux yeux agrandis et fixes, qui paraissait encore plus petit sous la masse fauve de la chevelure.

Elle sentait derrière elle la présence de Massimo del Campo qui boudait quelque part à l'arrière de l'avion et avant d'attacher sa ceinture, elle regarda attentivement à ses pieds et sous le siège. Elle serra fortement la main de Rousseau dans la sienne pendant le décollage, pour le rassurer, et lorsque le Dakota prit de l'altitude, Stéphanie se pencha vers le hublot et jeta un dernier regard à la miniature persane qui s'éloignait, avec ses innombrables minarets et ses palais blancs et la grande muraille ocre qui la tenait dans son étreinte…

— Le boa, murmura-t-elle, et elle appuya sa tête contre l'épaule de Rousseau.

Le pilote yougoslave sortit du poste et vint lui dire combien il était heureux de l'avoir à bord. Il lui présenta une revue de mode avec la photo de Stéphanie sur la couverture et demanda un autographe. Elle signa la photo et il retourna à son poste. Elle voulut se lever, courir vers lui, le prévenir... La main de Rousseau se referma sur la sienne...

— Allons, Steph, ma chérie, c'est fini...

Elle dégagea doucement sa main, sortit le Polaroïd de son sac de voyage, le posa sur ses genoux, regardant droit devant elle, les yeux fixes, et se prépara...

Henderson mourut d'une crise cardiaque en Norvège.

DU MÊME AUTEUR

LES OISEAUX VONT MOURIR AU PÉROU. Cet ouvrage a paru pour la première fois sous le titre *Gloire à nos illustres pionniers* en 1962 (Folio n° 668).

UNE PAGE D'HISTOIRE et autres nouvelles, extrait de LES OISEAUX VONT MOURIR AU PÉROU (Folio 2 € n° 3759).

CLAIR DE FEMME, *roman* (Folio n° 1367).

CHARGE D'ÂME, *roman* (Folio n° 3015).

LA BONNE MOITIÉ. Comédie dramatique en deux actes.

LES CLOWNS LYRIQUES, *roman*. Nouvelle version de l'ouvrage paru en 1952 sous le titre *Les Couleurs du jour* (Folio n° 2084).

LES CERFS-VOLANTS, *roman* (Folio n° 1467).

VIE ET MORT D'ÉMILE AJAR.

L'HOMME À LA COLOMBE, *roman*. Version définitive de l'ouvrage paru en 1958 sous le pseudonyme de Fosco Sinibaldi (L'Imaginaire n° 500).

ÉDUCATION EUROPÉENNE, *suivi de* LES RACINES DU CIEL *et de* LA PROMESSE DE L'AUBE. *Avant-propos de Bertrand Poirot-Delpech*, coll. « Biblos ».

ODE À l'HOMME QUI FUT LA FRANCE ET AUTRES TEXTES AUTOUR DU GÉNÉRAL DE GAULLE. *Édition de Paul Audi* (Folio n° 3371).

LE GRAND VESTIAIRE. Illustrations d'André Verret, coll. « Futuropolis/Gallimard ».

L'AFFAIRE HOMME. *Édition de Jean-François Hangouët et Paul Audi* (Folio n° 4296).

TULIPE OU LA PROTESTATION, coll. « Le Manteau d'Arlequin ».

LÉGENDES DU JE, coll. « Quarto ».

Dans la collection Écoutez lire

LA VIE DEVANT SOI (4 CD)

COLLECTION FOLIO

Dernières parutions

Composition IGS-CP
Impression Maury Imprimeur
45330 Malesherbes
le 20 novembre 2022
Dépôt légal : novembre 2022
1ᵉʳ dépôt légal dans la collection : janvier 2013
Numéro d'imprimeur : 266685

ISBN 978-2-07-045227-9 / Imprimé en France.

556452